MW01705476

**Anna Bradley**

Originaire du Maine, Anna a suivi des études de littérature anglophone sur la côte est. Elle travaille ensuite à Chawton House Library (GB), un centre d'études et de recherches spécialisé sur les écrits de femmes entre 1600 et 1850. Elle rêve déjà de devenir écrivaine et se passionne pour la romance. Aujourd'hui, Anna enseigne l'écriture et habite près de Portland.

# Un si lourd secret

*Aux Éditions J'ai lu*

S'abandonner à l'amour
*N° 11742*

**LA SOCIÉTÉ SECRÈTE**

1 – Dans l'ombre des beaux quartiers
*N° 13571*
2 – À la poursuite d'un fantôme
*N° 13657*

ANNA

# BRADLEY

LA SOCIÉTÉ SECRÈTE – 3

# Un si lourd secret

*Traduit de l'anglais (États-Unis)*
*par Lionel Évrard*

J'AI LU

POUR elle

Si vous souhaitez être informée en avant-première
de nos parutions et tout savoir sur vos auteures préférées,
retrouvez-nous ici :

**www.jailu.com**

Abonnez-vous à notre newsletter
et rejoignez-nous sur Facebook !

*Titre original*
THE VIRGIN WHO HUMBLED LORD HASLEMERE

*Éditeur original*
Lyrical Press Books, published by
Kensington Publishing Corp., New York

© Anna Bradley, 2021

*Pour la traduction française*
© Éditions J'ai lu, 2023

# Prologue

*Juillet 1780, Oxendon Street, Londres*

Georgiana Harley fut la troisième.

Lady Amanda Clifford entendit parler d'elle avant de la rencontrer. Ce ne furent d'abord que des on-dit. On chuchotait, ici et là, qu'une orpheline dépenaillée passait ses nuits à Covent Garden, délestant les poches de tout ce que Londres comptait de débauchés pris de boisson.

La rumeur disait qu'elle avait une chance diabolique.

Mais comment une pauvre gamine des rues aurait-elle pu avoir de la chance ? Celle qu'apportent les ramoneurs, les bossus et les cordes de pendus, peut-être.

Une chance qui n'en était pas une, en somme.

Lady Amanda croyait à beaucoup de choses – au sort et au hasard, au destin et à l'intuition –, mais la chance n'en faisait pas partie.

Peut-être s'agissait-il davantage de ruse, d'habileté, d'un certain talent pour la duplicité.

Lady Amanda n'avait pas pour habitude de traquer les enfants abandonnés dans les rues. Pourtant, quand la rumeur s'enflamma, elle se rendit à Oxendon Street, accompagnée de Daniel Brixton, son fidèle serviteur, pour voir par elle-même ce jeune prodige. Ce fut, se souvint-elle plus tard, l'une des rares occasions où elle fit une entorse à ses habitudes.

Ce ne serait pas la dernière, en ce qui concernait Georgiana Harley du moins.

Lady Amanda découvrit l'enfant postée à l'extérieur du Crimson[1], un tripot miteux ainsi appelé à cause de sa porte cramoisie, seule tache de couleur dans un décor de ruelles obscures et de façades noircies par la suie.

Lady Amanda ne quitta pas sa voiture, mais ordonna à son cocher de se garer non loin de là. Elle s'attarda plus longuement qu'elle n'en avait eu l'intention, observant avec fascination le manège de la gamine à travers la vitre.

Elle n'était pas une tricheuse, du moins pas au sens strict du terme.

Mais, pour autant, elle n'avait pas simplement la chance de son côté.

Sur une plaque de carton rigide posée sur ses genoux, elle abattait ses cartes avec une dextérité née de l'habitude. Peu importait le nombre. Elle servait, observait, comptait, calculait, encore et toujours.

Elle ne manquait pas de partenaires. Des hommes de toutes sortes, riches ou pauvres, titrés ou non, marquaient une pause auprès d'elle avant de rejoindre le Crimson. Le plus cupide d'entre eux crut avoir trouvé une cible facile et s'efforça en vain de dépouiller l'enfant de ses gains. La plupart ne voyaient que l'attrait de la nouveauté et la possibilité de se débarrasser de ces guinées qui leur brûlaient les poches.

Les piécettes s'accumulaient au creux de sa jupe. Régulièrement, par commodité autant que pour

1. *Crimson* signifie « pourpre », « cramoisi » en anglais. (*N.d.T.*)

décourager d'éventuels pickpockets, elle les mettait à l'abri dans quelque bourse dissimulée sur elle.

Elle n'était pas âpre au gain. Elle aurait facilement pu dépouiller ses victimes, mais elle se montrait raisonnable. Cette caractéristique, plus que les autres encore, intrigua lady Amanda. L'école des rues londoniennes conduisait davantage à la rapacité qu'au discernement.

Une petite chanceuse, donc ? Non. Lady Amanda n'y avait pas cru un instant. Mais elle ne s'était pas non plus imaginé découvrir une misérable enfant survivant sur le pavé grâce à son art, dont témoignait chaque manipulation de ses doigts agiles.

Une *artiste* à Covent Garden, installée sur un bout de trottoir sale, à l'extérieur d'une maison de jeu douteuse ?

Mais il n'y avait rien de remarquable à découvrir des œuvres d'art dans un musée, n'est-ce pas ? Ce qui importait, c'était de repérer le talent dans le dernier endroit sur terre où on se serait attendu à le trouver.

# 1

*Janvier 1795, Covent Garden, Londres*

— Cinq guinées, Haslemere ! Placez-les dans le chapeau de Perry, et il aidera votre cavalière à monter.

Benedict Harcourt, lord Haslemere, jeta les piécettes dans le chapeau de lord Peregrine, puis il mit un genou sur le pavé et regarda par-dessus son épaule.

— Prête, ma jolie ? demanda-t-il.

Peregrine souleva la fillette et la déposa sur son dos.

— Accroche-toi bien, lui recommanda Benedict. Tu ne voudrais pas te fendre le crâne, pas vrai ?

L'enfant lui empoigna les cheveux si fort que les larmes lui montèrent aux yeux. Elle enfonça ensuite les talons dans ses côtes et se mit à rire aux éclats en l'entendant hennir et frapper le pavé d'un sabot imaginaire.

— Regarde le mien, Susannah ! s'écria-t-elle. On dirait un vrai cheval !

— On dirait plutôt un âne, rectifia lord Harrington.

En ajustant sa propre cavalière sur son dos, il adressa un sourire grimaçant à Benedict et ajouta :

— Il en a toute l'apparence, si vous voulez mon avis.

— Votre avis n'intéresse que vous, répliqua Benedict. Laissez-moi me concerter avec ma cavalière sur notre stratégie.

Ce disant, il tourna la tête et adressa un clin d'œil à la petite rouquine qui le chevauchait. Il jugea également plus prudent de lui empoigner les chevilles avant qu'elle l'émascule à force de battre frénétiquement des pieds.

Harrington émit un grognement dubitatif.

— Quelle stratégie, bon Dieu ? protesta-t-il. Le premier qui va jusqu'au bout de la ruelle et qui revient avec sa cavalière sur le dos a gagné, voilà tout.

Benedict jeta à son ami un regard dégoûté et le sermonna :

— Seule la pire des canailles se laisse aller à jurer devant de jeunes demoiselles, Harrington. Vos manières, je vous prie !

L'intéressé leva les yeux au ciel, mais souleva son chapeau à l'intention des fillettes et s'excusa.

— Mesdemoiselles, veuillez me pardonner. Un instant d'égarement.

Toutes deux se mirent à rire follement. La cavalière de Benedict, plus excitée que jamais, lui tira les cheveux plus fort encore. En grimaçant, il dégagea les doigts de la fillette.

— Tu peux te tenir à ma tête, Sarah, mais pas à mes cheveux. Je n'ai pas envie de devenir chauve. Encercle ma taille avec tes jambes pour ne pas risquer de tomber. Voilà, c'est bien. Un véritable jockey n'aurait pas fait mieux.

Perry s'éloigna en faisant tinter les pièces dans son chapeau.

— Prêts ? s'enquit-il. Gentlemen, à vos marques !

— Bon sang ! s'exclama Harrington, oubliant ses bonnes résolutions. Si seulement nous avions un pistolet, pour faire les choses dans les règles...

— Excellente idée ! approuva ironiquement Benedict. Tirer un coup de feu en pleine nuit à Covent Garden, je ne vois pas ce qui pourrait mal tourner...

Harrington se rembrunit et marmonna :

— Je n'y avais pas pensé.

Non, bien évidemment. Mais Benedict n'appréciait pas son ami pour ses qualités de penseur profond. Harrington était d'aussi amusante compagnie que pouvait l'être un jeune lord à Londres, mais il devait être aussi l'un des esprits les plus mal dégrossis d'Angleterre.

D'un geste, Perry assigna à Benedict le côté droit de la ruelle, puis le côté gauche à Harrington, avant de venir se placer entre eux.

— Gentlemen et... euh... jeunes ladies, lança-t-il. À vos marques... Prêts... Partez !

Une course à pied avait d'abord semblé un amusement innocent, mais comme bien des facéties dont Benedict était à l'origine, celle-ci s'avérait plus délicate qu'il ne l'avait prévu. La ruelle était étroite, les pavés glissants et inégaux, et pour ne rien arranger, Harrington et lui n'étaient pas des plus sobres. Ils foncèrent en zigzaguant, dérapèrent et faillirent entrer en collision, manquant de peu de flanquer leurs cavalières à terre.

— Allez ! Plus vite !

Enfonçant ses talons dans l'estomac de Benedict, Sarah s'enthousiasmait de le voir prendre la tête. Au bout de la ruelle, Harrington lui rentra dedans en faisant demi-tour. Benedict craignit alors que tout cela ne se termine par des larmes et du sang, mais ils étaient allés trop loin pour renoncer. Puisant dans ses réserves, les jambes tremblantes et les poumons en feu, il accéléra afin de garder son adversaire à distance.

— Nos concurrents approchent de la ligne d'arrivée ! lança Perry. Et nos grands gagnants sont... Haslemere et Sarah, mais il s'en est fallu de la longueur d'un nez ! Cet appendice finit par vous être utile, pas vrai, Haslemere ? Dommage pour vous, Harrington...

Ce dernier, pantelant, vint se placer à côté de Benedict.

— La barbe ! s'exclama-t-il. Susannah et moi aurions dû gagner. Maudites soient vos longues jambes, Haslemere. On remet ça ? Dix guinées la mise, cette fois...

— Oh oui ! Oh oui ! Encore ! approuva Sarah en applaudissant vigoureusement. C'était trop drôle !

— Dix guinées ? répéta Susannah. C'est une somme...

— Très juste, reprit Harrington. Et une telle somme réclame un défi plus audacieux. Qu'en dites-vous, Haslemere ?

Benedict plissa les yeux en voyant briller une lueur de défi dans ceux de son ami.

— Vous tenez vraiment à ce qu'il y ait de la casse ce soir, Harrington ? grogna-t-il d'un air désapprobateur.

Son ami, qui avait plus forcé sur le porto que lui, haussa les épaules.

— Ridicule, il n'y a aucun risque. Dix guinées mais, cette fois, nos cavalières seront juchées sur nos épaules !

— Êtes-vous devenu fou ?

Benedict se contorsionna pour faire descendre Sarah de son dos et ajouta :

— On a déjà frôlé la catastrophe la première fois.

— Allez, Haslemere..., protesta Harrington. Tout ira bien. Regardez, je vais vous montrer.

Il s'accroupit pour permettre à Susannah de descendre.

— Très bien, petite, la félicita-t-il. À présent, Perry, soulevez-la pour la placer sur mes épaules, voulez-vous ?

Bien que manifestement dubitatif, Perry s'exécuta.

— Tenez-la bien, à présent, recommanda-t-il. Attrapez-lui les chevilles et ne la lâchez pas !

— Pour qui me prenez-vous, Perry ? Un étalon digne de ce nom ne désarçonne jamais sa cavalière.

Harrington se redressa en chancelant.

— Alors ? dit-il en lançant un sourire triomphant à Benedict. Maintenant, arrêtez de râler, et en avant pour la revanche ! Un genou à terre, Haslemere ! En selle, Sarah !

— Pas question, répondit Benedict sans bouger d'un pouce. Ce sera sans moi, Harrington.

— Pour l'amour de Dieu, qu'est-ce qui vous prend ?

Le sourire qui avait fait tant de ravages parmi les belles de Londres fleurit sur les lèvres de Harrington, qui ajouta :

— La petite voudrait remettre ça. Pas vrai, Sarah ?

— Naturellement, qu'elle le voudrait ! C'est une enfant, qui n'a pas conscience des risques. Mais vous, Harrington, vous n'êtes plus un gamin. Et vous devriez savoir qu'on ne joue pas avec des petites filles comme avec des poupées de porcelaine.

Harrington soupira mais se résigna, après avoir boudé un peu, à tendre les bras pour ôter la gamine de ses épaules.

— Vous êtes un rabat-joie, Haslemere !

Benedict lui assena une tape dans le dos.

— Ne vous en faites pas, je vais vous trouver un meilleur jeu.

— Vous avez intérêt… Et ne m'emmenez pas au White's ou dans un quelconque tripot. Je veux du neuf !

— Je ne vous ai jamais déçu, pas vrai ? À présent, Perry, le chapeau, s'il vous plaît…

Lorsqu'il le lui eut remis, Benedict enchaîna, en s'adressant aux deux fillettes :

— Jeunes demoiselles, acceptez nos remerciements pour votre délicieuse compagnie ce soir.

Après les avoir gratifiées d'une courbette théâtrale, il poursuivit :

— Vous avez toutes deux été d'admirables cavalières, et vous avez bien mérité vos guinées.

Susannah s'empara de la pièce qu'il lui tendait plus vite qu'une grenouille ne gobe une mouche, mais Sarah ne fit rien pour prendre la sienne. La tête levée vers lui, elle le dévisagea, son menton se mit à trembler, et... le désastre survint. Le visage tordu par le chagrin, les yeux clos, elle se mit en hululant à pleurer toutes les larmes de son corps.

— Seigneur ! gémit Harrington en se plaquant les mains sur les oreilles. Qu'est-ce qui lui arrive ?

Perry, qui observait Sarah d'un œil perplexe, répondit :

— Il me semble qu'elle pleure.

Harrington s'inclina pour y regarder de plus près, puis se redressa en hochant gravement la tête.

— Vous avez raison, Perry. Mes sœurs le font, de temps à autre, et ça y ressemble.

Benedict, qui contemplait Sarah, s'insurgea :

— Évidemment qu'elle pleure, bande d'abrutis ! Mais... pourquoi ?

Susannah, qui avait étudié sa pièce avec autant de suspicion qu'un prêteur sur gages, se tourna vers lui et expliqua en haussant les épaules :

— Parce qu'elle veut refaire un tour à cheval, pardi !

— Je veux refaire un tour à cheval ! confirma la petite en tapant du pied, les joues inondées de larmes. Le monsieur a dit qu'on pouvait !

Benedict s'efforça de lui faire entendre raison.

— Mais ça peut être dangereux. Si lord Harrington, que tu vois là, te laissait tomber, qu'arriverait-il ? Tu te fendrais le crâne.

— Moi, je la laisserais tomber ? s'exclama son ami. C'est vous qui êtes en train de la laisser tomber, Haslemere !

— Elle se fiche pas mal de tomber, assura Susannah.

Après avoir longuement fait sauter son butin au creux de sa paume, elle l'empocha et conclut :

— Arrête de faire le bébé, Sarah. Et prends cette guinée avant que les gentlemen s'en aillent.

Sarah, cependant, resta inconsolable, même quand Benedict lui offrit sa récompense. Il avait déjà vu des femmes pleurer, mais les baisers et la flatterie – ou les bijoux, dans les cas les plus retors – suffisaient à les calmer. Les petites filles ne semblaient pas aussi accommodantes.

— Alors, que faisons-nous ? demanda-t-il en désespoir de cause.

— Je n'en ai aucune idée, mais je vous souhaite bonne chance, Haslemere !

Harrington ponctua cette déclaration d'une tape dans le dos et ajouta :

— On se retrouve demain chez Gentleman Jackson, n'est-ce pas ?

Benedict lui empoigna la manche et protesta :

— Demain ? Vous m'abandonnez ?

Harrington dégagea son bras.

— C'est vous qui l'avez fait pleurer, fit-il remarquer. Moi, j'étais d'accord pour un autre tour.

— Bon Dieu, Harrington !

Benedict fit une nouvelle tentative pour le retenir, mais son ami se déroba habilement.

— Bonne chance, Haslemere ! lança-t-il en lui adressant un sourire exaspérant par-dessus son épaule.

— Maudits trouillards ! cria-t-il à Harrington et à Perry, qui s'éloignaient déjà.

Un instant plus tard, ils tournaient au coin de la rue.

— Allons, Sarah..., plaida Benedict en s'accroupissant près de la fillette. Ne pleure plus. Je te donne une autre guinée, d'accord ?

— Une minute, m'sieur ! intervint Susannah, la main tendue. Moi non plus, je n'ai pas eu de deuxième tour !

— Tu as raison, répondit-il en lui tendant une autre pièce. Comme je le disais, vous avez mérité toutes les deux jusqu'au dernier shilling de cette récompense.

Il leur aurait donné tous ses gains, si seulement Sarah avait bien voulu se calmer. Il n'avait jamais pu supporter les pleurs de Jane, sa jeune sœur, quand ils étaient enfants. Et, à présent, cette gamine éplorée aurait pu le mener par le bout du nez.

Glissant une pièce au creux de la paume de l'enfant, il lui recommanda tout bas :

— Sèche tes larmes, maintenant. D'accord ? Voilà une autre belle guinée pour toi. Prends-la. Tu es une splendide cavalière, et je suis désolé de t'avoir déçue.

C'était la chose à ne pas dire... Ce rappel de son amère déconvenue suffit à arracher à l'enfant un cri de détresse qui perça les tympans de Benedict. Il n'était guère difficile d'imaginer qu'un crime était en train d'être commis...

Ne sachant que faire d'autre, il s'agenouilla devant elle et la prit doucement par les épaules.

— D'accord, d'accord, fit-il. Encore un tour sur mon dos, et c'est tout. Qu'en dis-tu ? Un aller-retour au bout de la ruelle, les deux guinées, et nous serons quittes.

Les pleurs de Sarah décrurent, se changeant en reniflements humides. Benedict en fut soulagé –

encore quelques minutes, et il aurait été sûr de voir une patrouille débarquer.

— Vous m'offrez un autre tour ? demanda-t-elle.

— Juste un autre, oui, confirma-t-il. Aide-la à monter sur mon dos, veux-tu, Susannah ?

Mieux valait faire vite, avant qu'un sergent de ville survienne et l'embarque pour avoir agressé des gamines.

Benedict présenta son dos à Sarah et se remit debout quand il la sentit s'agripper fermement à lui.

— Tiens bon, maintenant. On y va.

Ce n'était pas pour rien qu'un sage ou un autre avait décrété que le silence était d'or. Georgiana le savourait comme une bénédiction. Elle ne se rappelait plus qui était l'auteur de cette sentence, mais ce devait être un philosophe de la Grèce antique. Ils étaient, de loin, les plus avisés.

La tête appuyée contre la porte close, elle examina sa chambre avec un sourire immodeste et satisfait. Chaque chose était à sa place. Elle avait fait un saut à l'étage après ses leçons du matin pour remettre en ordre son royaume, sans autre souci en tête que son propre confort. Ce n'était pas si souvent qu'elle n'avait à se soucier que d'elle-même, et elle avait l'intention d'en profiter comme un oisillon confortablement lové au creux de son nid.

Un oisillon qui aurait poussé par-dessus bord le reste de la nichée, cela dit...

Elle avait refait son lit en laissant un coin du drap replié de manière accueillante. Elle avait garni le bougeoir et glissé une autre bougie dans le tiroir de sa table de nuit au cas où la première ne suffirait pas. Rien n'était plus ennuyeux que d'avoir à se glisser en pleine nuit au rez-de-chaussée, au beau milieu d'une lecture prenante.

Dans le tiroir de la table de nuit se trouvait également *Le Comte de St. Blancard*, dernier roman en date de Mme Meeke, dont Georgiana avait guetté la sortie pendant des mois, et pour lequel il lui avait fallu attendre son tour à la bibliothèque paroissiale. Juste au bon moment, elle avait enfin mis la main sur le précieux ouvrage.

Elle traversa la pièce, se glissa dans son lit et tira avec un soupir de contentement le drap jusqu'à son menton. Elle avait rêvé de cet instant toute la journée, et…

On venait de frapper à sa porte. Une voix s'éleva de l'autre côté.

— Georgiana ?

C'était Winnie Browning, la gouvernante de lady Clifford. Georgiana se figea, les yeux écarquillés, avant de rabattre le drap sur son visage.

— Désolée de vous déranger, insista Winnie, mais il vaudrait mieux que vous veniez tout de suite.

Tout de suite ? Alors que le comte de St. Blancard l'attendait ?

— Georgiana ?

Winnie cognait de plus belle à sa porte.

— Êtes-vous là ?

Vaincue, Georgiana enfouit son visage dans l'oreiller. Dire que sa récompense avait été si proche !

— Oui, je suis là, répondit-elle d'un ton morne.

Inutile de repousser l'échéance plus longtemps.

— Entrez, Winnie, reprit-elle.

Après avoir ouvert la porte, la gouvernante resta sur le seuil, visiblement inquiète et se tordant les mains.

— Je viens d'aller voir là-haut, expliqua-t-elle. Deux des filles manquent.

— Quoi ? s'exclama Georgiana en se redressant d'un bond dans son lit. Encore ? Laissez-moi deviner. Il s'agit de Sarah et de Susannah, n'est-ce pas ?

Il était même inutile de poser la question. Il s'agissait *toujours* de Sarah et de Susannah.

— Oui, ce sont bien ces deux chipies, répondit Winnie. Lady Clifford se fait déjà un sang d'encre pour elles. J'ose à peine imaginer sa réaction quand elle découvrira en rentrant qu'elles se sont encore volatilisées.

Georgiana était presque tentée de ne rien faire et de découvrir quelle serait la réaction de lady Clifford, mais s'il y avait moyen de s'attirer des ennuis, les deux fillettes s'en chargeraient. Sans compter qu'à Londres, les périls ne manquaient pas, surtout la nuit.

— Pourquoi faut-il toujours que cela arrive quand Emma n'est pas là ? bougonna-t-elle.

Emma était capable d'amener une souris terrorisée à sortir de son trou pour se jeter dans la gueule d'un chat aux aguets. Georgiana, quant à elle, aurait plutôt poussé une lourde pièce de mobilier devant le trou de souris et s'en serait lavé les mains. Emma était bien plus apte qu'elle à faire rentrer au bercail deux gamines récalcitrantes.

— Désolée pour vous, dit Winnie, compatissante. Emma et lady Clifford sont sorties pour une mystérieuse affaire, et Daniel est avec elles. J'ai bien peur qu'il ne reste que vous.

Georgiana jeta un dernier regard d'envie à son livre avant d'y renoncer définitivement. Elle protesta pourtant :

— Cela donnerait une bonne leçon à Sarah et à Susannah si je les abandonnais à leur sort.

Winnie lui fit savoir ce qu'elle en pensait en levant les yeux au plafond. Georgiana avait déjà lancé de telles menaces sans jamais les mettre à exécution. Elles savaient toutes deux qu'il n'en irait pas différemment cette fois.

— Bon, très bien, j'y vais, marmonna Georgiana.

Elle se leva, traversa sa chambre, longea le corridor et gravit l'escalier qui menait au deuxième étage, où dormaient les plus jeunes élèves de l'école. Elles étaient regroupées par six au lieu de quatre pour les plus âgées, ce qui augmentait d'un tiers les risques d'indiscipline. Elle avait elle-même effectué le calcul.

Elle marqua une pause devant la porte. De l'autre côté lui parvenaient des salves de rires étouffés. Sans même s'être annoncée, elle pénétra dans la chambre et lança :

— Eh bien, mesdemoiselles, vous voilà bien joyeuses, ce soir ! Je vous en prie, ne vous interrompez pas pour moi.

Dans le soudain silence, ses pas firent grincer le parquet. Mentalement, elle compta ses ouailles. *Une, deux, et...* oui, la petite Caroline était bien là, à côté de la porte. Ce qui faisait trois... et quatre avec Abby, près de la fenêtre. Quatre têtes, là où elle aurait dû en trouver six. Il en manquait deux.

— Très bien ! reprit-elle. Allons à l'essentiel, d'accord ? Où sont passées Sarah et Susannah cette fois ?

Quatre paires d'yeux écarquillés trahirent une culpabilité mal dissimulée avant qu'Abby, la plus âgée et de loin la plus futée, prenne la parole.

— Elles seraient sorties, mademoiselle Harley ? Nous n'avions pas fait attention. Pas vrai, vous autres ?

Georgiana croisa les bras. Comme la plupart des enfants des rues, les filles dont elle avait la charge mentaient avec aplomb. Mais, pour avoir été l'une d'entre elles et avoir excellé dans le mensonge elle aussi, elle savait comment s'y prendre pour percer à jour leurs secrets.

— Voyons ce qu'en pense Caroline.

D'un geste, Georgiana signifia à l'intéressée de venir la rejoindre et lui demanda :

— As-tu vu Sarah et Susannah ce soir ?

Caroline était la plus jeune et la plus douce d'entre elles. La plus susceptible, également, de se laisser impressionner. Georgiana aurait dû se sentir coupable d'utiliser le maillon faible de la bande, mais elle devait se montrer intraitable face à ces gamines déterminées. C'était cela, ou se laisser dévorer.

Caroline lança un regard furtif à Abby. Georgiana laissa un silence pesant s'éterniser. La lèvre tremblante, l'enfant commença à s'agiter.

— Eh bien ? insista-t-elle.

— Oui, m'zelle Harley. Je les ai vues.

— Bien ! Je savais qu'il y aurait ici *quelqu'un* pour me répondre. Quand les as-tu vues pour la dernière fois ?

Voyant Caroline tourner la tête, Georgiana lui saisit le menton pour l'en empêcher et insista :

— Non, c'est à toi que je pose la question, pas à Abby.

— Au dîner, m'zelle Harley.

*Au dîner !* Cela faisait des heures qu'il était terminé.

— Tu ne les as pas vues depuis, tu en es sûre ?

— Oui, m'zelle.

Caroline lança un regard anxieux à Abby et ajouta :

— Elles se sont glissées dehors par la porte de devant quand Mme Browning est retournée à la cuisine. Elles ont dit qu'elles voulaient faire un tour et...

Abby poussa un grondement qui fit taire la petite. Pointant Abby du doigt, Joanna lança d'un ton accusateur :

— Abby est sortie avec elles, mademoiselle Harley ! Elle est rentrée juste avant que Mme Browning revienne. Elle nous a dit que Sarah et Susannah allaient à Covent Garden.

— Covent Garden ! s'exclama Georgiana.

Ces gamines allaient la rendre folle ! Qu'avaient-elles dans le crâne ? Les voyous ne manquaient pas à Londres mais, à Covent Garden, ils pullulaient.

— Où cela, à Covent Garden ? insista-t-elle.

Au ton de sa voix, Caroline comprit que l'affaire était sérieuse et commença à pleurnicher. Avant que ses pleurs dégénèrent, Abby, ayant compris que tous ses efforts étaient vains, la poussa sans ménagement et lança :

— Arrête de pleurnicher et laisse-moi raconter. Voilà comment ça s'est passé, mademoiselle Harley. On était sur Henrietta Street, et on ne faisait rien de mal, rassurez-vous. On regardait juste les gens aller et venir, en leur demandant un penny ou deux – mais sans embêter personne, hein ! On était donc là, tranquilles, quand...

— « Sans embêter personne... » répéta Georgiana d'un air sarcastique. Je suppose donc que si je vérifiais tes poches, je n'y trouverais aucun mouchoir de soie.

Abby s'empressa de reculer d'un pas pour se mettre hors de sa portée.

— Sans embêter personne, comme je vous le disais ! s'entêta-t-elle. Et c'est là que ces trois aristos nous abordent. Des vrais milords, mademoiselle Harley, j'vous jure ! Gilets brodés, chaîne et montre en or et tout le tralala...

*Oh non !* La situation empirait d'une seconde à l'autre. De tous les mauvais sujets qu'il était possible de croiser à Covent Garden, les dandys et autres vauriens de l'aristocratie étaient les pires. Tout ce qui se trouvait autour d'eux n'existait à leurs yeux que pour leur bon plaisir.

— Des aristocrates ? s'enquit-elle.

— Oui, c'est ça. Des vicomtes, ou p't-être même des comtes. Des lords, en tout cas. Donc, les voilà qui demandent à Sarah et à Susannah si elles aimeraient se faire une guinée chacune.

— Une guinée ! s'exclama Georgiana avec horreur.

— Oui, une guinée. Ils avaient un verre dans le nez et riaient comme des fous, alors pas facile de savoir pour quoi c'était, mais Sarah et Susannah les ont suivis dès qu'ils leur ont promis une guinée.

Et comment auraient-elles pu ne pas le faire ? Une telle somme représentait une fortune pour des gamines comme Sarah et Susannah, qui n'avaient jamais eu plus de deux pence en poche. Comment résister à l'aubaine d'une guinée tombée du ciel ? Un frisson parcourut l'échine de Georgiana. Elle préférait ne pas imaginer ce que ces hommes attendaient en échange d'une telle récompense. Sarah et Susannah n'étaient encore que des enfants, mais ce n'était pas pour arrêter un certain type d'individus.

Au contraire…

Cette idée lui donna la nausée.

— Sais-tu où ils les ont emmenées ? demanda-t-elle. As-tu vu dans quelle direction ils allaient ?

— Ils ont tourné dans Maiden Lane, répondit Abby. Mais faut pas vous en faire pour elles, mademoiselle Harley. Sarah et Susannah savent se débrouiller. À l'heure qu'il est, elles doivent être en train de rentrer avec leur récompense – et peut-être bien avec la breloque du milord en prime.

Les autres filles l'approuvèrent en hochant la tête avec conviction. Georgiana aurait pu s'arracher les cheveux. Parce qu'elles étaient parvenues à survivre dans la rue jusque-là, ses protégées s'imaginaient invincibles. Elle savait quant à elle que leurs chances de rentrer sans le moindre bobo d'une rencontre avec des fêtards ivres étaient minces. Elle avait passé trop d'années de sa propre jeunesse sur le pavé pour entretenir la moindre illusion à cet égard.

Elle n'était pas assez naïve pour imaginer qu'il lui serait possible de protéger tous les enfants des rues de Londres, mais ces gamines étaient *les siennes*. Elle les avait repérées et choisies personnellement, l'une après l'autre, exactement comme lady Clifford l'avait fait pour elle bien des années plus tôt. Et si elle ne prenait pas soin d'elles, qui le ferait ?

— Aucune d'entre vous ne doit franchir cette porte, vous m'entendez ? lança-t-elle en dévisageant ses protégées l'une après l'autre. Sous aucun prétexte !

Elle dut se montrer convaincante, car toutes hochèrent docilement la tête, même la rebelle Abby.

— Oui, mademoiselle Harley.

Georgiana fonça passer quelques vêtements dans sa chambre, avant de dévaler l'escalier. Dans le vestibule, elle enfila son manteau et coiffa son chapeau, puis elle sortit et s'enfonça dans la nuit en direction de Covent Garden.

Ce n'était pas très loin, un peu plus d'un mile, mais l'humidité rendait la chaussée glissante. Frissonnante, elle filait aussi vite qu'elle le pouvait le long des rues emplies du brouillard de janvier. Une litanie d'imprécations auxquelles se mêlaient des prières glissait de temps à autre de ses lèvres.

*Ces sacrées gamines n'en feront jamais qu'à leur tête ! Pitié, pitié ! Faites qu'elles n'aient rien...*

Lorsqu'elle atteignit Bedford Street, Georgiana tenta de se calmer. Pour l'instant, elle n'avait pas glissé dans une flaque de sang, ni trébuché sur un corps sans vie. Tout irait bien. Les filles étaient téméraires, mais pas naïves. Elles étaient simplement en train de vivre une autre de leurs aventures. Elle allait les retrouver d'un instant à l'autre. Elle les ramènerait à l'école en les tirant par l'oreille, et tout rentrerait dans l'ordre.

En arrivant au carrefour de Maiden Lane, elle avait presque réussi à se convaincre qu'il n'y avait rien à redouter.

C'est alors qu'elle entendit le cri.

# 2

C'était une voix de fillette qui poussait des hurlements stridents, comme si le monstre de ses pires cauchemars venait de se matérialiser devant elle et menaçait de l'entraîner dans les entrailles de l'enfer.

Ce cri glaça le sang de Georgiana et fit se dresser ses cheveux sur sa nuque. Pourtant, aucun son ne franchit ses lèvres quand, sans réfléchir, elle se précipita pour tourner dans Maiden Lane, la tête emplie d'images effrayantes et le cœur battant à tout rompre. Elle visualisait sans peine un rôdeur gigantesque, tout habillé de noir, pressant une dague contre le cou de Sarah, ou les mains serrant celui de Susannah, ou une bande de voyous prêts à…

*Bon sang, cela n'a rien d'un roman gothique !*

Georgiana emplit ses poumons de l'air glacé pour tenter de se calmer, mais les ténèbres environnantes l'oppressaient. Covent Garden et ses alentours étaient brillamment éclairés, mais seules quelques lueurs parvenaient jusqu'à Maiden Lane. Elle avait vu par elle-même les multiples horreurs qui pouvaient se cacher dans le noir.

Elle s'engagea dans la ruelle, ses semelles dérapant sur les pavés, et rejoignit trois ombres qui s'agitaient à l'extrémité de la chaussée. Deux étaient de taille et d'allure enfantines, mais la troisième, imposante, laissait deviner la haute stature et les larges épaules d'un homme.

Non, pas d'un homme, se corrigea-t-elle mentalement, mais d'un criminel, d'un démon, d'un scélérat agressant des enfants innocents. D'instinct, elle voulut lui sauter sur le dos et lacérer son visage de ses ongles, mais la surprise la fit se figer sur place et cligner des yeux.

Elle ne découvrait ni dague ensanglantée ni monstre humain serrant un cou fragile. Il y avait bien là un homme, mais il n'était pas habillé de noir : son élégant manteau bleu roi était richement brodé de fils d'argent. Et, au lieu des mains épaisses d'un tueur, il avait de longs doigts élégants protégés par d'impeccables gants blancs.

Susannah se tenait à côté de lui, les yeux ronds. Quant à Sarah... de toute évidence, elle était juchée sur son dos.

— Sarah ! s'exclama Georgiana. Descends tout de suite ! Quant à vous, espèce de voyou...

— Voyou ? l'interrompit l'homme, les sourcils froncés. Il doit y avoir erreur, madame...

— Oh oh..., commenta Susannah à mi-voix. Il va y avoir du grabuge. Descends de là, Sarah. Et vite.

La fillette se laissa glisser le long du dos de l'inconnu. En observant avec inquiétude le visage de Georgiana, contracté par la colère, elle murmura :

— Bonsoir, mademoiselle Har...

Susannah l'interrompit en s'interposant entre elles.

— Je vais tout vous expliquer, mad...

— Plus un mot ! coupa Georgiana en dirigeant un index tremblant sur ses protégées. Silence, toutes les deux ! Venez ici *immédiatement* !

Sarah lança à Susannah un regard affolé.

— Mademoiselle Harley..., plaida celle-ci. On n'faisait rien de mal. On aidait juste ce monsieur à...

— Assez !

Les attrapant chacune par un bras, Georgiana mit les fillettes à l'abri derrière elle. Le soulagement de les avoir retrouvées se mêlait à la colère qui continuait à bouillir en elle, mais le scélérat qui se tenait devant elle fit seul les frais de sa fureur.

— Je suis bien consciente que vous avez été détournées du droit chemin par ce... *gentleman*.

En mettant l'accent sur ce mot, elle foudroya l'homme du regard et ajouta :

— Car j'imagine que c'est ce que vous prétendez être, monsieur, en dépit de votre comportement indigne.

Il suffisait de lui jeter un coup d'œil pour constater que l'homme était bien un gentleman, et même un aristocrate. Ses vêtements, ses manières, son parfum le prouvaient. Sans doute devait-il être un comte, voire un marquis, car qui d'autre se serait permis d'abuser de manière aussi cynique de la naïveté de deux fillettes ?

N'importe quel gentleman ayant une once de dignité aurait baissé piteusement les yeux, mais celui-ci semblait plus amusé qu'autre chose. Un large sourire ornait ses lèvres pleines. Une lueur malicieuse dans les yeux, il souleva son chapeau et la salua théâtralement.

— Permettez que je me présente, dit-il. Haslemere, madame... Ravi de faire votre connaissance.

*Haslemere ?*

Il avait prononcé ce nom comme s'il était tout naturel qu'elle le connaisse, et c'était le cas. Chacun à Londres avait entendu parler de Benedict Harcourt, comte de Haslemere. Ce que Georgiana savait de lui ne plaidait pas en sa faveur, mais il n'était pas pour autant le méprisable monstre qu'elle avait redouté. Il ne brandissait ni couteau ni épée, n'était pas un brigand tapi dans l'ombre, et Sarah et Susannah paraissaient saines et sauves.

Pour autant, il n'était pas inoffensif. Haslemere avait dans tout Londres la réputation d'un débauché aux paris insensés. Son nom était synonyme de scandales à répétition et d'une kyrielle de belles maîtresses.

Georgiana le toisa avec dédain, de la pointe de ses souliers lustrés à ses lèvres ornées d'un sourire suffisant. Il était incontestablement séduisant, avec son épaisse chevelure auburn et ses yeux sombres, mais elle demeurait quant à elle insensible à son charme.

— Est-il dans vos habitudes de vous amuser en mettant en danger d'innocentes fillettes, lord Haslemere ?

Il parut surpris et protesta :

— Elles n'ont jamais couru le moindre danger, je vous l'assure. Au contraire, elles se sont beaucoup amusées. Elles pourront vous le confirmer, d'ailleurs.

Il la gratifia d'un sourire qui, à l'évidence, devait conduire nombre de ladies directement dans son lit.

Mais Georgiana n'avait rien à voir avec ces femmes-là.

— Dans ce cas, peut-être pourriez-vous m'expliquer pourquoi j'ai entendu Sarah hurler de terreur à trois pâtés de maisons d'ici ?

Elle était bien plus près lorsqu'elle avait entendu la fillette crier, mais lord Haslemere n'avait pas besoin de le savoir.

— Certainement, mademoiselle... Harley, c'est bien cela ?

Se penchant vers elle, il ajouta d'un ton de conspirateur :

— La jeune Sarah protestait parce que j'avais mis fin à nos jeux. J'ai été tout aussi effrayé que vous de l'entendre crier. Je m'apprêtais à lui accorder un dernier tour sur mon dos pour la consoler quand vous avez débarqué, hurlant comme une sorcière et me prêtant de viles intentions.

Georgiana avait entendu parler de ces courses dans lesquelles se lançaient de jeunes aristocrates lassés des jeux de hasard ou du whist. Plus ils prenaient de risques, plus ils en tiraient de satisfaction. La rumeur évoquait des propres-à-rien ivres morts sillonnant Covent Garden, des femmes de petite vertu dans les bras, bousculant tout le monde sur leur passage et se rendant insupportables.

Elle n'y aurait pas cru si elle ne l'avait pas constaté par elle-même. Il n'y avait pas de limites à la stupidité des jeunes aristocrates revenus de tout. La semaine précédente, on avait engagé des paris au White's sur le temps que mettrait une goutte de pluie à dévaler une vitre. Un mois plus tôt, on s'était excité sur le défi que s'était lancé un lord d'en porter un autre sur son dos autour de la Serpentine.

Plus rien n'aurait dû la surprendre.

En ce qui la concernait, Georgiana se fichait que ces écervelés se fracassent le crâne sur le pavé. Ils pouvaient sans l'émouvoir sacrifier leurs jolis nez et toutes leurs dents blanches à leurs stupides paris.

Du moins tant que ces dandys ne s'avisaient pas de mêler *ses* filles à l'un de leurs jeux stupides. Il était de son devoir de les en protéger.

— Vous empestez le porto, lord Haslemere ! lança-t-elle d'un ton accusateur. Imaginez-vous être en mesure de porter une innocente enfant sur vos épaules dans cet état ?

— Eh bien, mademoiselle Harley... Je suis ravi de voir que vous vous souciez de mon état, mais...

Il lui adressa un clin d'œil complice et ajouta :

— ... c'était cela ou avoir les tympans brisés. Qui plus est, jamais je ne laisserais une demoiselle dans la détresse.

Georgiana faisait de son mieux pour contenir sa colère, mais le gredin s'ingéniait à la provoquer avec ses sourires et ses tentatives de flirt.

— Pour vous, tout n'est qu'amusement, n'est-ce pas milord ? reprit-elle. Un autre caprice pour tuer le temps. Et si l'une de mes filles était tombée et s'était brisé un membre ou, pire encore, s'était ouvert le crâne ? Cela serait-il resté aussi amusant à vos yeux ?

Sa véhémence parut le surprendre.

— Allons, mademoiselle Harley, je vous assure que...

Une voix enfantine vint l'interrompre.

— Nous n'avons pas grimpé sur ses épaules.

Les deux fillettes s'étaient jusque-là contentées de suivre leur échange avec intérêt. Susannah, qui venait d'intervenir, poursuivit :

— Il y en avait un autre qui en avait envie, mais lui n'a pas voulu et l'en a empêché.

— Un autre ? répéta Georgiana, surprise.

Elle se souvint alors qu'Abby avait évoqué la présence de plusieurs gentlemen.

— Eh bien, naturellement, dit lord Haslemere. Quel intérêt aurait eu une course contre moi-même ?

Georgiana serra les poings pour réprimer l'envie qui lui prenait d'aller lui frotter les oreilles.

— Il y en avait trois ! précisa Sarah, comme si la précision était susceptible de jouer en leur faveur. Un qui s'appelait Harry Quelque Chose – c'est lui qui faisait le deuxième cheval, et Susannah était son jockey –, et un autre, Perry Je Ne Sais Plus Quoi, qui tenait le chapeau avec les sous.

*Ah oui... les fameuses guinées.*

— Rendez tout de suite son argent à lord Haslemere !

Aucune de ses protégées ne devait avoir de dettes envers un comte à la réputation scandaleuse.

Susannah et Sarah reculèrent précipitamment d'un pas, cachant dans leur dos leurs mains sans doute refermées sur le trésor incriminé.

— Je ne veux pas récupérer cet argent ! protesta lord Haslemere avec une impatience manifeste. Elles l'ont honorablement gagné et devraient pouvoir le garder.

L'ignorant superbement, Georgiana insista :

— Les filles ! Tout de suite !

Sarah et Susannah rechignaient à renoncer à leur soudaine richesse, mais elles fréquentaient depuis assez longtemps l'école Clifford pour savoir qu'il valait mieux ne pas fâcher Mlle Harley. Si Susannah accepta – de mauvaise grâce – de lui remettre sa guinée, Georgiana dut forcer les doigts de Sarah à s'ouvrir pour lui prendre la sienne.

— Je vous rends votre bien, milord. Restons-en là.

Il croisa les bras, refusant les pièces qu'elle lui tendait.

— C'est absurde, mademoiselle Harley ! protesta-t-il. Soyez raisonnable et rendez leur récompense à ces fillettes.

Les yeux plissés, Georgiana s'enquit, menaçante :

— Seriez-vous en train de saper mon autorité ?

— Cette fois, il est cuit, commenta tout bas Susannah.

Avec un haussement d'épaules, Haslemere répondit :

— Je ne vois pas en quoi récompenser de manière juste vos protégées pourrait leur nuire.

— Cela n'est pas pour me surprendre. J'imagine que vous n'avez pas l'habitude d'envisager les conséquences de vos actes.

Et pourquoi l'aurait-il fait ? Il n'y avait jamais aucune conséquence pour les gentlemen tels que lui.

— Alors, permettez-moi de vous les expliquer, reprit-elle. À l'heure qu'il est, Sarah et Susannah devraient être tranquillement endormies dans leur lit. Au lieu de cela, elles se sont enfuies pour se rendre à Covent Garden de nuit, enfreignant toutes les règles et se mettant en danger. Et vous, vous proposez de les en *récompenser* ?

Lord Haslemere fit la grimace et se gratta le crâne.

— Vu sous cet angle, cela ne semble effectivement pas souhaitable, reconnut-il. Je n'avais pas pensé à...

— Non, l'interrompit-elle sèchement. Vous n'y aviez pas pensé.

D'un geste habile, elle fourra les pièces dans une poche de son gilet et ajouta :

— Et je suis prête à parier que cela doit souvent être le cas en ce qui vous concerne. Je vous souhaite une bonne nuit, milord.

Sans attendre de réponse, elle tourna les talons et s'éloigna d'un pas décidé après avoir pris par la main chacune des deux fillettes. Mais elle ne put que se figer en entendant le comte répliquer d'une voix amusée :

— Quelle habile menteuse vous faites, mademoiselle Harley. Nous savons tous deux que vous souhaiteriez plutôt me voir rôtir en enfer...

Seigneur, quelle langue de vipère ! Benedict avait trouvé intolérables les cris de Sarah, mais ils n'étaient rien comparés à la bise cinglante sortie des lèvres de Mlle Harley. Il ne se rappelait pas avoir été aussi fermement admonesté de toute son existence.

Il trouvait cela étrangement rafraîchissant et même assez... émoustillant ?

Rares étaient les gens qui se permettaient de le remettre à sa place, et cette Mlle Harley était particulièrement douée pour cela. Il avait toujours eu un faible pour les femmes à la repartie facile, et aucune dose de sirop n'édulcorait les répliques de celle-ci.

— Êtes-vous leur gouvernante ? s'enquit-il.

Il y avait dans son attitude quelque chose qui lui faisait penser à Mlle Vexington, qui avait été la gouvernante de sa sœur Jane pendant des années.

Il l'avait toujours appréciée, car c'était une personne estimable, bien qu'un peu raide.

Mlle Harley se retourna d'un bloc pour lui faire face, les lèvres pincées.

— Évidemment, vous ne pouviez pas supposer autre chose ! lança-t-elle d'un ton accusateur.

Benedict cligna des yeux, étonné. Il n'avait pas voulu se montrer désagréable. Pourquoi réagissait-elle ainsi ?

— Pardon ? s'étonna-t-il. Que voulez-vous dire ?

— Aucune importance.

En secouant la tête, elle fit volte-face et lança aux deux fillettes :

— Venez, nous n'avons rien à faire ici.

— Attendez ! s'écria-t-il. Quel mal y a-t-il à être prise pour une gouvernante ?

Benedict s'en fichait comme de sa première chemise, mais il n'avait pas envie qu'elle parte.

— Aucun, répondit-elle en lui jetant un coup d'œil par-dessus son épaule. Les gouvernantes n'ont rien à se reprocher.

Benedict fit de son mieux pour paraître choqué.

— Vous voulez dire que c'est moi qui ai quelque chose à me reprocher ? Il faut vous expliquer ! Vous ne pouvez pas disparaître dans la nuit après avoir ainsi mis en cause ma probité.

— Très bien, lord Haslemere, puisque vous insistez…

De nouveau, elle se retourna et poursuivit :

— Vous me semblez être le genre d'homme incapable de considérer une femme autrement que comme une maîtresse potentielle ou une gouvernante.

— C'est absurde, mademoiselle Harley ! protesta-t-il. Elles peuvent aussi être femmes de chambre ou nurses.

Avec gourmandise, Benedict attendit la saillie au vitriol qui n'allait pas manquer de suivre.

— Ces femmes qui n'excitent pas vos penchants amoureux...

Il l'interrompit en répétant d'un air amusé :

— Mes penchants amoureux ? Est-ce ainsi que vous appelez mon...

Elle lui coupa la parole à son tour en répétant d'un air obstiné :

— Ces femmes qui n'excitent pas vos penchants amoureux ne peuvent être que des domestiques à vos yeux.

Inclinant la tête sur le côté, il l'observa un instant. Elle n'était pas vêtue à la dernière mode et ne répondait pas aux critères d'une beauté conventionnelle, mais elle exerçait sur lui une attirance indéniable. Peut-être était-ce le résultat de sa trop grande sévérité, qui lui donnait une envie folle de la dévergonder, de la dérider un peu.

Benedict décida donc de céder à la tentation, ainsi qu'il le faisait chaque fois qu'elle se présentait à lui.

— Qu'est-ce qui vous fait croire que je ne voudrais pas de vous comme maîtresse ?

Mlle Harley en resta un instant bouche bée.

— Je... Ce n'est pas... Je n'ai jamais...

Benedict la regarda avec satisfaction bredouiller et rougir jusqu'aux oreilles. La confusion de cette jeune femme volontaire et directe était délicieuse.

*Je crois qu'elle a su éveiller mes penchants amoureux.*

Nul n'en était plus surpris que lui. Elle n'était pas du tout son style. Avec ses cheveux strictement tirés en arrière et ce ridicule manteau boutonné jusqu'au menton, elle avait l'air d'un mouton fraîchement tondu. Pourtant, les quelques mèches qui avaient échappé à la discipline de fer qu'elle infligeait à sa chevelure étaient d'une belle nuance de châtain, et ses yeux frangés de cils épais étaient… bruns ? Ou verts ? Benedict plissa les paupières pour se faire une idée.

Oui, ses yeux devaient être bruns. Ils évoquaient en tout cas bien plus cette couleur que le vert.

Ayant sans doute remarqué l'attention dont elle était l'objet, Mlle Harley pinça les lèvres et demanda :

— Vous ne prenez jamais rien au sérieux, lord Haslemere ?

Le sourire qu'affichait Benedict s'élargit encore.

— Pas si je peux l'éviter, répondit-il. Et vous, prenez-vous toujours tout trop au sérieux, mademoiselle Harley ?

Redressant fièrement le menton, elle s'indigna :

— Sérieusement, en quoi cela vous importe-t-il que je sois leur gouvernante ou non ?

— Je serais un bien piètre gentleman si je laissais une inconnue emmener deux petites filles en pleine nuit sans m'enquérir de ce qui lui donne le droit d'agir ainsi.

— Oh, Mlle Harley n'est pas une inconnue ! protesta la plus jeune des fillettes. Elle s'occupe de nous à l'école Cliff…

— Tais-toi donc, Sarah !

La jeune femme donna la main à ses deux protégées et s'éloigna avec elles en direction de Henrietta Street.

— Attendez ! s'écria Benedict en leur emboîtant le pas. Il est tard. Me permettrez-vous de vous reconduire chez vous en voiture ?

— Non, merci. Ce ne sera pas nécessaire.

— Allons, mademoiselle Harley… Inutile de faire des manières. On dirait qu'il va se remettre à pleuvoir.

Benedict ignorait ce qui le poussait à insister de la sorte. Il aurait pu simplement la laisser partir et ne plus se soucier d'elle ni des fillettes. Peut-être avait-elle réussi à réveiller ses instincts chevaleresques dormants.

— S'il vous plaît, mademoiselle, insista la jeune Sarah en s'accrochant à ses jupes. Il doit avoir une belle voiture, vu qu'il est un lord et tout ça...

— J'ai une magnifique voiture, confirma-t-il. Et un attelage tout aussi splendide. Si vous avez réellement à cœur la sécurité de ces enfants, mademoiselle Harley, vous ne pouvez les laisser errer la nuit dans les rues de Londres.

Mais la jeune femme ne semblait pas être du genre à s'en laisser conter.

— Je vous assure, lord Haslemere, que ces deux petites filles n'ignorent rien des risques qu'elles courent dans les rues de Londres. J'oserais même affirmer qu'elles y ont passé plus de temps dans leur courte vie que vous dans toute la vôtre.

Benedict n'aurait pu prétendre le contraire. Il n'avait passé qu'une nuit dans les rues de Londres, et c'était parce qu'il avait été trop soûl pour retrouver sa voiture. Il était, hélas, en tout point l'inutile vaurien pour qui elle le prenait. Mais un homme devait faire ce en quoi il excellait, et Benedict avait le don d'amuser autrui en même temps que lui-même. En dehors de cela, son inutilité était indiscutable.

— Très bien, mademoiselle Harley, dit-il, capitulant. Mais laissez-moi au moins échanger une poignée de main d'adieu avec Sarah et Susannah.

Voyant qu'elle s'apprêtait à refuser, il ne lui en laissa pas le temps et fit signe aux gamines d'approcher. Sans attendre de permission, celles-ci lâchèrent la main de leur accompagnatrice et le rejoignirent. Benedict récupéra discrètement dans sa poche la monnaie que Mlle Harley lui avait rendue et s'accroupit sur le pavé. En hochant gravement la tête, il serra la main des fillettes à tour de rôle, profitant de l'occasion pour leur glisser au creux de la paume la récompense promise.

— Mademoiselle Sarah, vous avez été un jockey formidable, dit-il ce faisant. Et mademoiselle Susannah, une formidable compétitrice.

D'un clin d'œil, il les avait incitées à la discrétion quand il avait vu leurs yeux s'arrondir au contact des pièces.

— Sarah et Susannah, venez, à présent ! s'impatienta Mlle Harley. Vos camarades vont se demander ce qui vous est arrivé.

Benedict la regarda récupérer ses ouailles et s'éloigner en leur compagnie. Cette fois, il ne chercha pas à la retenir. Debout sur le pavé mouillé, il demeura immobile un long moment, à les regarder s'éloigner, jusqu'à ce que la nuit les ait tout à fait avalées.

# 3

*Trois mois plus tard,*
*Berkeley Square, Londres*

Georgiana racla consciencieusement le fond de sa coupe de glace à l'ananas avec sa petite cuillère, refusant d'en perdre ne serait-ce qu'une goutte.

— Je pense qu'il ne doit plus y en avoir, commenta Sophia en la regardant faire. Tu vas passer à travers le verre si tu continues ainsi. Dois-je demander à Tristan de retourner chez Gunther t'en chercher une autre ?

Dans l'habitacle de leur voiture, son amie était installée sur la banquette opposée à la sienne, les pieds posés sur les genoux de Cecilia.

Par la vitre de la portière, Georgiana jeta un coup d'œil aux époux de Sophia et de Cecilia. Ceux-ci patientaient en observant la circulation et en profitant du chaud soleil de l'après-midi. Ils avaient décidé de les accompagner à cheval afin de les laisser entre elles. Bien droits dans leur élégante tenue, ils auraient pu sortir des pages du *Gentleman's Magazine*.

— Non, il ne vaut mieux pas, répondit Georgiana en s'adossant de nouveau à la banquette tapissée de velours. Je serais capable d'en vouloir encore une autre ensuite, et quand cela s'arrêterait-il ?

Cecilia se mit à rire et fit remarquer :

— Tu as toujours eu le bec sucré.

— Pas si sucré que ça, protesta Georgiana. J'ai juste un faible pour les glaces – surtout celles à l'ananas.

Sans honte, elle lécha la cuillère sur laquelle s'attardait encore un peu de sa saveur préférée.

— Pour les glaces, le massepain, les pastilles de menthe, énuméra Emma en comptant sur ses doigts, les fruits confits, les cakes…

— Tais-toi donc, moqueuse ! s'exclama Cecilia en faisant sonner sa cuillère contre la coupe d'Emma.

Georgiana se sentit fondre de tendresse en examinant les visages souriants qui l'entouraient. Le récent mariage de Cecilia avec le marquis de Darlington ne l'avait en rien changée, pas plus que Sophia n'avait changé en épousant le comte de Gray.

Elles étaient à présent des femmes du monde, à n'en pas douter, mais à ses yeux, elles resteraient à jamais Cecilia Gilchrist, Sophia Monmouth et Emma Downing. Elles étaient devenues à l'école Clifford les plus proches amies du monde, presque des sœurs. L'une d'elles avait beau être marquise, et une autre comtesse, les titres et les fortunes ne changeaient rien à leur histoire commune et ne pouvaient effacer des années d'amitié. L'éloignement, en revanche, et le temps passé sans se voir…

En contemplant le fond de sa coupe d'un air absent, Georgiana sentit une vague de mélancolie s'abattre sur elle. Elle avait tendance à se laisser aller à la sensiblerie, ces derniers temps… Elle avait beau savoir que broyer du noir était une mauvaise habitude, elle n'avait pu s'en empêcher ces derniers mois.

Alors que ses amies nageaient dans le bonheur, c'était égoïste de sa part.

— Je ne sais pas où passent les douceurs que tu avales, Georgiana, dit Sophia.

Sa main esquissa un geste dans sa direction avant de se reposer sur son ventre, comme si l'effort l'avait épuisée.

— T'ai-je dit que je n'entrais plus dans aucune de mes robes ? reprit-elle. Je ne porte plus que le banyan de Tristan.

Emma roula des yeux et protesta :

— Ton ventre est rond de l'enfant que tu portes, pas à cause des crèmes glacées.

Sophia eut un grognement sarcastique et répondit :

— Les deux sont en cause, je t'assure. J'en suis à ma troisième visite chez Gunther cette semaine. Dommage que je sois si petite. Si j'avais ta taille, Georgiana, je pourrais manger ce que je veux.

— Si tu avais ma taille, tu aurais aussi mes os saillants, ainsi que mes grandes mains et mes grands pieds, rectifia Georgiana.

Elle avait renoncé à espérer mettre un jour un peu de chair sur ses os. À vingt-cinq ans, mieux valait se faire une raison.

— Crois-moi, ajouta-t-elle, tu es bien mieux ainsi. Une vieille fille dégingandée ne fait envie à personne.

Elle grimaça en voyant, l'un après l'autre, les sourires se figer sur les visages de ses amies.

Bon sang ! Pourquoi avait-il fallu qu'elle gâche leurs retrouvailles ainsi ? Ses amies lui manquaient vraiment, même si elle avait largement de quoi s'occuper. Lady Clifford lui avait demandé son aide pour mener à bien un ambitieux plan de développement de l'école, sans compter le groupe d'écolières remuantes dont elle avait la charge.

Cecilia se pencha pour lui prendre la main et demanda, avec une inquiétude manifeste :

— Comment vas-tu ? Tu parais un peu morose…

— Impossible, protesta-t-elle. Je ne le suis jamais.

Elle ne se le permettait pas.

— Tout va bien, reprit-elle. Je me sens aussi satisfaite de mon sort qu'habituellement.

Ses amies échangèrent des regards sceptiques, qu'elle feignit de ne pas remarquer. Elles n'auraient fait que s'inquiéter davantage, et Georgiana se sentait parfaitement bien. Si ses amies lui manquaient de temps à autre et s'il lui arrivait de regretter que tout ne soit pas resté comme avant, elle se reprenait bien vite et refusait de se laisser aller à des sentiments aussi mélodramatiques.

Elle s'était habituée au silence. Qui pouvait se plaindre de trop de tranquillité ? L'intimité était un luxe dans une école remplie de pensionnaires agitées. Il était donc réellement appréciable d'avoir un peu de paix, pour changer.

Du moins en avait-il été ainsi au début.

Dernièrement, le silence avait tendance à devenir oppressant, et cela n'allait pas s'arranger. Sophia et lord Gray partaient le lendemain pour l'Oxfordshire, où ils devaient passer un mois, et Cecilia et lord Darlington regagnaient le Kent à la fin de la semaine. Quant à Emma, elle s'apprêtait à prendre ses quartiers dans la maison de lady Crosby à Mayfair, pour une mystérieuse mission confiée par lady Clifford.

Les soirées, qu'elles passaient auparavant à lire à haute voix des romans gothiques, manquaient d'animation à présent que Georgiana était le seul membre de leur société secrète à demeurer sur place. Mais pouvait-on considérer que celle-ci existait encore alors qu'il ne restait qu'une vierge évaporée ?

— Très bien, Georgiana. Si tu ne veux pas le dire, je vais le faire, décréta Sophia.

Retirant ses pieds des genoux de Cecilia, elle se redressa et poursuivit :

— Nos soirées complices me manquent. Mais nous serons bientôt de retour à Londres, Tristan et moi, et alors, nous irons chaque jour manger des glaces ensemble.

— Oui, naturellement, répondit Georgiana.

Elle savait qu'elle manquait à ses amies autant que celles-ci lui manquaient. C'était juste qu'elles avaient à présent des vies excitantes et bien remplies, alors qu'elle… Pour être honnête, elle n'avait jamais aimé être laissée de côté.

Pourtant, il ne servait à rien de ruminer. Agacée par ses propres réactions, Georgiana redressa les épaules.

— Inutile de vous en faire pour moi, dit-elle. Même si je dois confesser qu'il est moins drôle de lire des romans gothiques toute seule. C'est bien plus amusant quand Cecilia fait les voix…

— Alors, intervint Emma, c'est ton jour de chance.

Son visage s'illumina tandis qu'elle brandissait devant elle un livre qu'elle avait gardé caché entre son flanc et la cloison en ajoutant triomphalement :

— *Le Château de Wolfenbach*, de Mme Parsons ! L'histoire d'un comte malfaisant et d'une pauvre orpheline. Il y a même des pirates et un enlèvement !

Georgiana s'empara du volume en s'exclamant :

— Cela fait une éternité que je veux le lire !

Emma lui adressa un clin d'œil et déclara :

— J'ai pensé que Cecilia pourrait nous en faire la lecture cet après-midi.

— En effet, c'est ce qu'elle va faire, approuva Sophia. Mais pas ici. J'ai besoin de m'allonger confortablement.

Passant la tête par la vitre ouverte, elle lança :

— Tristan, mon amour… nous rentrons. Pendant que nous retournons à Great Marlborough Street, vous seriez des anges, lord Darlington et toi, de rapporter nos coupes vides chez Gunther.

Georgiana regagna Maddox Street et se mit au travail dans le bureau de lady Clifford, où elle resta bien après la tombée de la nuit. Elle avait passé l'après-midi en compagnie de Cecilia, d'Emma et de Sophia, dans la bibliothèque de cette dernière. Elles avaient ri, s'étaient exclamées à la lecture du roman de Mme Parsons et s'étaient régalées de biscuits tartinés de la délicieuse confiture de coings avec laquelle Mme Beeson, la gouvernante de Sophia, avait conquis le cœur de Georgiana. Celle-ci en avait tellement mangé qu'elle était rentrée d'un pas un peu lourd mais, l'un dans l'autre, l'après-midi avait été idéal.

Si elle avait bien ressenti un peu de mélancolie au moment de se séparer de ses amies, elle s'était rapidement reprise. Le temps allait passer vite, et il lui suffirait de se plonger dans les aventures tissées par Mme Radcliffe ou Mme Parsons si elle commençait à le trouver long. Elle n'avait pas besoin dans sa vie d'autres excitations que celles-là. Elle préférait que son existence soit tranquille et ordonnée. Qui plus est, elle avait suffisamment de choses à faire pour ne pas avoir à chercher de la distraction.

Après avoir monté un peu la mèche de la lampe, elle se pencha de nouveau sur le livre de comptes en faisant fi de son cou douloureux. Cela faisait un moment qu'elle consacrait son attention à ces maudits chiffres, mais ceux-ci refusaient de coopérer.

C'était la première fois qu'une telle chose lui arrivait. Depuis que son histoire d'amour avec les nombres avait débuté, pas une fois ils ne l'avaient déçue. Du plus loin qu'elle pût se le rappeler, ils lui avaient constamment tenu compagnie. Et voilà qu'aujourd'hui, bien des années plus tard, ses fidèles compagnons lui faisaient défaut.

Tout avait commencé innocemment, mais l'attrait des unités l'avait bien vite menée à celui des additions. De là, en une succession rapide, elle avait cédé au charme des multiplications et des divisions. Et lorsqu'elle avait goûté aux délices algébriques et géométriques, aucun retour en arrière n'avait plus été possible.

Après vingt-cinq années de fidélité, leur belle histoire d'amour ne pouvait tout de même pas se terminer ainsi ?

Georgiana tira le registre de manière à aligner le bord de sa couverture avec celui du bureau, comme s'il suffisait d'un peu d'ordre pour que les chiffres cessent de danser devant ses yeux.

Au bas des deux colonnes, à gauche et à droite de la page, les chiffres inscrits de son écriture nette et précise auraient dû être identiques. Avait-elle mal lu ? Elle ferma les yeux un instant, espérant s'être trompée, mais quand elle les rouvrit… ils ne correspondaient pas.

Elle se frotta les yeux d'une main lasse puis se remit à l'ouvrage, passant en revue un chiffre après l'autre. Elle les avait tellement consultés qu'ils semblaient inscrits au fer rouge dans sa mémoire, mais elle refit les additions de pence, de couronnes, de guinées et de livres, encore et encore, jusqu'à ce que les chiffres une nouvelle fois se brouillent devant ses yeux et qu'elle finisse par repousser le livre de comptes avec un grognement de rage. La cause était désespérée. De quelque manière qu'elle s'y prenne, il manquait toujours de l'argent.

Depuis que lady Clifford avait évoqué la nécessité d'agrandir l'école dans un deuxième immeuble, des visions de locaux vastes et bien éclairés résonnant de cris joyeux flottaient dans son esprit. Il fallait financer l'opération. Reportant son attention sur le registre ouvert sur le bureau, elle revint quelques pages en arrière et…

— Ma chère enfant..., la réprimanda une voix connue, la tirant de ses pensées. Il n'est pas bon de travailler avec si peu de lumière. Prenez garde à ne pas vous user les yeux.

Georgiana releva la tête et découvrit lady Clifford dans l'encadrement de la porte. Elle avait sur le visage une expression familière où se mêlaient l'exaspération et l'affection.

— Je vais aller chercher une autre lampe, promit-elle.

— Vous irez plus tard. J'ai besoin de vous dans mon salon privé. Nous avons une visiteuse.

— Une visiteuse ?

Combien de temps avait-elle passé à l'étude des comptes ? Elle jeta un coup d'œil vers la fenêtre et constata que la nuit noire obscurcissait les vitres.

— En pleine nuit ? s'étonna-t-elle.

— C'est en effet curieux. Et vous trouverez cela plus curieux encore quand vous découvrirez son identité.

Georgiana se leva. Lady Clifford avait éveillé sa curiosité. Le visage impassible, elle semblait aussi calme qu'à l'accoutumée, mais quelque chose dans son attitude trahissait une certaine excitation.

— De qui s'agit-il ? s'enquit Georgiana.

— De quelqu'un qu'il vaut mieux ne pas faire attendre.

Lady Clifford tourna les talons et ajouta en lui lançant un regard par-dessus son épaule :

— Suivez-moi, vous le découvrirez par vous-même.

Georgiana lui emboîta le pas, dans la maison plongée dans le noir, jusqu'à la confortable petite pièce où lady Clifford se tenait quand elle ne voulait pas être dérangée. La visiteuse annoncée était assise dans le fauteuil le plus proche de la cheminée, le dos tourné à la porte.

— Désolée de vous avoir fait attendre, Votre Grâce.

Lady Clifford alla prendre place dans le fauteuil situé face à la visiteuse et incita d'un geste Georgiana à s'asseoir sur un petit divan d'angle.

*Votre Grâce ?* Georgiana retint son souffle. Il y avait peu de personnes à Londres à qui l'on s'adressait avec tant d'égards. Ce ne pouvait tout de même pas être...

— Je vous présente Georgiana Harley, Votre Grâce, reprit lady Clifford. Je lui ai demandé de venir parce qu'il me semble qu'elle est tout à fait la personne qu'il vous faut.

— Je vous remercie, dit l'inconnue en posant les yeux sur Georgiana, debout devant le divan. Enchantée, mademoiselle Harley. Je vous en prie, asseyez-vous.

Georgiana n'était pas du genre à se laisser intimider par un titre, mais il ne lui était pas donné tous les jours de pouvoir converser avec une duchesse en pleine nuit. Elle fit la révérence et prit place sur son siège en assurant :

— C'est un plaisir de vous rencontrer, Votre Grâce.

Il lui était arrivé d'apercevoir la duchesse de Kenilworth à plusieurs reprises, mais toujours de loin. De près, elle semblait plus jeune que Georgiana ne l'aurait cru. Son visage très pâle contrastait avec sa chevelure d'une teinte auburn inhabituelle, assez semblable à...

*Assez semblable à celle des cheveux de son frère.*

Lord Haslemere. Comment un tel vaurien pouvait-il avoir pour sœur une créature aussi frêle et distinguée ? Leurs visages offraient une certaine ressemblance mais, mis à part cela, ils n'auraient pu paraître plus étrangers l'un à l'autre.

Bien que menue, la duchesse avait l'attitude et le maintien qui seyaient à une dame de son rang. Lord

Haslemere, avec ses cheveux ébouriffés, ses yeux malicieux et son insupportable et perpétuel sourire, ressemblait bien plus à un jouisseur – ce qu'il était.

Après leur rencontre nocturne à Covent Garden, trois mois plus tôt, il s'était plus souvent invité dans ses pensées qu'elle ne l'aurait souhaité. Et juste au moment où elle pensait l'avoir banni de ses souvenirs, il avait fallu qu'il débarque à l'école en compagnie de lord Darlington, venu déclarer sa flamme à Cecilia.

Elle ne l'avait pas revu depuis et ne désirait pas le revoir, mais il continuait à hanter ses pensées.

« Qu'est-ce qui vous fait croire que je ne voudrais pas de vous comme maîtresse ? »

Georgiana serra les dents en se remémorant cette réplique débitée d'un ton nonchalant. Il n'avait dit cela que pour la déstabiliser. Le pire était qu'il y était arrivé. Or, Georgiana ne se laissait *jamais* déstabiliser, pas plus qu'elle ne rougissait ni ne bégayait devant un homme.

— Sa Grâce attend de nous que nous l'aidions à retrouver une de ses vieilles amies, expliqua lady Clifford, la tirant de ses pensées. Elle-même n'y est pas parvenue.

La duchesse n'ayant pas jugé nécessaire de venir ce soir accompagnée de son frère, Georgiana n'avait aucune raison de se laisser obnubiler par lui.

— Mais bien entendu, dit-elle. Je serai ravie de servir Votre Grâce de la manière qu'il lui plaira.

— L'amie en question s'appelle Clara Beauchamp.

La duchesse avait prononcé ce nom avec une certaine prudence, comme si elle n'était pas habituée à le faire en public et redoutait d'être entendue.

Le visage de lady Clifford demeura de marbre, mais Georgiana comprit en la voyant hausser légèrement les sourcils qu'elle aussi s'étonnait. S'il s'agissait juste de retrouver une amie disparue, pourquoi cette visite tardive et discrète ? Une duchesse ne se déplaçait pas seule au cœur de la nuit si elle n'avait pas quelque chose à cacher.

Et ce secret la rendait tout de suite plus intéressante.

— Mlle Beauchamp et moi nous sommes rencontrées il y a plusieurs années de cela, expliqua-t-elle. Nous avons entretenu une correspondance pendant quelque temps, puis ses lettres ont cessé de me parvenir, et je n'ai plus entendu parler d'elle. Elle semble... avoir disparu.

Lady Clifford hocha la tête et demanda :

— Quand avez-vous eu de ses nouvelles pour la dernière fois ?

La duchesse marqua un temps d'hésitation.

— Il y a six ans, répondit-elle dans un murmure.

*Six ans !*

— Cela fait donc très longtemps, nota Georgiana sans chercher à masquer sa surprise. Pardonnez ma question, Votre Grâce, mais... qu'est-ce qui vous incite à vous lancer à sa recherche maintenant ? Quelqu'un l'aurait-il aperçue ?

— C'est moi qui l'ai vue.

Manifestement troublée, la duchesse soutint le regard de Georgiana avant d'ajouter :

— Du moins l'ai-je cru.

— Voilà qui pourrait nous aider, intervint lady Clifford en encourageant d'un signe de tête leur visiteuse à en dire davantage. Où était-ce ?

— Sur Albemarle Street. Je l'ai aperçue dans une voiture qui stationnait devant la résidence de lady Tilbury. Il faisait sombre, et j'ai tout d'abord pensé m'être trompée, étant donné que lady Tilbury ne quitte jamais sa maison du Herefordshire, puis je me suis souvenue qu'elle était arrivée à Londres cette semaine avec son petit-fils. Cet enfant étant malade, elle souhaitait que le Dr Cadogan l'examine.

— Clara Beauchamp était – ou est – donc une relation de lady Tilbury ?

— Lady Tilbury était une amie proche de la mère de Clara. Je me suis dit que si Clara était bel et bien à Londres, elle ne pourrait que se rendre chez elle.

— Vous dites n'avoir eu d'elle qu'un aperçu. Êtes-vous certaine qu'il s'agissait de Clara Beauchamp ?

— Je ne peux en être tout à fait certaine, mademoiselle Harley, mais je crois qu'il s'agissait d'elle. Ses cheveux sont d'une couleur distinctive – un blond très pâle, proche du blanc.

Après avoir réfléchi un instant, lady Clifford posa la question qui brûlait les lèvres de Georgiana.

— Votre Grâce… avez-vous des raisons de penser que Mlle Beauchamp est en danger ?

Les gens, après tout, ne se volatilisaient pas pendant aussi longtemps – ni ne réapparaissaient aussi subitement – sans raison pour ce faire.

— Non, non, rien de tel !

Comme si elle redoutait de s'être trahie en répondant trop rapidement, la duchesse se mordit la lèvre et ajouta :

— Mais elle se trouve peut-être dans une gêne financière dont je pourrais la tirer si je la trouvais.

Georgiana et lady Clifford échangèrent un regard. Ce n'était pas le genre d'affaires qu'elles traitaient d'ordinaire. Si un acte criminel devait être redouté, un détective privé ou la police étaient plus indiqués.

La duchesse, qui avait dû percevoir leur réticence, se tordit les doigts dans son giron.

— J'ai conscience que vous ne rendez pas habituellement ce genre de services, dit-elle. Mais je me suis dit que vous accepteriez peut-être de me venir en aide dans l'intérêt de futures relations amicales que nous pourrions entretenir.

Georgiana comprit l'allusion. Lady Clifford ne se faisait pas rémunérer pour les services qu'elle rendait, mais elle acceptait tous les patronages. Ses relations avec tout ce que Londres comptait de citoyens influents étaient une ressource précieuse pour l'école qu'elle dirigeait. En aidant la duchesse à localiser Mlle Beauchamp, elle s'assurerait son éternelle gratitude, et le soutien de la duchesse de Kenilworth n'était pas à négliger.

— Et si cela ne suffisait pas, reprit celle-ci, peut-être mon amitié avec lord et lady Darlington pourrait-elle vous convaincre…

Voilà qui avait enfin du sens. Lord Haslemere et lord Darlington étant d'excellents amis, la duchesse s'était liée d'amitié avec Cecilia par le biais de son frère.

— Je pense que nous pourrons trouver un arrangement, répondit lady Clifford avec un sourire rassurant. Vous avez mentionné lady Darlington. Est-elle au courant de votre visite ? Est-ce elle qui vous a conseillé de venir nous voir ?

— Non. Je veux dire… je ne lui ai pas parlé de Mlle Beauchamp. Elle sait simplement que j'ai une affaire à régler, rien de plus.

— Dois-je en déduire que vous requérez la plus grande discrétion ?

— Effectivement, lady Clifford, je vous demande de garder tout cela strictement entre nous. Le duc est très occupé, et je ne veux pas l'embêter avec cela.

— Et qu'en est-il de votre frère, lord Haslemere ? intervint Georgiana.

Elle sentit les yeux de lady Clifford se poser sur elle, mais elle se força à soutenir le regard de la duchesse.

— Il n'est pas au courant, répondit celle-ci. Et cela ne doit pas changer. Je vous demande avec insistance de me promettre de ne souffler mot de tout cela à personne, surtout pas à lord Haslemere.

— Naturellement, Votre Grâce, assura lady Clifford. Toutes les affaires que nous traitons restent strictement confidentielles.

La duchesse poussa un soupir de soulagement.

— Je vous remercie, dit-elle. Heureusement, il est dans sa résidence du Surrey, où il est parti superviser quelques travaux. Cela ne devrait pas être difficile de le tenir à l'écart.

Lord Haslemere ne reviendrait donc pas à Londres pour la saison ? Cecilia avait pourtant confié à Georgiana que lord Darlington s'attendait à retrouver son ami cette semaine-là. Mais, naturellement, la sœur de lord Haslemere devait être au courant mieux que personne de l'emploi du temps de son frère. La perspective de ne pas avoir à le croiser fit un drôle d'effet à Georgiana. Le soulagement, sans doute.

Son absence serait sûrement déplorée par bien des membres de la bonne société, mais la chance était de son côté. Oui, indéniablement, elle était soulagée.

— Que pouvez-vous nous dire de plus sur Clara Beauchamp, Votre Grâce ? demanda lady Clifford. Son dernier lieu de résidence connu, par exemple, ou les noms de ceux qui la connaissaient et pourraient savoir où elle est…

— J'ai déjà mentionné lady Tilbury. Si quelqu'un sait où se trouve Clara, c'est elle.

Les yeux rivés sur ses doigts, la duchesse joua avec les plis de sa robe avant d'ajouter :

— J'ai bien peur de ne pouvoir vous indiquer personne d'autre.

— Je vois.

Lady Clifford se leva et alla s'installer à son bureau, où elle se munit d'une feuille et d'une plume.

— Voyez-vous autre chose qui puisse nous être utile ?

— Elle n'avait pas beaucoup d'amis, je le crains. Son père était propriétaire terrien, mais il était dépourvu de titre. Vous savez comme la bonne société peut se montrer fermée.

La plume en suspens au-dessus de sa feuille, lady Clifford répondit :

— J'en suis consciente, en effet.

— Mais, comme je vous le disais, lady Tilbury pourrait savoir ce qu'elle est devenue.

La duchesse lança un regard hésitant à Georgiana.

— Lady Wylde organise un bal masqué après-demain, reprit-elle. Lady Tilbury, qui est sa voisine, y assistera sans doute. Peut-être Mlle Harley pourrait-elle s'y rendre et tenter de lui parler ?

Georgiana sentit son cœur sombrer dans sa poitrine. Lady Clifford ne prit pas la peine de noter l'information. Tout le monde à Londres connaissait lady Wylde, en bien ou en mal – mais la plupart du temps en mal.

La dame en question était une voluptueuse sirène aux lèvres écarlates dont le mari riche et âgé avait eu le bon goût d'expirer à peine trois années après leur mariage, lui rendant ainsi sa liberté et la dotant d'une belle fortune.

Elle avait fait bon usage de l'une comme de l'autre.

Elle n'était naturellement pas l'unique veuve joyeuse à Londres, mais on commentait dans plus d'un salon ses liaisons avec les gentlemen les plus jeunes, les plus séduisants et les plus en vue qu'elle pouvait séduire. Si la rumeur disait vrai, lady Wylde était également vaniteuse, malveillante et friande des plus vils commérages. En dépit de cette réputation sulfureuse, toutes les portes lui étaient ouvertes, et chacun voudrait être vu à son bal masqué.

— Assisterez-vous à ce bal, Votre Grâce ? s'enquit lady Clifford en reposant sa plume.

La duchesse secoua la tête.

— Non. Mon mari n'aime pas lady Wylde. Peut-être Mlle Harley pourrait-elle s'y rendre en compagnie de lord et lady Darlington ?

Georgiana s'abstint de répondre. L'attitude du duc vis-à-vis de lady Wylde lui semblait sensée, et sans doute Cecilia et lord Darlington la partageaient-ils. Qui plus est, ses amis se montraient rarement en société. Toutefois, si lady Clifford leur demandait ce service, ils accepteraient.

— Oui, je pense que c'est envisageable, répondit celle-ci. Une chance que ce soit un bal masqué. Il vaut mieux que Mlle Harley ne soit pas reconnue.

Georgiana réprima un petit rire amusé. Avec ou sans masque, il semblait douteux qu'on puisse la reconnaître dans les salons du Tout-Londres. Il n'en demeurait pas moins qu'elle préférait préserver son anonymat, et un bal masqué lui procurait une chance unique de mettre son nez partout sans s'exposer.

Car, si elle détestait les bals, elle adorait mettre son nez partout.

— Dans ce cas, c'est parfait ! se réjouit la duchesse en se levant. Vous me tiendrez informée des progrès de Mlle Harley ?

Lady Clifford se leva à son tour, un sourire rassurant aux lèvres.

— Nous n'y manquerons pas, Votre Grâce.

La duchesse hésita un instant, un pli soucieux barrant son front, avant de préciser :

— Vous comprenez naturellement qu'il est de la plus haute importance que cette affaire reste strictement entre nous, n'est-ce pas, lady Clifford ? J'ai votre promesse que pas plus lord Haslemere que qui que ce soit d'autre ne sera mis au courant ?

Après avoir échangé discrètement un regard entendu avec Georgiana, lady Clifford répondit :

— Vous avez ma parole, Votre Grâce. Cette conversation restera strictement entre nous.

— Fort bien.

La duchesse la remercia d'un hochement de tête, puis se tourna vers Georgiana et conclut :

— Ce fut un plaisir de faire votre connaissance.

— Merci, Votre Grâce.

Georgiana fit la révérence puis se rassit sur le divan pendant que lady Clifford raccompagnait leur visiteuse. Elle avait la tête pleine d'interrogations et d'hypothèses, mais une chose lui paraissait certaine : la duchesse leur avait menti, ou tout au moins ne leur avait pas dit l'entière vérité. Il y avait bien plus en jeu que la simple disparition d'une amie. Que cela ait ou non de l'importance restait à déterminer, mais il n'en demeurait pas moins qu'avec n'importe qui d'autre que la duchesse de Kenilworth, lady Clifford aurait exigé de connaître toute l'histoire avant d'accepter l'affaire.

Face à une personnalité d'une telle envergure, mieux valait s'exécuter sans chercher à en savoir davantage. Même si cela impliquait d'assister à un sinistre bal masqué organisé par la plus sinistre encore lady Wylde.

Georgiana se caressa le menton en poussant un soupir résigné. La perspective de ce bal suffisait à la faire frissonner, et elle devait être la moins douée des protégées de lady Clifford pour s'acquitter d'une telle tâche, mais il n'y avait hélas aucune échappatoire possible.

— Quelle étrange visite…, murmura lady Clifford en regagnant le salon.

Elle alla s'installer à son bureau, jeta un coup d'œil à ce qu'elle avait inscrit sur sa feuille et constata :

— Voilà qui est bien maigre pour se lancer dans une telle investigation.

— Effectivement, approuva Georgiana. Je n'ai rien contre lady Tilbury, mais comment suis-je censée me débrouiller avec lady Wylde ?

— Ne vous en faites pas, ma chère. Vous n'aurez certainement pas à lui parler. Vous pourrez également profiter de cette occasion pour en apprendre davantage sur la duchesse de Kenilworth. Rien de tel qu'un bal pour récolter quelques rumeurs, et j'imagine que nous sommes d'accord toutes les deux pour estimer qu'il subsiste bien des zones d'ombre dans l'histoire qu'elle vient de nous raconter.

— Indéniablement, approuva Georgiana. Mais lady Wylde, tout de même… Comment faut-il approcher ce genre de femme ?

Lady Clifford eut un petit rire enjoué.

— De la même façon qu'on approche un chien enragé, répondit-elle. Prudemment.

# 4

Affalé sur le divan tapissé de soie du dressing-room de lady Wylde, les jambes croisées, un bras passé sur le dossier, Benedict regardait la jeune veuve poudrer son décolleté.

Leurs yeux se croisèrent dans le miroir. Elle lui lança une œillade aguicheuse et battit des paupières.

— Quelle intensité dans ce regard, milord ! minauda-t-elle. Aimez-vous ce que vous voyez ?

Elle changea de position sur sa chaise, se tournant vers lui de telle manière qu'une manche de son peignoir de dentelle glissa opportunément sur son épaule crémeuse. Benedict laissa son regard s'appesantir sur sa poitrine.

— Ce que je vois est en effet ravissant, milady…

Lady Wylde *était* ravissante. À n'en pas douter, elle l'avait invité à la rejoindre dans l'espoir qu'il se jetterait sur elle tel un animal en rut. Pourtant, en dépit des appas avec lesquels elle le tentait, aucune réaction ne se faisait sentir du côté de ses parties intimes.

— Si je suis si ravissante, reprit-elle, venez donc me ravir…

Ses lèvres écarlates s'incurvèrent en un sourire lascif. Recourbant le doigt, elle l'invita à la rejoindre, tandis que son autre main glissait lentement de son cou à la naissance de ses seins.

Benedict réprima un soupir. Son membre viril choisissait mal son moment pour bouder.

— J'ai bien peur que le temps nous manque, répondit-il. Vos invités sont là et vous attendent dans la salle de bal.

Mais lady Wylde n'était pas de celles qu'on ignore ainsi.

— Mes invités ? répéta-t-elle.

La tête renversée en arrière, elle laissa fuser un rire méprisant et ajouta :

— Laissons-les donc attendre.

Benedict haussa les sourcils en la voyant se lever. Elle le rejoignit, lui décroisa les jambes et s'assit sur ses genoux.

Calme plat du côté de son bas-ventre…

Lady Wylde n'était pas la première à user de telles manœuvres pour le séduire. Jusqu'à présent, cela avait fonctionné. Par nature, il était indolent, et il s'était toujours montré reconnaissant envers ses maîtresses qui lui épargnaient les fastidieuses obligations du flirt.

Elle se trémoussa, pressant les rondeurs de ses fesses contre son bas-ventre. Il sentit son souffle chaud sur sa joue, posa la main sur sa cuisse, plus par habitude que par envie, et pressa sa chair entre ses doigts – n'était-il pas un homme, après tout ? Elle bombait le torse pour agiter sous son nez les globes parfaits de ses seins.

Toujours pas de réaction. Son sexe entrait en rébellion.

Benedict ne comprenait pas pourquoi. Il n'était pas venu à Londres dans l'espoir d'une coucherie avec lady Wylde, mais, la saison précédente, celle-ci ne l'avait pas laissé indifférent. Désormais, c'était à peine s'il se rappelait ce qu'il avait pu lui trouver.

C'était troublant. Cela faisait des mois qu'il n'avait pas eu de relation sexuelle. Et voilà qu'une lady complaisante, exactement le genre de beauté brune qu'il appréciait, le laissait de marbre alors qu'elle venait s'asseoir sur ses genoux… Si son pénis refusait de se mettre au garde-à-vous devant une sirène telle que lady Wylde, il pouvait renoncer au sexe et rentrer dans le Surrey pour goûter aux joies de la pêche à la ligne, de l'ornithologie et autres passe-temps qui permettaient aux gentlemen âgés d'occuper leur vieillesse.

— Puis-je vous offrir un peu plus de vin, milord ?

Benedict lança un regard à son verre, auquel il n'avait pas touché depuis son arrivée.

— Plus tard, peut-être.

— Vous êtes bien sombre, ce soir… N'y a-t-il rien que je puisse faire pour vous dérider ?

Les lèvres de lady Wylde esquissèrent un sourire entendu. Sa main se posa sur le genou de Benedict.

— Il doit sûrement y avoir quelque chose qui pourrait vous rendre votre bonne humeur habituelle.

Il sentit les doigts de l'impudente remonter le long de sa cuisse. Elle était si déterminée à lui redresser… le moral qu'elle prendrait un refus comme une offense personnelle, mais, à vrai dire, il s'en moquait.

— Non, merci, milady…

Résolument, Benedict lui saisit le poignet et l'écarta de sa cuisse avant d'ajouter :

— Je crois que je vais rejoindre la salle de bal et vous laisser terminer vos préparatifs. Peut-être me ferez-vous l'honneur de votre première danse, ce soir ?

Lady Wylde n'était pas habituée à être ainsi rejetée. Elle s'empourpra sous l'effet de la colère, et ses lèvres pulpeuses se réduisirent à une mince ligne.

— J'ai bien peur que non, répondit-elle sèchement. J'ai promis ma première danse à lord Harrington.

Sans faire mine de se lever, elle rejeta la tête en arrière afin d'observer sa réaction. Elle s'accrochait à lui comme si elle s'attendait à le voir bondir dans un accès de jalousie provoqué par la mention d'un rival.

Benedict demeura impassible. L'idée d'une telle scène suffisait à l'épuiser, et sans même se rendre compte de ce qu'il faisait, il se surprit à étouffer un bâillement sous sa main.

— Est-ce que je vous ennuie, lord Haslemere ?

Lady Wylde, qui jouait avec ses cheveux, plongea jusqu'à son cou et y planta ses griffes.

— Aïe ! Euh... non, pas du tout, milady...

Benedict grimaça en suivant d'un doigt le sillon qu'elle venait de tracer dans sa chair.

— Vous êtes absolument charmante et...

Mais il était trop tard pour espérer la ménager. D'un bond, elle quitta ses genoux et retourna devant sa coiffeuse. La fureur assombrissait ses traits, et le regard qui croisa le sien dans le miroir étincelait d'une lueur mauvaise.

Résigné, Benedict se leva à son tour. Il éprouvait bien moins de regrets qu'il ne l'aurait dû à la perspective d'un célibat prolongé de Dieu savait combien de temps encore. Convaincu qu'il valait mieux éviter à son hôtesse la peine de le jeter dehors, il gagna la porte. Avant qu'il ait eu le temps de sortir, lady Wylde lui demanda :

— Votre sœur, la duchesse de Kenilworth, assistera-t-elle à mon bal ce soir, milord ?

Benedict fit volte-face.

— Je n'en ai aucune idée, avoua-t-il en haussant les épaules. Je viens d'arriver et n'ai pas eu l'occasion de lui parler. Mais vous n'êtes pas sans savoir que la duchesse ne fréquente guère les bals durant la saison.

Et surtout pas un bal organisé par lady Wylde. La bonne société londonienne avait beau frayer sans sourciller avec elle, le duc de Kenilworth se montrait moins permissif et se souciait énormément de la sécurité de son épouse. Il semblait douteux qu'il puisse voir en lady Wylde une relation convenable pour Jane.

Lady Wylde haussa les épaules, mais sans parvenir à masquer son déplaisir.

— Oh, je comprends parfaitement, milord. Je ne peux blâmer la duchesse d'éviter de se montrer en public en ce moment, mais il se trouve que son ami de cœur sera présent, et je me disais qu'elle aurait peut-être aimé le voir.

— Son ami de cœur ? répéta-t-il en fronçant les sourcils.

Il n'aimait pas plus le ton qu'elle avait employé que ses sous-entendus.

— J'ai bien peur de ne pas comprendre ce que vous voulez dire, madame.

— Oh, je suis sûre qu'il ne s'agit que de commérages. Vous savez comment va le monde, milord… Sans doute n'y a-t-il pas une once de vérité là-dedans.

Ses lèvres cramoisies s'ourlèrent d'un sourire sournois avant qu'elle ajoute :

— Néanmoins, cela pourrait expliquer la volonté du duc de ne pas quitter des yeux son épouse.

— Le duc est assez intelligent pour ne pas accorder de crédit au moindre mensonge colporté par la rumeur publique. Je vous souhaite une plaisante soirée, madame.

Il s'inclina pour prendre congé, mais lady Wylde n'avait nulle intention de lui épargner son venin.

— Que je suis sotte ! s'exclama-t-elle. Vous ne pouvez être au courant, retiré dans la campagne du Surrey comme vous l'avez été. Vous me pardonnerez de vous infliger une si vilaine nouvelle, milord, mais il se murmure que la duchesse et lord Draven seraient engagés dans une liaison scandaleuse.

La main de Benedict se figea sur la poignée de porte. Jane et Draven, amants ?

Il devait rendre cette justice aux commères : elles faisaient preuve d'imagination. Le duc de Kenilworth et Jane s'étaient mariés six ans plus tôt, et leur union était sans nuage. Et même si son mariage la décevait, pourquoi sa sœur aurait-elle choisi pour amant Draven, un véritable ermite ?

— Vous n'y croyez pas ? reprit lady Wylde. Sachez que Sa Grâce a été aperçue quittant seule et nuitamment la résidence de lord Draven. Rien que de très innocent, bien sûr.

Lady Wylde cachait mal sa jubilation. Benedict réprima un soupir. Il aurait peut-être mieux fait de ne pas quitter le Surrey. On s'y ennuyait à mourir, mais au moins n'y était-on pas exposé à ce genre d'ineptie.

— À présent, si vous voulez bien m'excuser, conclut-elle en se retournant vers son miroir, je dois finir de me préparer. Passez une bonne soirée. Il paraît que lord Draven sortira de sa réclusion pour nous honorer de sa présence. Vous pourrez lui demander vous-même s'il faut croire la rumeur...

Benedict sortit sans prendre la peine de lui répondre. Derrière lui, il entendit son rire moqueur, qui le poursuivit dans le corridor quand il eut refermé la porte.

Au rez-de-chaussée, le grand et le petit salon, dont les portes avaient été laissées grandes ouvertes, faisaient office de salle de bal. Benedict se figea avant d'y parvenir, étourdi par le brouhaha des conversations, de l'orchestre et des pas des danseurs sur le parquet.

*Seigneur, quelle cohue !* Une bouffée de chaleur charriant des relents de parfum et de sueur l'assaillit.

Il aurait aussi bien pu se trouver aux portes de l'enfer… La moitié du Tout-Londres se trouvait là, à se marcher sur les pieds. La salle était aussi bondée et près d'exploser que le corsage de la maîtresse de maison sous la pression de ses seins. Si Draven était là, cela n'allait pas être une sinécure de le dénicher dans cette foule.

Benedict réprima un nouveau soupir en passant en revue les visages familiers rougis par la chaleur et le champagne. C'était à croire que les salons de Londres n'étaient jamais fréquentés que par les mêmes personnages fatigués. Tous ces gens sur leur trente-et-un, ces femmes ornées de bijoux, il les avait déjà côtoyés lors de la saison précédente, à l'exception de…

Le regard de Benedict s'attarda sur une jeune femme assez grande, vêtue d'une robe couleur bronze et portant un masque assorti. Elle se tenait un peu à l'écart dans un coin de la pièce, assez loin de lui.

N'était-ce pas… Non, cela ne pouvait être celle à qui il pensait. *Ridicule, impossible…* Il n'y avait aucune chance pour que Georgiana Harley, avec ses robes sages et sa langue bien pendue, si digne, sévère et irréprochable en tout, puisse assister à un bal masqué donné par lady Wylde.

Après avoir un instant perdu de vue l'inconnue, Benedict la chercha des yeux, incapable de s'expliquer l'intérêt que lui inspirait la grande et gracieuse jeune femme en robe sombre, mais pressé de la revoir.

*Ah, juste là…*

Benedict comprit alors que sa première impression était la bonne. Il n'y avait pas à s'y tromper. Comment aurait-il pu oublier son visage ? Georgiana Harley s'attardait dans ses souvenirs comme un mauvais goût dans sa bouche, ou comme l'empreinte d'une main sur un visage giflé.

C'était bien elle. Il était impossible de la confondre avec qui que ce soit d'autre à Londres.

Oubliée, l'austère tenue qu'elle portait lors de leur précédente rencontre. Son décolleté avait beau ne pas être assez plongeant pour capter le regard des pervers qui fréquentaient ce genre de manifestation, il ne pouvait plus la quitter des yeux à présent qu'il l'avait retrouvée.

Sa robe et son masque étaient d'une riche teinte brune. Sa tenue, dépourvue de fantaisie, pouvait paraître sévère, mais lui seyait parfaitement. Pas la moindre plume, aucun bijou, juste une ceinture de soie à rayures bronze et noires et un ruban assorti retenant ses boucles châtains sur sa nuque.

Benedict ne la quittait plus des yeux, aussi stupéfait que s'il avait été mis en présence d'un spectre. Le spectre d'une Georgiana Harley différente de celle dont il avait fait fortuitement la connaissance, l'ombre d'une jeune lady qui, en dépit de ses efforts pour passer inaperçue, éclipsait par son éclat les femmes richement parées autour d'elle.

Il demeura sur le seuil de la salle, à la contempler. Que diable faisait-elle ici ? Était-elle venue seule ? Sûrement pas. Il reporta son attention sur les gens qui l'entouraient. Il s'était attendu à reconnaître lady Clifford, mais ce fut Darlington qu'il découvrit à la droite de Mlle Harley. À côté de ce dernier, la main sur son bras, se tenait lady Darlington.

Voilà qui était encore plus étrange. N'auraient-ils pas dû être en route pour Darlington Castle à l'heure qu'il était ? Et même lorsqu'il séjournait à Londres, il était rare que Darlington se montre en société. S'il s'y risquait, ce ne devait pas être par goût des réjouissances chaotiques.

Benedict tira son masque d'une poche intérieure de sa veste, l'ajusta sur son visage et fendit le flot de la foule. En tant que meilleur ami de Darlington, il avait le devoir de s'assurer que celui-ci n'avait pas besoin de lui. Tant pis s'il devait pour cela croiser le fer avec Mlle Harley. Et s'il s'en faisait même une joie, c'était juste parce que cette soirée était à périr d'ennui et que la perspective de lui hérisser quelque peu le plumage était irrésistible.

Il fit le tour de la salle, afin d'éviter de croiser des connaissances – il n'avait aucune patience pour le bavardage futile –, et s'approcha du coin où se tenait Georgiana Harley sans la quitter des yeux. Maintenant qu'il était plus près, il pouvait voir qu'elle avait les mâchoires serrées et les épaules raides. Elle n'était donc pas venue pour le plaisir, elle non plus. Elle ne voulait pas être là, et pourtant elle s'y trouvait, en robe de soirée, s'efforçant de ne pas attirer l'attention.

Elle paraissait également distraite. Son regard courait sur la foule, comme si elle cherchait quelqu'un. Qui cela pouvait-il être ? La salle était remplie de ce que Londres comptait de plus huppé, mais aussi d'un contingent de vauriens, de débauchés, de courtisanes et autres membres du demi-monde issus du cercle proche de lady Wylde. À part les Darlington, Mlle Harley ne devait connaître personne ici.

Peu importait. Il aurait une réponse bientôt, même s'il devait pour cela la lui...

— Lord Darlington !

Les têtes se tournèrent vers la voix qui venait de s'élever, puis la foule se fendit pour laisser passer lady Wylde, vêtue d'une éblouissante robe de soie écarlate. Lady Tilbury l'accompagnait, et lord Harrington – le pauvre fou ! – la suivait tel un parfait toutou.

Ne souhaitant surtout pas croiser celle qu'il venait de fâcher, Benedict se glissa derrière un groupe d'invités placés derrière Mlle Harley.

— Lady Darlington ! Quelle merveilleuse surprise de vous découvrir ici… J'avoue que je ne m'y attendais pas.

Le marquis et la marquise de Darlington ne fréquentant guère les réceptions mondaines, lady Wylde ne cachait pas sa satisfaction qu'ils aient fait exception pour elle.

— Milady…, dit Darlington en s'inclinant sur la main de leur hôtesse. C'est un plaisir de vous voir.

— Oh non, milord ! Le plaisir est entièrement mien, je vous assure…

À sa manière enjouée et théâtrale, elle se répandit en louanges sur le couple, flattant lady Darlington au passage et jubilant d'être au centre de l'attention.

Seul Benedict ne s'intéressait pas à elle et continuait à observer Georgiana Harley. Il la vit poser la main sur le bras de lady Darlington et se pencher pour lui murmurer quelque chose à l'oreille. La marquise se tourna alors vers lady Tilbury en lui souriant.

— Lady Tilbury, lord Harrington, dit-elle. Comment allez-vous ? Laissez-moi vous présenter Mlle Georgiana Harley.

— Lady Wylde, lord Harrington, lady Tilbury, fit l'intéressée en les saluant d'une révérence.

Mais c'était lady Tilbury qui semblait l'intéresser plus particulièrement, et elle ne tarda pas à l'entraîner à l'écart. Tout d'abord, elles parurent échanger les platitudes d'usage. Tout cela avait l'air parfaitement convenu et ennuyeux, à une exception près : la longueur de l'échange.

Pour deux femmes qui ne s'étaient jamais rencontrées, lady Tilbury et Mlle Harley avaient bien des choses à se dire… Et s'il fallait en croire son expression et le débit de ses paroles, cette conversation était importante pour Mlle Harley.

En prenant garde à ne pas se faire repérer, Benedict manœuvra pour se rapprocher d'elles, imperceptiblement, jusqu'à pouvoir entendre lady Tilbury murmurer :

— … ne vous dis que ce que j'ai dit à lord Draven, mademoiselle Harley.

*Draven ? Encore ?* Benedict se renfrogna. Le nom de cet homme était sur toutes les lèvres, ce soir. Curieux, pour quelqu'un qui mettait rarement les pieds hors de chez lui.

— Toute information que vous pourrez me donner sera appréciée, répondit Mlle Harley.

— En dépit de mon amitié pour la défunte mère de Clara, mademoiselle Harley, je ne sais rien d'autre que ce que tout le monde sait. La dernière fois que Clara a été aperçue, c'était au bal de Noël organisé dans la résidence de campagne de lord Draven – le précédent lord Draven, père de l'actuel.

— Cette résidence est proche de High Wycombe, dans l'Oxfordshire, c'est bien cela ?

— Oui. Les Beauchamp étaient voisins de lord et lady Draven. Les deux familles étaient amies.

Lady Tilbury poussa un soupir et conclut :

— Plus personne n'a vu la pauvre chère Clara depuis ce soir-là.

— En êtes-vous certaine ? demanda Mlle Harley en haussant les sourcils. Une de ses connaissances m'a affirmé l'avoir aperçue dans une voiture garée devant chez vous il y a moins d'une semaine de cela.

— Non, c'est impossible. Sa famille a cherché Clara en vain dans toute l'Angleterre pendant des années.

Dans un murmure, lady Tilbury ajouta, en s'éventant avec énergie :

— Mon Dieu, ce qu'il fait chaud ici…

— Cette histoire est très étrange, vous ne trouvez pas ? À moins de croire aux disparitions spontanées.

Mlle Harley dévisagea un instant son interlocutrice avant d'ajouter :

— Ce qui n'est pas mon cas.

— C'est assez étrange, en effet, admit lady Tilbury. J'étais amie avec sa mère, mais elle ne me parlait pas beaucoup de Clara. Après sa disparition, elle ne supportait même plus de prononcer son nom.

Secouant tristement la tête, elle poursuivit :

— Elle est d'ailleurs morte un an après la disparition de sa fille. Et si vous voulez mon avis, c'est d'avoir eu le cœur brisé.

Lady Wylde, ayant achevé de flatter les Darlington, avait tendu l'oreille et crut bon d'intervenir :

— Je me rappelle avoir entendu dire une fois que Clara Beauchamp avait épousé un vicomte. Mais je n'ai jamais pu y croire.

— Pourquoi cela ? s'étonna Mlle Harley.

Lady Wylde lui lança un regard clairement méprisant qui fit sourire Benedict. Aux yeux de lady Wylde, vêtue comme elle l'était, Mlle Harley n'était pas digne d'attention. Elle n'irait pas jusqu'à offenser les Darlington en snobant leur amie, mais à cela se limiterait sa bonne volonté.

— D'après ce qu'on m'a raconté, expliqua-t-elle, Clara Beauchamp était une douce petite chose, mais assez insipide. En plus, sa famille était dans le commerce. Pas de quoi attirer l'attention d'un véritable aristocrate.

En adressant à Mlle Harley un sourire condescendant, elle conclut :

— Elle disposait d'une confortable petite fortune, mais pas suffisante pour pallier les manques de son pedigree. Comprenez-vous ?

Le visage de marbre, Mlle Harley répondit :

— Pas vraiment, non.

Lady Wylde eut un reniflement dédaigneux.

— Ainsi va le monde, ma chère. À ma connaissance, Mlle Beauchamp n'est jamais devenue vicomtesse. Elle a disparu peu de temps après que cette rumeur a couru, et plus personne n'a entendu parler d'elle depuis.

Mlle Harley ne semblait pas avoir conscience qu'une personne de basse extraction telle qu'elle-même était censée requérir humblement la précieuse attention de lady Wylde.

— Les gens ne se volatilisent pas ainsi, s'entêta-t-elle. Quelqu'un a forcément vu quelque chose.

— Naturellement. Mais cette personne ne va pas parler maintenant alors qu'elle s'est tue pendant des années. À quoi bon, d'ailleurs ? Mlle Beauchamp doit être morte, à l'heure qu'il est. Voilà le risque qu'on court quand on cherche à dépasser sa condition d'origine…

Un sourire satisfait fleurit sur ses lèvres, et elle ajouta :

— Les Beauchamp étaient des gens du commun, alors que lord et lady Draven font partie des membres les plus élégants de la bonne société londonienne.

— Ah, je vois… Dès lors qu'elle bénéficiait de l'attention des *membres les plus élégants de la bonne société londonienne,* sans doute n'avait-elle aucune raison de se plaindre, n'est-ce pas ?

Mlle Harley s'exprimait d'une voix enjouée, mais son visage s'était figé en une expression intraitable.

Darlington toussa dans son poing. Son épouse porta la main à ses lèvres pour masquer un sourire. Il n'y eut que lady Wylde pour répliquer sans une once d'ironie :

— En effet, aucune raison. Mais je dois dire que je ne comprends pas ce soudain regain d'intérêt pour elle. Lord Draven lui-même s'enquérait d'elle l'autre jour.

— Voilà qui est curieux, intervint lord Harrington d'une voix traînante. Mais il est vrai que Draven garde de nombreux secrets, comme nous avons pu le constater. La duchesse de Kenilworth, par exemple...

Benedict serra les poings, saisi d'une subite envie de faire ravaler ses sarcasmes à cet imbécile.

— La duchesse de Kenilworth ? répéta Mlle Harley. Quel rapport y a-t-il entre elle et lord Draven ?

— Chère mademoiselle Harley, demandez plutôt quel rapport ils n'entretiennent pas, répondit Harrington. S'il faut en croire la rumeur, tous deux seraient amis... intimes.

Elle le toisa de pied en cap, comme s'il n'était qu'une crotte sur laquelle elle aurait failli marcher, et demanda :

— Faut-il toujours croire la rumeur, lord Harrington ?

Le visage de son interlocuteur s'empourpra violemment. Il la prit néanmoins de haut en répliquant :

— Vous ne devez pas souvent fréquenter les salons, n'est-ce pas, mademoiselle Harley ? Sinon, vous sauriez que ce n'est pas la première rumeur à courir sur leur compte.

Lady Wylde se mit à glousser et renchérit :

— Tout à fait ! Étant donné leurs incartades passées, il n'est guère étonnant que lord Draven et la duchesse soient retombés dans les bras l'un de l'autre.

— Selon vous, quand auraient-ils...

— Pardonnez-moi, mais je dois m'occuper de mes autres invités, l'interrompit-elle. Lord et lady Darlington, si vous voulez bien m'excuser...

Lady Wylde s'inclina devant le marquis et son épouse, puis fit volte-face dans un envol de jupons écarlates sans adresser un autre coup d'œil à Mlle Harley.

Benedict en avait assez entendu. Laissant la salle de bal derrière lui, il regagna le vestibule. Dès qu'il fut seul, il enleva son masque. Il lui en coûtait de fureter tel un espion dans les affaires de sa sœur, mais les secrets ne faisaient qu'encourager l'espionnage, et il commençait à lui apparaître qu'elle pouvait entretenir plus de secrets qu'il ne l'avait jamais soupçonné.

Des *incartades passées* ? Que diable lady Wylde entendait-elle par là ?

À la réflexion, Jane s'était effectivement conduite de manière étrange, dernièrement. Cet hiver, elle avait passé plus de temps dans la résidence de campagne de Benedict qu'elle ne le faisait habituellement. Il s'en était étonné, puis il s'était dit que sa sœur le mettrait dans la confidence si quelque chose n'allait pas. De huit ans plus âgé qu'elle, il avait toujours été autant un parent qu'un frère pour Jane. Elle n'était qu'une enfant lorsque leur mère était morte, et ils s'étaient encore rapprochés au décès de leur père, trois ans plus tôt.

Aussi n'avait-il pas cherché à lui poser de questions. Il s'était contenté de savourer sa compagnie et celle de son neveu, Freddy. Pourtant, l'inhabituel silence de Jane avait perduré. À l'approche du début de la saison, elle s'était montrée inquiète du retour de Benedict à Londres, l'encourageant pour de vagues raisons à rester dans le Surrey.

Mais de là à suspecter une liaison avec lord Draven… Cela paraissait impossible. Jamais Jane ne trahirait son époux. Il n'était tout simplement pas dans son caractère d'agir de manière aussi basse et malhonnête.

Quant à cette mystérieuse Clara Beauchamp, il n'avait jamais entendu parler d'elle, mais elle semblait liée d'une manière ou d'une autre à la famille de lord Draven, et selon les ragots, celui-ci était en rapport avec Jane.

Tout cela était aussi trouble que les eaux de la Tamise, cependant tout espoir n'était pas perdu. Draven n'avait pas encore fait l'apparition annoncée par lady Wylde, mais il y avait ce soir dans l'assemblée une autre personne décidée à mettre son petit nez fouineur dans ces mystérieuses affaires.

Bien entendu, il n'avait aucune raison de supposer que Mlle Harley était venue ici, le dernier endroit où il se serait attendu à la trouver, à cause des rumeurs qui couraient sur Jane et Draven. Peut-être poursuivait-elle un tout autre but. Dieu savait qu'il y avait dans cette salle de bal assez de sombres individus pour maintenir lady Clifford occupée pendant une éternité.

Mais Darlington, quant à lui, n'était sûrement pas là pour profiter de l'hospitalité de lady Wylde. Non, lui et son épouse devaient avoir fait la faveur à Mlle Harley de l'accompagner, il en aurait mis sa main au feu. Et si Mlle Harley était ici pour fourrer son nez dans les affaires de Jane, qui l'avait chargée de le faire ?

Draven, peut-être ? À moins que le duc de Kenilworth...

Il n'y avait qu'une façon de le savoir. Benedict rangea son masque et gagna le hall d'entrée. Là, il récupéra son chapeau et sa canne des mains du majordome de lady Wylde avant de sortir dans la nuit. Un instant plus tard, sa voiture apparut, et il y grimpa sans attendre.

— À l'école Clifford, Grigg ! lança-t-il à son cocher en refermant la portière. Au numéro 26 sur Maddox Street.

# 5

— Ta première incursion dans les salons londoniens a-t-elle été à la hauteur de tes attentes, Georgiana ?

Dans la voiture qui les ramenait, Georgiana quitta des yeux la fenêtre de la portière et répondit à Cecilia :

— Je n'avais aucune attente particulière. Je savais que ce bal masqué serait assommant, et il l'était.

Cecilia se mordit la lèvre, dissimulant mal un sourire.

— Tu ne t'es donc pas amusée ? demanda-t-elle avec un feint étonnement.

— Pas le moins du monde.

Honnêtement, Georgiana ne voyait pas en quoi rester coincée toute une soirée dans une salle bondée où régnait une chaleur d'étuve pouvait être distrayant. Sans parler du manque d'air frais, du masque irritant son visage et de la robe trop serrée qui l'empêchait de respirer.

— Qu'as-tu pensé de lady Wylde ? s'enquit Cecilia.

Elle avait beau feindre l'innocence et battre des paupières, Georgiana savait parfaitement ce que son amie pensait des aristocrates tels que lady Wylde. Comme à son habitude, elle ne mâcha pas ses mots.

— Mon opinion est qu'elle est aussi redoutable que le prétend la rumeur. Son sale caractère n'a d'égal que celui de lord Harrington. Celui-ci est un être hautain et méprisant doublé d'un imbécile, pour laisser une femme dans son genre le traîner derrière elle comme un petit chien.

Georgiana n'avait aucune patience pour les comtesses apprêtées et arrogantes, et pas davantage pour les gentlemen hargneux et condescendants.

Lord Darlington, qui n'avait pas ouvert la bouche depuis qu'ils étaient montés en voiture, réprima un rire amusé.

— Pauvre vieil Harrington, commenta-t-il.

Cecilia posa la main sur la manche de son époux et jeta à son amie un regard sévère en protestant :

— Ne l'encourage pas, Gidéon ! Ce n'était tout de même pas si terrible…

Les sourcils haussés, Georgiana soutint son regard.

— Durant tout notre échange, je me suis demandé où lady Wylde pouvait avoir dissimulé la laisse au bout de laquelle elle le tient.

Lord Darlington ne retint pas son rire cette fois, et même Cecilia ne put s'empêcher de sourire.

— Ce ne sont pas des choses à dire, s'offusqua-t-elle néanmoins. N'as-tu pas honte ?

Georgiana haussa les épaules. Certes, elle avait la langue bien pendue. On l'avait suffisamment tancée à cause de cela. Ce maudit appendice semblait doté d'une volonté propre, mais elle avait depuis longtemps renoncé à le domestiquer.

— À votre avis, qu'est-il arrivé à lord Draven ce soir ? demanda-t-elle.

Cecilia soupira et répondit :

— Je n'en ai aucune idée, mais lord Haslemere va être furieux en apprenant la rumeur qui court sur sa sœur.

— Je ne te le fais pas dire, approuva son époux, le visage soudain assombri. Je vais avoir toutes les peines du monde à l'empêcher d'aller réclamer des comptes à Draven.

— Vraiment ? s'étonna Georgiana. Il irait jusque-là ?

Elle avait imaginé que lord Haslemere prendrait à la légère les ragots concernant la duchesse, comme il le faisait de tout le reste.

Sa réaction parut surprendre lord Darlington.

— Bien évidemment ! Il se montre très protecteur vis-à-vis de sa sœur. Il a beau se ficher comme d'une guigne de sa propre réputation, il considère toute atteinte à celle de Jane comme un affront personnel.

— C'est un frère dévoué et un ami loyal, ajouta Cecilia. Sans lui, la moitié de Londres continuerait à croire que Gidéon est un meurtrier.

Georgiana fit la grimace, assaillie par la mauvaise conscience. Difficile d'imaginer, en voyant lord Darlington aujourd'hui, que quelques mois plus tôt le Tout-Londres le soupçonnait d'avoir assassiné sa première épouse. Elle-même l'avait cru coupable, et elle s'était trompée. Pour autant qu'elle pouvait en juger, son seul défaut était son amitié inconditionnelle pour lord Haslemere.

Un sérieux défaut, à n'en pas douter.

Cecilia, qui avait le don de deviner ses pensées, la considéra d'un air sévère.

— Je te l'ai déjà dit, lui reprocha-t-elle. Haslemere n'est en rien le jouisseur écervelé dont on dresse généralement le portrait dans la bonne société.

Certes, son amie s'était montrée catégorique sur ce point, mais Georgiana avait eu jusque-là des preuves du contraire. Gardant son opinion pour elle-même, elle suggéra :

— Peut-être aurions-nous dû nous attarder une heure de plus, au cas où lord Draven aurait fini par se montrer.

Elle allait devoir lui rendre visite, ce qui promettait d'être délicat, puisqu'ils n'avaient jamais été présentés.

— Aucune chance, dit Cecilia en secouant la tête. Les réceptions de lady Wylde dégénèrent invariablement en bacchanales au fur et à mesure qu'avance la soirée. Si lord Draven avait voulu faire une apparition, il serait venu plus tôt, avec les autres invités respectables.

— Il y avait dans le lot des invités respectables ?

Georgiana ne se rappelait pas en avoir aperçu. Elle n'avait vu que fripouilles et demi-mondaines se pressant en bordure de la salle en une scandaleuse tapisserie. Elle ouvrit la bouche pour le signaler, mais se ravisa en songeant qu'il était tard et qu'ils étaient tous fatigués. Peut-être valait-il mieux qu'elle ne s'appesantisse pas sur le bal masqué auquel ils venaient d'assister et sur celle qui l'avait organisé.

Quelques minutes plus tard, la voiture s'arrêta devant le bâtiment de l'école Clifford.

— Nous partons demain pour le Kent, déclara Cecilia en scrutant anxieusement le visage de son amie. Tu vas affreusement me manquer, mais nous serons bientôt de retour.

Ce ne serait jamais assez tôt au goût de Georgiana, mais elle feignit l'indifférence d'un haussement d'épaules pour ne pas inquiéter Cecilia.

— Inutile de précipiter votre retour à cause de moi.

Cecilia serra sa main dans la sienne et la retint avant que Georgiana ait pu actionner la poignée de la portière.

— Oh, attends un peu... J'ai failli oublier que j'avais quelque chose pour toi.

Elle se pencha, ramassa un objet lourd sur le sol et le lui tendit en expliquant :

— Sophia m'a demandé de te remettre ceci.

Il faisait trop noir dans l'habitacle pour distinguer ce dont il s'agissait, mais dès que ses doigts entrèrent en contact avec la surface lisse et froide du verre, Georgiana s'exclama avec un sourire radieux :

— La confiture de coings de Mme Beeson ! Cecilia, tu es un ange !

Son amie se mit à rire et répondit :

— Je savais que cela te ferait plaisir. Mais ne mange pas tout d'un coup, comme la dernière fois ! Je veux que tu la fasses durer, pour que je puisse te retrouver de bonne humeur quand je reviendrai.

Georgiana émit un grognement dubitatif. Elle se pencha et déposa un baiser sur la joue de Cecilia, en pressant contre elle son pot de confiture comme d'autres presseraient un coffret à bijoux.

— Je ne peux rien te promettre. Merci à vous de m'avoir accompagnée ce soir, lord Darlington, ajouta-t-elle.

Elle referma l'encolure de son manteau et s'apprêta à descendre. L'époux de Cecilia, qui observait par la fenêtre la rue plongée dans le noir, tourna la tête vers elle et lui adressa un sourire distrait avant de répondre :

— Tout le plaisir était pour moi, mademoiselle Harley.

Georgiana doutait qu'aucun d'eux ait tiré de cette soirée quelque plaisir que ce soit, mais elle acquiesça d'un signe de tête et ouvrit la portière avant de sauter sur le pavé, sans laisser au cocher le temps de venir l'aider.

Lord Darlington la suivit et s'inclina devant elle en lui offrant son bras.

— Je vous raccompagne à votre porte, mademoiselle Harley.

— Ce n'est pas nécessaire, milord. Ce n'est qu'à deux pas, je ne risque rien, assura-t-elle en désignant l'école d'un geste.

— Permettez-moi d'insister.

Rougissant devant cet assaut de galanterie, elle le laissa la conduire jusqu'au portillon qui menait au perron.

— Merci, milord.

Il s'inclina de nouveau, un sourire poli aux lèvres.

— Bonne nuit, mademoiselle Harley.

Georgiana le regarda regagner la voiture mais ne le vit pas vraiment, l'esprit occupé par les événements de la soirée.

Elle n'en avait pas appris autant qu'elle l'aurait souhaité à propos de Clara Beauchamp. Pour quelqu'un qui avait été proche de la famille de la jeune femme, lady Tilbury en savait bien peu sur elle. Georgiana serait-elle restée dans son lit, le nez plongé dans un livre, qu'elle n'aurait rien perdu.

Pourtant, ce bal n'avait pas été une totale perte de temps. Il lui avait permis de confirmer ses soupçons : la duchesse de Kenilworth ne s'était pas montrée totalement honnête avec lady Clifford et elle.

Sa Grâce, cette petite créature aux grands yeux, à la parole égale et aux manières élégantes, leur avait menti.

C'était un mensonge par omission, certes, mais un mensonge tout de même. Georgiana et lady Clifford avaient une expérience suffisante des intrigues pour avoir compris que la duchesse leur cachait quelque chose. Mais Georgiana ne s'était pas attendue à l'étendue de ce mensonge et de ses implications. La duchesse était au centre d'un scandale dont la bonne société londonienne faisait ses choux gras.

Georgiana se moquait que la duchesse de Kenilworth ait ou non une aventure avec lord Draven, mais elle n'appréciait pas d'avoir été envoyée en première ligne sans avoir été mise un minimum au courant.

Elle avait été prise de court, ce soir, en entendant l'odieux lord Harrington tourner en dérision les « secrets » de lord Draven. Mais, par-dessus tout, elle avait été stupéfaite de découvrir que les deux personnes qu'on disait engagées dans une affaire torride étaient également celles qui recherchaient Clara Beauchamp.

Aucune chance que ce soit une coïncidence. Il devait y avoir…

— On se promène toute seule dans le noir, mademoiselle Harley ?

La voix mâle et profonde qui venait de retentir la fit sursauter.

— Une jeune lady aussi intelligente que vous l'êtes ne devrait pas se montrer aussi négligente avec sa sécurité.

Cette voix… Elle l'avait déjà entendue, mais elle ne parvenait pas à se rappeler où.

— Vous ne pouvez jamais savoir ce qui se cache dans le noir, n'attendant que vous.

Elle entendit un bruit de pas qui se rapprochaient, et la voix reprit, plus proche encore :

— Ce pourrait être… n'importe qui !

Georgiana ferma les yeux un instant. Les mains soudain moites, elle sentit le pot de confiture lui échapper.

— Oh non ! s'exclama-t-elle en tentant de le rattraper.

Mais il s'était déjà brisé au sol.

— Ma confiture…, gémit-elle.

— C'est entièrement ma faute, veuillez m'excuser.

Elle vit la pointe d'un soulier d'homme parfaitement verni remuer un éclat de verre, puis la voix ajouta :

— Elle avait l'air parfaite, qui plus est. Consistante mais pas trop, exactement comme une confiture doit l'être. Quel dommage !

Cette nonchalance... Cet accent traînant, enrobé d'une pointe de moquerie...

Elle connaissait cette voix. Elle ne parvenait pas à chasser de sa mémoire le modelé charnu des lèvres de son propriétaire. Elle redressa la tête aussi dignement qu'elle le put, mais en découvrant le visage qui confirmait ses craintes, un seul mot lui échappa :

— Vous !

— Moi, effectivement, confirma-t-il. Vous ne m'avez donc pas oublié.

Comment l'aurait-elle pu ? Un cavalier de l'Apocalypse parcourant les rues de Londres du nord au sud aurait été plus oubliable que lui.

— Je me souviens très bien de vous.

Lord Haslemere eut un sourire satisfait.

— Je suis flatté, mademoiselle Harley.

Georgiana soutint son regard, les lèvres pincées.

— Il n'y a pas de quoi, répliqua-t-elle. On se souvient fort bien de toutes sortes de choses déplaisantes : un membre brisé, une chute dans l'escalier, une dent arrachée...

L'irritation qu'elle ne cherchait pas à dissimuler semblait l'amuser. Son insupportable sourire s'élargit encore.

— Vous paraissez en colère, mademoiselle Harley. Pour un peu, je croirais que vous n'êtes pas contente de me voir.

— Que faites-vous ici, milord ?

La duchesse de Kenilworth avait assuré qu'il se trouvait dans le Surrey et devait y rester pour la saison. Pourquoi le retrouvait-elle donc là, tapi dans la pénombre, prêt à assaillir une passante innocente et à lui gâcher ses précieuses confitures ?

— Peut-être suis-je venu vous voir, répondit-il.

Adossé à la rambarde en fer forgé, il y posa un bras dans une attitude indolente et poursuivit sans la quitter des yeux :

— Peut-être m'ennuyais-je de vous et me tardait-il de revoir votre visage, vos...

Elle le fit taire en dressant une main devant elle.

— Permettez-moi d'en douter.

— Pourquoi devriez-vous en douter ?

Il pressa une main sur son cœur et ajouta, une grimace de douleur bien imitée sur le visage :

— Vous me blessez, mademoiselle Harley.

*Sûrement pas, mais j'aimerais beaucoup ça.*

Georgiana savait parfaitement qu'elle ne possédait pas le genre de visage susceptible de susciter la visite nocturne d'un comte séduisant, et elle n'avait aucune envie d'écouter les sornettes de lord Haslemere plus longtemps.

— Ne dites pas de sottises, protesta-t-elle. Ce n'est pas mon visage qui vous a fait quitter le Surrey.

Les sourcils froncés, il assura :

— Croyez-le ou non, votre visage me hante. Il m'arrive même d'en rêver. De farouches yeux bruns, un nez mutin, une bouche fière...

Georgiana émit un grognement sarcastique. Il se moquait d'elle, bien entendu. S'il avait été si fasciné que cela par son visage, il aurait su que ses yeux n'étaient pas bruns.

— Eh bien, maintenant que vous l'avez vu, répliqua-t-elle, sentez-vous libre de repartir.

Les allées et venues du scandaleux lord Haslemere ne l'intéressaient en rien, naturellement. Elle était simplement surprise de ne pas avoir entendu parler de son retour à Londres. Cet homme ne pouvait faire un pas sans que la moitié de l'Angleterre soit au courant. Dans les salons huppés, on guettait si attentivement ses moindres faits et gestes que même elle ne pouvait qu'être au courant.

Un sourire s'afficha lentement sur les lèvres du comte.

— Oh, vous ne vous débarrasserez pas aussi facilement de moi, princesse...

*Princesse ?* Georgiana le considéra avec effarement.

— Venez-vous réellement de m'appeler « princesse » ? s'étonna-t-elle.

Haslemere ne lui répondit pas immédiatement, comme s'il se demandait si ce mot était bel et bien sorti de ses lèvres. Finalement, il haussa les épaules et répondit :

— Il me semble, oui.

— Mais... *pourquoi* ?

Ce n'était pas ce qu'elle avait voulu dire, mais pour la première fois depuis des lustres, sa langue bien pendue paraissait la trahir.

Lord Haslemere poussa un soupir d'impatience.

— Je n'en ai pas la moindre idée, avoua-t-il. Peut-être parce que vous donnez l'impression d'être intouchable. Quelle importance, de toute façon ? Ce que je veux dire, c'est qu'une affaire délicate me retient provisoirement à Londres.

Les bras croisés, Georgiana répéta :

— Une affaire délicate, milord ? Un pari à lancer, peut-être ? Ou une maîtresse à couvrir de bijoux ? L'esprit se dérobe tant il y a de possibilités...

— Ah, cette langue acérée...

Il se redressa et se rapprocha d'elle, puis il ajouta :

— À présent qu'elle me berce de nouveau les tympans, je me demande si elle ne m'a pas manqué davantage encore que votre charmant visage... J'aime les femmes qui résistent et savent se servir de leur langue.

Si elle n'avait pas su que c'était improbable, Georgiana aurait pu croire qu'à cet instant il admirait sa bouche. Mais, bien évidemment, plus qu'improbable, c'était impossible.

— Des femmes vous résistent ? Cela me surprend, lord Haslemere. D'après ce que j'ai entendu dire, vous avez charmé la moitié des femmes de cette ville.

Il se mit à rire, la tête rejetée en arrière.

— Vous avez prêté l'oreille à ce qu'on raconte sur moi, mademoiselle Harley ? Étonnant... Je vous croyais au-dessus de cela.

Georgiana le foudroya du regard. Elle ignorait pourquoi il perdait son temps à lui faire du charme, mais cela ne le conduirait nulle part.

— Il est impossible d'échapper aux rumeurs qui courent sur votre compte, milord. Elles sont trop nombreuses et insistantes. À présent, si vous voulez bien me laisser...

Constatant qu'elle s'apprêtait à le contourner afin de gagner la porte, il se campa devant elle et répondit :

— Nous n'en avons pas encore fini, mademoiselle Harley. Voyez-vous, quelque chose m'intrigue, et j'espère que vous pourrez éclairer ma lanterne.

— Moi ?

Voilà qui paraissait déjà plus logique. Il ne flirtait avec elle que pour la faire parler.

— J'aimerais vous aider, milord, mentit-elle, mais j'ai bien peur de ne rien pouvoir pour vous.

Elle tenta de nouveau de le planter là, aussi dignement qu'une lady aux chaussures maculées de confiture de coings pouvait le faire. Mais, sans lui laisser le temps de lui échapper, il la retint par le bras et l'obligea à lui faire face.

— Si quelqu'un est susceptible de me satisfaire, c'est bien vous, mademoiselle Harley. Et, de la même manière, vous pouvez obtenir de moi ce que vous voulez.

Elle décida de le prendre au mot.

— Dans ce cas, milord, je vous demande de cesser sur-le-champ de m'importuner.

— Pas tout de suite.

Il se rapprocha encore d'elle, de telle sorte que Georgiana ne put faire autrement que de le regarder. Elle avait jusque-là fait de son mieux pour l'éviter, car regarder lord Haslemere revenait un peu à tenter de fixer le soleil des yeux. Son éclat imprégnait encore les rétines bien longtemps après qu'on avait tourné la tête.

Mais, en risquant ce coup d'œil, elle nota un détail qui lui avait échappé.

Lord Haslemere affectait un certain relâchement dans ses tenues, une nonchalance un peu bohème que bien des gentlemen de la bonne société cherchaient à imiter. Un nœud de cravate, aussi informe que compliqué à réaliser, portait même son nom.

Georgiana se moquait des choix vestimentaires de lord Haslemere. Elle avait juste appris ce détail par hasard. Mais ce qu'elle remarquait ce soir, c'était qu'il était en habit de soirée, que ses cheveux auburn étaient parfaitement coiffés, sa cravate impeccablement nouée, et…

Elle écarquilla les yeux en remarquant l'extrémité d'un masque qui dépassait d'une de ses poches.

S'était-il rendu ce soir au bal de lady Wylde ? Dans ce cas, pourquoi ne l'y avait-elle pas vu ? Il semblait impossible qu'elle ait pu le manquer. Avec sa taille et la couleur unique de ses cheveux, ce n'était pas le genre d'homme à se fondre aisément dans une foule.

Après s'être éclairci la voix, elle s'enquit :

— Auriez-vous par hasard participé ce soir à des… réjouissances, milord ?

— Non. À moins de considérer qu'un bal donné par lady Wylde soit réjouissant. Pour ma part, je n'y trouve jamais que de l'ennui.

Il avait donc bel et bien assisté au bal. L'avait-il aperçue ? Il avait pu choisir de l'ignorer, mais pourquoi n'était-il pas venu saluer lord et lady Darlington ? À moins qu'il n'ait cherché à les éviter tous les trois ? Mais pour quelle raison ? Lord Darlington était son ami le plus proche.

— Pourtant, reprit-il, à présent que vous en parlez, cette soirée ne fut pas une totale perte de temps. Il m'est venu aux oreilles quelques rumeurs qui ont attiré mon attention.

— Des bruits ne « viennent » aux oreilles de personne, objecta Georgiana en le dévisageant d'un air suspicieux. Sauf quand on écoute aux portes…

— N'ergotons pas sur le vocabulaire, mademoiselle Harley. Appelez cela comme vous voulez. Ce qui importe, c'est que vous étiez présente à ce bal, tout comme moi, même si j'ai failli vous rater.

Georgiana ne le quittait plus des yeux, plus que jamais consciente de l'étrangeté de sa présence, non seulement à Londres et au bal de lady Wylde, mais sur ce perron, à la porte de l'école Clifford. On aurait dit qu'il…

« Seigneur, c'est ce qu'il a fait ! » comprit-elle soudain. Il n'y avait pas d'autre explication. Lord Haslemere s'était tenu à l'écart des Darlington et d'elle au bal mais avait espionné leur conversation. Ensuite, il était venu l'attendre ici en se dissimulant dans les buissons afin de l'accoster !

Mais… dans quel but ? Cela n'avait aucun sens. Il n'avait aucune raison de s'attarder en pleine nuit dans une rue déserte en sa compagnie.

Georgiana cligna des yeux. D'ailleurs, pourquoi s'attardait-elle elle-même avec lui ? Elle ne lui devait rien, pas plus une explication qu'autre chose.

— Si délicieuse que soit votre conversation, milord, il se fait tard, et je dois…

Il l'interrompit et la surprit en sautant du coq à l'âne.

— Vous paraissiez différente, la dernière fois que nous nous sommes vus. Si vous n'aviez pas été accompagnée par les Darlington, je ne vous aurais pas reconnue.

Georgiana ne savait comment prendre cette remarque. Étant donné qu'elle avait été vêtue plus simplement que la plupart des invitées du bal, il était difficile d'y voir un compliment.

— C'était un bal masqué, milord. Vous n'étiez pas censé me reconnaître.

— Ce n'est pas le masque qui m'a désarçonné.

Il réduisit encore l'espace qui les séparait. Il n'était pas suffisamment proche pour paraître menaçant, mais bien assez pour qu'elle remarque une lueur de défi dans ses yeux.

— Ce qui m'a surpris, c'est de vous voir au bal masqué de lady Wylde, le dernier endroit où je me serais attendu à vous trouver. Je ne peux donc m'empêcher de me demander ce que vous faisiez là-bas.

— Ce que j'y faisais ?

Georgiana se força à émettre un rire nonchalant.

— La même chose que toutes les personnes qui y étaient, reprit-elle. Je ne vois pas ce que ma présence là-bas avait de si étonnant. Lady Darlington m'a invitée à l'accompagner, et j'ai accepté. Il n'y a rien de surprenant à cela.

— Allons, mademoiselle Harley…

Il restait souriant, mais ses yeux ne cessaient de courir sur son visage, guettant le moindre changement d'expression.

— Nous savons tous deux que ce n'est pas la vérité, poursuivit-il. Lord et lady Darlington vous ont fait une faveur en vous accompagnant à ce bal, et non l'inverse.

Georgiana avala péniblement sa salive. Pour un vaurien hédoniste, lord Haslemere était bien trop futé à son goût.

— En quoi cela vous regarde-t-il ? répliqua-t-elle.

— En rien, reconnut-il. Mais vous ne me ferez pas croire que vous assistez assidûment à tous les événements mondains de la saison. Voyez-vous, mademoiselle Harley, même un dilettante arrogant dans mon genre peut avoir ses moments d'illumination. Vous vous êtes rendue à ce bal dans une intention précise – probablement à la demande de lady Clifford. Et je ne peux m'empêcher de me demander si cette raison ne serait pas en rapport avec ma sœur, la duchesse de Kenilworth.

Georgiana faillit en rester bouche bée. Comment diable avait-il pu deviner cela ? Il devenait soudain péniblement clair que sa présence à Londres allait lui donner du fil à retordre… et qu'elle allait devoir lui mentir tant et plus s'il décidait de se rendre insupportable.

Eh bien, quel que soit le nombre de mensonges qu'il faudrait lui servir, elle le ferait, pour protéger l'intimité de la duchesse. Sa Grâce s'était montrée parfaitement claire au sujet de son frère. Sous aucun prétexte celui-ci ne devait être mis au courant de l'enquête concernant Clara Beauchamp.

Aussi croisa-t-elle les bras, soutint-elle fermement son regard et débita-t-elle sans broncher son premier mensonge.

— Je n'ai aucune idée de ce dont vous voulez parler, milord. Qu'est-ce qui pourrait me pousser à me mêler des affaires de la duchesse ?

Hélas, Haslemere semblait aussi déterminé qu'un limier ayant flairé une piste.

— Votre dénégation ne prouve rien, mademoiselle Harley. Au contraire, elle a tout d'une confession à mes yeux.

— Je n'ai aucune confession à faire. Et même si c'était le cas, ce n'est certainement pas vous que je choisirais comme confesseur. À présent, à moins que vous ne soyez un voyou décidé à empêcher une jeune femme de rentrer chez elle, je vous prie de vous écarter.

Loin de s'exécuter, il tendit le bras et empoigna la balustrade pour lui barrer le passage.

— Une dernière question, si vous voulez bien. Qui est Clara Beauchamp ? Vous aviez bien des questions à poser à lady Tilbury à son sujet. Cela a éveillé ma curiosité.

Il n'avait donc rien raté de leur conversation. Toutefois, cela ne l'obligeait pas à lui répondre.

— Eh bien... Clara Beauchamp pourrait être n'importe qui, milord. Peut-être serais-je capable de vous aider si vous m'en disiez davantage sur elle.

Elle vit ses yeux s'assombrir et son visage se durcir.

— C'est précisément ce que j'attendais de *vous*.

Avec un haussement d'épaules, Georgiana répondit :

— Pardonnez-moi, milord, mais il doit y avoir des dizaines de ladies portant ce nom en Angleterre. Impossible pour moi de savoir à laquelle vous faites référence.

Sans crier gare, elle se baissa pour passer sous son bras et gravit les marches du perron, ravie du tour qu'elle venait de lui jouer. Mais, sans lui laisser le temps de savourer sa victoire, il lança dans son dos :

— Est-ce lord Draven qui vous a demandé de mettre votre nez dans les affaires de ma sœur ?

Georgiana se figea, puis se retourna tout en réfléchissant à sa question. Pourquoi lord Draven lui aurait-il demandé d'espionner la duchesse ? S'il fallait en croire la rumeur, il ne devait plus ignorer grand-chose à son sujet.

Mais, naturellement, la rumeur pouvait être fausse.

— Vous aviez dit « une dernière question », milord. Et en voici une autre.

— Accordez-moi cette faveur, mademoiselle Harley.

Sur ces mots, il attendit, les yeux rivés aux siens.

— Pourquoi lord Draven me demanderait-il de me mêler des affaires de votre sœur, lord Haslemere ? demanda-t-elle après un bref instant de réflexion.

Il savait peut-être quelque chose qu'elle ignorait. Et si c'était le cas, ce pouvait être sa seule chance de lui soutirer l'information. Il la perça cependant à jour aussitôt.

— Très habile, mademoiselle Harley, murmura-t-il, l'ombre d'un sourire aux lèvres. Mais vous connaissez la réponse à cette question. Puisque vous étiez présente au bal de lady Wylde, vous devez avoir eu vent des bruits qui courent sur ma sœur et lord Draven.

— Sans doute, mais je ne suis pas allée à la pêche aux ragots, précisa-t-elle.

Elle détestait les commérages et se faisait un devoir de se tenir à l'écart de ceux qui les propageaient, mais les noms de la duchesse et de lord Draven avaient été ce soir sur toutes les lèvres.

Il eut un sourire désabusé et répondit :

— Très noble de votre part. Mais permettez-moi d'en douter. Vous sembliez aussi intéressée que n'importe qui d'autre par les détails de cette supposée « relation torride » entre ma sœur et lord Draven.

La fermeté de son ton alarma Georgiana. Lord Darlington n'avait-il pas dit qu'il craignait que Haslemere n'aille réclamer des comptes à lord Draven s'il pensait que ce dernier avait déshonoré sa sœur ? Ce n'était pas pour lord Haslemere qu'elle s'en faisait, naturellement, c'était juste que... eh bien, nul ne pouvait avoir envie que quelqu'un soit éventré d'un coup d'épée ou tué d'une balle dans la tête lors d'un stupide duel.

Elle avait beau avoir la langue bien pendue, elle n'était pas dénuée de toute sensibilité.

— Il n'y a sans doute rien de vrai là-dedans, milord.

Elle s'était radoucie. Il dut s'en apercevoir, car cette fois il s'approcha si près d'elle qu'elle sentit sa chaleur, en dépit du froid ambiant.

— Sans doute, répéta-t-il. Mais je connais ma sœur. Il se passe quelque chose, et je pense que vous savez de quoi il s'agit. Dites-moi ce que c'est, si vous avez la moindre considération pour elle, afin que je puisse l'aider.

Mais ce n'était pas aussi simple. Georgiana avait promis à la duchesse qu'elle ne dirait pas un mot à son frère, si persuasif celui-ci puisse-t-il se montrer.

— Si votre sœur a besoin de votre aide, répondit-elle, je suis persuadée qu'elle n'hésitera pas à vous la réclamer.

Il la dévisagea un long moment en silence.

— Vous m'avez demandé lors de notre première rencontre si je ne prenais jamais rien au sérieux, reprit-il. Eh bien, sachez que la sécurité de ma sœur et de mon neveu est de la plus haute importance à mes yeux. Davantage, peut-être, que la mienne. Vous feriez bien de garder cela à l'esprit, princesse.

Ce n'était pas tout à fait une menace, mais cela y ressemblait furieusement.

Georgiana se hâta de gravir les dernières marches. Des frissons remontaient le long de son échine. Elle pouvait sentir dans son dos le regard de lord Haslemere s'appesantir sur elle. Enfin, elle ouvrit la porte et la referma soigneusement derrière elle, dressant cet obstacle entre eux.

Elle ne se sentait pourtant pas soulagée. Sa nuque la picotait à l'endroit où le regard du comte s'était attardé, aussi troublant et insistant qu'une caresse.

# 6

Dans son enfance, la mère de Benedict lui avait affirmé que son sourire serait à la fois ce qui le ferait triompher et ce qui le perdrait. Selon elle, il lui permettrait d'obtenir des gens – des femmes plus particulièrement – tout ce qu'il voudrait. Cette prédiction s'était révélée en grande partie exacte... à une exception notable.

Pas plus que sa mère, Benedict n'avait envisagé qu'une jeune femme telle que Georgiana Harley pourrait un jour résister à son charme. Ainsi se retrouvait-il à contempler stupidement la porte close de l'école Clifford et à se demander ce qui venait au juste de se passer. Son sourire le plus charmant, son ton de voix le plus persuasif, quelques œillades bien placées n'avaient servi à rien. Il avait fait chou blanc, alors qu'il était convaincu de n'avoir jamais été aussi irrésistible.

Tout ce qu'il avait obtenu en récompense de ses efforts était une crampe à la mâchoire d'avoir trop souri.

Grigg, son cocher, l'attendait avec la voiture un peu plus loin dans la rue. D'un geste, Benedict lui signifia qu'il préférait rentrer à pied à Berkeley Square. Un quart d'heure plus tard, il ne comprenait toujours pas comment tout avait pu si mal tourner pour lui, mais une chose lui semblait certaine : tout était la faute de Georgiana Harley, qui devait avoir la sensibilité d'un bloc de glace.

La soirée avait été un désastre intégral. Certes, il aurait encore pu la sauver. Après tout, il n'était qu'un peu plus de minuit – assez tôt, selon ses critères habituels –, mais après l'humiliation qu'il venait de subir, il ne se sentait pas d'humeur à aller faire la fête avec ses amis.

Après avoir franchi en trombe le seuil de sa résidence, il se rendit droit dans son cabinet de travail. Un bon feu, un verre de brandy et beaucoup de silence pour ruminer en paix étaient tout ce dont il avait besoin.

— Ah ! Vous voilà, Haslemere !

Une grande silhouette aux larges épaules se déploya près de la cheminée à son entrée dans la pièce.

— Je commençais à craindre de devoir vous chercher à travers tout Londres, reprit l'intrus.

Benedict poussa un juron à mi-voix. Comment avait-il pu ne pas remarquer la voiture de Darlington en arrivant ? S'il l'avait vue, il serait passé par l'arrière, se serait glissé dans la cuisine et, de là, aurait gagné discrètement sa chambre à l'étage. Pas très courageux, mais efficace…

Mais il était trop tard à présent.

— Vous avez réussi à me débusquer chez moi ! s'exclama-t-il. Bien joué, mon vieux… Que voulez-vous ?

Haussant les sourcils, son ami s'étonna :

— En voilà une sombre mine, Haslemere. Qu'est-ce qui vous a mis dans une telle colère ?

— Je ne suis pas en colère.

Il l'était pourtant, indubitablement. Plus qu'il ne l'avait jamais été, peut-être. Le pire était qu'il se conduisait de manière absurde, ce dont il avait parfaitement conscience. Qu'est-ce qui pouvait le mettre dans un tel état ? Le fait d'avoir trouvé la seule lady à Londres qui soit insensible à ses charmes ? Ce n'était pas comme s'il avait succombé aux siens. Certainement pas ! De sa vie il n'avait rencontré de jeune femme ayant aussi mauvais caractère.

— Pardonnez-moi, Darlington, dit-il, se ressaisissant. Je suis un peu… perturbé. Voulez-vous un peu de brandy ?

Il n'avait aucune envie de faire la conversation, mais si quelqu'un pouvait le remettre d'aplomb, c'était son ami.

— Je me suis déjà servi, répondit celui-ci.

Darlington porta à ses lèvres le verre qu'il tenait, but une gorgée et émit un claquement de langue approbateur en ajoutant :

— Vous n'avez pas très bon caractère, Haslemere, mais vous savez remplir votre cave comme il se doit.

Benedict alla se servir un verre à son tour, avant de s'installer dans un fauteuil en soupirant.

— J'ai eu une soirée éprouvante, déclara-t-il d'un ton d'excuse.

Darlington eut un rire bref et protesta :

— J'en doute. Votre vie est un enchantement.

Benedict ouvrit la bouche pour le détromper, mais la referma sans rien dire. Son ami n'avait pas tort. À vrai dire, il n'avait pas eu à se plaindre de grand-chose au cours de ses trente-deux années d'existence. Peut-être était-ce la raison pour laquelle il était devenu un tel vaurien.

— Quoi qu'il en soit, elle n'avait rien d'un enchantement ce soir, déclara-t-il. J'étais chez lady Wylde et…

— Vous étiez au bal masqué ? l'interrompit Darlington en fronçant les sourcils. Je ne vous y ai pas vu.

— J'étais... euh... J'ai en fait passé la majeure partie de mon temps là-bas dans le boudoir de lady Wylde.

Ce n'était pas exactement un mensonge, et il n'avait aucune intention d'avouer qu'il s'était dissimulé pour espionner ce qui se disait.

— Elle était...

D'un ton catégorique, son ami l'interrompit de nouveau.

— Merci, Haslemere, mais je n'ai aucune envie de savoir dans le détail à quoi vous étiez occupés, lady Wylde et vous, dans son boudoir.

— Nous n'étions occupés à rien !

— Ah... voilà qui explique votre humeur massacrante. Elle a repoussé vos avances ?

— Pour l'amour de Dieu, Darlington, allez-vous enfin m'écouter ? Je ne lui ai pas fait d'avances. En fait, j'ai mal choisi mon moment pour offenser sa délicate sensibilité féminine en bâillant. Elle est entrée dans une rage folle et m'a jeté dehors, mais ce n'est pas...

— Tant mieux ! se félicita Darlington. Cette femme est une vipère. Je ne parviens pas à comprendre pourquoi vous vous laissez prendre dans sa toile.

— Les vipères n'ont pas de toile, Darlington. Vous confondez avec les araignées.

Son ami haussa les épaules.

— Dans son nid, alors, si vous voulez. J'ai du mal à voir en quoi c'est préférable.

— Si vous pensez que lady Wylde est une vipère, que faisiez-vous à son bal masqué ce soir ? s'étonna Benedict. Ce n'est pas le genre d'amusement qui vous plaît.

Le mariage de Darlington l'avait transformé – le bonheur avait généralement cet effet sur un homme –, mais il lui avait également donné une assommante propension à la vertu. Or, lady Wylde n'avait absolument rien de vertueux.

— J'ai passé une bonne partie de la soirée à me poser la même question, avoua Darlington. Je n'avais nullement l'intention de venir, mais Mlle Harley a demandé que Cecilia et moi l'accompagnions.

Benedict avait donc vu juste sur ce point.

— En quoi lady Wylde intéresse-t-elle Mlle Harley ? s'enquit-il.

— Aucune idée, et je me suis bien gardé de lui poser la question. Et puisque Cecilia avait accepté, j'ai suivi.

La voix de Darlington prenait une inflexion tendre et rêveuse chaque fois qu'il évoquait son épouse.

— C'est vrai que cela m'a surpris, ajouta-t-il d'une voix plus ferme. Cecilia aussi, d'ailleurs. Mlle Harley déteste les bals.

Pour autant que Benedict pouvait en juger, il y avait bien des choses qu'elle détestait.

— Elle n'a pas dit pourquoi elle souhaitait s'y rendre ?

Pourquoi se donnait-il la peine de le demander ? Il était évident qu'elle n'en avait rien fait. Elle avait beau avoir une langue acérée, elle savait la tenir, comme il l'avait constaté.

— Non, répondit Darlington. Elle n'a rien dit non plus à Cecilia. Mais cela doit être en rapport avec une des affaires de lady Clifford, pour qu'elle se montre aussi cachottière.

*Cachottière...* Oui, l'adjectif lui allait comme un gant. La salle de bal de lady Wylde, plus qu'aucune autre à Londres, bruissait de scandales, de rumeurs et de secrets. Quel était celui que Mlle Harley s'était mis en tête de chasser ?

Benedict sirota une gorgée de brandy, puis demanda :

— Draven a-t-il fini par faire une apparition à ce bal ? Lady Wylde disait qu'il devait venir.

Darlington le dévisagea un instant et s'enquit :

— Toute cette histoire concerne Jane, n'est-ce pas ?

— Qu'est-ce qui vous fait croire cela ? répondit Benedict en évitant le regard par trop perspicace de son ami.

— Je vous connais bien, Haslemere. Il n'y a que pour le bien de Jane ou de Freddy que vous renonceriez à une nuit de débauche avec lady Wylde.

Benedict laissa fuser un rire désabusé.

— Est-ce une façon polie d'insinuer que je ne suis qu'un sot égoïste et dégénéré, Darlington ?

— Non. Mais vous vous êtes inquiété tout l'hiver de voir votre sœur passer trop de temps dans le Surrey. Alors, quel est le problème, Haslemere ?

Benedict laissa son regard se poser sur les braises dans l'âtre avant de répondre.

— J'ignore s'il y a réellement un problème, reconnut-il. Mais j'avoue que je suis un peu inquiet.

Et plus qu'un peu, même, après avoir surpris ce soir les rumeurs qui couraient sur le compte de sa sœur.

— Je m'en doutais. Vous n'êtes pas aussi insaisissable que vous l'imaginez.

— Je ne parviens pas à y voir clair, Darlington. Jane ne me cache rien, habituellement, mais pas un mot de ce qui pourrait la troubler n'a franchi ses lèvres. Freddy est tout aussi muet.

Benedict hésita un instant avant de croiser le regard de son ami et de lui demander :

— Vous avez entendu ce soir ce qu'on raconte sur elle et sur Draven ?

— Oui.

Darlington fit tourner un instant l'alcool dans son verre avant d'enchaîner :

— Et je n'en crois pas un mot. Pas plus que vous, j'imagine.

Benedict secoua la tête et confirma :

— Non, moi non plus. Mais je connais ma sœur, et je vois bien qu'elle n'est plus la même depuis des mois. Elle ne m'a jamais rien caché, et je ne peux m'empêcher de craindre que... Quoi qu'il puisse se passer, c'est grave. Assez grave pour qu'elle ait peur de m'en parler.

Darlington resta silencieux quelques instants.

— Que comptez-vous faire ? demanda-t-il enfin.

Benedict poussa un long soupir. Il aurait dû se douter qu'il finirait par lui confesser toute l'histoire...

— Je me suis rendu à l'école Clifford ce soir. J'étais là quand vous avez déposé Mlle Harley.

Darlington eut un petit rire amusé.

— Je le sais, répondit-il. J'ai repéré votre voiture. La prochaine fois, dites à Grigg de vous attendre plus loin.

— Eh bien, puisque vous semblez tout savoir, vous devez être au courant que Mlle Harley ne s'est rendue au bal de lady Wylde que pour se mêler des affaires de ma sœur pour le compte de lady Clifford.

— J'ignore si c'est vrai, mais j'admets que l'hypothèse m'a effleuré l'esprit. Si Jane a des ennuis, Mlle Harley trouvera ce que c'est. C'est une jeune femme astucieuse.

Le visage de Georgiana Harley s'imposa brièvement à la mémoire de Benedict.

— Astucieuse, oui, reconnut-il. Mais elle doit avoir autant de chaleur humaine et de compassion en elle qu'une bûche non allumée.

Il lui suffisait de penser à son regard brun intransigeant posé sur lui pour que sa colère remonte d'un cran.

Darlington réprima difficilement un rire moqueur.

— Vous dites du mal de l'amie de ma femme, Haslemere ? Je vous promets de ne pas répéter à Cecilia la peu galante description que vous venez de donner d'elle. J'imagine que vous avez tenté de lui tirer les vers du nez ?

— Bien sûr. Elle est restée bouche cousue.

L'insupportable harpie au visage de pierre. Elle avait cependant de jolis yeux. Étaient-ils vraiment bruns ou...

— Elle vous a dit « non » ?

Stupéfait, Darlington reposa son verre avec une extrême précaution, comme si toutes ses certitudes sur le monde venaient de vaciller.

— À vous ? insista-t-il, incrédule.

— Oui, à moi ! fit Benedict, fulminant.

Il n'avait rien pu tirer d'elle. Elle ne lui avait pas dit qui était Clara Beauchamp, mais elle ne lui avait pas davantage révélé qui s'intéressait aux affaires de Jane, ni même si c'était réellement le cas.

Darlington eut un petit rire ravi et conclut :

— Vous étiez condamné à tomber tôt ou tard sur une femme qui se montrerait insensible à vos charmes.

Benedict laissa s'abattre son poing sur son genou.

— Rien de ce que j'ai pu dire ne l'a fait bouger d'un iota en ma faveur. À croire que cette femme a une pierre à la place du cœur !

— Il doit exister un moyen de la persuader.

— Comment ? J'ai tout essayé ! J'ai souri, j'ai flirté, je me suis montré charmant à m'en rendre malade ! Jamais je n'avais été aussi adorable, et cela n'a servi à rien !

Darlington leva les yeux au plafond et expliqua :

— Flirter avec Mlle Harley ne servira à rien. Il n'y a pas une once de coquetterie en elle. Il va vous falloir trouver autre chose.

— Autre chose, mais quoi ? Et comment suis-je censé le découvrir ?

Tout ce qu'il savait, c'était qu'elle ne voulait pas de lui. À partir de là, il se retrouvait démuni.

— Eh bien, il y a sûrement quelque chose qui lui fait envie, Haslemere, insista Darlington. Je n'ai jamais rencontré personne qui n'ait envie de rien.

Benedict s'absorba dans ses pensées, cherchant désespérément ce que pourrait vouloir une femme telle que Georgiana Harley. Un fouet, peut-être ? Un rasoir aussi affûté que sa langue ? Il ne savait qu'une chose d'elle, en fait.

— Elle raffole des confitures.

— Des confitures ? répéta Darlington, amusé.

— Oui. Je l'ai effrayée en l'abordant ce soir, et elle a laissé tomber un pot de confiture qu'elle avait avec elle et qui s'est brisé.

Pour un peu, elle en aurait pleuré, Benedict en était sûr.

Darlington se mit à rire et résuma :

— Vous avez gâché sa confiture de coings ? Cela ne me surprend plus qu'elle n'ait pas voulu vous aider. Cecilia venait de lui offrir ce pot. Mlle Harley est très friande de douceurs de ce genre, surtout des confitures.

Bien qu'il eût du mal à imaginer la jeune femme dans la peau d'une gourmande, Benedict demanda :

— Pensez-vous que lady Darlington pourrait me procurer un autre pot de cette précieuse confiture ?

— Je ne pense pas que cela suffira à vous attirer les bonnes grâces de Mlle Harley, Haslemere. Il va falloir trouver mieux.

Il n'y avait que pour ces maudites confitures que Mlle Harley avait manifesté un peu d'émotion. Non, ce n'était pas tout à fait vrai. Il l'avait également vue s'émouvoir la nuit où elle l'avait retrouvé en compagnie de ses protégées à Covent Garden. Elle avait été tellement indignée qu'elle aurait pu commettre un meurtre pour protéger ces petites filles – ou plutôt *ses* filles, comme elle les avait appelées.

Elle avait beau se montrer parfaitement insensible à ses œillades et à ses sourires, elle n'était pas dénuée de sensibilité.

— Les élèves de l'école Clifford..., commença-t-il. Elle a pour ces gamines un attachement profond.

— Tout à fait, approuva Darlington. Ainsi que pour lady Clifford. Je sais que Cecilia ferait n'importe quoi pour elle, et je suis sûr qu'il en va de même pour Mlle Harley.

— Darlington, vous êtes brillant !

En définitive, Benedict n'avait pas tout essayé pour faire parler Georgiana Harley. Il n'avait pas tenté de la soudoyer...

— Va pour un peu d'argent, donc, conclut-il. Quelle somme puis-je lui offrir ?

— Non, vous ne feriez que la braquer en tentant de l'acheter.

— Quoi d'autre, alors ? s'exclama Benedict, exaspéré.

L'appât du gain n'aurait pas plus d'effet sur elle que la séduction ? Du diable si Georgiana Harley n'était pas la plus pénible des femmes à avoir jamais croisé sa route !

— J'ai une meilleure idée, reprit son ami. Une offre qu'elle ne pourra pas refuser. J'outrepasse un peu mon rôle en vous disant cela, mais j'ai de l'affection pour Jane, et si elle a besoin d'aide, je peux bien...

— Pour l'amour du Ciel ! l'interrompit impatiemment Benedict. Allez-vous vous décider à parler ?

— Lady Clifford voudrait agrandir son école. Elle a cherché en vain toute l'année dernière un bâtiment pour cela.

Benedict sentit l'espoir renaître en lui. Penché en avant, il demanda en scrutant attentivement le visage de son ami :

— Quel genre de bâtiment ?

Darlington haussa les épaules, mais une lueur dans son regard prouvait qu'il avait une idée derrière la tête.

— Quelque chose de grand, répondit-il. Leurs locaux actuels, sur Maddox Street, sont bondés.

— Une résidence telle que celle de mon grand-père sur Mill Street ferait-elle l'affaire ? Ce n'est qu'à quelques pâtés de maisons de Maddox Street. Ce genre de vaste demeure vide ?

Benedict avait hérité de ce bâtiment en même temps qu'il avait hérité du titre mais n'y avait jamais habité, préférant sa maison de Berkeley Square. Ne sachant qu'en faire, il le laissait inoccupé depuis des années.

— Oui, je pense que ce bâtiment ferait parfaitement l'affaire, assura Darlington en souriant. Pensez-vous pouvoir arriver à un arrangement avec Mlle Harley ?

Un grand sourire aux lèvres, Benedict répondit :

— Cela devrait être de l'ordre du possible.

*Ping.*

Lorsqu'elle avait entendu ce bruit la première fois, Georgiana avait cru rêver. La deuxième fois – *ping* –, elle avait préféré l'ignorer. Mais lorsque, par trois fois encore, le même bruit se répéta en succession rapide, elle ne put que repousser ses couvertures et se lever.

Debout dans la chambre obscure, elle tendit l'oreille. À présent qu'elle était complètement réveillée, le phénomène avait cessé.

*Ping.*

Cela venait de la fenêtre... On aurait dit des gouttes de pluie – ou plutôt de la grêle – martelant la vitre. Mais on était en avril, et un orage de grêle en cette saison paraissait improbable. À moins que, plus probablement, quelqu'un ne s'amuse à jeter des cailloux sur…

Georgiana se figea dans le noir.

Quelqu'un jetait bien des cailloux sur sa fenêtre…

Elle s'en approcha, le cœur battant, car il lui semblait deviner ce qu'elle allait découvrir.

Après avoir écarté les rideaux, elle jeta un coup d'œil à l'extérieur, en veillant à ne pas se montrer. Au premier abord, elle ne distingua que la rue plongée dans le noir. Mais, une fois que son regard se fut habitué à l'obscurité, elle repéra une ombre plus sombre qui s'agitait sur le trottoir, et dont les contours…

*Bon sang !* C'était bien lui. Qu'est-ce qui lui prenait de venir jeter des cailloux sur sa fenêtre en pleine nuit ? Ce devait être un rêve. Pire encore : un cauchemar.

*Ping.*

Il était plus facile cependant de se débarrasser d'un mauvais rêve : il suffisait d'enfouir sa tête dans l'oreiller et de plonger de nouveau dans le sommeil.

*Ping. Ping. Ping.*

Son cauchemar avait pris la forme d'un comte déterminé à faire suffisamment de bruit pour réveiller Daniel Brixton…

*Ping.*

Ce fut ce risque, plus que toute autre chose encore, qui incita Georgiana à ouvrir grand les rideaux et à soulever la fenêtre à guillotine.

— Êtes-vous devenu fou ? lança-t-elle aussi bas que possible. Que diable pensez-vous être en train de faire ?

Un silence s'ensuivit, puis cet homme fantasque ôta son chapeau et se fendit d'une courbette théâtrale, comme s'il venait de la croiser dans une allée à Hyde Park.

— Bien le bonjour, mademoiselle Harley…

— Ce n'est pas le jour mais la nuit, répliqua-t-elle. Et elle n'aura rien de bon à vous réserver quand vous aurez réveillé Daniel Brixton et qu'il vous brisera le crâne !

Elle s'apprêtait à rentrer, mais il la héla de nouveau avant qu'elle ait eu le temps de refermer la fenêtre.

— J'ai une affaire intéressante à vous proposer. Veuillez descendre et m'ouvrir, je vous prie.

Le laisser entrer ? Il devait réellement être devenu fou. Passant de nouveau la tête à l'extérieur, elle répondit :

— Savez-vous ce que vous fera Daniel Brixton s'il vous découvre ici en pleine nuit ?

Et ce n'était rien en comparaison de ce qu'il risquait de la part de lady Clifford, qui pouvait se montrer plus terrifiante encore que Daniel quand elle était en colère.

— Il ne me découvrira que si vous vous obstinez à ne pas descendre, objecta-t-il. Je ne peux pas négocier avec vous si je suis ici et vous à votre fenêtre !

— Nous n'avons rien à négocier !

Cette fois, elle n'avait pu s'empêcher de hausser le ton. De peur de l'avoir réveillée, elle tourna la tête vers le lit d'Emma, avant de se rappeler que celui-ci était vide. Elle était seule, aux prises avec un comte sûr de lui et insistant qui…

— Mademoiselle Harley ? Êtes-vous toujours là ?

Un comte qui n'avait en tout cas pas la prudence d'assourdir sa voix. Georgiana poussa un long soupir et repassa la tête par la fenêtre.

— Je n'ai rien à vous dire, milord.

Il garda le silence un instant, puis demanda :

— Est-ce à cause de la confiture ?

Stupéfaite, elle l'observa un instant sans comprendre où il voulait en venir. Puis, soudain, lui revint en mémoire son précieux, son délicieux pot de confiture de coings gâché par sa faute. Non, ce n'était pas à cause de cela qu'elle ne voulait pas lui parler, même si, à bien y réfléchir, cela n'avait fait qu'aggraver son cas.

De sa fenêtre, elle put l'entendre soupirer.

— Répondez-moi, insista-t-il. Me gardez-vous rancune d'avoir bien involontairement contribué à briser ce pot ? Si tel est le cas, je suis prêt à écumer tout Londres pour...

— Pour l'amour de Dieu, taisez-vous ! l'interrompit-elle.

Georgiana ferma la fenêtre, alluma une chandelle, puis passa son manteau sur ses épaules, coiffa son chapeau et sortit de sa chambre en bougonnant contre sa propre bêtise.

Arrivée au bas de l'escalier, elle traversa le hall et alla ouvrir la porte. Le contact de la pierre de seuil glacée sous la plante de ses pieds lui arracha une grimace. Elle n'alla pas plus loin et se contenta de toiser lord Haslemere, qui se tenait sur le trottoir.

— Eh bien ? fit-elle.

Il ne lui répondit pas tout de suite et l'examina de la tête aux pieds avant de lui demander :

— Dormez-vous dans ce manteau et coiffée de ce chapeau, mademoiselle Harley ?

— Pardon ?

Georgiana prit le temps d'observer sa tenue et enchaîna :

— Quel genre de question absurde est-ce là ?

— Simple curiosité. À part au bal de lady Wylde ce soir, je vous ai toujours vue habillée ainsi.

La tête inclinée sur le côté, il l'examina d'un air pensif et décréta :

— Le chapeau ne vous va pas du tout. Le manteau non plus, mais le chapeau est pire – et de loin.

Machinalement, Georgiana porta la main à son couvre-chef, avant de la baisser bien vite, furieuse contre elle-même.

— Est-ce pour découvrir ce que je porte pour aller au lit que vous débarquez au beau milieu de la nuit, milord ?

Les sourcils froncés, il la dévisagea et répondit :

— Bien sûr que non. Pourquoi le ferais-je ?

— Je vous donne exactement une minute pour m'expliquer ce que vous faites là, lord Haslemere. Sinon, je vais réveiller Daniel Brixton.

— Eh bien... vous êtes de sale humeur, au réveil.

Georgiana parvint à soutenir son regard sans broncher, même si son cœur faisait des bonds. C'était une chance qu'elle soit immunisée contre son charme, sans quoi elle aurait pu se laisser prendre au regard amusé de ses yeux sombres.

— Cinquante secondes, lord Haslemere.

Dressant les mains devant lui, il déclara :

— Très bien. Je voudrais que vous m'aidiez à démêler le vrai du faux dans les rumeurs qui circulent au sujet de ma sœur.

Georgiana en resta bouche bée. Il ne connaissait donc pas le sens du mot « non » ? Voilà ce qui arrivait quand on passait tous ses caprices à un homme.

— Voyons si je vous ai bien compris, dit-elle patiemment. Vous débarquez au milieu de la nuit pour me demander quelque chose que je vous ai déjà refusé ?

— Je ne l'aurais pas formulé ainsi, mais...

— Votre arrogance ne connaîtrait-elle aucune limite, lord Haslemere ? Vous m'avez épiée au bal de lady Wylde, avant de venir m'accoster chez moi, de fracasser mon pot de...

— Ah ! Vous voyez ! l'interrompit-il. Je savais bien que vous me teniez rigueur de ce fâcheux inci...

— Et à présent, poursuivit-elle en haussant le ton pour couvrir sa voix, vous venez me tirer du lit en bombardant ma fenêtre de cailloux ! Sans doute imaginez-vous que votre charmant sourire vous donne tous les droits...

Un bref silence s'ensuivit, avant qu'un grand sourire illumine le visage de lord Haslemere.

— Vous trouvez mon sourire charmant ?

Georgiana croisa les bras et maugréa tout bas :

— Je vous ai déjà donné ma réponse, milord.

— Certes, mais vous n'aviez pas tous les éléments en main quand vous l'avez fait.

Il posa les mains sur la barrière en fer forgé. Dans la pénombre, on distinguait l'éclatante blancheur de ses dents.

— Je ne pense pas que vous pourrez refuser mon offre, poursuivit-il. Voyez-vous, mademoiselle Harley, je possède quelque chose dont vous aimeriez disposer.

Un soupir échappa à Georgiana. Même la dentition de cet insupportable fat était séduisante.

— J'ai du mal y croire, milord, parce que je ne vois rien que vous puissiez m'offrir.

— Je possède un immeuble vide sur Mill Street.

Comme il prêtait une attention soutenue à sa réaction, sans doute lord Haslemere la vit-il tressaillir.

— Cela pourrait-il vous intéresser ? s'enquit-il.

Sans même se rendre compte de ce qu'elle faisait, Georgiana descendit une des marches du perron, puis une autre, le souffle coupé.

— Vous en restez sans voix, mademoiselle Harley ? Comme c'est gratifiant...

Ses lèvres s'incurvèrent pour former ce qui n'était pas tout à fait un rictus triomphant, mais presque.

— J'ai entendu dire que lady Clifford aimerait agrandir son école, reprit-il. Est-ce le cas ?

Georgiana hésita un instant. Elle aurait pu nier, pour ne pas lui donner ce pouvoir sur elle, mais l'aveu jaillit de ses lèvres malgré elle.

— Je... Oui. Malheureusement, les immeubles à loyer raisonnable ne sont pas légion sur le marché, et la plupart sont trop petits. Il en faut, de la place, pour éduquer des petites filles !

— Autant que pour élever des petits garçons, j'imagine. Cette résidence est vacante depuis la mort de mon grand-père, il y a quelques années de cela. Elle a besoin d'être rafraîchie, mais elle est grande, et proche d'ici.

Georgiana pensait savoir de quel bâtiment il parlait. Elle n'aurait jamais imaginé que l'école Clifford puisse un jour l'occuper. Après tous ces éléments comptables qui refusaient de s'aligner, ces colonnes de chiffres rebelles qui flottaient encore devant ses yeux, leurs prières allaient-elles enfin être exaucées ? Et par un démon tel que lord Haslemere ?

— Eh bien, mademoiselle Harley ? fit le démon en question. Ne me laissez pas dans l'incertitude. Avons-nous un accord ?

Un mot, un tout petit mot, c'était tout ce qu'il fallait. Elle entrouvrit les lèvres pour le prononcer, mais le pâle visage de la duchesse de Kenilworth vint malmener sa conscience. Elle lui avait donné sa parole.

Mais n'avait-elle pas également fait une promesse implicite à sa fine équipe de six fillettes sorties des rues ? Elle leur avait promis de prendre soin d'elles, de leur donner des raisons d'espérer, de leur faire oublier leurs années de solitude et de misère.

Peut-être pourrait-elle aider lord Haslemere sans trahir pour autant la duchesse de Kenilworth ? Il devait y avoir un moyen de...

— Vous paraissez bien indécise, mademoiselle Harley. Peut-être devrais-je plutôt aller présenter mon offre à lady Clifford...

— Non ! Marché conclu. Nous avons un accord.

Georgiana était incapable de laisser cette chance lui filer entre les doigts. C'était au-dessus de ses forces.

Cette fois, le sourire que lui adressa lord Haslemere était ouvertement moqueur, de même que la courbette appuyée qu'il lui offrit.

— Fort bien, conclut-il. Je pense qu'une petite entrevue avec lord Draven s'impose. Je viendrai vous chercher demain matin à une heure convenable pour les visites. D'ici là, faites de beaux rêves, mademoiselle Harley.

Sur ce, il fourra ses mains dans ses poches et s'éloigna. Georgiana demeura immobile sur le seuil, à le regarder se fondre dans la nuit en sifflotant. Comment un être aussi frivole et nonchalant que lord Haslemere s'y était-il pris pour avoir le dessus sur elle ?

# 7

Georgiana n'en revenait pas de ce qu'il lui fallait se résoudre à faire pour mettre la main sur un immeuble de taille décente à Mayfair.

Entrouvrant la porte de sa chambre, elle s'assura que le couloir était désert et s'y engagea à pas de loup. Tout aussi discrètement, elle descendit l'escalier et alla jeter par le panneau vitré de la porte d'entrée un coup d'œil dehors. Un pâle soleil perçait difficilement les nuages et le brouillard qui s'attardait encore, mais comme elle l'avait prévu, il n'y avait personne, ni sur le perron ni dans la rue.

Un sourire réjoui fleurit sur ses lèvres.

Naturellement, lord Haslemere n'était pas là à l'attendre. Il était bien trop tôt pour qu'un gentleman de sa trempe songe à se lever. Nul doute qu'il devait paresser au lit et qu'il y resterait encore deux ou trois heures de plus. Lorsqu'il se déciderait enfin à mettre un pied dehors, elle aurait déjà fait ce qu'elle avait à faire avec lord Draven.

Lord Haslemere avait eu beau parvenir à ses fins la nuit précédente, avoir conclu un arrangement avec lui ne signifiait pas qu'elle avait changé d'avis à son sujet. Cet homme était insouciant, frivole et imprévisible. Comment était-elle censée travailler avec lui ? Au mieux, il constituait une distraction ; au pire, un handicap.

Fort heureusement, il existait une autre manière de traiter cette affaire qu'en y impliquant lord Haslemere. Et s'il fallait pour cela ruser pour lui fausser compagnie, il en serait ainsi.

Georgiana entrouvrit la porte d'entrée, constata que la voie était libre et sortit en prenant garde de refermer doucement derrière elle. Elle n'avait aucun scrupule concernant Haslemere, mais il en allait autrement de lady Clifford.

Georgiana se faisait un devoir d'avoir avec cette dernière une relation parfaitement honnête et transparente, mais elle n'avait guère le choix. Impossible de lui parler de l'accord qu'elle venait de conclure après la promesse qu'elle avait faite à la duchesse de Kenilworth. Lady Clifford aurait insisté pour s'en tenir strictement à la parole donnée, et elles auraient pu dire adieu à l'immeuble de Mill Street.

Il était dommage que le sens de l'honneur soit si souvent de nature à entraver le pragmatisme. Georgiana n'avait rien contre l'intégrité, bien sûr… du moment qu'elle ne lui mettait pas de bâtons dans les roues.

En ce qui concernait lord Haslemere, il valait mieux, pour lui comme pour elle, qu'elle le laisse dans les bras de Morphée. Elle agirait seule, comme à l'accoutumée, et il serait toujours temps, ensuite, de s'en excuser. De cette manière, elle résoudrait plus vite le mystère qui le tracassait. N'était-ce pas ce qu'ils voulaient tous deux ? Quand tout serait terminé, il la remercierait pour…

— Vous avez rendez-vous quelque part, princesse ?

Georgiana se figea et ferma les yeux. *Oh non…*

— Un peu tôt pour une promenade, reprit la voix qu'elle commençait à bien connaître.

Un bruit de pas s'éleva derrière elle. Elle fit volte-face et vit lord Haslemere s'avancer vers elle.

Il n'avait pas l'air de tomber du lit. Dans son pantalon couleur daim, sa redingote vert bouteille et ses bottillons noirs parfaitement cirés, il avait même fière allure. Sa cravate blanche immaculée était nouée *à la Haslemere*[1]. Ses cheveux auburn semblaient encore humides, et...

Georgiana renifla discrètement quand il fut près d'elle. Il émanait de lui une fraîche odeur mentholée, comme si...

*Comme s'il venait à peine de sortir du bain.*

Une image inattendue de lord Haslemere nu dans son bain se forma dans l'esprit de Georgiana. Elle fit un effort pour la reléguer dans le puits sans fond où elle se débarrassait de ce type de pensées. Mais, comme l'homme lui-même, celles-ci ne se laissaient pas facilement ignorer.

Lord Haslemere, sans doute habitué au trouble qu'il suscitait chez les femmes, parut ne se douter de rien.

— Je savais que vous tenteriez quelque chose de ce genre, commenta-t-il d'un air désapprobateur. Est-ce de cette manière que vous honorez vos engagements ?

— Je ne sais pas ce que vous suggérez, mais...

— Je ne suggère rien, l'interrompit-il. Je vous accuse bel et bien de trahison.

Piquée au vif, Georgiana redressa la tête.

— « Trahison » est un bien grand mot, milord. Vous versez dans le mélodrame.

— Ah oui ?

Lord Haslemere tira sa montre à gousset, l'ouvrit d'une pression du doigt et reprit :

— Je vous avais prévenue que je passerais vous prendre à une heure décente pour les visites. Il est 9 heures du matin. Si je ne vous pensais pas

1. En français dans le texte (*N.d.T.*)

au-dessus de cela, mademoiselle Harley, je pourrais aisément supposer que vous alliez vous rendre chez lord Draven sans moi.

Georgiana s'efforça d'ignorer la culpabilité qui la rongeait, mais celle-ci lui embrasait les joues. Préserver les secrets d'une duchesse dont le frère se montrait si habile à mettre son nez où il ne fallait pas allait requérir un peu plus de finesse de sa part...

— Prenez garde, mademoiselle Harley, prévint celui-ci en la dévisageant, les sourcils haussés. Vos rougissements vous trahissent. Ils sont tout à fait charmants, mais une jeune lady qui n'a rien à se reprocher ne rougit pas.

Georgiana sentit ses joues s'empourprer davantage encore, mais redressa la tête et déclara dignement :

— J'ignore de quoi vous parlez. Je ne rougis jamais.

— Ah non ? Je dois donc me tromper. Néanmoins, j'insiste pour vous accompagner dans cette promenade matinale parfaitement innocente. Ma voiture est juste là.

D'un signe de tête, il désigna l'autre côté de la rue, puis il lui offrit son bras en ajoutant :

— Y allons-nous ?

— Ce ne... sera pas nécessaire, milord.

De toute évidence, songea Georgiana, elle devait s'attendre à une rude confrontation. Haslemere s'était exposé au risque d'une rencontre nocturne avec Daniel Brixton. Il n'allait pas renoncer maintenant.

— Permettez-moi d'insister.

Ses yeux réduits à deux fentes restaient rivés aux siens.

— Allons, mademoiselle Harley, reprit-il d'un ton conciliant. Cessons cette comédie et reconnaissez que vous souhaitiez interroger lord Draven sans moi.

Georgiana se mordit la lèvre, indécise.

— J'avais l'intention de venir ensuite vous…

— Cette nuit, j'ai parfaitement dormi, coupa-t-il, certain que j'étais que vous pourriez m'aider à percer à jour les problèmes de ma sœur, quels qu'ils puissent être.

— Nous découvrirons la vérité, c'est promis, mais…

— J'étais parfaitement satisfait de notre accord, voyez-vous. L'immeuble que je possède sur Mill Street est un faible prix à payer pour ma tranquillité d'esprit.

— Lord Haslemere, je…

— Mais je n'ai plus l'esprit tranquille. Nous avons conclu un marché pas plus tard que la nuit passée, et voilà que vous le brisez déjà. Si je n'avais pas flairé le piège et n'étais pas venu vous chercher plus tôt que prévu, seriez-vous restée introuvable toute la journée ?

— Vous admettez donc que vous m'avez piégée ?

— Clarifions un peu nos positions, voulez-vous ? répliqua-t-il d'un air supérieur. Vous êtes à mon service. Cela signifie que je donne les ordres et que vous les exécutez.

— Les ordres ! répéta-t-elle, indignée.

Cet homme ne manquait pas de culot !

— Je n'ai jamais accepté de vous obéir au doigt et…

— Plus de dérobades, mademoiselle Harley, l'interrompit-il fermement. Plus de subterfuges ni de mensonges. Plus de pitoyables manigances. Ai-je votre parole ?

Georgiana ravala un flot de protestations. Il s'était exprimé le plus calmement du monde, mais avec une certaine dureté dans le regard. Pour la première fois depuis leur rencontre nocturne dans Maiden Lane, elle n'était pas loin de penser que Cecilia pouvait avoir raison à son sujet.

Peut-être lord Haslemere n'était-il pas *tout à fait* le dandy fêtard et superficiel pour qui la bonne société le prenait. Son amie l'avait prévenue qu'il était plus intelligent que la plupart des gens ne le pensaient, voire qu'il ne le pensait lui-même.

Georgiana s'était imaginé que Cecilia exagérait ses mérites parce qu'il était le meilleur ami de son mari, mais à présent... eh bien, moins d'une journée après avoir accepté de faire équipe avec lui, elle ne pouvait nier qu'il l'avait cernée.

En poussant un soupir, elle se prépara à l'humiliation d'avoir à lui demander pardon. Il en profiterait sans nul doute pour asseoir son autorité sur elle, et elle ne broncherait pas, car elle était effectivement à son service... et elle avait grand besoin de cet immeuble sur Mill Street.

L'école en avait besoin. Ses filles en avaient besoin.

Redressant les épaules, elle se força à soutenir le regard si troublant de ses yeux sombres.

— Vous avez raison, milord. J'avais l'intention de me rendre chez lord Draven sans vous, et je vous prie de m'en excuser. Cela ne se reproduira plus.

Elle se tut, guettant sa réponse, mais la réaction triomphante qu'elle attendait ne vint pas. Lord Haslemere scruta son visage, comme pour jauger sa sincérité, puis...

— Très bien, n'en parlons plus.

Le sourire qui éclaira ses traits fit à Georgiana l'effet d'un rayon de soleil perçant les nuages. Elle cligna des yeux, éblouie. Ce n'était pas tant le fait qu'il lui sourie qui la troublait – encore qu'elle comprît à présent le succès qu'il avait auprès des femmes –, mais la vitesse et la facilité avec lesquelles les émotions du comte transparaissaient sur son visage.

Sa propre figure devait paraître bien terne et rigide en comparaison, mais elle n'eut pas le loisir de s'appesantir sur le sujet. Haslemere lui avait pris le bras et l'entraînait vers sa voiture.

— Connaissez-vous lord Draven ? s'enquit-il.

Le cocher sauta à terre pour ouvrir la portière, puis son employeur la hissa sans effort dans l'habitacle. Surprise, Georgiana ne put réprimer un frisson au contact ferme de ses doigts autour de sa taille.

— Non, pas du tout, répondit-elle.

En s'installant sur la banquette face à elle, il demanda :

— Qu'est-ce qui vous fait croire qu'il vous aurait reçue ? Draven n'est pas le genre d'homme à recevoir une inconnue qui sonne à sa porte aux petites heures du jour.

— Il est 9 heures. On est loin des petites heures du jour.

— Pas pour certains.

Il étendit les jambes devant lui, et la pointe d'une de ses chaussures effleura la jupe de Georgiana. Instinctivement, elle ramena les pieds sous la banquette, loin des siens.

— Puisque vous me le demandez, j'avais l'intention de parler à sa gouvernante.

Un pli se forma sur le front du comte, qui s'étonna :

— Pourquoi perdre du temps avec la gouvernante alors qu'il est possible de parler au comte lui-même ?

— Ne vous est-il pas venu à l'esprit, lord Haslemere, que le comte pourrait se sentir insulté ? Un duel entre deux nobles écervelés ne serait pas pour arranger nos affaires.

Loin de s'offenser, Haslemere éclata de rire.

— Personne ne vous a jamais dit, mademoiselle Harley, que vous avez un caractère de cochon ?

Elle lui adressa son sourire le plus aimable.

— Si c'est le cas, dit-elle, je vous suggère de ne pas me provoquer. Mieux encore, si mes manières vous déplaisent, vous pouvez me laisser m'occuper seule de cette affaire.

À ces mots, le sourire de son interlocuteur s'élargit encore.

— Je n'ai jamais dit cela. Au contraire, je trouve vos manières très… rafraîchissantes.

— Cela ne finit-il pas par vous ennuyer, milord, de toujours obtenir ce que vous souhaitez ? Cela doit être assommant…

S'il fallait en croire les ragots, aucune femme à Londres n'était de taille à résister au charme de cet homme.

— Vous ne croyez pas si bien dire.

Georgiana chercha sur son visage une trace d'humour ou d'ironie. En vain. Peut-être avait-il fini par devenir idiot à force d'être la coqueluche du Tout-Londres.

Elle décida d'insister.

— Les femmes qui ne vous jugent pas absolument irrésistible doivent être aussi rares que les perles qu'on trouve dans les huîtres !

Un sourire au coin des lèvres, il répondit :

— On dirait que j'ai déniché ce trésor, n'est-ce pas ? Ma perle à moi…

Georgiana en resta muette de surprise. Cela ressemblait à un compliment galant… Une sèche réplique lui vint à l'esprit, mais elle préféra la garder pour elle. Il avait l'air aussi surpris qu'elle par ce qu'il venait de dire, et guère réjoui. Le mieux était sans doute de ne pas relever.

Cela n'en demeurait pas moins inquiétant. Elle n'avait pas envie d'un flirt avec lui ! Si engageant que soit son sourire, si ensorcelants que soient ses regards, elle ne pouvait se permettre de céder à son charme.

Après s'être éclairci la voix, elle décida de reprendre le fil de leur conversation comme si de rien n'était.

— Lord Draven n'aura pas davantage de raisons de se confier à vous qu'à moi. Pour ce que j'en sais, les gentlemen, surtout s'ils sont issus de la noblesse, aiment garder leurs secrets. Croyez-moi, nous aurions plus de chances de succès en demandant à parler à la gouvernante.

Lord Haslemere, qui la dévisageait d'un air songeur, ne parut pas l'avoir entendue. Tout à trac, il déclara :

— Cette couleur vous sied à ravir, mademoiselle Harley.

— Je... Pardon ?

Seigneur ! Était-elle encore en train de rougir ?

— La couleur de votre robe, précisa-t-il. C'est difficile à dire, à cause de ce manteau dans lequel vous êtes engoncée, mais la couleur de votre robe semble proche de celle que vous portiez hier au bal de lady Wylde : marron ou bronze, ou quel que puisse être le nom que lui donnent les couturières cette saison. Ces teintes riches mettent en valeur les reflets blonds de votre chevelure.

Jetant un sévère coup d'œil à son chapeau, il ajouta :

— Du moins pour ce que je peux en voir.

Georgiana dut se remémorer qu'elle ne le trouvait *pas* charmant. De son ton le plus innocent, elle demanda :

— En quoi la couleur de ma robe concerne-t-elle lord Draven et ce que nous avons à lui demander ?

Lord Haslemere, sans doute plus habitué à faire des compliments qu'elle à en recevoir, haussa les épaules.

— En rien, reconnut-il. J'ai simplement noté que cette couleur vous allait bien, aussi vous l'ai-je dit. C'est tout.

Comment se comporter avec un tel homme ? Flirtait-il tout naturellement, comme on respire, avec toute femme qui croisait sa route, sans même s'en apercevoir ?

— Nous sommes presque arrivés à Curzon Street, fit-elle remarquer. Sommes-nous d'accord pour traiter cette affaire avec la gouvernante plutôt que directement avec son maître ?

— Si vous y tenez... Vous ne me laissez pas le choix. Je suis un gentleman, et ce que femme veut...

Georgiana émit un grognement sarcastique.

— Pas plus tard que tout à l'heure, vous m'avez signifié sans ambages que c'était à moi de vous obéir.

— Cela semble plus délectable dans ce sens-là, non ?

— Pour vous, peut-être.

Le sourire malicieux était de retour.

— Effectivement, reconnut-il.

Georgiana le dévisagea avec méfiance. Elle ne pourrait l'empêcher de n'en faire qu'à sa tête, mais avait-elle le choix ?

La voiture ralentissait. Bientôt, elle s'arrêta devant la résidence de lord Draven.

Si Georgiana n'avait pas été distraite par les pitreries de lord Haslemere, sans doute aurait-elle remarqué plus tôt l'agitation qui régnait devant la demeure.

En dépit de l'heure matinale, deux véhicules étaient garés dans l'allée. L'un était visiblement destiné à transporter des bagages, et l'autre était une voiture portant les armoiries de lord Draven. Nombre de valets s'agitaient autour, porteurs de toutes sortes de paniers et de paquets. Une malle paraissait avoir été abandonnée sur le perron.

— Mon Dieu..., murmura-t-elle en observant le ballet des domestiques. Pensez-vous que lord Draven quitte Londres ?

— Je n'en sais rien, répondit Haslemere. Nous le découvrirons bien assez vite.

Nul ne leur prêta attention quand ils s'approchèrent de la porte d'entrée. Dans le hall, ils repérèrent tout de suite une grande femme toute sèche qui se tenait très droite au milieu du chaos. Ses cheveux argentés étaient rassemblés en un chignon strict sur sa nuque, et son aura d'autorité naturelle faisait d'elle, à n'en pas douter, la gouvernante de la maison.

— Non, Lizzy ! lança-t-elle à une servante aux bras chargés de couvertures. Pas dans la malle. Porte-les dans la voiture au cas où…

Elle s'interrompit en apercevant Georgiana et lord Haslemere et leur annonça :

— Lord Draven ne peut recevoir de visiteurs.

— Pardonnez notre intrusion, lança Georgiana en s'avançant d'un pas. Êtes-vous la gouvernante ?

— C'est bien moi, confirma la femme. Je suis Mme Bury.

— Ravie de faire votre connaissance, madame Bury. Je m'appelle Georgiana Harley, et voici lord Haslemere. Nous espérions avoir une rapide conversation avec vous en privé.

Au moment même où Georgiana ouvrait la bouche, Mme Bury l'avait imitée pour refuser. Mais, en l'entendant mentionner lord Haslemere, elle se ravisa, une expression étrange sur le visage.

— Le comte de Haslemere ? demanda-t-elle. Frère de la duchesse de Kenilworth ?

L'intéressé échangea un regard étonné avec Georgiana, avant de hocher la tête à l'attention de la gouvernante.

— Lui-même, madame, répondit-il.

Mme Bury le dévisagea un instant, avant de pivoter brutalement sur ses talons.

— Oui, je suppose qu'il vaut mieux que nous échangions quelques mots. Par ici, je vous prie, milord, mademoiselle Harley.

Elle les conduisit jusqu'à un salon. La pièce était luxueusement meublée et décorée, mais aucun feu ne brûlait dans la cheminée, et les rideaux étaient tirés, lui donnant une impression d'abandon.

— Nous sommes un peu débordés ce matin, s'excusa la gouvernante. Je ne dispose pas de beaucoup de temps, mais je ferai de mon mieux pour vous aider. Prenez un siège, je vous prie.

D'un geste, Mme Bury leur désigna un confortable sofa tapissé d'une extravagante soie jaune. Georgiana s'assit juste au bord tandis que lord Haslemere prenait place à côté d'elle.

— Comme Mlle Harley vous l'a dit, commença-t-il, nous sommes désolés de vous déranger. Mais une affaire d'une certaine importance nous amène, et...

— Je sais ce qui vous amène, milord.

La gouvernante se laissa choir sur un siège disposé face au sofa. Elle paraissait épuisée. D'une voix lasse, elle ajouta :

— Vous êtes ici à cause de cette histoire ridicule qui court à propos de la duchesse et de lord Draven.

Georgiana, qui ne s'était pas attendue à tant de franchise, fut prise de court mais demanda :

— Vous êtes donc persuadée que cette rumeur n'a aucun fondement ? Que votre maître et la duchesse ne sont pas...

— Unis par le péché d'adultère ? acheva la gouvernante. Je *sais* que c'est une absurdité, mademoiselle Harley ! Je suis au service de lord Draven depuis qu'il a hérité du titre, et j'ai été la gouvernante de son père pendant quinze ans avant cela. Le comte était un homme droit, qui craignait Dieu, et son fils l'est tout autant.

Georgiana examinait attentivement Mme Bury, guettant tout signe de duplicité, mais le regard de la gouvernante restait ferme, et elle s'exprimait avec conviction.

— Vous paraissez sûre de vous, commenta-t-elle.

— Je n'ai jamais été aussi sûre de quoi que ce soit. Cette vicieuse rumeur n'est destinée qu'à nuire à mon maître et à la duchesse.

La gouvernante jeta un regard peu amène à lord Haslemere avant d'ajouter :

— J'imagine que vous êtes venu réclamer des comptes à lord Draven ? Eh bien, vous devriez avoir honte de votre attitude, milord. Lord Draven est un gentleman, et votre sœur une femme respectable. Tous deux méritent mieux.

Levant les mains devant lui, Haslemere protesta :

— Je ne suis pas venu accuser lord Draven de quoi que ce soit, madame Bury. Je souhaitais simplement m'entretenir avec lui. Sans doute pourrez-vous comprendre que, dans ce contexte, je me fasse du souci pour ma sœur ?

Les yeux verts de la gouvernante demeurèrent glacés.

— Tout comme vous comprendrez, milord, que je m'inquiète pour mon maître. Je ne laisserai pas salir son nom en ma présence !

Georgiana s'éclaircit discrètement la voix avant de poser une question qui n'allait pas les rendre plus aimables aux yeux de leur interlocutrice, mais qu'elle ne pouvait éviter de poser.

— Selon la rumeur, la duchesse aurait été aperçue quittant cette résidence, seule et de nuit. L'avez-vous vue ici à des heures indues avec lord Draven ?

— Eh bien... je ne peux dire que ce n'est pas le cas, car le mensonge est un péché méprisable, mais cela s'est produit une ou deux fois seulement, et dans des situations totalement innocentes. Ils n'ont pas quitté le bureau de lord Draven !

Georgiana songea que l'adultère pouvait être commis ailleurs que dans une chambre, mais elle estima préférable de garder son opinion pour elle.

Mme Bury leur avait déjà donné une précieuse information. La duchesse avait bien rendu discrètement visite à lord Draven en pleine nuit.

Cette part-là de la rumeur, au moins, était vraie.

— Mais voyez ce qui arrive quand on colporte des commérages aussi odieux, mademoiselle Harley !

La gouvernante s'était levée, le visage empourpré.

— Quelqu'un y a cru ! poursuivit-elle. Et voyez à présent ce qui arrive à mon pauvre maître…

Le regard de Georgiana passa des tentures closes aux traits tirés de Mme Bury. Elle sentit une vive appréhension s'éveiller en elle.

— Est-il arrivé quelque chose à lord Draven ?

— Vous voulez dire que vous n'êtes pas au courant ?

Toute la colère qui l'animait sembla soudain déserter la gouvernante, qui se laissa de nouveau tomber sur son siège.

— Lord Draven a été attaqué par une demi-douzaine de voyous il y a plusieurs nuits de cela, raconta-t-elle. Ils l'ont sévèrement rossé. C'est un miracle qu'il soit encore en vie.

— Quand cela s'est-il produit exactement ? demanda Georgiana d'une voix blanche.

— Il y a trois nuits.

Ce qui signifiait que l'attaque contre lord Draven avait eu lieu la nuit où la duchesse de Kenilworth s'était rendue à l'école Clifford. La coïncidence était étrange.

— Nous ne savions pas…, murmura-t-elle, effarée.

Du moins était-ce son cas. Un coup d'œil à son voisin lui permit de constater qu'il semblait aussi choqué qu'elle-même.

— Le pauvre lord Draven a été laissé pour mort, reprit la gouvernante en lançant à lord Haslemere un regard accusateur. Le responsable d'un acte aussi odieux sera appelé tôt ou tard à rendre des comptes à son Créateur, si intouchable s'imagine-t-il être !

Lord Haslemere s'était figé.

— Vous m'accusez d'avoir commandité l'agression de lord Draven ? s'enquit-il d'une voix dangereusement calme.

— Quelqu'un doit bien l'avoir fait, n'est-ce pas ? Il n'y a à Londres que deux personnes susceptibles de défendre ainsi l'honneur de la duchesse. L'une est son mari, un homme honorable, à la moralité irréprochable, et l'autre...

S'oubliant totalement, la gouvernante pointa un index vengeur sur lord Haslemere et conclut :

— L'autre est son frère, un habitué des scandales, à la conduite douteuse. Lequel des deux est susceptible d'avoir ordonné cette basse vengeance, selon vous ?

Georgiana considérait la gouvernante avec consternation. Lord Haslemere n'était certes pas un parangon de vertu, mais de là à en faire un meurtrier potentiel...

— Pardonnez-moi, madame Bury, mais je trouve injuste de votre part d'accuser lord Haslemere d'un acte si haïssable.

Le visage de leur interlocutrice se figea.

— Peut-être est-ce injuste, dit-elle d'un ton pincé, mais je sais le duc de Kenilworth au-dessus de tout soupçon. Lui et lord Draven ont été à l'école ensemble, et il n'y eut jamais amis plus proches. Le duc était un familier de Draven House. Le Tout-Londres peut croire ce qu'il veut à propos de lord Draven et de la duchesse, son époux sait à quoi s'en tenir.

Lord Haslemere garda le silence. Georgiana, qui avait l'impression d'être soudain tombée dans un gouffre, luttait pour reprendre le fil de la conversation.

— Quelle est… la gravité des blessures de lord Draven ? demanda-t-elle. Son médecin s'attend-il à le voir recouvrer la santé ?

— Le docteur lui a ordonné le repos à la campagne, au bon air et au calme. Je l'ai prévenu que Draven House n'était plus occupée depuis des années et que la plupart des domestiques étaient partis, mais il n'a pas voulu en démordre. La cuisinière et une servante, ainsi qu'une autre du Herefordshire que je viens d'embaucher pour servir d'infirmière, vont donc accompagner mon maître là-bas et s'occuper de lui. Quant à savoir s'il gardera des séquelles…

Mme Bury secoua tristement la tête et conclut :

— Le médecin n'a pas voulu se prononcer. Nous ne pouvons que prier pour lord Draven, en espérant que tout ira pour le mieux.

De nouveau, la gouvernante se leva. Elle paraissait avoir vieilli de dix ans depuis qu'elle les avait accompagnés dans cette pièce. Elle marqua une pause en atteignant la porte et se retourna pour lancer :

— Veuillez accepter mes excuses si je vous ai offensé, lord Haslemere.

Sur ce, elle s'en alla, et l'écho de ses pas décrut dans le corridor.

# 8

« Veuillez accepter mes excuses si je vous ai offensé, lord Haslemere. »

*Offensé ?* Cette femme, qui venait de l'accuser d'avoir lâché une demi-douzaine de voyous aux trousses de Draven, lui demandait pardon de l'avoir *offensé* ?

Benedict ferma les yeux et poussa un long soupir, qui ne diminua en rien le poids qui pesait sur ses épaules. Il s'était depuis longtemps fait à l'idée que le Tout-Londres ne voie en lui qu'un vaurien, mais on passait plus rapidement de ce statut à celui d'assassin qu'il ne l'avait imaginé.

— J'espère que vous ne prenez pas les accusations de Mme Bury trop à cœur, lord Haslemere. Le chagrin lui a fait perdre toute mesure. L'émotion retombée, je suis sûre qu'elle regrettait sincèrement ses propos.

C'étaient les premières paroles de Mlle Harley depuis qu'ils avaient quitté le salon de lord Draven. Perdu dans ses pensées, Benedict avait fini par oublier sa présence.

En redressant la tête, il la découvrit blottie dans un coin de la voiture, manifestement troublée.

— Vous semblez fort inquiète, mademoiselle Harley. Puis-je espérer que c'est à mon propos ?

Elle lui jeta un rapide coup d'œil, avant de reporter son attention sur ses mains nouées dans son giron.

— Évidemment que je m'inquiète, répondit-elle. Et il en irait de même pour n'importe qui.

Benedict l'étudia un instant et sentit s'alléger la pression sur ses épaules. Pour une femme de tête à la langue acérée, le regard qu'elle posait sur lui semblait étonnamment doux.

— Je dois avouer que votre compassion m'étonne.

Les sourcils froncés, elle protesta :

— Je ne vois pas pourquoi. Je trouve normal de réagir ainsi lorsqu'on accuse injustement quelqu'un en ma présence.

Ces dehors inflexibles cachaient donc un cœur battant. Il trouvait cela déconcertant, et ce n'était pas spécialement pour lui plaire. Il préférait voir en elle, plutôt qu'une femme en chair et en os, un paquet de nerfs à vif garni de ronces et enveloppé dans un épais manteau de laine brune.

C'était plus facile ainsi.

— Il y a à Londres nombre de nobles qui ne valent pas grand-chose, reprit-elle. Mais en dépit de vos *nombreux* défauts, lord Haslemere, je ne parviens pas à croire que vous puissiez être en plus un assassin.

Ah, voilà qui était déjà mieux… Il retrouvait la harpie au cœur de pierre qu'il connaissait et dont il commençait à… tolérer la présence à ses côtés. Il n'en demeurait pas moins qu'elle avait été prompte à prendre sa défense face aux attaques de Mme Bury.

— Je pense que vous m'appréciez bien plus que vous n'êtes prête à le reconnaître, déclara-t-il d'un air songeur.

Elle leva les yeux au ciel et rectifia :

— L'estime que je vous porte est exactement ce qu'elle paraît être, milord. Pas plus, pas moins.

Benedict laissa son regard s'attarder sur son visage. *Noisette*. Ses yeux étaient en fait couleur noisette.

Ils paraissaient bruns quand il y avait peu de lumière, mais avec le rayon de soleil qui passait par la vitre de la portière, ils viraient au vert, un vert léger assez semblable à celui des poires à la fin de l'été.

Ses yeux changeaient de couleur avec la lumière.

Cela n'aurait pas dû avoir d'importance. Cela n'en avait pas, en fait. Sauf que Benedict avait un faible pour les yeux des femmes aux couleurs changeantes. La curiosité le poussait à se demander si ceux de Mlle Harley pouvaient, comme d'autres de la même couleur, se parer de différentes teintes de vert, de gris et de brun à la fois. En les voyant tels qu'il les découvrait à présent, il n'arrivait pas à comprendre comment il avait pu s'imaginer qu'ils étaient bruns.

« Bon, elle a de beaux yeux, et alors ? » s'impatientait la part la plus inflexible de lui-même. Cela ne l'empêchait en rien d'avoir la langue acérée.

L'image le troublait. Certes, la langue de Georgiana Harley ne le concernait en rien, pas plus que ce qu'elle pouvait en faire.

Repoussant tant bien que mal cette idée de son esprit, Benedict s'éclaircit la voix et rompit un silence qui n'avait que trop duré.

— Bien, mademoiselle Harley... Qu'avons-nous donc appris ? Des rumeurs de relations adultérines, un duo d'aristocrates amis depuis Eton, et un comte battu jusqu'à l'inconscience par de mystérieux agresseurs. Que faites-vous de tout cela ?

Après avoir longuement soupiré, elle répondit :

— Je pense, milord, que cette affaire a plus de têtes qu'une hydre. Coupez l'une d'elles, deux repoussent.

Benedict y réfléchit un instant et déclara :

— Ce n'est pas tant une hydre qu'une piqûre d'insecte. Plus on la gratte, plus elle est irritée et vous démange.

— Ridicule. Mon analogie est bien plus pertinente.

— Piqûre infectée ou têtes tranchées ?

Avec un haussement d'épaules, il reprit :

— Appelez ça comme vous voudrez, mademoiselle Harley. La question est : que faisons-nous à présent que nous ne pouvons plus interroger Draven ?

— Lady Wylde a fait allusion hier soir à un scandaleux passé que votre sœur et Draven auraient en commun. Étant donné le goût de la dame en question pour les rumeurs, on peut considérer que ce n'est qu'un ragot, mais nous devrions peut-être nous en assurer. Il faudrait que nous lui rendions visite ce matin.

Benedict faillit manifester sa consternation par un grognement. La journée prenait des allures de cauchemar.

Il aurait préféré sauter dans un des puits de l'enfer plutôt que d'aller rendre visite à lady Wylde. Dès qu'il aurait passé le seuil de sa résidence, elle s'imaginerait qu'il avait changé d'avis et fondrait sur lui tel un rapace sur sa proie.

Malheureusement, il n'avait pas de meilleure idée.

— Oui, très bien. Je vais y aller. Grigg ?

Benedict donna un coup sur le plafond de la voiture et ajouta en haussant la voix :

— Maddox Street, pour y déposer Mlle Harley, et ensuite nous irons à Albemarle…

— Attendez un peu ! protesta sa compagne. Comment ça, me déposer ? Je vais avec vous chez lady Wylde !

— Certainement pas.

Il était déjà délicat d'avoir à affronter le fauve dans son antre, mais que Georgiana Harley puisse assister à la scène sordide qui s'ensuivrait était plus qu'il ne pouvait supporter.

— Lady Wylde est une prédatrice de premier ordre, expliqua-t-il patiemment. Vous n'avez pas idée du degré de sauvagerie dont elle est capable.

Elle ne fera de vous qu'une bouchée, avant de passer au plat principal.

Autrement dit, lui-même.

Mlle Harley le gratifia d'un sourire entendu et répliqua :

— Des gentlemen plus résolus que vous ne sont pas parvenus à me faire plier, lord Haslemere.

Benedict ne put réprimer un petit rire satisfait.

— Je ne suis pas sûr qu'il faille vous en vanter.

Redressant fièrement le menton, elle répliqua :

— Je suis tout aussi capable que vous de rendre visite à lady Wylde.

— Naturellement. Bien sûr, il vous faudra d'abord convaincre son majordome de vous laisser passer. Egerton est une créature fière et redoutable, très à cheval sur la hiérarchie sociale. Et même s'il acceptait de vous conduire à sa maîtresse, je doute que vous puissiez la convaincre de *vous* confier ses secrets.

— Alors qu'elle ne demanderait pas mieux que de vous les livrer, c'est cela ? Je suppose que vous userez de votre charme pour les obtenir ? Manipulez-vous aussi impitoyablement toutes les femmes, milord ?

— Mademoiselle Harley… Seriez-vous une romantique dans l'âme ? Jamais je ne m'en serais douté.

Avec un sourire suffisant, Benedict ajouta :

— Être un comte en vue offre certains avantages. C'est injuste, peut-être, mais j'obtiendrai bien plus d'elle si nous nous rencontrons en tête à tête.

Les joues de Mlle Harley s'empourprèrent.

— Vous voulez dire que vous n'hésiterez pas… à la séduire pour lui arracher ses secrets ?

— J'espère ne pas avoir à en arriver là.

Les yeux de la jeune femme avaient encore changé de couleur. Ces prunelles changeantes étaient réellement les plus remarquables qu'il ait pu admirer chez une femme. Mais pour ce qui était de son expression…

*Bigre !* Peut-être, après tout, devrait-il la laisser venir avec lui sans discuter. Sa mine désapprobatrice suffirait à chasser toute pensée lubrique de l'esprit de lady Wylde.

— La honte vous est donc inconnue, lord Haslemere ?

Benedict fit mine d'y réfléchir, puis haussa les épaules.

— De quoi devrais-je avoir honte ? En quoi séduire lady Wylde pour la faire parler serait-il plus terrible que le fait qu'elle me séduise pour que je lui offre des bijoux ?

— C'est ainsi que vous vous défendez ? Vous êtes aussi condamnables et immoraux l'un que l'autre !

— Laissez-moi vous rappeler, mademoiselle Harley, que c'est vous qui avez suggéré que j'en arrive à de telles extrémités. Je n'avais quant à moi en tête qu'un flirt sans conséquence.

— Dans ce cas, je ne vois pas pourquoi je ne pourrais pas vous accompagner. N'est-ce pas vous, ce matin, qui me faisiez la leçon ? Plus de cachotteries, plus de mensonges.

— Certes, mais cela signifiait que *vous* ne deviez plus me mentir. Rappelez-vous également que j'ai souligné que c'était moi qui donnais les ordres, et vous qui les suiviez.

— Vous serez forcément déçu, milord, si vous attendez de moi une obéissance aveugle et absolue.

Sous l'effet de la colère, ses yeux étaient à présent d'un vert sombre, semblable à celui des feuilles de houx.

Mais, si jolies que soient les feuilles de houx, elles n'en demeuraient pas moins aptes à faire saigner l'imprudent…

— Voilà qui est bien dommage, commenta-t-il. Que proposez-vous donc que nous fassions ?

Tout en soutenant son regard, elle proposa :

— Peut-être pourrions-nous conclure un marché ?

— Peut-être. Qu'avez-vous en tête ?

Benedict croisa les mains sur le pommeau de sa canne de marche et attendit. Avec un soupir exagéré, elle lança :

— Vous savez parfaitement ce que je veux : aller chez lady Wylde avec vous.

— Je le sais, certes, mais ce que *je* veux m'intéresse bien davantage.

Elle renifla et s'agita sur son siège, comme si conclure un marché avec lui était aussi dangereux que de le faire avec le diable en personne.

— Oh, très bien ! s'exclama-t-elle. Que voulez-vous de moi en échange ? Et vite ! Nous perdons du temps.

Que voulait-il d'elle ? La question était intéressante...

— Je veux que vous me permettiez de vous appeler par votre prénom, et que vous fassiez de même avec moi.

— Impossible.

— Je ne vois pas pourquoi.

Un nouveau soupir exaspéré lui échappa.

— Parce que je ne connais pas votre prénom.

Benedict réprima un sourire. C'était un mensonge, bien sûr. Chacun, à Londres, connaissait son prénom.

— Benedict, précisa-t-il.

— Cela ne vous va pas du tout, assura-t-elle.

Benedict éclata de rire.

— Les six précédents comtes de Haslemere, tous baptisés Benedict Gabriel Alexander Harcourt, ne seraient pas d'accord avec vous.

— C'est un nom pieux, ce que vous n'êtes pas. Saint Benedict a fondé un ordre religieux. Benedict signifie « béni » en latin, et Gabriel est un ange.

Elle lui adressa un regard sceptique et conclut :

— « Ange béni » n'est sûrement pas la première chose qui me vient à l'esprit quand je pense à vous.

— Il vous arrive donc de penser à moi, *Georgiana* ? C'est adorable… Mais assez de ces balivernes. Soit vous acceptez ce marché, soit je demande à Grigg de vous ramener à Maddox Street.

— Oh, pour l'amour de Dieu ! Très bien, j'accepte vos conditions, milord. Pouvons-nous y aller, à présent ?

Haussant les sourcils, il insista :

— « Pouvons-nous y aller »… qui ?

Elle fit une grimace, comme s'il lui en coûtait d'avoir à s'exécuter.

— Pouvons-nous y aller, *Benedict* ?

— Certainement, *Georgiana*.

Il n'était certes pas très galant de s'amuser ainsi à ses dépens, mais Benedict ne se rappelait pas s'être amusé à ce point depuis longtemps.

Cognant de nouveau au plafond, il lança en direction du guichet qui venait de s'ouvrir :

— Albemarle Street, Grigg !

— Bien, milord, répondit le cocher en fermant le volet.

Ils gardèrent le silence tandis que la voiture prenait la direction de Mayfair. Georgiana fit mine d'être absorbée par le spectacle qui s'offrait à elle par la vitre de la portière. Benedict, de son côté, savoura sa victoire en lui lançant d'occasionnels coups d'œil.

Il fut manifeste dès qu'elle les rejoignit dans le salon que lady Wylde s'attendait à rencontrer Benedict seule à seul.

— Mon cher lord Haslemere... J'imaginais bien vous revoir sous peu, mais pas si vite.

Elle traversa la pièce en un instant, si concentrée sur sa proie qu'elle passa devant Georgiana, assise à l'écart sur un canapé, sans même la remarquer. Dans son sillage flottaient des voiles diaphanes et un nuage parfumé.

Rose ou vétiver ?

Quelle que puisse être cette fragrance, elle agressait les narines de Georgiana et lui serrait la gorge.

— Lady Wylde...

Benedict esquissa une courbette en inclinant le buste, mais ne put aller au bout de son mouvement. Posant les deux mains sur sa poitrine, lady Wylde l'expédia d'une brusque poussée sur un canapé et alla l'y rejoindre en s'asseyant sur ses genoux.

— Pardonnez-moi, milady, mais...

— Vous n'avez pas à vous excuser de quoi que ce soit, milord, l'interrompit-elle. Je vous ai déjà pardonné votre comportement peu galant d'hier.

Georgiana les observait, les yeux écarquillés, incapable de réagir. Il lui répugnait d'assister à cette scène, mais elle ne parvenait pas à en détourner le regard.

— Sentez-vous libre de jeter vos manières aux orties à présent, ajouta lady Wylde avec un rire de gorge. Aucune femme n'a envie d'un amant trop timoré. Il se murmure que vous pouvez vous montrer féroce...

*Féroce ?* Georgiana retrouva instantanément son énergie. Elle se leva et s'apprêtait à bondir vers la porte pour aller attendre Benedict dans sa voiture quand celui-ci la retint.

— Asseyez-vous, mademoiselle Harley.

Elle fit volte-face, légèrement tremblante, et croisa le regard du comte par-dessus la tête de lady Wylde. Il ne ressemblait pas du tout à un séducteur comblé d'avoir sur ses genoux une femme complaisante et prête à tout. Son visage n'était pas rouge, il ne haletait pas, et ses lèvres étaient pincées en une mince ligne.

Au lieu de respirer la passion, il paraissait... irrité.

— Vous vous souvenez de Mlle Harley ? reprit-il, s'adressant à lady Wylde. Elle assistait à votre bal hier soir.

Du menton, il désigna Georgiana, que lady Wylde regarda par-dessus son épaule.

— Mlle Harley ? répéta-t-elle.

Lord Haslemere la saisit par la taille et la déposa un peu rudement à côté de lui sur le divan avant de confirmer :

— Oui, Mlle Harley.

— Mlle Harley..., répéta lady Wylde d'une voix atone. Naturellement, je me souviens d'elle.

Si elle était embarrassée par son comportement, elle n'en montrait rien. Elle se dressa gracieusement sur ses jambes, une moue aux lèvres, et prit le temps de rajuster ses cheveux et sa tenue.

— Comment allez-vous, mi..., commença Georgiana.

Elle n'en dit pas plus, soudain choquée par la tenue dans laquelle les recevait leur hôtesse. Elle était vêtue d'un déshabillé, ce qui n'avait rien de surprenant à cette heure, mais celui-ci était... Invisible ? Transparent ? Il révélait tant ses formes qu'il s'agissait bien plus de la *suggestion* d'un vêtement que d'un vêtement à proprement parler.

Le visage en feu, Georgiana tenta de se concentrer sur autre chose que sur les voiles diaphanes, mais partout où ses yeux se posaient, ce qu'elle découvrait était embarrassant. Non seulement lady Wylde avait rougi ses lèvres et ses joues, mais aussi la naissance de ses seins.

— Quel plaisir de vous revoir, mademoiselle Harley, mentit cette dernière en lui lançant un regard glacial. C'est étrange... Je n'avais jamais entendu votre nom avant que vous me soyez présentée hier, et soudain, voilà que vous êtes partout. Où l'avez-vous donc trouvée, milord ?

C'était le genre d'attaque voilée tout à fait habituelle dans les salons, mais Georgiana n'était guère rompue à ces joutes oratoires de la bonne société. Elle ne trouva rien à répondre, et lord Haslemere dut venir à son secours.

— Nous ne voudrions pas abuser de votre temps, milady. Peut-être devrais-je vous expliquer ce qui nous amène.

Lady Wylde marcha jusqu'à un fauteuil disposé près de la cheminée et s'y laissa tomber de manière théâtrale.

— Oui, cela vaudrait sans doute mieux, approuva-t-elle d'un ton boudeur. Mais faites vite, je vous prie. J'ai un autre engagement ce matin.

— Oui, j'ai conscience que vous êtes très demandée, et je vous remercie de nous recevoir. C'est à propos de ma sœur et de lord Draven.

L'information fit dresser l'oreille à lady Wylde. Elle fit de son mieux pour masquer son intérêt en feignant l'inquiétude.

— Oh ! Mon pauvre cher lord Haslemere... Je suis tellement désolée, mais il était inévitable que cela arrive à vos oreilles. Tout Londres bruisse de cette affaire.

— Oui, le *bruissement* m'est bien parvenu, confirma-t-il. Je ne prête guère attention aux rumeurs, mais quelques-unes de vos paroles, hier soir, ont éveillé mon intérêt. Vous disiez qu'il était inévitable que ma sœur et lord Draven retombent dans les bras l'un de l'autre, étant donné leur passé. Je me demande ce que vous vouliez dire par là...

Le sourire plaisant restait en place sur le visage de lord Haslemere, mais une légère crispation de ses mâchoires trahissait son énervement. Georgiana ne l'aurait pas remarqué si elle ne l'avait pas examiné attentivement. En dépit de la décontraction qu'il affichait, il était en colère.

Lady Wylde, quant à elle, ne semblait pas l'avoir noté.

— Oh, cela, fit-elle en balayant le sujet d'un revers de main. Je ne sais plus. Rien d'important, sans doute. À présent, si vous voulez bien m'excuser…

Elle commençait à se lever.

— Non, restez là ! lança sèchement lord Haslemere.

Cette audace fit hausser les sourcils à Georgiana, mais lady Wylde ne parut pas se formaliser qu'on lui donne des ordres dans son propre salon et se rassit docilement. Ses lèvres entrouvertes et son souffle précipité, qui agitait sa poitrine opulente, trahissaient son trouble.

— Hélas, milord, je n'en sais pas davantage que ce que le Tout-Londres sait…

— Allons, lady Wylde, dit-il d'une voix radoucie, presque enjôleuse. Nous nous connaissons bien, vous et moi. Vous en savez toujours plus que quiconque.

Le compliment la fit se rengorger.

— Vous avez dû en entendre parler, répondit-elle.

— Bien sûr que non. Un frère est toujours le dernier à connaître les bruits peu flatteurs qui courent sur sa sœur.

— Non, milord, c'est le mari qui les apprend en dernier.

Contente de sa réplique, elle eut un sourire satisfait.

— Quoi qu'il en soit, reprit-elle, voici ce qui se dit. Cela fait longtemps que lord Draven est amoureux de votre sœur, depuis qu'ils ont été présentés lors d'une partie de campagne organisée par son père.

Cela date de plusieurs années, mais vous devez vous en souvenir...

— Vaguement. Je n'y assistais pas, mais l'une des amies d'école de Jane, parente de lord Draven, l'y avait invitée. C'était sa première partie de campagne. Elle a fait ses débuts dans le monde lors de la saison suivante, c'était donc... il y a six ans, c'est bien cela, milady ?

— Oui, ce doit être cela. Lord Draven – le père du comte actuel – avait voulu conclure la fête par un extravagant bal de Noël. L'événement était d'une certaine ampleur. Les membres les plus en vue de la bonne société étaient présents.

Lady Wylde redressa le menton et se reprit :

— Une bonne partie d'entre eux, en tout cas. Je n'étais moi-même, à l'époque, qu'une toute jeune fille.

Georgiana eut du mal à réprimer un grognement sarcastique. *Une toute jeune fille de vingt-cinq ans, oui...*

— Donc, Draven serait tombé amoureux de Jane, résuma lord Haslemere avec un haussement d'épaules. Je ne vois pas ce qu'il y a de scandaleux à cela. Bien des gentlemen admiraient ma sœur avant qu'elle épouse Kenilworth. Elle était la reine de sa saison, rappelez-vous. Une vraie beauté.

Lady Wylde, décidément douée pour le mélodrame, laissa fuser un long soupir sonore avant de préciser :

— Cela n'aurait sans doute créé aucun scandale si votre sœur – veuillez me pardonner, milord – ne lui avait pas rendu cette... affection. Assez ardemment, dirons-nous.

— Cela n'a aucun sens, intervint Georgiana. Si lady Jane était amoureuse de lord Draven et s'il était lui-même amoureux d'elle, pourquoi ne l'a-t-elle pas épousé à la place de Kenilworth ?

Lady Wylde haussa les épaules.

— Nul doute que c'est ce qu'elle aurait fait si Kenilworth avait encore été un vicomte sans le sou quand ils se sont rencontrés à cette partie de campagne. Mais il avait hérité de son duché l'été précédent.

Georgiana fronça les sourcils et insista :

— Je ne vois pas quelle différence cela peut faire, si lady Jane était réellement amoureuse de lord Draven.

Lady Wylde lui adressa le regard apitoyé qu'elle aurait réservé à une enfant innocente.

— Chère mademoiselle Harley... *Le duc de Kenilworth* lui a proposé de l'épouser. Pourquoi se contenter d'un simple comte quand on peut avoir un duc ?

— Vous venez de dire qu'elle rendait à lord Draven l'amour qu'il lui portait. N'est-ce pas une raison suffisante ?

— Mon Dieu, mais vous êtes réellement naïve ! Qu'est l'amour en comparaison de la perspective de devenir duchesse ? Vous vous souvenez, lord Haslemere, de la sensation qu'a causée l'accès de Kenilworth au titre ? Quelle chance que la variole l'ait successivement débarrassé des trois cousins qui l'empêchaient d'y prétendre !

Le cynisme de lady Wylde épouvantait Georgiana. Elle lui avait déplu dès leur première rencontre, la veille, et ce n'était pas en train de s'arranger. Elle était jusqu'au bout des ongles de ces aristocrates froids et calculateurs prêts à sacrifier n'importe quel principe à une fortune et à un titre.

— Comment pouvez-vous parler de « chance » alors que des hommes sont morts ?

Lady Wylde eut un reniflement méprisant.

— Eh bien quoi ? rétorqua-t-elle. Cela a certainement fait la fortune de Kenilworth, non ?

— Veuillez pardonner Mlle Harley, susurra lord Haslemere. Elle n'a pas votre… sophistication.

Georgiana pinça les lèvres pour ne pas laisser libre cours à son indignation. Elle redoutait de blesser quelqu'un, si elle devait rester plus longtemps coincée dans ce salon, à écouter lord Haslemere flatter cette affreuse bonne femme.

— Au dire de tous, reprit lady Wylde en ignorant le regard noir que lui lançait Georgiana, lord Draven ne s'est pas résigné à perdre lady Jane. Il est devenu incontrôlable, cette saison-là. Il se serait soûlé à mort si son père n'était intervenu pour l'expédier sur le continent. Et, selon moi, il ne serait jamais rentré en Angleterre si son père n'était pas tombé gravement malade.

— À son retour, Jane avait épousé Kenilworth. Ah, que l'amour est une triste chose, n'est-ce pas, milady ?

Haslemere s'exprimait comme s'il n'avait jamais entendu histoire plus assommante.

— C'est entièrement mon opinion ! approuva-t-elle, ravie. L'amour est à fuir ! Mais la passion, c'est tout autre chose… Celle qui unissait lord Draven et lady Jane ne s'est pas éteinte, apparemment. Et il semble à présent que lord Draven soit arrivé à ses fins. Mais qui pourrait blâmer la duchesse ? Pourquoi se contenter d'un mari quand on peut disposer d'un amant fou d'amour ?

Lady Wylde hocha la tête d'un air pénétré, comme si elle venait d'énoncer quelque perle de sagesse.

Georgiana secoua la tête, mais s'abstint de tout commentaire. L'ironie n'avait de toute évidence pas sa place dans le salon de lady Wylde.

Lord Haslemere se leva, un autre de ses inépuisables sourires sur les lèvres. Il alla saluer leur hôtesse, dont il baisa la main.

— Merci de nous avoir reçus. Vous êtes un ange.

L'ange en question gloussa sottement et répliqua en le gratifiant d'une œillade aguicheuse :

— La pureté angélique n'est pas mon fort, vous le savez, milord...

Il eut un petit rire et, de nouveau, effleura de ses lèvres les jointures des doigts de lady Wylde.

— Y a-t-il autre chose dont vous vous souvenez qui pourrait nous être utile ? s'enquit-il en se redressant.

— Rien que j'aie à l'esprit. Mais je vous ferai prévenir si quelque chose me revient.

De nouveau, elle fit papilloter ses cils épais.

— De jour comme de nuit, ajouta-t-elle, l'air coquin.

Cette fois, Georgiana ne put réprimer un grognement sarcastique. Lady Wylde se retourna vers elle, indignée.

— Quelque chose vous amuse, mademoiselle Harley ?

Sans laisser le temps à Georgiana de proférer un mot, lord Haslemere vint la saisir par le coude et l'incita à se mettre debout.

— Vous nous avez été d'une grande aide, milady. Nous n'allons pas vous retenir plus longtemps.

Alors qu'il entraînait Georgiana vers la porte, lady Wylde lança derrière eux :

— Milord ! Maintenant que j'y pense...

Lord Haslemere se retourna.

— Oui ?

— Vous devriez rendre visite à lady Archer. Elle et lord Draven étaient... Eh bien, je m'en veux d'offenser la délicate sensibilité de Mlle Harley avec un aussi horrible ragot, mais... ils étaient amants durant l'année de débauche que lord Draven a passée à Londres, avant d'être envoyé sur le continent. Elle pourrait vous en dire beaucoup plus que moi sur le sujet.

Lord Haslemere s'inclina profondément et conclut :

— Comme je le disais, milady, vous êtes un ange.

— Lucifer aussi était un ange, commenta Georgiana à mi-voix.

Ce fut avec un profond soulagement qu'elle se laissa entraîner hors de la maison de lady Wylde et jusque dans la voiture de lord Haslemere.

Il avait commencé à pleuvoir. De grosses gouttes éclaboussaient le pavé luisant. Georgiana s'empressa de grimper dans l'habitacle. À peine y fut-elle installée que lord Haslemere lui demanda :

— Savez-vous pourquoi ma sœur a épousé le duc de Kenilworth, Georgiana ?

— Pour devenir duchesse, j'imagine, comme vient de nous l'expliquer lady Wylde avec tant d'éloquence. Toutes les femmes de la bonne société ne se marient-elles pas afin d'obtenir la position sociale la plus élevée possible ?

— Je ne saurais le dire, mais Jane n'avait que faire du titre de Kenilworth. Elle n'a jamais aspiré à devenir duchesse, et elle n'avait pas besoin de son argent, étant donné qu'elle possédait elle-même une belle fortune.

— Dans ce cas, pourquoi l'a-t-elle épousé ?

— Par amour.

Lord Haslemere eut un petit rire amusé et reprit :

— Je vous sens sceptique. Mais je vous assure que Jane était amoureuse de Kenilworth quand ils se sont mariés.

— Et maintenant ?

Un rire chargé d'amertume monta des lèvres du comte.

— S'il faut en croire la rumeur, répondit-il, lord Draven et Jane sont amants. Et, pour ce que j'en sais, Kenilworth peut fort bien avoir une maîtresse quelque part en ville. Cela ne ressemble plus beaucoup à l'amour, selon moi.

Georgiana tressaillit. Elle ne s'attendait pas à une telle description du mariage de la part d'un jouisseur tel que lord Haslemere.

— Vous n'en savez rien, protesta-t-elle. Et même si c'est le cas, il n'est pas inhabituel pour un gentleman d'avoir une maîtresse.

Il abattit lourdement sa canne de marche sur le plancher et tempêta :

— Aucun gentleman qui aime son épouse ne prend de maîtresse, bon sang !

Georgiana en resta un instant sans voix.

— Je suis surprise de vous entendre vous exprimer ainsi, avoua-t-elle. Vous qui n'avez pas manqué de prendre nombre de maîtresses…

— Mais je ne suis pas marié !

Lord Haslemere serrait si fort le pommeau de sa canne que les jointures de ses doigts avaient blanchi.

— J'ai sans doute mérité ma réputation de séducteur impénitent, reprit-il, mais je ne suis pas entièrement dénué de principes. Si j'avais une maîtresse – ce qui n'est pas le cas –, ce ne serait pas la même chose que pour Kenilworth.

— Vous n'avez pas de maîtresse ? s'étonna-t-elle. Je pensais que lady Wylde…

— Si elle était ma maîtresse, je pense que je le saurais.

La surprise de Georgiana le fit sourire.

— Je vous avais dit de ne pas croire tout ce qui se raconte à mon sujet, poursuivit-il. La vérité est toujours moins affriolante que les rumeurs.

Cela signifiait-il qu'il ne se montrait pas aussi *féroce* en amour que l'avait prétendu lady Wylde ? Georgiana se mordit la langue avant de céder à la tentation de poser la question.

Lord Haslemere ôta son chapeau, le déposa à côté de lui sur la banquette, puis se passa les doigts dans les cheveux.

— Ce bal de Noël dont elle a parlé, commença-t-il, celui qui clôturait la partie de campagne à laquelle assistait Jane... C'est lors de cette soirée que Clara Beauchamp a disparu.

— Apparemment, oui. Étrange, n'est-ce pas ?

Il était même plus qu'étrange qu'une jeune femme puisse s'évanouir sous le nez de dizaines d'invités sans que personne voie rien.

— Votre sœur assistait-elle également au bal ?

— Non. Elle a quitté la résidence de campagne des Draven avant cela. Comme je vous l'ai dit, Jane n'avait pas encore fait ses débuts dans le monde. Mon père estimait qu'il n'était pas correct pour elle d'y assister. Mais, quoi qu'il ait pu se passer lors de ce bal, cela avait peut-être commencé lors de la partie de campagne. Sans doute Jane pourrait-elle nous apporter quelque lumière sur le sujet.

— Qu'est-ce qui vous fait croire qu'elle acceptera de se confier à vous ?

Surpris, il tourna la tête vers elle et demanda :

— Pourquoi ne le ferait-elle pas ?

— Parce que vous êtes son frère, naturellement. Et si lady Wylde avait raison ? Si la duchesse était réellement tombée amoureuse de lord Draven à cette occasion ? Aucune lady n'apprécie de voir son frère se mêler de ses affaires sentimentales. Je pense qu'elle ne vous dira rien.

Il balaya l'argument d'un haussement d'épaules.

— Je peux me montrer persuasif quand je choisis de l'être, Georgiana.

— Oui, j'en suis bien consciente, milord. Je viens de vous voir *persuader* lady Wylde de vous confier ses moindres secrets. Je m'étonne même qu'elle n'ait pas avoué le Grand Incendie de Londres...

Lord Haslemere eut un bref rire caustique.

— Ce n'étaient pas là ses moindres secrets, je vous l'assure. Elle en a bien d'autres.

Georgiana se mordit la lèvre, embarrassée. Elle n'avait certes pas envie qu'il commence à interroger sa sœur à propos de Clara Beauchamp.

— Je ne vois pas comment la duchesse pourrait savoir quoi que ce soit, étant donné qu'elle n'assistait pas au bal. Il doit nécessairement y avoir quelqu'un d'autre que nous pourrions interroger et qui en saurait davantage.

— Qui cela ? Pas lord Draven, en tout cas.

— Mais il y avait ce soir-là des dizaines d'invités. Le duc de Kenilworth, par exemple. Mme Bury nous a confié qu'il passait beaucoup de temps dans l'Oxfordshire avec lord Draven. Il a dû assister à cet événement.

Lord Haslemere y réfléchit un instant, avant de secouer la tête.

— Peut-être, admit-il, mais je préfère d'abord en parler avec Jane.

Georgiana, à court d'arguments, cherchait encore une raison de ne pas aller rendre visite à la duchesse quand la voiture commença à ralentir. Elle jeta un coup d'œil par la fenêtre, s'attendant à voir apparaître la façade de l'école Clifford, mais elle constata avec consternation qu'ils avaient tourné dans Grosvenor Street.

Autrement dit, la rue où résidaient le duc et la duchesse de Kenilworth.

Celle-ci s'était montrée on ne peut plus claire sur sa volonté de laisser son frère à l'écart de la mission confiée à Georgiana. Dans ces conditions, il était assez... téméraire de la part de cette dernière de se présenter à son domicile en compagnie de lord Haslemere.

Après avoir pris une ample inspiration, elle s'enquit :

— Serait-ce trop demander que votre cocher me ramène à Maddox Street, milord ?

— Il le fera bien volontiers. Une fois que nous aurons rendu visite à Jane.

Elle s'agrippa à son bras et le serra fortement.

— Pensez-vous qu'il soit avisé de le faire maintenant ?

Lord Haslemere jeta un coup d'œil à ses doigts crispés sur sa manche, avant de relever les yeux vers son visage, intrigué.

— Il est habituellement sans danger pour moi de rendre visite à ma sœur, répondit-il.

Mais ce n'était pas sans danger pour Georgiana. Elle ne pouvait l'accompagner sans voir ses plans s'effondrer tel un château de cartes.

— Je ne pense pas qu'il soit sage de faire savoir à votre sœur que vous vous mêlez de ses affaires, milord. Mieux vaut qu'elle continue à croire que vous passez la saison dans le Surrey et...

Georgiana s'interrompit, mais trop tard. Le mal était fait. Elle en avait trop dit.

Lord Haslemere s'était figé. Brusquement, il vint s'asseoir à côté d'elle et lui saisit le menton entre le pouce et l'index. Ses yeux sombres, étincelants de colère, plongèrent au fond des siens.

— Comment pouvez-vous savoir que j'étais censé passer la saison dans le Surrey ?

— Je... Sans doute lady Darlington me l'a-t-elle dit.

— Impossible. Lord et lady Darlington m'attendaient à Londres cette semaine. Oh, princesse...

Elle sentit ses doigts serrer plus fort son menton.

— Il semble que ce soit vous qui gardez quelques secrets...

# 9

Les yeux de Georgiana étaient devenus d'un brun doré semblable à un rayon de soleil sur des feuilles d'automne. Benedict se demanda si c'était la couleur qu'ils prenaient quand elle mentait.

— J'insiste pour que vous me rameniez immédiatement à Maddox Street, lord Haslemere.

Georgiana fit une tentative pour libérer son menton, mais il le tenait fermement.

— Alors que j'apprécie tellement votre compagnie, Georgiana ?

Un sourire de dérision passa sur ses lèvres, mais ses paroles se révélaient bien plus proches de la vérité qu'il ne l'aurait souhaité.

— Bien sûr, reprit-il, je ne peux nier le léger problème que me pose votre malhonnêteté.

Benedict tint son menton un peu plus haut encore, captivé par la riche couleur chocolat qui se diffusait à la périphérie de ses prunelles dorées.

— Je n'aime pas le mensonge, Georgiana.

Il était furieux contre elle, et la colère qui l'animait n'avait rien du mécontentement superficiel qui lui était habituel. C'était une colère qui le travaillait en profondeur, qui puisait ses racines dans ses tripes. Pourtant, en même temps, il était conscient de l'extrême douceur de sa peau sous ses doigts, et fasciné de la voir agacer sa délicate lèvre inférieure du bout des dents.

— Peut-être Kenilworth n'est-il pas sûr de l'amitié inconditionnelle de lord Draven pour lui, murmura-t-il. Peut-être se demande-t-il si son cher vieil ami ne l'a pas trahi et vous a-t-il chargée de le vérifier.

Il la vit avaler péniblement sa salive.

— Vous ne pouvez tout de même pas croire que le duc de Kenilworth serait assez cruel pour envoyer des hommes de main rosser lord Draven ! protesta-t-elle.

Le regard de Benedict s'attarda quelques instants sur la haute colonne pâle de son cou, avant de revenir se fixer sur ses yeux. Ceux-ci étaient à présent plus sombres qu'il ne les avait vus jusque-là. Toujours aussi beaux, mais de la couleur des ténèbres, des secrets, des mensonges.

— Pourquoi pas ? répondit-il. C'est un homme comme n'importe quel autre.

— Un homme dont l'honorabilité ne peut être mise en doute. Je n'ai jamais entendu le moindre murmure contre lui. Tout Londres chante ses louanges.

Benedict se mit à rire doucement.

— Voyez-vous, c'est exactement ce que dirait quelqu'un qui travaillerait pour lui. Alors, princesse… de quel côté êtes-vous ?

— De mon côté, assura-t-elle. Et de celui de lady Clifford.

Benedict garda le silence en laissant son regard courir sur elle. Comme elle paraissait innocente, avec ses grands yeux inquiets ! Elle était pourtant plongée jusqu'au cou dans cette affaire. Il l'avait deviné dès qu'il l'avait aperçue au bal de lady Wylde.

À présent, il la tenait. Et il n'avait pas l'intention de la laisser en paix tant qu'elle ne lui aurait pas tout dit.

— Je vous donne une dernière chance, Georgiana. Si vous êtes vraiment du côté de lady Clifford, vous la saisirez. Sinon, vous perdrez l'immeuble de Mill Street.

Dès qu'il lui lâcha le menton, elle tourna la tête, sans doute pour lui cacher son expression. Benedict attendit dans un silence tendu, seulement troublé par les pensées confuses qui s'entrechoquaient sous son crâne. Y était-il allé trop fort avec elle ? Il refusait pourtant de croire qu'elle refuserait de lui dire la vérité.

— Ce n'est pas le duc de Kenilworth qui m'a embauchée, finit-elle par déclarer.

Elle tourna la tête pour le regarder et ajouta :

— C'est votre sœur qui l'a fait.

— Jane ?

L'espace d'un instant, Benedict fut trop stupéfait pour ajouter quoi que ce soit.

— Mais… pourquoi ? demanda-t-il enfin.

— Afin de retrouver Clara Beauchamp – du moins est-ce ce qu'elle a prétendu.

Georgiana poussa un soupir et enchaîna :

— Les choses se sont un peu compliquées depuis.

— Draven et Jane cherchent tous les deux Clara Beauchamp, résuma Benedict. Mais… pourquoi ?

Il avait bien conscience de se répéter, mais aucune autre question ne semblait avoir de sens.

— Voilà six ans que Clara Beauchamp a disparu, reprit-il. Pourquoi la chercher maintenant ?

— Parce que votre sœur pense avoir aperçu Mlle Beauchamp dans une voiture garée devant la résidence de lady Tilbury. C'est pour obtenir d'elle des informations à ce sujet que je me suis rendue au bal de lady Wylde. Sans grand résultat.

Benedict vida lentement tout l'air contenu dans ses poumons avant de constater :

— Il y a au moins une bonne nouvelle : ce qu'on raconte sur Jane et Draven n'est rien d'autre qu'une rumeur. Jane a été aperçue quittant la résidence de Draven uniquement parce qu'ils cherchent tous deux Mlle Beauchamp, pas parce qu'ils sont engagés dans une relation adultère.

— Ou bien ils ont une liaison, et Mlle Beauchamp est au courant, contra Georgiana. Lord Draven et votre sœur pourraient être à sa recherche pour qu'elle ne divulgue pas leur secret.

Benedict lui lança un regard noir et maugréa :

— Je préfère mon explication à la vôtre. Pensez-vous que Jane a réellement aperçu Clara Beauchamp ?

— Difficile à dire.

Georgiana marqua un temps d'hésitation, dont sa lèvre mordillée fit une fois de plus les frais, puis ajouta :

— Qu'elle l'ait aperçue ou non, nous ne pouvons exclure la possibilité que lord Draven ait été attaqué parce qu'il cherchait Clara Beauchamp. Et si c'est le cas…

— Si c'est le cas, Jane est elle aussi en danger.

Non seulement Jane, mais aussi Georgiana, qui n'avait rien fait pour cacher l'intérêt qu'elle portait à Clara Beauchamp lors du bal de lady Wylde.

— Qu'y a-t-il d'autre, Georgiana ? Que ne m'avez-vous pas encore dit ?

Elle prit une longue inspiration, avant d'avouer avec une réticence évidente :

— La duchesse est venue nous rendre visite à l'école Clifford il y a trois nuits de cela, soit la nuit où lord Draven est tombé dans cette embuscade.

— Autre chose encore ? s'enquit-il sèchement.

— Non, répondit-elle dans un murmure.

Benedict ferma un instant les yeux. Entre les singeries épuisantes de lady Wylde, la scène avec Georgiana et l'inquiétude qu'il se faisait pour Jane, il lui semblait que des jours s'étaient écoulés depuis qu'il avait quitté sa résidence ce matin-là.

Lorsque Grigg eut garé la voiture devant l'élégant immeuble de brique blanche où résidaient les Kenilworth et qu'il eut aidé Georgiana à descendre, il était d'humeur massacrante.

C'est alors qu'il se souvint du problème posé par Bagshaw. Comme d'habitude, le majordome du duc gardait le hall d'entrée tel un cerbère. Le domestique le salua poliment, mais sans chaleur excessive.

— Lord Haslemere.

— Bagshaw, répondit-il.

Il avait beau paraître inoffensif, et même un peu ridicule dans sa livrée noire à boutons argentés, c'était un vieux renard rusé et un colporteur de ragots. Rien ne lui échappait, et tout finissait dans l'oreille de son maître.

— Ma sœur se trouve dans son salon, j'imagine ?

Sans attendre de réponse, Benedict prit Georgiana par le bras et l'entraîna vers l'escalier.

— Milord ? lança Bagshaw derrière eux. Je vous demande pardon, mais le duc préfère que j'annonce les visiteurs avant de les laisser…

— Je ne viens pas voir le duc, l'interrompit Benedict. Et je ne suis pas un visiteur. Je suis le frère de la duchesse, pour l'amour de Dieu ! Devons-nous réellement rejouer cette scène chaque fois ?

Bagshaw se redressa et renifla dignement.

— Certes, milord, reconnut-il. Mais la jeune dame…

— La jeune dame est mon invitée. Sa présence ne vous regarde en rien.

— Comme vous voudrez, milord, lâcha le majordome d'un ton glacial en s'inclinant avec raideur.

Sans lui accorder un regard supplémentaire, Benedict fit signe à Georgiana de le précéder dans le grand escalier qui menait à l'étage. Plus tôt ils auraient démêlé cet imbroglio mêlant Jane, Draven et Clara Beauchamp, mieux ce serait.

Jane se leva en le voyant pénétrer dans son salon, les sourcils froncés, manifestement inquiète.

— Benedict ? Que fais-tu ici ? Je ne m'attendais pas à te voir à Londres cette saison.

— Attention, Jane, ou je vais croire que tu n'es pas ravie de me voir.

Traversant la pièce à grands pas, il alla déposer un baiser sur la joue de sa sœur.

— Ne sois pas bête ! protesta-t-elle. Je suis toujours heureuse de te voir.

Benedict ne pouvait s'empêcher de trouver le sourire qu'elle lui adressait un peu forcé.

— Je t'ai amené de la visite, reprit-il. Laisse-moi te présenter Mlle Georgiana…

— … Harley, acheva Jane avec un mouvement de recul.

Elle fit de son mieux pour ne pas trahir son trouble, mais elle devint soudain si pâle qu'il craignit qu'elle ne s'évanouisse. Lorsqu'elle posa les yeux sur Georgiana, Benedict vit passer sur son visage une expression de colère.

Puis vinrent la panique… et la peur.

Benedict esquissa un geste vers sa sœur pour la rassurer, avant de se raviser. Se pouvait-il que ce soit de lui qu'elle ait peur ?

— J'ignorais que tu connaissais Mlle Harley, Jane…

À ces mots, elle parut se reprendre.

— Nous nous connaissons, bien sûr, répondit-elle d'une voix plus ferme. La marquise de Darlington nous a présentées, à la réception donnée pour son mariage. C'est un plaisir de vous revoir, mademoiselle Harley.

Georgiana esquissa une révérence.

— Comment allez-vous, Votre Grâce ?

— Lady Darlington…, répéta Benedict, dubitatif. Ah oui… Comment ai-je pu oublier ?

L'explication se tenait parfaitement. Les deux femmes avaient effectivement participé au repas de noces. Un mensonge habilement mêlé à la vérité, en somme. Si Benedict n'avait pas su à quoi s'en tenir, il aurait pu se laisser berner.

— Puisque vous avez fait connaissance, reprit-il, tu dois savoir qu'elle est une des protégées de lady Clifford ?

Benedict mena Georgiana jusqu'à un grand divan et prit place sur une chaise voisine.

— Je… euh… Sans doute, oui, répondit sa sœur. Nous ne nous sommes que brièvement rencontrées, mais lady Darlington a pour Mlle Harley une grande affection.

Reportant son attention sur lui avec un sourire crispé, elle ajouta :

— Mais tu n'as pas répondu à ma question : qu'est-ce qui t'amène à Londres ? La dernière fois que nous nous sommes parlé, tu me disais être fatigué de la ville et vouloir rester dans le Surrey pour superviser des réparations.

C'était surtout Jane qui l'avait incité à ne pas venir à Londres, mais il préféra ne pas le mentionner.

— C'est ce que j'aurais pu faire, si la campagne ne finissait pas à la longue par ressembler à un tombeau.

Il lui offrit un sourire indolent, aussi forcé que le sourire éclatant qu'elle affichait, et conclut :

— Rassure-toi, je serai bien assez tôt lassé de Londres, et tu seras débarrassée de moi.

— Débarrassée de toi ? se récria-t-elle. Ne sois pas ridicule ! Freddy va être si content de te revoir. Dois-je l'appeler ?

Sans attendre de réponse, Jane se leva pour aller sonner. Elle faisait de son mieux pour le cacher, mais ses mains tremblaient.

— Attends un peu, Jane ! Pas tout de suite.

Benedict alla prendre ses mains dans les siennes et vint se rasseoir avec elle sur le canapé.

— Nous n'avons jamais eu de secrets l'un pour l'autre, dit-il après avoir soigneusement pesé ses paroles. Pas même quand nous étions enfants.

Jane haussa les épaules. Sans parvenir à soutenir son regard, elle répondit :

— Non, mais les secrets d'enfants sont sans danger.

— Si un secret est dangereux, il faut le partager.

Il pressa sa main posée sur le divan et ajouta :

— Je sais que quelque chose ne va pas, Jane. Je le sais depuis des mois, quand j'ai vu cet hiver que Freddy et toi passiez plus de temps que de coutume dans le Surrey. J'espérais que tu finirais par te confier à moi, mais tu ne l'as pas fait. À présent, je veux connaître toute la vérité.

Elle eut un rire grinçant et répondit :

— Mais quelle vérité, Benedict ? Je ne vois vraiment pas de quoi tu parles.

— J'étais au bal masqué de lady Wylde, hier soir. J'ai entendu les rumeurs qui courent sur toi et lord Draven.

Se décidant à le regarder dans les yeux, elle assura :

— Ce ne sont que des ragots. Rien de plus. Tu ne dois pas y accorder le moindre crédit.

Benedict prit une longue inspiration, puis, à contrecœur, enchaîna :

— J'ai aussi rendu visite à lady Wylde ce matin, Jane. Elle prétend qu'il y a entre lord Draven et toi une longue histoire d'amour.

— Tu as parlé à lady Wylde de tout ça ? *Lady Wylde* ?

Elle pressa une main tremblante sur son front et gémit :

— Oh, Seigneur, Benedict... qu'as-tu fait ?

— Elle m'a rappelé que tu as fait la connaissance de Draven voici six ans, lors d'une partie de campagne donnée par son père. Que s'est-il passé lors de cette fête, Jane ? Es-tu tombée amoureuse de lui ?

— Non ! s'écria-t-elle vivement. Je ne peux... Je ne *veux* pas parler de ça avec toi.

— Il le faut, Jane. Tu le dois, avant que cette histoire dégénère. Sais-tu que lord Draven a été agressé ?

Un coup d'œil au visage de sa sœur lui donna la réponse.

— Oui, je vois que tu le sais.

Jane s'écarta de lui, comme si chaque mot sorti de sa bouche était une gifle pour elle. Benedict détestait la faire souffrir, il aurait aimé de tout son cœur pouvoir ne plus jamais en parler, mais la seule façon pour lui de l'aider consistait à obtenir d'elle l'entière vérité.

— Écoute-moi, Jane. Quoi que ce puisse être, quel que soit le danger, je t'aiderai. Il faut que tu comprennes bien cela. Je ferais n'importe quoi pour toi.

— Benedict, s'il te plaît. Tu ne sais pas ce que... Tu ne ferais qu'empirer les choses. Nous ne sommes plus des enfants. Tu ne peux plus me venir en aide en cassant des nez ou en poussant mes tourmenteurs dans la mare.

— Aujourd'hui comme hier, je te protégerai.

Cela pourrait nécessiter un pistolet ou une épée, cette fois, mais il ferait ce qui devait être fait.

— Non, Benedict !

Elle arracha sa main de la sienne, bondit sur ses pieds et alla se camper devant la fenêtre avant d'assurer :

— Tu ne peux rien pour moi cette fois.

— Draven a pratiquement été battu à mort, Jane, quelques jours à peine après qu'une rumeur a commencé à circuler sur une liaison entre vous deux. Une liaison qui aurait débuté il y a six ans, lors de cette même partie de campagne au cours de laquelle une jeune femme du nom de Clara Beauchamp aurait disparu. Il est arrivé quelque chose pendant cette partie de campagne. Quelque chose qui continue, six ans plus tard, à faire des victimes. Et si tu étais la prochaine sur la liste, Jane ?

À l'évocation de Clara Beauchamp, tout le corps de Jane s'était raidi. Elle pivota sur ses talons et lui lança d'un ton suppliant :

— Par pitié, Benedict ! Tu ne dois pas t'en mêler.

Il laissa fuser un rire amer et répondit :

— Cela m'est impossible. Tu ne devrais même pas me le demander.

Georgiana n'avait pas dit un mot durant cet échange. Un peu hésitante, elle se leva et fit un pas vers Jane.

— S'il vous plaît, Votre Grâce, dit-elle. Votre frère ne veut vous forcer à rien, mais...

Incrédule, Benedict se tourna vers elle et protesta :

— Comment ça ? Je la forcerai à me dire la vérité !

Georgiana se mordilla la lèvre. Son regard courait du visage furieux de Benedict à celui, angoissé, de sa sœur.

L'entretien n'allait rien donner, et c'était la faute de lord Haslemere. Il s'était jeté dans cette conversation sans but ni méthode, comme un chien dans un jeu de quilles, rendant impossible toute manœuvre précise et rationnelle. Ensuite, à chaque mot sorti de sa bouche, la situation avait empiré.

Georgiana avait redouté que cette visite ne débouche sur un désastre, mais ce à quoi elle assistait était pire que ce qu'elle avait imaginé. Le visage enfoui entre ses mains, la duchesse pleurait, les épaules secouées par des sanglots. Lord Haslemere arpentait la vaste pièce à pas furieux en l'observant d'un air féroce. Il la considérait un peu comme il l'avait fait avec lady Wylde avant de lui tirer sans vergogne les vers du nez.

Un lourd silence était retombé dans la pièce. Georgiana laissa son regard courir sur les meubles précieux, puis s'arrêter sur le divan massif tapissé de soie bleue sur lequel la duchesse était assise à leur arrivée, et qui avait donné l'impression de vouloir l'avaler. Son titre et sa fortune ne l'empêchaient pas de paraître perdue dans la splendeur des lieux.

En vérité, cette magnificence soulignait sa délicatesse et sa fragilité. La massive cheminée de marbre, les lustres scintillants, les immenses tentures de soie bleue : tout concourait à l'engloutir. En la regardant, Georgiana ne pouvait s'empêcher de penser à un oisillon aux ailes frémissantes, sur le point de s'envoler d'un nid trop grand pour lui.

— Viens ici, Jane...

Lord Haslemere s'était radouci. Sa sœur luttait pour se ressaisir. Il alla la prendre dans ses bras, et Georgiana les observa quelques instants. Jamais elle n'aurait cru le voir ainsi. Son séduisant visage était tordu par une expression de douleur intense. Toute la peine du monde se lisait dans ses yeux.

Elle n'avait plus devant elle l'homme qui était entré dans le salon de lady Wylde afin de la manipuler avec la maestria d'un virtuose. Il n'était plus non plus le comte arrogant qui lui avait pincé le menton pour la pousser dans ses derniers retranchements.

Cet homme serrait tendrement sa sœur contre lui. Il n'était plus qu'un frère aimant, semblable à tant d'autres, désarmé par quelques larmes. Il ne cherchait plus qu'à protéger Jane, à être un refuge pour elle, comme il avait sans doute déjà dû l'être des dizaines de fois auparavant. Jane s'accrocha à lui jusqu'à s'apaiser complètement.

Lorsque lord Haslemere la lâcha enfin, le visage de sa sœur avait retrouvé sa sérénité.

— Puis-je appeler Freddy, à présent ?

Il acquiesça d'un signe de tête et eut un pâle sourire.

— Oui. Il m'a beaucoup manqué. La fin de l'hiver m'a semblé bien longue sans vous, à Haslemere House.

La duchesse alla sonner et demanda à la servante qui se présenta un instant plus tard :

— Allez chercher Freddy, voulez-vous, Betsy ? Son oncle est ici et souhaite le voir. Je pense qu'il doit être dans la bibliothèque avec M. Chilcote.

Il ne fallut pas attendre longtemps pour qu'un bruit de galopade se fasse entendre dans le couloir et qu'un petit garçon d'environ cinq ans, doté d'une flamboyante tignasse de boucles rousses, les rejoigne au salon.

— Oncle Benedict !

Le visage de l'enfant s'illumina d'un franc sourire. Il se précipita dans les bras de son oncle, à qui il remit un puzzle en bois qu'il avait pris avec lui.

— Tu as vu ? s'exclama-t-il fièrement.

— *L'Europe et ses royaumes* ? lut lord Haslemere. Il est très bien, celui-ci. Mais avant toute chose, dis bonjour à Mlle Harley, qui m'a accompagné ce matin.

Posant les mains sur les épaules de l'enfant, il le fit pivoter vers Georgiana. En rougissant, Freddy s'inclina.

— Bonjour, mademoiselle Harley. Comment allez-vous ?

Georgiana lui sourit. L'enfant avait de beaux yeux sombres et un charmant visage. Elle l'aima aussitôt.

— Très bien, merci, lui répondit-elle. S'agit-il d'un puzzle de Mme Beaumont ou de John Spilsbury ?

Freddy rougit de plus belle, de plaisir cette fois.

— De M. Spilsbury, mademoiselle.

— J'ai toujours rêvé d'en avoir un quand j'étais petite, confia-t-elle. Mais moi, j'aurais choisi Mme Beaumont.

Naturellement, elle n'en avait jamais eu, ni même eu l'occasion d'en voir un de près.

Lord Haslemere rendit le puzzle à son neveu et poussa gentiment l'enfant vers elle.

— Tiens, Freddy. Montre ton puzzle à Mlle Harley. Mais prends garde à ne pas le renverser, sans quoi elle devra nous prouver que les frontières européennes n'ont pas de secrets pour elle.

Freddy s'approcha d'elle d'un air embarrassé, mais comme tous les enfants, il savait faire la différence entre un adulte qui lui accordait un intérêt poli et un autre qui était vraiment intéressé par lui. Georgiana n'eut pas à jouer la comédie.

— Les îles Britanniques, c'est mon préféré, expliqua-t-il. Regardez...

Freddy retira la pièce et l'offrit à Georgiana, qui admira la pièce en bois et ses motifs colorés.

— C'est magnifique, commenta-t-elle. Et c'est bien entendu la plus belle pièce. Moi, j'ai toujours eu un faible pour l'Italie, à cause de sa forme étrange.

Sans compter que la plupart des romans gothiques qu'elle dévorait se déroulaient en Italie, mais cela, elle le garda pour elle.

Ses joues rondes de nouveau empourprées, l'enfant fit remarquer en lui lançant un regard intrigué :

— Je pensais que les filles n'aimaient pas la géographie et les cartes.

Lord Haslemere eut un petit rire amusé. Georgiana le foudroya du regard, mais au lieu de prétendre que le sexe féminin n'avait pas les qualités intellectuelles nécessaires, comme elle s'y attendait, il demanda :

— Qui t'a mis cette idée en tête, Freddy ? Ce n'est pas M. Chilcote, j'espère ?

Freddy secoua la tête, faisant valser ses boucles.

— Non, oncle Benedict. C'est père qui me l'a dit.

Un bref silence gêné s'ensuivit, que Georgiana brisa.

— Disons que toutes les filles n'aiment pas les cartes et ce genre de choses, mais qu'il y en a tout de même parmi elles un grand nombre qui les apprécient.

— Et les maths ? lança Freddy d'un air de défi.

— Je les adore ! Les mathématiques conviennent aux esprits analytiques, qu'ils soient masculins ou féminins, parce que les nombres sont des éléments rationnels et stables, sur lesquels on peut compter.

*Contrairement aux gens...*

— Vous êtes bonne en mathématiques, mademoiselle Harley ? s'enquit Freddy d'un air sceptique.

— Très bonne, puisque je les enseigne.

— Comme M. Chilcote ?

Cette fois, il paraissait vraiment impressionné.

— Oui, même si mes élèves sont des filles.

— Freddy ? intervint gentiment la duchesse. Il est impertinent de poser trop de questions aux adultes.

— Merci de m'avoir montré ton puzzle, conclut Georgiana en lui rendant les îles Britanniques.

Freddy empocha la pièce et demanda, hésitant :

— Vous reviendrez nous voir, mademoiselle ?

Sans laisser à Georgiana le temps de répondre, la mère de l'enfant protesta :

— Freddy, tu fais attendre M. Chilcote.

— Oui, maman.

Freddy offrit à Georgiana un dernier sourire, exhibant les trous de sa dentition, avant de trotter vers la porte et de sortir. Un instant plus tard, sa tête apparut de nouveau dans l'entrebâillement, et il demanda :

— On se verra bientôt, pas vrai, oncle Benedict ?

— Oui, Freddy, promis. J'ai à faire à Londres, et je ne compte pas m'en aller tant que ce ne sera pas terminé.

Disant cela, Benedict ne regardait pas son neveu mais sa sœur. Il ajouta :

— Je vais d'ailleurs commencer dès ce soir en rendant visite à lady Archer.

À ces mots, la duchesse secoua la tête d'un air désolé.

— Tu ferais bien mieux de retourner dans le Surrey.

Sans lui laisser l'occasion de répliquer, elle se tourna vers Georgiana.

— C'était aimable de votre part de me rendre visite, mademoiselle Harley. Je crains fort, hélas, de ne pouvoir vous rendre avant très longtemps cette courtoisie.

Il était manifeste que la duchesse n'était pas satisfaite d'elle, ce qui n'avait rien d'étonnant.

Georgiana se mordilla la lèvre. Comment s'était-elle débrouillée pour aboutir à un tel fiasco en si peu de temps ? À présent, elle allait devoir avouer à lady Clifford qu'elle n'avait pas réussi à tenir la promesse faite à la duchesse de Kenilworth et que celle-ci était furieuse. Nul doute que lady Clifford saurait réparer les dégâts, mais en attendant, elle n'avait d'autre possibilité que d'accepter son sort.

En effectuant une révérence, elle murmura :

— Comme il vous plaira, Votre Grâce.

# 10

— Cela fera-t-il l'affaire ?

Georgiana se glissa dans le salon privé de lady Clifford et ajouta :

— Je l'espère, parce que je ne pourrai pas faire mieux.

Assise dans un fauteuil près de l'âtre, lady Clifford caressait son carlin, Gussie, endormi sur ses genoux.

— Approchez-vous, que je vous voie mieux.

Georgiana ne voulait pas qu'on la voie mieux – pas plus la directrice de l'école que lord Haslemere. Mais comme il n'y avait aucune possibilité d'y couper, elle s'avança au milieu de la pièce, attrapa un ourlet de la robe de soie rouge qu'elle portait et s'inclina en une révérence théâtrale.

— Eh bien ? demanda-t-elle. Qu'en dites-vous ?

— Est-ce la robe que portait Emma à la fête qu'ont donnée Sophia et lord Gray ?

— C'est bien cela. Ce qui explique pourquoi elle flotte à la taille et à la poitrine, et pourquoi elle est trop courte.

Nerveusement, Georgiana tira sur le décolleté. Elle se sentait déjà ridicule, et elle n'était pas encore sortie.

Une robe de soirée ne flattait pas sa silhouette, comme c'était le cas pour d'autres femmes. Elle ne faisait qu'accentuer sa haute taille et son allure dégingandée. Sur son trente-et-un, elle finissait par ressembler à une girafe. Cela n'augurait rien de bon pour une soirée où seraient réunis les membres les plus élégants de la haute société londonienne, aux tables du cercle de jeu de lady Archer.

Lady Clifford se leva, posa Gussie dans le fauteuil et s'approcha, jaugeant d'un regard la tenue de Georgiana.

— Mmmmm..., grogna-t-elle.

Georgiana tira sur l'ourlet de la jupe.

— Lady Archer et ses amis sont très..., commença-t-elle sans conclure. Je ne serai pas... Tout le monde saura que je n'ai rien à faire là.

— Mmmmm...

— C'est consternant, je sais, mais je n'ai rien d'autre.

Les robes de soirée n'abondaient pas dans son armoire.

— Si cela ne convient pas, reprit Georgiana, j'imagine que je pourrais de nouveau porter la robe couleur bronze.

« Ces teintes riches mettent en valeur les reflets blonds de votre chevelure. »

Georgiana se sentit rougir à ce souvenir. Il n'y avait que lord Haslemere pour trouver de la blondeur dans ses cheveux. Ils étaient tout simplement châtains. Sans doute était-il si habitué à flatter les femmes que ces balivernes lui montaient tout naturellement aux lèvres.

— Avez-vous trop chaud, mon petit ?

Georgiana répondit à l'inquiétude de lady Clifford d'un geste las de la main.

— Non, c'est juste que...

Elle renonça à terminer sa phrase et alla s'asseoir sur une chaise. Elle risquait de froisser le dos de sa robe, mais ses jambes la trahissaient.

— Je déteste ces soirées, expliqua-t-elle. Je n'y suis pas dans mon élément. Je vais tout faire rater ce soir. Si seulement Emma était là… Elle se débrouillerait parfaitement, et au moins la robe lui irait !

— En fait, ma chère, j'étais en train de me dire que cette robe avait fière allure sur vous. Elle ne tombe pas si mal, et la couleur flatte votre…

— Chevelure ?

Georgiana allait se mettre à hurler si lady Clifford commençait elle aussi à vanter la blondeur de ses mèches.

Un sourire aux lèvres, celle-ci précisa :

— Elle flatte votre carnation, mais il en va de même pour vos cheveux. Vous êtes parfaitement élégante dans cette tenue, Georgiana. Peut-être devrions-nous vous vêtir de soie plus souvent.

— Dieu m'en préserve !

Incapable de tenir en place, Georgiana se releva et alla se planter devant le miroir en pied. Une pâle jeune femme la regardait, les lèvres pincées, ses cheveux très ordinaires – et sans aucune trace de blondeur – empilés en une sorte de chignon « artistique » sur le crâne. Elle ressemblait à une vieille fille jouant les débutantes.

— Je ne pense pas que… Peut-être serait-il préférable que lord Haslemere aille seul chez lady Archer, après tout.

Il avait tenté de la décourager de l'accompagner, mais Georgiana ne s'était pas laissé faire. Désormais, le ventre noué, elle regrettait d'avoir insisté.

— Vous avez fait une promesse à la duchesse, lui rappela lady Clifford.

Le ton sur lequel elle avait dit cela était aussi sévère que sa mine, que Georgiana découvrait dans la glace. Elle ne lui laissait pas le choix. Quand Georgiana lui avait confié ce qui s'était passé chez les Kenilworth, elles avaient conclu que la meilleure conduite à tenir était encore de continuer à remplir la mission qui leur avait été confiée. Lady Clifford ne pouvait lui permettre d'opter pour la solution de facilité.

— Vous avez raison, reconnut Georgiana. C'est juste que lord Haslemere paraîtra dans son élément, alors que moi...

Le bruit d'une voiture s'arrêtant devant l'école vint l'interrompre. Lady Clifford se précipita à la fenêtre, écarta les rideaux et jeta un coup d'œil à l'extérieur.

— Le voilà ! annonça-t-elle.

Déjà, des pas se faisaient entendre sur le perron.

— Oh, mon Dieu ! s'exclama lady Clifford. Vite, Georgiana... J'ai oublié de prévenir Daniel que lord Haslemere devait passer vous prendre. Je crains que...

Elle entrouvrit la fenêtre, et l'écho d'un dialogue tendu monta jusqu'à elles.

— Que voulez-vous, Haslemere ?

— Ah, Brixton... C'est toujours un plaisir de vous voir. Je suis venu cher...

— C'est le milieu de la nuit, l'interrompit Daniel. Quoi que vous puissiez vouloir, cela attendra demain.

Sans paraître impressionné le moins du monde par cet accueil glacial, lord Haslemere répondit :

— J'ai bien peur que non. Je veux Mlle Harley.

*Je veux Mlle Harley ?* Georgiana se sentit rougir violemment. Quel genre de formulation était-ce là ?

— Allez donc la chercher pour moi, s'il vous plaît, ajouta le visiteur. Vous serez bien aimable.

Un court silence s'ensuivit, à l'issue duquel Daniel gronda d'une voix sourde :

— Non, milord. Quoi que vous puissiez lui vouloir, cela devra attendre demain.

— Détrompez-vous, Brixton. Ce que j'ai à faire avec Mlle Harley doit de préférence se passer de nuit.

— Vite ! lança lady Clifford en poussant Georgiana devant elle. Avant qu'ils en viennent aux mains !

En atteignant le hall d'entrée, elles trouvèrent les deux hommes dressés l'un contre l'autre, les yeux dans les yeux. Lord Haslemere était soit très courageux, soit inconscient. Dans les deux cas, cela pouvait lui valoir de gros ennuis.

— Bonsoir, milord, lança Georgiana en allant s'interposer entre eux. Pouvons-nous y aller ?

— Ah, mademoiselle Harley, vous voici…

Il lui lança un regard approbateur et ajouta :

— Vous êtes ravissante ce soir. Pas la peine de nous attendre, Brixton. Nous rentrerons *très* tard.

Georgiana en resta bouche bée. Lady Clifford cacha un petit rire sous sa main. Les poings serrés, Daniel fulminait.

— Comptez sur moi pour l'attendre le temps qu'il faudra, milord, répondit-il d'un ton menaçant. Et si je constate que vous avez touché à une mèche de ses cheveux, vous aurez à en répondre.

— Ne vous inquiétez pas, Brixton, assura Haslemere avec un sourire provocant. La chevelure de Mlle Harley ne craint rien avec moi. Quant au reste de sa personne…

Un grondement sourd et féroce se fit entendre. Avant que la situation dégénère, Georgiana glissa son bras sous celui de Benedict et l'entraîna sur le perron.

— Pourquoi le provoquez-vous ainsi ? lui reprocha-t-elle en descendant les marches avec lui.

En haussant les épaules, il répondit :

— Pour m'amuser, principalement.

— Vous auriez trouvé cela moins drôle s'il vous avait jeté dans la rue. Mieux vaut ne pas énerver Daniel. Je l'ai vu assommer un homme d'un seul coup de poing.

Les lèvres pincées, il fit la grimace et répliqua :

— Il se montre trop possessif. Cela me déplaît.

Georgiana lui lança un coup d'œil à la dérobée. À l'entendre, on aurait pu croire qu'il était jaloux.

— Il n'est pas possessif, il est protecteur, rectifia-t-elle.

Tandis que Grigg dépliait le marchepied, Georgiana eut le tort d'observer d'un peu plus près son cavalier pour la soirée. Plus séduisant que jamais, lord Haslemere offrait au regard un archétype de beauté masculine. Son habit impeccablement coupé soulignait ses larges épaules, sa taille fine et ses longues jambes. Ses gants d'un blanc immaculé mettaient en valeur ses doigts élégants.

Mais, bien que vêtu sans la moindre faute de goût, il n'en demeurait pas moins fidèle à lui-même, des boucles auburn indisciplinées qui s'échappaient de son chapeau au nœud savamment déstructuré de sa cravate.

Il la suivit dans l'habitacle, s'assit face à elle et expliqua :

— Après vous avoir laissée tout à l'heure, il m'est venu l'idée d'aller consulter les registres de paris au White's. Scandales et rumeurs font la fortune des parieurs.

— Excellente idée, approuva-t-elle. Qu'avez-vous découvert ?

— Le nom de ma sœur à toutes les pages. Il semble que tous les lords de Londres parient sur sa culpabilité.

— La pauvre duchesse…

C'était à cause de ce genre de travers que Georgiana ne pouvait apprécier la haute société londonienne.

— En ce qui concerne lady Archer…, commença-t-elle. Si elle et lord Draven ont réellement été… amis intimes…

— « Amis intimes »..., répéta-t-il en haussant les sourcils. Il vous est impossible de prononcer le mot « amants », Georgiana ?

Elle soutint bravement son regard, décidée à ne pas lui faire le plaisir de rougir.

— Quel que soit le terme employé, reprit-elle, le fait est que lady Archer pourrait rechigner à révéler les secrets de lord Draven, si elle a encore pour lui de tendres sentiments.

— Lady Archer n'a de « tendres sentiments » que pour ses intérêts personnels, Georgiana. Seul compte ce qui lui rapporte. J'ai l'intention de faire en sorte d'être d'un meilleur investissement à ses yeux que lord Draven.

Georgiana laissa le silence retomber. Pour l'avoir vu à l'œuvre avec lady Wylde, elle ne doutait pas qu'il en soit capable. Il avait un certain talent pour parvenir à ses fins avec les gens. Il savait les aborder, lire en eux à livre ouvert, les amener à faire ce qu'il attendait d'eux. Ce n'était pas une aptitude qu'elle admirait d'ordinaire, mais cela confinait au grand art chez lui, et elle trouvait cela fascinant.

Peut-être avait-elle eu tort de rester si longtemps cloîtrée avec les chiffres pour seule compagnie, évitant autant que possible la compagnie de ses semblables. Le problème était que les gens étaient imprévisibles. On ne savait jamais à quoi s'attendre avec eux. Il fallait se méfier d'eux, redouter qu'ils ne trouvent le moyen de vous atteindre...

— Nous y sommes ! lança lord Haslemere, la tirant de ses pensées. Bienvenue dans l'enfer du jeu de lady Archer.

La voiture s'arrêta. Georgiana jeta un coup d'œil par la vitre de la portière. Ils se trouvaient dans St. James Street, devant un bâtiment de brique crème, au fronton orné de deux imposantes colonnes. Les fenêtres étaient toutes brillamment éclairées.

À l'intérieur, on pouvait distinguer une foule de convives élégamment habillés.

Georgiana se sentait glacée jusqu'aux os à l'idée de devoir se joindre à eux.

— Avez-vous froid ? s'étonna Benedict.

Il ouvrit la portière et descendit du véhicule, avant de tendre la main vers elle pour l'aider à faire de même. Instinctivement, Georgiana s'écarta de lui et se blottit dans l'habitacle.

Elle ne voulait pas y aller. Il suffirait d'un coup d'œil aux gens qui se trouvaient là pour comprendre qu'elle n'avait rien à faire parmi eux.

Lord Haslemere laissa fuser un soupir d'impatience.

— Plus vite nous entrerons là-dedans, plus tôt nous pourrons en sortir, Georgiana.

— Je... je crois que j'ai fait une erreur, milord, gémit-elle d'une voix qu'elle ne reconnut pas comme la sienne. Je vous demande pardon, mais... je ne peux pas.

Elle ne se rendit compte qu'un sanglot avait ponctué cet aveu qu'en sentant la voiture osciller sur ses essieux tandis qu'il la rejoignait à l'intérieur. De même, elle ne comprit qu'elle tremblait comme une feuille que lorsque ses longs doigts chauds se refermèrent autour des siens.

Benedict n'avait pas eu l'intention de la toucher. Pourtant, les mains de Georgiana se retrouvèrent entre les siennes sans même qu'il ait eu l'intention de la rejoindre, et les mots se mirent à couler comme d'eux-mêmes de sa bouche.

Il était étrange qu'il sache intuitivement comment lui parler et se conduire avec elle.

— Vous avez sans doute raison, reconnut-il. Et nous avons commis une erreur en venant ici. Réfléchissons-y.

Georgiana ne lui répondit pas, mais il sentit ses doigts s'enrouler autour des siens.

Il jeta un coup d'œil à la résidence de lady Archer et tenta de la voir comme elle la voyait.

— Cette maison est immense, n'est-ce pas ? Et bien trop éclairée. J'ai mal au crâne rien qu'à l'idée d'y mettre les pieds.

Georgiana regarda elle aussi la façade et demanda :

— Pourquoi tant de lumière ?

— Il y a des miroirs sur chaque pan de mur disponible. Ces gens adorent s'admirer, vous savez. Cela a malheureusement pour effet de réfléchir la lumière.

Benedict marqua une pause. Georgiana garda le silence, mais il savait qu'elle l'écoutait.

— Le marbre du hall d'entrée est le plus laid qu'il m'ait été donné de voir, reprit-il. Noir veiné de beige, le tout en trompe-l'œil. Lady Archer a le pire goût qui soit.

Toujours aucune réaction, mais les yeux de Georgiana, parfaitement verts cette fois, restaient rivés sur lui.

Benedict continua de lui parler, improvisant au fur et à mesure, accumulant les détails sans importance, mais tous destinés à lui prouver que rien dans cette demeure n'était de nature à lui faire du mal.

— Les tables du cercle de jeu sont constellées de cartes et entourées de dames apprêtées qui ont trop de plumes dans les cheveux et trop de fard rouge sur les joues.

Celles de Georgiana rougirent soudain.

— Du fard rouge ? répéta-t-elle. Lady Wylde n'en est elle-même pas avare...

— En effet. Lady Wylde est une grande adepte de ce type de maquillage. Elle devrait être là ce soir, sans doute avec Harrington à son bras. Je doute que vous ayez à leur parler. Elle quitte rarement sa table une fois qu'elle y est installée, et Harrington, en bon toutou qu'il est, ne la lâche pas d'un pouce.

*Ah, un sourire, enfin !* Il était encore timide, mais c'était encourageant. Benedict en tira plus de plaisir qu'il ne l'aurait dû, mais il était bien trop occupé à profiter de son avantage pour s'étonner de sa propre réaction.

— Lady Trowbridge sera là aussi. Elle est *toujours* là. Plus intéressée par la compagnie que par le jeu, ce qui rend folle lady Archer.

— Pour quelle raison ?

Elle était de retour, la lueur d'intérêt qu'il percevait dans ses yeux et qu'il avait guettée impatiemment.

— Parce que la rumeur affirme que lady Trowbridge est immensément riche et que lady Archer voudrait bien la délester un peu de cette richesse.

— Lady Archer... est-elle parfaitement détestable ?

La question trahissait son inquiétude, mais le ton de sa voix n'était plus paniqué, et son corps s'était détendu.

— Non, pas tant que cela. Elle est un produit de ce monde artificiel, mais elle n'est pas pire que tous ceux qui y gravitent. Lady Trowbridge doit être la plus supportable d'entre eux. Oh, elle est aussi folle que tous les autres, mais elle a bon fond et elle est amusante.

— Une aristocrate avec un bon fond, milord ? releva-t-elle d'un air mutin. J'ai du mal à y croire.

Benedict n'avait jamais été aussi heureux d'entendre cette langue acérée se déchaîner.

— C'est en effet une rareté, reconnut-il. Naturellement, vous ne pouvez vous attendre que tout le monde se montre agréable, la plupart des invités appartenant à cette faune des salons où abondent les pires spécimens d'humanité. Prenez le marquis de Templeton, par exemple. Il a gagné une fortune au jeu, et il mène grand train à Londres en laissant sa famille croupir dans la misère à la campagne.

— C'est affreux.

— Ça l'est, en effet. Mais c'est hélas assez courant.

Benedict baissa un instant les yeux sur leurs doigts enlacés, puis redressa la tête et chercha son regard en disant :

— Ce qui importe, c'est que vous compreniez que tous ces gens, sous leurs fards et leurs plumes, ne sont que des êtres humains semblables à tous les autres, avec leurs travers, leurs ridicules et leurs failles.

Georgiana émit un rire nerveux.

— La plupart des gens ne s'encombrent pas de fard, de bijoux et de plumes, milord...

— Peut-être, mais cela ne change rien sur le fond. Aucun d'eux ne vous est supérieur, Georgiana. Aucun n'est meilleur que vous.

En serrant ses doigts brièvement, il ajouta :

— La plupart sont même bien pires...

— Il n'empêche qu'ils *se croient* supérieurs à moi.

Cette constatation s'accompagna d'un sourire qui creusait des fossettes dans ses joues. Comment avait-il pu ne pas les remarquer jusque-là ?

— Ils se trompent, assura-t-il. Mais si vous ne voulez pas entrer, vous n'avez pas à le faire. Attendez-moi dans la voiture. J'irai poser quelques questions à lady Archer et je vous ramènerai à l'école Clifford.

Benedict eut un sourire amusé et conclut :

— Notre ami Brixton sera ravi de vous voir rentrer si tôt...

Ils gardèrent le silence un long moment. Benedict ne prit conscience qu'il continuait à caresser les doigts de Georgiana du bout de son pouce qu'en l'entendant retenir son souffle. En reportant son attention sur elle, il vit qu'elle l'observait, les yeux baissés, sous ses longs cils.

Ses joues avaient retrouvé des couleurs. Ses lèvres pulpeuses étaient légèrement entrouvertes et infiniment attirantes. C'était par timidité, et non pour flirter, qu'elle le regardait ainsi, mais le corps de Benedict s'en moquait. Son cœur s'était mis à battre à coups redoublés, et son sang à se ruer dans ses veines.

— Si vous décidez de venir quand même, reprit-il à mi-voix, il y a une chose dont vous devrez vous méfier.

— Oh ? fit-elle, le souffle aussi court que l'était le sien. De quoi s'agit-il, lord Haslemere ?

Jamais ses yeux ne lui avaient paru aussi grands, ni aussi verts.

— N'aviez-vous pas promis de m'appeler autrement ?

— Benedict, rectifia-t-elle.

L'entendre prononcer son prénom donna un coup de fouet à ses sens. Il dut s'éclaircir la voix avant de répondre.

— Le cercle de jeu de lady Archer est réputé pour attirer les pires aventuriers et séducteurs de Londres. Ils passent de table en table, en quête de bourses bien remplies et de jolis minois.

Cette fois, lorsqu'il la toucha, Benedict savait précisément où il voulait le faire. Ses doigts gantés effleurèrent tout doucement le velours d'une de ses joues.

Sans se dérober, Georgiana retint son souffle.

— Mais..., protesta-t-elle. Comment les reconnaître ?

Benedict la dévisagea sans lui répondre tout de suite. Son sang bouillonnait dans ses veines. Toute l'ardeur que lady Wylde n'avait pu susciter en lui – qu'aucune autre femme n'avait jamais su lui inspirer – flamba en lui. Son sexe durcit instantanément, le laissant éperdu de désir et la tête vide.

*Seigneur !* Il désirait plus que tout sentir sa bouche s'ouvrir sous la sienne. Il le voulait avec une telle force qu'il avait l'impression de goûter déjà à ses lèvres. Mais, s'il l'embrassait à présent, il ne pourrait jamais se satisfaire d'un baiser. Alors, il souleva doucement ses mains et les porta à sa bouche.

— Un séducteur ne se contentera jamais d'un baisemain, expliqua-t-il en cherchant ensuite son regard. Il n'aura de cesse de vous avoir aussi embrassée ici.

Retournant l'une de ses mains, il s'inclina et posa religieusement la bouche au creux de son poignet, à l'endroit où battait son pouls. Elle poussa un petit soupir au contact de ses lèvres. Benedict ferma les yeux en sentant la douceur de sa peau et la pression de son sang sous le bout de sa langue.

# 11

Dès l'instant où les lèvres de Benedict touchèrent sa peau, la peur, l'anxiété, la panique qui avaient failli avoir raison d'elle à leur arrivée cessèrent d'exister. Toutes ces émotions ne pouvaient résister au baiser d'un séducteur.

Georgiana baissa la tête et, en apercevant cette tête inclinée au-dessus de son poignet nu, se surprit à sourire. Son cœur battait à tout rompre tandis que, du bout de la langue, il testait son pouls, en une caresse réconfortante et redoutable à la fois. Quand il se redressa et qu'elle récupéra sa main, elle comprit que ses certitudes à son sujet vacillaient.

Pouvait-elle encore ne le considérer que comme un séducteur, un vaurien à la tête légère, uniquement soucieux de son bon plaisir ? Une chose semblait sûre : si elle ne savait plus que penser *de* lui, elle continuerait longtemps à penser *à* lui, et à ce moment qu'ils venaient de partager.

Si Benedict remarqua le trouble qui l'agitait, il n'en dit rien. Ce fut d'une main ferme qu'il l'aida à descendre de voiture et l'escorta jusqu'à l'entrée de la résidence Archer.

— Bonsoir, lord Haslemere.

Le majordome, un homme d'allure sombre en livrée bleu roi rehaussée de passementeries, les introduisit dans un hall de marbre noir éclairé par deux lustres étincelants.

Lord Haslemere avait eu raison : ce marbre était laid, et l'éclairage aveuglant. Alors qu'elle se faisait cette réflexion, Georgiana tomba nez à nez avec son reflet dans un grand miroir doré.

Elle se trouva... étrange. Pâle, mais avec une paire d'yeux étincelants et des pommettes enflammées. Était-elle fiévreuse ? Elle leva la main vers son front, mais son cavalier l'intercepta et la posa sur son bras.

— Vous tremblez, constata-t-il tout bas en s'inclinant vers son oreille. Vous n'avez aucune raison d'être nerveuse.

— Je ne suis pas nerveuse.

Elle ne mentait pas. Ce n'étaient pas ses nerfs qui lui jouaient des tours, c'étaient ses sens, c'était lui, c'était ce baiser insensé qu'il lui avait donné et qui lui avait fait tant d'effet. C'était à se demander ce qui se produirait si jamais il l'embrassait sur la bouche. S'évanouirait-elle ?

Une voix haut perchée et enjouée lança alors :

— Mon cher lord Haslemere, espèce de brigand !

Georgiana vit venir à eux une lady d'un certain âge, assez replète, vêtue d'une extravagante robe de soie verte. Les plumes qui agrémentaient sa coiffure étaient si hautes que c'était un miracle qu'elles tiennent en l'air.

— Mon cher lord Haslemere ! répéta la nouvelle venue en les rejoignant. Par quelle chance extraordinaire vous trouvez-vous ici ce soir ? Cela fait une éternité, non ?

— Bonsoir, lady Trowbridge.

Lord Haslemere la gratifia d'un baisemain si galant qu'elle gloussa comme la débutante qu'elle n'était plus.

— Plus charmant que jamais ! commenta-t-elle. Vous êtes incorrigible. Rejoignez-vous lady Wylde ?

Je l'ai vue il y a un instant, attablée avec votre ami, le comte de Harrington.

Les yeux vifs de lady Trowbridge étincelèrent de malice quand elle ajouta :

— Il vous a coiffé au poteau, j'en ai peur.

Lord Haslemere salua cette réplique d'un éclat de rire.

— Laissez-moi vous présenter Mlle Georgiana, dit-il.

Son interlocutrice ne parut pas se formaliser qu'il ne donne pas le nom de famille de sa compagne.

— Enchantée, ma chère.

Elle toisa Georgiana de pied en cap avec intérêt et reprit d'un air entendu :

— Votre amie, hein ? Elle n'est pas dans votre style habituel, Haslemere, mais elle est charmante.

Pas dans son style habituel ? La prenait-elle pour…

— Jouez-vous, ma chère ?

D'un coup d'éventail, lady Trowbridge désigna l'arrière de la maison, faisant frissonner les plumes sur sa tête.

Par-dessus son épaule, Georgiana aperçut plusieurs salons en enfilade, encombrés de tables autour desquelles se tenaient, sur des chaises dorées tapissées de soie rouge, des aristocrates de tous âges. On y jouait aux cartes autant qu'on y discutait, qu'on y flirtait et qu'on y échangeait les derniers ragots, si bien qu'il s'élevait de l'assemblée un raffut digne d'une basse-cour.

— Vous m'avez l'air positivement terrifiée, commenta lady Trowbridge en tapotant l'avant-bras de Georgiana de son éventail. Il y a foule ce soir, mais je pense que nous pourrons trouver à vous caser quelque part.

— Je… euh… je crains fort de ne pas savoir jouer.

Lady Trowbridge écarquilla les yeux.

— Vraiment ? s'étonna-t-elle. Quelle rafraîchissante créature vous êtes… Où l'avez-vous trouvée, Haslemere ? Cette jeune lady me plaît beaucoup.

Lord Haslemere partit d'un rire indulgent. Georgiana lui jeta un coup d'œil et vit qu'il la considérait avec une affection sans doute feinte.

— Laissez-moi conserver mes secrets, répondit-il. Peut-être pourriez-vous vous joindre à nous à une table, milady ? Cela vous permettrait d'initier Mlle Georgiana au jeu.

— Pourquoi pas ? Quelqu'un doit la prendre sous son aile. Venez, ma chère.

Glissant son bras sous celui de Georgiana, elle l'entraîna et ajouta :

— Vous allez passer un bon moment. Quoi de plus amusant que de dépenser l'argent de Haslemere ?

Quelques minutes plus tard, assise à côté de lady Trowbridge à une table, Georgiana l'écoutait lui expliquer les rudiments du pharaon. Elle n'avait pas menti en disant n'y avoir jamais joué, mais ce jeu de cartes, qui faisait appel à la mémoire et aux nombres, lui plut d'emblée.

— Tenez…

Se penchant par-dessus son épaule, lord Haslemere plaça devant elle une pile bien nette de jetons et une flûte de champagne. Il en profita pour lui murmurer à l'oreille :

— Je guette l'arrivée de lady Archer pendant que vous jouez. Essayez de ne pas me ruiner, voulez-vous ?

Il se redressa en riant et la laissa dès cet instant aux bons soins de lady Trowbridge, tout en restant derrière elle. Georgiana ne pouvait ignorer la chaleur de son corps, qui se communiquait à elle.

Elle n'avait pas prévu de prendre plaisir à ce jeu, mais entre la présence troublante de lord Haslemere, le gai bavardage de lady Trowbridge et le picotement délicieusement frais du champagne sur sa langue, elle se surprit bientôt à s'amuser. Naturellement, les cartes n'y étaient pas non plus pour rien.

Elle ne gardait pas de nostalgie de l'époque où elle avait dû survivre dans les rues de Londres, mais elle avait l'impression de renouer avec de vieilles amies. Et celles-ci se montraient aussi accommodantes avec elle qu'elles l'avaient été dans sa jeunesse.

En jetant un coup d'œil aux jetons qui s'amoncelaient devant elle, lady Trowbridge s'exclama :

— Eh bien, mademoiselle Georgiana ! Vous êtes en veine !

— La chance n'a rien à voir là-dedans, n'est-ce pas ?

Lord Haslemere avait murmuré ces mots directement à son oreille, d'un ton amusé.

— Qui pourrait imaginer, en voyant vos grands yeux innocents, que vous êtes une telle experte ?

Georgiana se raidit et tenta de se reprendre. La fraîche odeur mentholée qui lui parvenait aux narines et son souffle chaud contre sa joue la faisaient frissonner.

— Mais je connais votre secret…

Il ne l'avait même pas touchée, et elle se sentait aussi ivre de désir que si elle avait avalé une demi-douzaine de flûtes de champagne.

— C'est l'intelligence, susurra-t-il. Personne dans cette salle ne vous arrive à la cheville, princesse…

Benedict ne l'avait pas touchée. Il n'avait pas osé, même s'il le désirait plus que tout.

Il s'imagina le faire tandis qu'il restait debout derrière elle, enivré par son parfum. Dans quelque étrange rêve éveillé, il se vit se pencher sur son épaule, ouvrir la bouche contre la pâle colonne de son cou, s'y aventurer du bout de la langue, plonger les mains dans ses cheveux…

Avec un grognement sourd, il se redressa et inspira à fond pour se calmer. Que lui arrivait-il ? Il ne l'avait même pas touchée, mais il se sentait plus excité que jamais.

— Eh bien, lord Haslemere, vous voilà enfin ! Je me demandais si vous reviendriez un jour à Londres.

Benedict arracha son regard aux cheveux de Georgiana et découvrit à côté de lui la maîtresse de maison. Celle-ci l'observait avec un sourire amusé.

— Comment allez-vous, lady Archer ? fit-il. C'est un plaisir de vous revoir.

— Vraiment, milord ? répondit-elle. Si je n'étais pas venue vous saluer, vous m'ignoreriez encore.

Surpris, Benedict laissa ses lèvres s'attarder sur le gant de lady Archer juste une seconde de trop.

— Impossible ! assura-t-il en se redressant. Pourquoi serais-je venu ici ce soir, sinon pour vous voir ?

— Vous êtes un charmeur éhonté, Haslemere, mais je suis disposée à vous pardonner.

D'un regard, lady Archer désigna lady Trowbridge.

— Vous avez accompli l'impossible, reprit-elle. Vous me direz comment vous avez réussi à l'attirer à une table. J'essaie en vain de le faire depuis une éternité.

Benedict haussa les épaules.

— Persuasion masculine, sans doute.

Lady Archer laissa fuser un rire flûté.

— Venant de n'importe qui d'autre que vous, dit-elle, je n'y verrais que balivernes. Mais vous avez toujours été trop charmant pour votre propre bien.

Benedict hésita un instant. Il n'aimait pas l'idée de s'absenter en laissant Georgiana derrière lui, mais elle était entre de bonnes mains avec lady Trowbridge, et il voulait saisir la chance qui s'offrait à lui de faire parler lady Archer.

— Vous pourriez me retourner la faveur, milady.

— Oh ? s'étonna-t-elle. Y a-t-il quelque chose que je puisse faire pour vous, milord ?

— Quelques mots en privé, rien de plus.

— En privé ? Vous m'intriguez. Mais naturellement, j'y consens. Quelle lady pourrait refuser une faveur à lord Haslemere ? Suivez-moi.

— Merci, milady.

Benedict posa la main sur l'épaule de Georgiana afin d'attirer son attention, puis se pencha pour murmurer :

— Restez avec lady Trowbridge et ne bougez pas de votre siège. Je vais discuter avec lady Archer. Je reviendrai vous chercher ensuite.

Georgiana hocha la tête et glissa dans un souffle :

— Oui, très bien.

Elle paraissait légèrement essoufflée. Avant de suivre lady Archer, il eut le temps de se demander si elle était aussi affectée par sa présence qu'il l'était par la sienne.

— À présent, lord Haslemere…

Lady Archer lui désigna un siège et referma derrière eux la porte du salon dans lequel elle l'avait conduit avant de conclure :

— … que puis-je faire pour vous ?

— J'aimerais vous questionner sur lord Draven.

— Le pauvre… Avez-vous appris, pour son… accident ?

— Faut-il vraiment y voir un accident, milady ?

Lady Archer soupira.

— J'imagine que non, répondit-elle. Je ne vous ferai pas l'insulte de vous demander si vous avez une part de responsabilité dans l'affaire, même si la rumeur commence à courir.

— C'est plus qu'une rumeur ! dit-il en songeant à Mme Bury. On m'a lancé cette accusation en pleine face.

— Je vous connais depuis assez longtemps pour savoir qu'il ne peut rien y avoir de vrai là-dedans.

— Et je vous en remercie, milady.

Benedict marqua une pause, se demandant comment formuler ce qui devait suivre.

— J'imagine que vous avez également entendu dire que ma sœur aurait une aventure avec Draven ?

— Ah, fit lady Archer, l'air ennuyé. Je crains que cette rumeur-là ne soit pas aussi facile à balayer. Il est de notoriété publique que lord Draven voue depuis longtemps une passion désespérée à la duchesse. À tel point que l'on considère le fait comme acquis.

— Peu m'importe l'opinion des autres, assura Benedict. Je me disais que vous pourriez avoir sur le sujet quelques lumières plus… personnelles.

Elle se tint immobile un instant, puis traversa la pièce pour venir s'asseoir face à lui.

— Cela se pourrait, reconnut-elle. Qu'aimeriez-vous savoir ?

Benedict poussa un soupir de soulagement. Lady Archer aurait pu le faire jeter dehors pour impertinence.

— Cette partie de campagne organisée par le précédent lord Draven, il y a six ans de cela…, commença-t-il. C'est là que tout semble avoir débuté.

— Vous avez sans doute raison. Malheureusement, je n'étais pas présente. Tout ce que je pourrais vous en dire ne serait que des propos rapportés.

— J'aimerais néanmoins que vous me disiez ce que vous savez, s'il vous plaît.

Lady Archer pouvait avoir eu vent de faits intéressants sans même s'en douter.

— Très bien. La duchesse – enfin, c'était encore lady Jane à l'époque – a assisté à cette partie de campagne organisée par le père de l'actuel lord Draven, et c'est à cette occasion que ce dernier est tombé amoureux d'elle. Plus d'un gentleman soupirait pour elle, mais je n'ai pas besoin de vous le préciser, milord.

Benedict faillit lui parler de Clara Beauchamp, mais y renonça. La jeune femme n'avait jamais fait ses débuts dans le monde. Elle n'était même pas membre de la haute société, encore moins de l'aristocratie. Dans ces conditions, bien peu de personnes à Londres devaient avoir entendu parler d'elle.

— Hélas pour le pauvre lord Draven, poursuivit lady Archer, le duc de Kenilworth faisait également partie des invités. Lui et lord Draven étaient bons amis, vous savez. Mais Kenilworth est tombé lui aussi amoureux de Jane, et elle de lui, si la rumeur dit vrai. Ce fut un cas de tragique triangle amoureux, j'en ai bien peur.

Benedict faillit protester tant la chose lui paraissait improbable, mais que pouvait savoir un frère des abîmes cachés du cœur de sa sœur ? Rien. Et il ne désirait pas plus que Jane qu'il en soit autrement.

— Vous devez savoir à peu près tout le reste, lord Haslemere. Lord Draven, Kenilworth et lady Jane se sont revus à Londres après cette funeste partie de campagne. Lady Jane a fait ses débuts dans le monde cette saison-là et Kenilworth l'a immédiatement courtisée. Lord Draven, lui, n'a jamais eu la moindre chance, n'est-ce pas ? Kenilworth avait hérité d'une immense fortune, comme vous le savez, et il n'hésitait pas à la dépenser. Il avait acheté sa résidence sur Grosvenor Street l'hiver précédent. Toutes les belles de Londres rêvaient d'en devenir la maîtresse. Mais, à la fin de la saison, c'est lady Jane qui a épousé Kenilworth. Ce pauvre Draven était éliminé, et il a passé ces six années à tenter de revenir dans le jeu.

— Et à présent, selon les ragots, il aurait réussi.

Lady Archer haussa les épaules.

— Certains le pensent, effectivement, mais nul ne connaît la vérité. Malheureusement pour lady Jane, il est plus excitant de croire qu'elle a succombé à une vieille passion pour lord Draven que d'imaginer qu'elle reste fidèle à ses engagements matrimoniaux.

Chacun à Londres pouvait croire ce qu'il voulait, Benedict s'en souciait peu. Ce qui importait, c'était ce que croyait le duc de Kenilworth. S'il s'imaginait avoir des raisons de douter de la fidélité de sa duchesse, l'hypothèse qu'il ait pu passer sa colère sur Draven n'était plus invraisemblable.

— Je me suis laissé dire que lord Draven et le duc de Kenilworth étaient de grands amis, reprit Benedict. Le duc ne peut donc imaginer que lord Draven l'ait trahi.

Lady Archer ne lui répondit pas immédiatement. Elle semblait sur ses gardes, presque effrayée.

— Ils *étaient* amis, lord Haslemere, répondit-elle enfin. Leur amitié a pris fin il y a des années de cela, lors de cette partie de campagne, sans doute à cause de leur rivalité amoureuse à propos de Jane. Leur amitié s'est bien refroidie ensuite...

Penché vers l'avant, Benedict riva ses yeux à ceux de son interlocutrice et insista :

— Refroidie jusqu'à quel point ?

— Assez pour qu'à leur retour à Londres, les deux hommes ne puissent plus supporter la vue l'un de l'autre.

Rien de tel que la rivalité amoureuse pour réduire à néant l'amitié. Pourtant...

— Comment se fait-il que cela ne se soit pas su ?

— Il y a bien eu quelques bruits, mais on n'a jamais eu vent de l'étendue de leur brouille. Je ne le sais que parce que lord Draven et moi sommes devenus... en quelque sorte amis cette année-là.

Lady Archer secoua la tête d'un air apitoyé.

— Il était dans un état lamentable, confia-t-elle. Jamais je n'avais vu un homme aussi dévasté. Il est heureux que son père soit intervenu pour l'envoyer sur le continent. Je n'exagère pas en disant qu'il lui a ainsi sauvé la vie.

Benedict acquiesça d'un hochement de tête. Lady Wylde lui avait dit la même chose.

Après avoir hésité un instant, lady Archer ajouta :

— La brouille entre Draven et Kenilworth était bien pire qu'on ne l'a cru généralement. À leur retour à Londres après la partie de campagne, ils se sont battus en duel.

— Un duel ? Mais… se sont-ils battus à cause…

— De lady Jane ? Lord Draven ne me l'a jamais dit, mais j'imagine que ce doit être le cas.

Benedict avait du mal à en croire ses oreilles. Jamais il n'avait entendu parler de cela. À chaque précision que lady Archer apportait, cette affaire empirait. Mais elle n'en avait pas encore terminé.

— Il reste une dernière chose, dit-elle.

Le ton de sa voix n'augurait rien de bon.

— Pardonnez-moi, poursuivit-elle, mais lady Jane et lord Draven se trouvaient ensemble à Londres cette saison-là. Certains disent que Draven la poursuivait toujours de ses assiduités, même lorsque le duc la courtisait. Faites-en ce que vous voudrez, mais cela peut justifier un duel.

Benedict la dévisagea sans mot dire, incrédule. Jamais Jane n'aurait encouragé les attentions soutenues d'un homme tout en étant courtisée par un autre.

Les sourcils froncés, lady Archer ajouta :

— Il est cependant étrange que ce soit Draven qui ait provoqué le duc en duel, et non l'inverse.

— Sans doute considérait-il que le duc lui avait volé Jane ?

Benedict pouvait comprendre une telle réaction.

Lady Archer secoua la tête.

— Cela semble tout de même extrême. Ce n'était pas comme si le duel pouvait changer quoi que ce soit. Le duc avait déjà remporté la bataille. Draven était sans doute follement amoureux, mais il n'était pas fou.

— Tout homme amoureux est un peu fou, milady.

— Peut-être.

Lady Archer se leva en soupirant et conclut :

— Ou peut-être y a-t-il bien plus dans cette affaire entre lord Draven, lady Jane et le duc de Kenilworth que ce que tout le monde soupçonne.

# 12

— Eh bien, mademoiselle Georgiana, si agréable que soit votre compagnie, j'en ai assez du pharaon pour ce soir.

Posant ses mains chargées de bagues sur la table de jeu, lady Trowbridge se hissa sur ses jambes.

— Je ne suis pas en veine, constata-t-elle, et je déteste perdre.

Mal à l'aise, Georgiana jeta un coup d'œil à la porte derrière laquelle lord Haslemere avait disparu. Sa conversation avec lady Archer s'éternisait.

— Vous ne pouvez pas me laisser seule ! protesta-t-elle en attrapant sa main. Ce jeu m'embrouille l'esprit, et je ne voudrais pas perdre l'argent de lord Haslemere.

— Ma chère petite… Vous ne me ferez pas croire que quoi que ce soit puisse vous embrouiller l'esprit. Quant à l'argent de lord Haslemere, vous pourriez vider ses coffres sans le faire ciller tant il semble épris de vous.

C'était la dernière chose que Georgiana s'était attendue à entendre, et elle en resta sans voix. Puis lui revinrent en mémoire les regards que le comte avait lancés à lady Wylde ce matin-là, et elle comprit qu'il pouvait faire croire ce qu'il voulait à qui il le voulait. Cet homme était un comédien aguerri.

— Ce ne serait pas correct pour moi de rester seule.

Georgiana comprit son erreur au regard interloqué que lui valut cette sortie. Une maîtresse ne se souciait pas de bienséance.

— Chère mademoiselle Georgiana ! lança lady Trowbridge avec un regard affectueux. Vous êtes une véritable bouffée d'air frais. J'espère vraiment vous revoir.

Après lui avoir gentiment tapoté la main, elle s'éloigna, ses plumes oscillant sur sa tête, sa traîne de soie verte dans son sillage. Georgiana fut à moitié tentée de la suivre, mais Benedict lui avait demandé de ne pas bouger. Qui plus est, elle ne voulait pas attirer l'attention en quittant la pièce.

Elle resta donc à sa place, persuadée d'avoir tous les regards braqués sur elle, alors que, bien sûr, personne ne lui prêtait attention. La situation devenait plus inconfortable de minute en minute. Elle se donnait une contenance en vidant sa flûte lorsqu'une voix se fit entendre derrière elle.

— Un peu plus de champagne, mademoiselle Georgiana ?

— Non, merci, lança-t-elle en tournant la tête. Je…

Elle se tut en reconnaissant le duc de Kenilworth. Sans tenir compte de sa réponse, il plaça une flûte pleine devant elle et s'assit sur le siège abandonné par lady Trowbridge.

— J'insiste, dit-il. Il fait excessivement chaud dans cette pièce, et vous paraissez en avoir besoin.

Sa voix était profonde et douce, il s'exprimait avec une extrême politesse, mais ses yeux gris étaient d'une froideur de glace. Georgiana se recula instinctivement, préférant mettre un peu de distance entre eux.

— Avons-nous été présentés, Votre Grâce ?

— Pas officiellement. Je suis le duc de Kenilworth.

Il lui sourit, exhibant des dents d'une éclatante blancheur, avant d'ajouter :

— Et vous êtes Mlle Georgiana, amie de mon beau-frère, lord Haslemere. Je ne connais pas votre nom...

Georgiana hésita. Elle évitait les mondanités, et elle doutait que le duc ait entendu parler d'elle. Elle sortait peu de l'école. Elle n'était personne à Londres, même pour les familiers de lady Clifford. Benedict avait pourtant pris soin de ne pas divulguer son patronyme. Et, à bien y réfléchir, en quoi cela pouvait-il intéresser le duc ? Pour ce qu'il en savait, elle n'était que la dernière maîtresse en date de son beau-frère et n'avait aucune importance pour lui.

Elle fit donc comme si elle n'avait pas saisi l'allusion et lui répondit d'un sourire vague en lui demandant :

— Jouez-vous au pharaon, Votre Grâce ?

— Pas beaucoup. Moins bien que vous, en tout cas.

Il faisait mine de n'avoir pas remarqué qu'elle ne lui avait pas répondu, mais elle comprit à une crispation de son visage que cela ne lui plaisait guère. Le duc de Kenilworth était évidemment habitué à obtenir tout ce qu'il voulait.

Saisissant un des jetons empilés devant elle, il le fit tourner entre ses doigts et demanda d'un air intrigué :

— Où diable Haslemere est-il passé ? Ce n'est pas très correct de sa part de vous laisser ici toute seule, à la merci de n'importe quel vaurien qui pourrait vous accoster. Peut-être n'êtes-vous pas au courant, mademoiselle Georgiana, mais le salon de jeu de lady Archer n'est pas très bien fréquenté.

En le regardant jouer avec le jeton, Georgiana sentit un frisson remonter le long de son échine.

Les manières du duc avaient beau être courtoises, et même parfaites, elle ne pouvait s'empêcher de penser qu'il cherchait à l'intimider.

Avalant discrètement sa salive, elle répondit :

— Lord Haslemere s'est absenté un instant pour prendre congé de lady Archer.

— Un instant qui se prolonge… Voilà bien une demi-heure qu'il vous a laissée là.

Georgiana ne put réprimer un tressaillement. Il l'avait donc observée et avait attendu qu'elle soit seule pour l'aborder ?

— Où donc vous et lord Haslemere vous êtes-vous rencontrés, mademoiselle Georgiana ? C'est étrange de vous voir ainsi débarquer dans les salons londoniens, comme surgie de nulle part…

Georgiana tenta de produire un rire insouciant, qui sonna faux à ses propres oreilles.

— Pas de nulle part, Votre Grâce ! Lord Haslemere et moi avons été présentés à…

— Je vous demande pardon de vous avoir fait attendre, ma chère.

La voix profonde de Benedict faillit lui arracher un soupir de soulagement. Elle sentit avec reconnaissance sa main se poser au creux de son dos.

— Bonsoir, Kenilworth, reprit-il. Quelle plaisante surprise de vous trouver ici ! Je ne vous savais pas adepte des parties de pharaon de lady Archer.

— Ah, Haslemere, vous voilà enfin ! s'exclama le duc en reposant le jeton. Je me disais que vous étiez peut-être déjà parti.

— Parti ? répliqua Benedict, feignant la surprise. Allons, Kenilworth… Serais-je parti sans récupérer mon trésor ?

D'un regard, il désigna les jetons empilés devant Georgiana, mais la main possessive posée dans son dos signifiait tout autre chose.

— Un véritable trésor, en effet, approuva le duc. Je vous admire, Haslemere. À peine êtes-vous rentré à Londres que vous voilà déjà en veine au jeu, une nouvelle *chère amie* pendue à votre bras...

— Inutile de perdre son temps, n'est-ce pas ?

Benedict avait répondu d'un ton insouciant, mais Georgiana sentit ses doigts se plaquer plus étroitement contre elle.

— En effet, reconnut le duc. Mais qu'est-ce qui vous amène à Londres ? Votre sœur m'avait assuré que vous resteriez dans le Surrey pour la saison.

— J'ai préféré fuir la campagne avant de devenir fou d'ennui. Je confesse que Londres ne me laissait pas beaucoup d'espoirs non plus, mais j'y ai trouvé la compagnie particulièrement plaisante cette saison.

— Je vois cela. Comme il est étrange, cependant, que je ne me rappelle pas avoir déjà rencontré Mlle Georgiana...

Le duc souriait en la dévisageant, mais le ton de sa voix n'était plus si aimable et paraissait même vaguement menaçant. Ses yeux de glace donnaient l'impression de tout voir. Plus qu'inquisiteurs, ils semblaient capables de dérober à chacun mensonges et secrets.

— Ma chère, dit Benedict, laissez-moi vous présenter le duc de Kenilworth.

Si le duc remarqua la réticence avec laquelle ces présentations étaient faites, il réussit à ne pas le montrer.

— Oh, nous avons fait connaissance en votre absence, annonça-t-il. Pour mon plus grand plaisir.

Il prit la main de Georgiana dans la sienne et s'inclina.

— Votre Grâce, le salua-t-elle.

Elle parvint à garder le sourire aux lèvres, mais le duc serrait ses doigts plus fort qu'il n'était nécessaire, au point qu'elle devait se retenir de les lui arracher.

Ce qui se passa ensuite se grava dans sa mémoire à jamais, même si l'épisode ne dura qu'un instant. Elle sentit Benedict se raidir à côté d'elle. D'un geste brusque, il enroula ses longs doigts autour du poignet de Georgiana. Il l'attira si vivement à lui qu'elle finit presque affalée contre lui.

Kenilworth eut un sourire amusé et lança :

— Un peu possessif, hein, Haslemere ?

Puis il lâcha la main de Georgiana et reporta son attention sur son beau-frère.

— Elle est adorable, dit-il. Où l'avez-vous trouvée ?

— Au bal masqué de lady Wylde.

Sur ces mots, Benedict porta la main de Georgiana à ses lèvres et déposa un baiser sur ses doigts gantés.

— Ce fut une soirée réussie, reprit-il. Dans l'ensemble.

— Sauf pour lady Wylde.

Le duc dévisagea Benedict un instant encore, le regard pensif. Puis il se fendit d'un sourire et conclut :

— Mais il semble qu'elle ait un nouvel admirateur en la personne de Harrington. Elle semble donc être vite retombée sur ses pieds.

Benedict parut ne rien avoir à répondre à cela. Un lourd silence retomba entre eux, jusqu'à ce que le duc se redresse et s'incline devant Georgiana.

— Passez une excellente soirée, mademoiselle Georgiana. Je suis certain que nous nous reverrons prochainement.

Puis il tourna les talons et s'éloigna, s'arrêtant de temps à autre pour saluer des connaissances dans la foule. Benedict attendit de le voir se glisser dans une autre pièce avant d'annoncer :

— Ramassez vos gains, Georgiana. Nous partons.

Benedict fit grimper Georgiana dans la voiture, se glissa à son tour dans l'habitacle et cogna le plafond de son poing assez violemment pour la faire sursauter.

Il s'en voulait d'avoir accepté de la laisser l'accompagner chez lady Archer. Il n'aimait pas la façon dont le duc l'avait regardée et touchée.

Jusqu'à ce soir, il avait cru bien connaître son beau-frère. Mais le Kenilworth qu'ils venaient de quitter, celui qui semblait avoir pris plaisir à effrayer Georgiana, lui avait paru complètement étranger.

Londres regorgeait d'individus peu recommandables, cependant Benedict n'avait jamais entendu la moindre rumeur sur le duc. Sa Grâce était dépourvue des faiblesses et des travers habituels de l'aristocratie. Il ne buvait pas, n'avait pas d'addiction au jeu et n'entretenait pas de maîtresses. L'homme avait une réputation irréprochable.

*Trop* irréprochable.

Jamais il ne serait venu à l'esprit de Benedict de le soupçonner de quoi que ce soit, mais après sa conversation avec lady Archer, suivie de la scène dérangeante avec Georgiana, ses certitudes vacillaient.

Une fois que Grigg eut refermé la portière et fait démarrer son attelage, Georgiana demanda :

— Pensez-vous qu'il me prend pour votre maîtresse ?

— Non.

Benedict n'avait aucun doute là-dessus.

Georgiana parut y réfléchir quelques instants, avant de conclure :

— Vous avez raison. Lady Trowbridge semble y avoir cru facilement, mais le duc est un homme trop expérimenté pour avoir gobé une histoire aussi invraisemblable.

Il regardait le spectacle de la ville par la fenêtre de la portière, mais le ton de Georgiana le fit se tourner vers elle.

— Que voulez-vous dire ? s'étonna-t-il. Pourquoi ne pourrait-il y croire ?

Elle fronça les sourcils et répondit :

— Vous venez de dire qu'il n'y avait pas cru.

— Je sais pour quelle raison *je* pense qu'il n'y a pas cru, répliqua-t-il avec agacement. Je veux savoir pourquoi *vous* le pensez.

— À votre avis ?

— Parce que Kenilworth devait se méfier avant même d'arriver ce soir chez lady Archer. Bagshaw lui a probablement fait son rapport sur notre visite à Jane ce matin, et ce maudit majordome a un talent marqué pour broder, ce qui a dû rendre le duc méfiant. Et *vous*, qu'en dites-vous ?

— Eh bien… qu'il n'y a pas cru parce que… je ne ressemble pas…

D'un geste de la main, Georgiana se désigna et conclut, comme si cela expliquait tout :

— Parce que je ne ressemble pas à une maîtresse.

Que diable était-ce censé signifier ?

— À votre avis, à quoi ressemble une maîtresse, Georgiana ? demanda-t-il.

Elle cligna des yeux, interloquée.

— Eh bien… je ne sais pas précisément, mais… je dis juste que je ne ressemble pas au genre de femme qu'un… protecteur peut choisir pour maîtresse.

Benedict eut un claquement de langue agacé.

— Je ne vois pas pourquoi, répondit-il.

Elle se mit à rire, mais d'un rire sans gaieté.

— Allons… Je n'ai rien de commun avec lady Wylde.

Lady Wylde ? Que venait-elle donc faire là ?

— Non, vous ne lui ressemblez en rien, reconnut-il.

Fort heureusement. La seule voix de lady Wylde suffisait à mettre ses nerfs à vif, et ses œillades lui donnaient la nausée. Qu'avait-il bien pu lui trouver ?

— Vous avez votre réponse, dit-elle d'un air pincé. Il faut ressembler à un certain type de femme pour exciter les penchants amoureux des gentlemen.

*Les penchants amoureux ?* Où avait-il déjà entendu cela ? Lorsqu'il s'en souvint, il vit rouge.

— Êtes-vous en train de me dire, s'enquit-il entre ses dents serrées, que vous ne pensez pas être le genre de femme qu'un homme voudrait pour maîtresse ?

Elle écarquilla les yeux et lui demanda :

— Êtes-vous en colère ?

— Cela dépend. Êtes-vous, oui ou non, persuadée que vous ne pourriez attirer l'attention d'un homme ?

Georgiana se redressa et eut un petit reniflement.

— Je ne vois pas pourquoi cela vous met dans cet état, objecta-t-elle. Après tout, c'est vous qui m'avez prise pour une gouvernante la première fois que nous...

— Jamais de la vie ! l'interrompit-il. C'est vous qui m'avez accusé d'être le genre d'homme à penser que toutes les femmes avec qui je n'avais pas envie de coucher devaient être gouvernantes ! Ce que j'ai dit...

Georgiana eut un hoquet de surprise.

— Auriez-vous perdu la tête ? se récria-t-elle. Je n'ai jamais rien dit à propos de quiconque *couchant* avec qui que ce soit...

— Ce que j'ai dit, s'entêta Benedict, c'est qu'il n'y a rien de désobligeant à être prise pour une gouvernante. Ce à quoi vous avez répondu que le problème n'était pas les gouvernantes, mais moi. Et je vous ai demandé ce qui vous faisait penser que je ne pourrais vous prendre comme maîtresse.

Elle cligna des yeux un instant et constata :

— Je crois que j'ai perdu le fil de la conversation.

— Bon sang, Georgiana ! Combien de champagne avez-vous bu ? Je vous demande pourquoi Kenilworth ne pourrait imaginer que vous êtes ma maîtresse, et voilà que vous me sortez je ne sais quelle sottise à propos de lady Wylde !

Elle se pencha vers lui, agacée par sa véhémence.

— Inutile de le prendre sur ce ton, milord ! protesta-t-elle. Tout ce que je veux dire, c'est qu'il y a à Londres nombre de visages plus jolis que le mien, et plus susceptibles de plaire aux gentlemen. Lady Wylde, par exemple…

— Au diable lady Wylde ! dit-il sèchement. Un homme ne peut faire un pas dans la rue sans tomber sur une dizaine de femmes qui lui ressemblent ! Lady Wylde n'a strictement rien de spécial, alors que vous êtes…

Benedict s'interrompit, incapable de trouver le mot qui résumerait ce qui la rendait si particulière. Georgiana Harley était tant de choses à la fois, chacune d'elles plus surprenante que la précédente, et le tout réuni dans la plus brillante, la plus séduisante, la plus gracieuse des enveloppes corporelles…

*Intelligente ?* Oui, mais pas seulement. Il avait connu d'autres femmes qui l'étaient tout autant. *Indomptable ?* Oui, aussi. Il sourit en songeant à ses répliques ravageuses, mais il n'y avait pas que cela qui lui plaisait, sans quoi il l'aurait vite trouvée assommante.

*Sa beauté ?* Il lui suffisait de la regarder pour sentir le désir s'éveiller en lui. Mais sa beauté n'était pas que physique. Elle se manifestait aussi dans l'intelligence de son regard, dans ses yeux aux couleurs changeantes, dans ses cheveux aux mèches épaisses dissimulant des reflets d'or, dans sa peau crémeuse qu'il rêvait d'explorer de toutes les manières possibles, et dans ses lèvres, ces doux pétales de rose charnus auxquels il lui tardait de goûter.

Elle avait raison sur un point : elle ne ressemblait en rien à lady Wylde, ni à ces autres beautés brunes interchangeables qui fréquentaient les salons londoniens. Georgiana était unique, bien plus désirable, dotée d'une beauté qui englobait tout ce qu'elle était et n'appartenait qu'à elle.

Elle le dévisageait, les yeux ronds.

— Je ne comprends pas ce qui vous énerve, déclara-t-elle. Vous avez dit vous-même que le duc se doutait que je n'étais pas votre maîtresse, je ne vois donc pas…

— Oui, mais pas parce qu'aucun homme ne voudrait de vous ! l'interrompit Benedict, dont la colère n'était pas retombée. C'est tout bonnement stupide !

Les bras croisés, elle poussa un grognement de rage.

— Est-ce votre idée de la flatterie ? Je vous assure que je n'ai pas besoin de vos compliments creux, ni de vos…

— Pas un mot de plus ! prévint-il d'une voix grondante. Je vous préviens, Georgiana.

— Comment osez…

Elle ne put en dire davantage. Après lui avoir saisi les poignets, Benedict venait de l'attirer à lui et de plaquer ses lèvres sur les siennes.

L'espace de quelques secondes, ce baiser ne fut qu'une bataille de volontés, Georgiana étant décidée à avoir le dernier mot, et Benedict souhaitant l'en empêcher.

Mais, au bout d'un moment, il sentit sa bouche mollir sous la sienne, et sa langue se fraya un chemin entre ses délicates lèvres roses. Leur baiser devint alors sauvage et passionné, un feu de broussaille jailli d'une étincelle. Il avait eu un avant-goût de cette ardeur lorsqu'il avait embrassé son poignet, mais rien n'aurait pu le préparer à ça. La douce chaleur de sa bouche, la rondeur de sa lèvre entre ses dents, son souffle précipité, les gémissements qui montaient de sa gorge… Les mains de Georgiana sur ses joues lui brûlaient la peau. L'odeur de ses cheveux le grisait. L'effleurement sensuel de ses lèvres contre les siennes le rendait fou.

En un instant, son sexe avait durci. Chaque parcelle de son être aspirait à se rapprocher d'elle. Il avait embrassé des dizaines de femmes, dont de nombreuses avaient partagé son lit, mais aucune ne lui avait jamais fait tant d'effet. Il ne parvenait pas à se rassasier d'elle.

— Venez ici, princesse…

Entourant sa taille de ses mains, il la fit asseoir sur ses genoux. Un grondement sourd lui échappa quand elle s'abandonna complètement contre lui. Il la sentait trembler dans ses bras, mais ce n'était pas de peur.

C'était pour lui qu'elle tremblait, à cause du désir qu'il lui inspirait. Cette soudaine certitude lui gonfla le cœur.

— Passez vos bras autour de mon cou, murmura-t-il. Oui, comme ça… Georgiana, vous êtes tellement…

*Parfaite.* Parfaites étaient les courbes de ses hanches sous ses mains, la rondeur de ses seins sur sa poitrine, les mèches égarées qui chatouillaient la mince lisière de peau entre ses gants et ses poignets. Une infime caresse intermittente, mais suffisante pour le faire gémir de plaisir.

— Est-ce ainsi que doit se conduire une maîtresse ? demanda-t-elle d'un air mutin. Doit-elle embrasser de manière impudique son protecteur dans une voiture ?

Un sourire béat fleurit sur les lèvres de Benedict.

— C'est un bon début, reconnut-il.

Du bout des doigts, elle caressait sa nuque.

— Que doit-elle faire d'autre ?

Benedict lui répondit par un soupir de bien-être. Rejetant la tête en arrière, il ferma les yeux.

Elle savait intuitivement comment lui faire plaisir. Elle était innocente – cela, il en était sûr –, mais ses timides initiatives le rendaient fou.

Une nouvelle salve de délicates caresses sur sa nuque le fit gémir de plus belle.

— Avez-vous décidé de me torturer, princesse ?

À grand-peine, il reprit ses esprits et rouvrit les yeux. Il adorait ce côté joueur chez elle, d'autant plus qu'il ne l'aurait jamais soupçonné. Elle se montrait si sérieuse, la plupart du temps, dissimulant soigneusement ses émotions. Mais avec lui, en cet instant, elle se laissait aller à être elle-même, comme ivre de liberté.

Il aurait voulu qu'elle ait à jamais ce visage pour lui, avec ce petit sourire moqueur sur les lèvres, et ses yeux qui prenaient une chaude teinte dorée sous l'effet du désir.

Benedict la serra un peu plus dans ses bras, mais résista à l'envie qui le tenaillait de jouer du bassin contre elle. Il était dur comme du marbre et ne tenait pas à l'effrayer. Il se contenta donc de l'embrasser, partout où il pouvait le faire. Il déposa un baiser tendre contre sa tempe, puis mordilla le lobe de son oreille, avant d'y glisser le bout de sa langue, s'amusant de l'entendre rire et de la sentir gigoter contre lui. Les mains de Georgiana plongèrent dans ses cheveux lorsqu'il embrassa la peau délicate de sa gorge, et elle poussa un petit cri quand il enfouit le visage entre son cou et son épaule et y laissa glisser ses lèvres.

Quand la voiture s'arrêta, ils étaient tous les deux pantelants. Grigg avait eu l'intelligence de ne pas se garer directement devant l'école. Mais même si Brixton ne pouvait pas les voir, il lui fallait arrêter avant de céder à la tentation de la ramener chez lui.

Benedict se força donc à la lâcher et à la reposer en douceur sur son siège.

— Je pense qu'il vaudrait mieux que vous y alliez...

Comme il faisait mine de se lever, elle lança :

— Non, inutile de m'accompagner !

Il se rembrunit et protesta :

— Je ne vais pas vous abandonner en pleine rue...

— Cela vaut mieux ainsi, assura-t-elle.

Elle déposa un rapide et dernier baiser sur ses lèvres, avant d'accepter l'aide de Grigg, qui venait d'ouvrir la portière, pour descendre.

— Bonne nuit, Georgiana.

— Bonne nuit, milord.

Benedict attendit qu'elle ait tourné au coin de la rue, puis il la suivit à distance, pour s'assurer qu'elle rentrait sans encombre dans l'école.

# 13

Le risque, quand on embrassait un séducteur, était de tout oublier le temps du baiser et de ne pas considérer la suite.

Georgiana n'avait jamais embrassé un séducteur jusque-là. Elle n'avait même jamais embrassé personne, aussi n'avait-elle compris le pouvoir que pouvait avoir un baiser qu'en sentant les lèvres de Benedict prendre les siennes. Jamais elle n'aurait imaginé se laisser emporter ainsi par l'odeur d'un homme, par ses caresses. Jamais elle n'aurait pu songer perdre à ce point le souffle, l'esprit, la raison.

Elle n'était hélas parvenue à ce summum de passion que pour en dégringoler bien vite. Les doutes étaient vite venus ensuite. En atteignant l'école Clifford, elle avait fini par conclure que ce baiser n'avait pas été très avisé. Et, en fermant la porte derrière elle, elle était même convaincue qu'il s'agissait d'une épouvantable erreur.

Non pas le baiser en lui-même, qui s'était révélé… délicieux ? Non, on ne pouvait employer pour qualifier cela un terme plus propre à décrire une glace. Se laisser embrasser par Benedict avait représenté pour elle une expérience hors du commun.

Il avait semblé apprécier ce baiser, lui aussi, mais ce n'était pas ce qui inquiétait Georgiana. Elle était bien plus consternée par le fait qu'elle ait pu elle-même aimer cela à ce point. Jamais elle n'aurait imaginé qu'une telle chose puisse exister, et moins encore qu'elle puisse autant lui plaire.

Adossée à la porte, elle ferma les yeux et porta la main à ses lèvres. Celles-ci étaient encore sensibles, attendries par le souvenir du contact avec celles de Benedict.

*Dangereux*. Voilà ce qu'avait été ce...

Un bruit de pas lui fit rouvrir les yeux. Lady Clifford l'avait rejointe dans le hall et l'observait.

— Milady...

— Il est temps que nous ayons une discussion, dit lady Clifford.

Sur ce, elle disparut dans le salon. Georgiana, sachant reconnaître une convocation, l'y suivit sans rechigner.

— Asseyez-vous, Georgiana.

Lady Clifford lui désigna un fauteuil et prit place dans celui qui lui faisait face. Gussie s'installa dans le giron de sa maîtresse, après avoir tourné un instant sur lui-même.

Georgiana resta perchée au bord de son siège, le cœur battant. Lady Clifford l'avait-elle aperçue dans la voiture avec Benedict ? Si c'était le cas, que devait-elle penser ?

En caressant son carlin, celle-ci la regarda dans les yeux et alla droit au but.

— Parlez-moi de lord Haslemere, Georgiana.

En se tordant les doigts, la jeune femme baissa les yeux.

— Je vous ai déjà tout dit, milady, répondit-elle. Lord Haslemere s'est montré bien plus insistant que je ne l'imaginais. Il a réussi à se mêler des affaires de sa sœur.

— Je ne vous parle pas de cette affaire impliquant la duchesse. Vous m'avez effectivement déjà tout dit à ce sujet. Je veux savoir ce qui se passe entre vous et lui.

*Oh non...*

— Je... Il n'y a rien à en dire, milady.

Elle était une menteuse accomplie, mais lady Clifford avait le don – tout comme Benedict – de la percer à jour.

— Non ? s'étonna cette dernière en haussant les sourcils. Dans ce cas, je suppose qu'il y a une explication purement rationnelle au fait que vous flirtiez à l'instant avec lui dans sa voiture ?

Rouge de honte, Georgiana enfouit son visage entre ses mains. D'un coup, toutes ses défenses s'écroulaient.

— Justement, il n'y a rien de rationnel là-dedans ! gémit-elle. Si c'était le cas, je saurais quoi faire, mais tout est flou et embrouillé et... À présent, il m'a embrassée, et je ne sais pas quoi faire de tout ça.

Lady Clifford ne parut pas le moins du monde choquée par sa confession. Imperturbable, elle répondit en caressant le crâne de Gussie :

— Ah, je vois. Les baisers ont tendance à compliquer les choses. Commencez donc par là. Lord Haslemere vous a embrassée, et... qu'avez-vous fait ?

— Rien du tout !

Sa réponse avait été trop rapide et trop véhémente. Une pathétique tentative de déni que lady Clifford déjoua.

— Pour avoir les joues aussi rouges, rétorqua-t-elle, vous avez sûrement dû faire quelque chose. Il n'y a pas à avoir honte d'un baiser, Georgiana. Haslemere est excessivement séduisant.

— Oui, c'est vrai. D'une séduction provocante, même.

Mais le fond du problème était qu'elle ne parvenait pas à rester insensible à son charme. Elle ne comprenait toujours pas comment il était parvenu à briser ses défenses. Ce n'était pas comme s'il avait tenté de la charmer. Au contraire, quand il s'y était risqué, elle n'avait eu aucun mal à lui résister. C'était cette satanée sincérité dont il avait fait preuve qui avait causé sa perte.

Quant au baiser... il ne signifiait rien. Moins que rien. Cela s'était tout simplement passé. Nul doute que Benedict l'avait déjà oublié et qu'elle ferait bien de l'imiter. Il n'aurait aucune conséquence, et Georgiana n'avait pas envie de passer pour une idiote aux yeux de lady Clifford.

— Je lui ai rendu son baiser, avoua-t-elle.

Elle plaqua une main sur sa bouche, horrifiée. Elle n'avait pas eu l'intention de livrer son secret, mais depuis qu'elle connaissait Benedict, toutes ses réticences naturelles semblaient s'être envolées. Elle était comme une théière fendue qui laissait fuir son contenu par chaque fissure.

Sans paraître le moins du monde offusquée, lady Clifford la considéra d'un air interrogateur.

— Et ? demanda-t-elle.

— Et rien, répondit Georgiana. Il m'a embrassée, je l'ai embrassé, et voilà tout.

Du moins si elle passait sous silence le flot d'émotions inconfortables qui avait suivi.

— Vous voulez dire que lord Haslemere, celui-là même que toutes les jeunes ladies de Londres aimeraient séduire ou épouser, vous a embrassée et que cela n'a guère d'importance ? résuma patiemment lady Clifford.

Georgiana se mit à jouer avec les plis de sa robe.

— Oui, mentit-elle d'une voix sourde. C'est ça.

Lady Clifford tendit le bras pour lui relever le menton.

— Regardez-moi, Georgiana. Lord Haslemere vous a embrassée. Vous l'avez embrassé en retour.

Rien de tout cela ne me semble très choquant. Alors qu'est-ce qui peut bien vous mettre dans cet état ?

Lady Clifford ne paraissait pas le moins du monde perturbée par cette nouvelle, mais il était vrai qu'elle avait beaucoup plus l'expérience de ce genre de chose que Georgiana.

Elle prit une profonde inspiration avant de répondre.

— Je l'ai embrassé en retour, dit-elle, mais ensuite, je me suis dit que peut-être...

— Oui ? Que vous êtes-vous dit, ma chère ?

La patience et la gentillesse de lady Clifford finirent par avoir raison d'elle.

— Je me suis dit qu'il m'avait peut-être embrassée parce que... parce qu'il a eu pitié de moi.

À peine eut-elle prononcé ces paroles qu'elle sentit ses yeux s'embuer. Elle ne pleurait pas – elle ne pleurait *jamais* –, mais il n'y avait pas à s'y tromper.

C'était précisément pour cela qu'elle s'était toujours tenue sur ses gardes, particulièrement avec les gentlemen séduisants. Tout cela ne menait qu'aux émotions, aux larmes et aux regrets. L'état de confusion dans lequel elle se trouvait à présent était réellement éprouvant. Ce genre de chose ne risquait pas d'arriver avec les chiffres.

— Non, dit soudain lady Clifford.

Il n'en fallut pas plus pour réduire à néant le tourbillon des pensées de Georgiana.

— Non ? répéta-t-elle. Que voulez-vous dire ?

— Lord Haslemere ne vous a pas embrassée parce qu'il a eu pitié de vous. Cela n'a aucun sens. Un homme n'embrasse pas une femme pour une telle raison, et pour commencer, pourquoi aurait-il eu pitié de vous ? J'ai beau chercher, je ne vois pas. Lord Haslemere vous a embrassée pour une seule raison, Georgiana : il en avait envie.

— Vous ne comprenez pas, lady Clifford. Il était… Nous étions… en train de nous disputer à propos…

Georgiana tenta de lui faire un résumé de leur discussion d'avant le baiser. Après avoir tant bien que mal tenté d'y voir clair dans cette explication embrouillée, lady Clifford secoua la tête.

— Un homme n'embrasse pas plus une femme pour lui prouver qu'il a raison que parce qu'il a pitié d'elle.

— C'est pourtant ce qu'il a fait.

Son entêtement arracha un sourire à lady Clifford.

— Non. Les hommes sont des créatures transparentes. Surtout pour ce qui est de leurs passions.

— Il n'était pas question de passion ! mentit Georgiana.

Il était déjà bien assez grave d'avoir à avouer ce baiser.

D'un geste de la main, lady Clifford balaya le sujet.

— Laissons de côté lord Haslemere, suggéra-t-elle. Il est bien plus important de savoir ce que vous avez ressenti.

Georgiana ouvrit la bouche, prête à nier avoir ressenti quoi que ce soit, mais elle ne put se forcer à mentir une fois de plus. En vérité, elle avait été submergée par des émotions qui n'avaient pas de sens pour elle.

— Je ne sais pas, reconnut-elle en dévisageant lady Clifford d'un air désemparé. J'ignore ce que j'en ai pensé.

— Ah… C'était donc l'un de ces baisers…

Lady Clifford se pencha et lui tapota le genou.

— Pourquoi ne pas vous accorder le temps d'y réfléchir un peu ? proposa-t-elle. Vous vous sentirez mieux après.

Georgiana hocha la tête de mauvaise grâce.

— D'accord, mais… faudra-t-il que je dise tout haut ce qui me passe par la tête ?

— Pas si vous n'en avez pas envie. L'essentiel est que vous compreniez ce qui se passe, pas moi.

Georgiana s'agita un peu, dut lutter contre elle-même, mais bientôt elle put fermer les yeux, se détendre, laisser venir les pensées embrouillées qui se présentaient à elle.

— J'ai apprécié ce baiser sur le coup, mais ensuite... je me suis sentie... effrayée.

Elle ouvrit les yeux, surprise. Que pouvait-il y avoir d'effrayant dans un baiser ?

La peur n'était pas une émotion rationnelle dans cette situation. Mais, comme toute émotion, elle se révélait aussi incontrôlable que les gens. Et il suffisait d'en ressentir une pour que d'autres se présentent. Bientôt, elles prenaient le pouvoir, dominant tout et annihilant la raison.

C'était pour cela qu'il valait mieux les éviter, ou les enfouir tout au fond de soi. Cela n'allait pourtant pas fonctionner cette fois, parce que lady Clifford veillait.

— Le baiser de lord Haslemere vous a donc effrayée, Georgiana ? Eh bien, j'imagine qu'il sait s'y prendre. Il n'est donc pas étonnant que vous l'ayez apprécié.

Georgiana la dévisagea, les yeux ronds.

— Vous n'auriez pas été effrayée s'il en avait été autrement. Les baisers ternes et insignifiants ne provoquent aucun sentiment passionné.

— Mais il n'y avait pas de passion...

— Le contraire me semble plus probable. Haslemere vous a embrassée, provoquant entre vous un déchaînement de passion qui vous a effrayée. Tout cela est parfaitement logique, ma chère.

*Parfaitement logique ?* Rien de tout cela n'avait de sens aux yeux de Georgiana.

— Après ce baiser, aviez-vous envie qu'il recommence ? s'enquit lady Clifford.

Pire que cela : elle l'avait *encouragé* à le faire. Encore et encore et encore...

Et c'était bien ce qui l'avait effrayée, plus que le baiser en lui-même. Benedict s'était montré tendre, attentif, doux avec elle. Et, ce faisant, il avait réveillé en elle des rêves et des souhaits auxquels elle avait depuis longtemps renoncé. Et c'était mieux ainsi. Mieux valait que les rêves destinés à ne pas se réaliser restent enfouis.

Georgiana s'adossa à son siège, épuisée.

— Puis-je aller me coucher ? gémit-elle. Je crois que... qu'il vaut mieux que je me repose.

— Bien sûr, ma chère.

Lady Clifford lui adressa un sourire rassurant, mais avant qu'elle ait pu quitter la pièce, elle la rappela.

— Georgiana ?

Sur le seuil, Georgiana se retourna et attendit.

— Tout le monde n'est pas comme votre mère, déclara calmement lady Clifford. Dans la vie, il y a les gens qui sont dignes de confiance, et ceux qui ne le sont pas.

*Et aucun moyen de discerner les uns des autres.*

Georgiana avait appris cette leçon dès son plus jeune âge, et elle ne l'avait jamais oubliée.

Elle avait eu entièrement confiance en sa mère... qui l'avait abandonnée dans les rues de Londres, incapable qu'elle était de subvenir aux besoins de sa fille alors qu'elle parvenait à peine à subvenir aux siens. Mais à quoi bon ressasser tout cela ? Elle n'était pas la première à avoir connu ce sort, et Dieu savait qu'elle ne serait pas la dernière.

— Allez vous mettre au lit, Georgiana.

Il y avait une nuance de tristesse dans la voix de lady Clifford quand elle ajouta :

— Mais promettez-moi d'y réfléchir.

De crainte que sa voix ne la trahisse, Georgiana se contenta d'acquiescer d'un signe de tête. Lady Clifford lui sourit.

— Bonne nuit, ma chère. Faites de doux rêves.

Ce n'est qu'après avoir vu Georgiana disparaître derrière la porte de l'école Clifford que Benedict remarqua la voiture. S'il n'avait pas suivi la jeune femme, il n'aurait pu reconnaître le véhicule qui émergeait de l'allée menant à l'écurie. Et si sa couleur caractéristique n'avait pas suffi, les armoiries peintes sur la portière l'auraient renseigné. Il était étonnant que le duc de Kenilworth n'ait pas cherché à passer davantage inaperçu.

Benedict se cacha derrière un buisson et attendit que la voie soit libre avant de rejoindre son cocher. À l'évidence, le duc les avait suivis depuis la résidence de lady Archer, ce qui signifiait qu'il savait à présent où habitait Georgiana et qui elle était. Désormais, rien ne serait plus facile pour lui que de la prendre pour cible.

Benedict devait à tout prix la prévenir avant qu'elle décide d'aller rendre visite à Jane, ou de lui envoyer un mot qui arriverait dans les mains du duc après avoir transité par celles de Bagshaw. Que cela lui plaise ou non, elle allait devoir renoncer à se lancer sur la piste de Clara Beauchamp. Plus vite elle le comprendrait, mieux ce serait.

— Écoutez-moi bien, Grigg, lança-t-il à son cocher après l'avoir rejoint. Je dois aller dire deux mots de toute urgence à Mlle Harley. Je veux que vous alliez vous poster devant la résidence de Kenilworth, sur Grosvenor Street. Si vous voyez *quoi que ce soit* d'étrange, venez me chercher.

— Bien, milord.

Benedict attendit de voir sa voiture disparaître au bout de la rue avant de rejoindre le perron de l'école Clifford et d'actionner le heurtoir en cuivre de la porte.

Celle-ci s'entrouvrit aussitôt, et il eut la surprise de voir Georgiana apparaître dans l'entrebâillement.

— Lord Haslemere ? Qu'est-ce qui vous prend ? Vous voulez réveiller toute la maison ? Je montais me coucher.

— Au moins, je n'aurai pas à lancer des cailloux sur votre fenêtre, répondit-il. Je devais absolument vous parler. Et n'oubliez pas de m'appeler par mon prénom.

Un soupir exaspéré lui répondit.

— Est-ce pour me chapitrer sur la manière dont je m'adresse à vous que vous êtes là ? Cela aurait pu attendre.

En d'autres circonstances, il aurait pu sourire de son air pincé et du regard noir par lequel elle espérait l'intimider.

— Non, cela ne pouvait attendre, répondit-il. Le duc de Kenilworth nous a suivis tout à l'heure. Il sait à présent que vous êtes l'une des protégées de lady Clifford.

Surprise, Georgiana marqua un temps d'hésitation, avant de hausser les épaules.

— Je suppose qu'il était inévitable qu'il le découvre, dit-elle. Je ne vois pas ce que nous pouvons y faire, à part prévenir Daniel et lady Clifford et continuer à enquêter.

— Continuer à enquêter ? Non, Georgiana. Avez-vous la moindre idée du pouvoir dont il dispose ? À présent qu'il sait qui vous êtes, je ne veux plus que vous preniez le risque de le rencontrer. C'est trop dangereux pour vous.

— Quoi ? répliqua-t-elle avec indignation. Vous me demandez de laisser tomber ? Et Clara Beauchamp ? Nous ne savons même pas quel est son rôle dans l'histoire. Je ne peux...

— Vous pouvez et vous le ferez, l'interrompit-il avec fermeté. Comprenez-moi bien, Georgiana : vous n'êtes plus à mon service !

Il tourna la tête en voyant une lumière éclairer l'une des fenêtres du rez-de-chaussée. Georgiana la vit aussi.

— Et voilà ! gémit-elle. Vous avez réveillé Daniel.

— Montez vous coucher, Georgiana. Je vais me débrouiller avec Brixton.

Comme de coutume, elle ne l'écouta pas.

— Pas question ! décréta-t-elle en croisant les bras sur sa poitrine. Il faut que je reste pour l'empêcher de vous arracher la tête.

Il s'apprêtait à répliquer quand le bruit d'une voiture remontant Maddox Street à vive allure le fit se retourner. Il sentit son sang se figer dans ses veines en reconnaissant Grigg sur le banc du cocher.

— Lord Haslemere ! cria celui-ci dès qu'il l'aperçut. Il se passe quelque chose avec la duchesse et le petit garçon. Vous devez venir immédiatement !

# 14

Georgiana apostrophait lord Haslemere. Celui-ci s'adressait en criant au cocher de la voiture garée devant l'école, qui lui-même lançait des phrases incohérentes. Daniel, un pistolet passé dans sa ceinture, semblait quant à lui sur le point de flanquer son énorme poing dans la mâchoire de lord Haslemere.

Telle fut la scène que lady Clifford découvrit lorsque le raffut qu'ils faisaient finit par l'attirer sur le perron. Après avoir examiné le chaos d'un œil consterné, elle posa les mains sur ses hanches et commença à lancer des ordres.

— Daniel, abstenez-vous, je vous prie, d'assommer lord Haslemere. Georgiana, il est inconvenant, pour une jeune lady, de hurler dans la rue en pleine nuit.

Puis, s'adressant au cocher, elle ajouta :

— Vous, jeune homme, silence, s'il vous plaît.

Se tournant vers le maître de ce dernier, elle demanda :

— Quant à vous, lord Haslemere, pouvez-vous me dire ce que vous faites chez moi en plein milieu de la nuit ?

— Georgiana… Kenilworth… ma sœur et mon neveu…

Il ne put en dire plus, car il n'avait en fait aucune idée précise de ce qui se passait.

— Grigg ? lança-t-il. Expliquez-vous, s'il vous plaît.

— Quand je suis arrivé chez le duc, déclara le cocher, la maison était tout éclairée et des serviteurs s'affairaient autour d'une voiture garée devant, qu'ils chargeaient de bagages.

— Pourquoi Kenilworth veut-il faire prendre la route à une voiture à minuit ? demanda Benedict. Quelqu'un se trouvait dedans ?

— Non, milord. Mais vu l'agitation qui régnait autour, il semblait évident que quelqu'un s'apprêtait à partir.

— Jane et Freddy…

Le regard de Benedict croisa celui de lady Clifford.

— Il les expédie loin de Londres, conclut-il.

— Nous n'en savons rien, lord Haslemere. Mais il paraît certain que quelqu'un doit aller quelque part.

Lady Clifford s'abîma un instant dans un silence songeur avant de demander :

— Le duc aurait-il des raisons de s'en prendre à la duchesse ou à son fils ?

— Il y a une semaine, je vous aurais répondu non sans hésiter, répondit Benedict d'un ton lugubre.

Ses poings se serrèrent le long de ses flancs. Jamais il ne s'était senti aussi impuissant.

— À présent, reprit-il, plus rien ne m'étonnerait de sa part, surtout le pire. Je pense que c'est possible, oui. À tout le moins pourrait-il chercher à les cacher. Il possède des dizaines de résidences, dont certaines dans les coins les plus reculés d'Écosse. S'il parvient à les faire sortir de Londres… nous risquons de ne jamais retrouver leur trace.

Il n'en fallut pas davantage pour décider lady Clifford.

— Daniel, accompagnez Georgiana, ordonna-t-elle.

— Pas question ! s'exclama Benedict. Je ne veux pas qu'elle soit plus impliquée dans cette affaire qu'elle ne l'est déjà.

Le visage de marbre, Brixton s'enquit :

— Le duc sait-il qui est Mlle Georgiana ? Est-il au courant qu'elle travaille pour lady Clifford ?

— Oui. Il nous a suivis ce soir depuis la résidence de lady Archer et m'a vu la déposer ici.

Benedict s'en voulait d'avoir mis Jane en danger, et Freddy, et Georgiana, en insistant pour rendre visite à sa sœur à Grosvenor Street. Ce diable de Bagshaw avait dû espionner leur conversation et tout rapporter au duc. Comment expliquer autrement que celui-ci se soit montré ce soir chez lady Archer, qu'il ne fréquentait pas ?

Il y était spécifiquement venu pour tenter de découvrir qui était Georgiana, et il avait réussi. Quand il l'avait vue rentrer dans l'école Clifford, il lui avait été facile de déduire qu'elle cherchait à déterrer des secrets qu'il préférait garder enfouis. Des rumeurs couraient sur l'école. Les gens qui avaient des choses à cacher savaient ce qu'ils pouvaient craindre d'elle. Benedict avait commis une grave erreur en présumant que Kenilworth n'était pas l'un d'eux.

Qu'allait lui coûter son manque de perspicacité ? Qu'allait-il coûter à Georgiana, à Jane et à Freddy ? Que cachait donc Kenilworth ? Quoi que cela puisse être, il semblait prêt à tout pour éviter qu'on découvre la vérité. D'abord lord Draven, et à présent Jane et Freddy… L'idée de savoir sa sœur et son neveu à la merci d'un tel homme le rendait malade de frayeur.

— Le temps presse, intervint Georgiana, le tirant de ses pensées.

— Accompagnez-les, Daniel, répéta lady Clifford. Faites tout votre possible pour les empêcher de quitter Londres. Une fois que vous les aurez récupérés, amenez-les ici. Je trouverai une solution pour les mettre à l'abri pendant que nous chercherons à régler le problème.

Voyant Georgiana se mettre en mouvement, Benedict la retint par le bras.

— Non, vous restez ici, lui dit-il. Nous allons y aller tous les deux, Brixton et moi.

— Pas question ! s'écria-t-elle en libérant son bras. La duchesse a demandé mon aide, milord. Je ne vais pas lui faire défaut à présent qu'elle a plus que jamais besoin de moi.

— Bon sang, Georgiana ! Allez-vous entendre raison ? Kenilworth ne plaisante pas, il l'a prouvé avec lord Draven. Ce sera dangereux. Comment puis-je me concentrer sur Jane et Freddy si je dois en même temps veiller sur vous ?

— Vous n'avez pas besoin de veiller sur moi, objecta-t-elle tranquillement. Je suis capable de le faire moi-même.

Benedict voulut prendre lady Clifford à témoin, espérant qu'elle lui apporterait son soutien, mais la directrice de l'école regardait sa protégée avec une admiration manifeste.

— Benedict, s'il vous plaît, insista Georgiana. Je ne peux pas rester ici, à attendre et à m'inquiéter. Je promets que je ne serai pas une charge pour vous.

Elle posa la main sur son bras et ajouta :

— Je pourrais même vous être utile.

— Nous perdons du temps, Haslemere, intervint Daniel d'une voix grondante. Laissez-la venir.

— On dirait que je n'ai pas le choix.

La perspective était loin de le réjouir, mais Brixton n'avait pas tort : ils n'avaient pas le temps de se disputer.

Ils ne prononcèrent pas un mot dans la voiture tandis que Grigg les amenait à Grosvenor Square. C'était à peine si Benedict parvenait encore à penser pendant que les rues de Londres défilaient sous ses yeux. Que feraient-ils si Jane et Freddy n'étaient déjà plus là à leur arrivée ? Comment pourraient-ils les retrouver ? Et même s'ils parvenaient à les rattraper, comment empêcher le duc de...

— Regardez, lui dit gentiment Georgiana en posant la main sur son bras. Juste là.

Grigg, qui savait se montrer prudent, avait arrêté la voiture au coin de North Audley et de Brook Street, hors de vue de la résidence Kenilworth, mais suffisamment près pour qu'ils puissent observer ce qui s'y passait.

Benedict se figea en découvrant la scène que Grigg avait parfaitement résumée. Une grosse voiture luxueuse, noire et anonyme, était garée devant le bâtiment.

— On dirait que le duc a prévu un long voyage, commenta Georgiana d'un air pensif.

— Un long voyage *discret*, ajouta Benedict. Il n'y a pas d'armoiries sur les portières. C'est une voiture de location.

Kenilworth n'était nulle part en vue, mais un valet de pied costaud entraînait un petit bout de femme au bas du perron et jusqu'à la voiture aux portières ouvertes. Malgré le voile qui couvrait son visage, ce ne pouvait qu'être Jane. Un autre serviteur suivit, portant à moitié un petit garçon au visage dissimulé par une casquette rabattue bas sur sa tête.

— Le scélérat ! rugit Benedict, fou de rage, en se précipitant sur la portière. Je vais le tuer !

— Non, milord ! objecta Brixton en le retenant. Restez ici et laissez-les partir.

— Les laisser partir ? Je ne vais pas rester les bras croisés pendant qu'il kidnappe ma sœur et mon neveu !

— Haslemere, il n'y a rien que vous puissiez faire pour l'en empêcher. Kenilworth est le mari de votre sœur et le père de l'enfant. Si vous tentez quoi que ce soit, le duc vous fera arrêter, et il aura ensuite les mains libres.

Georgiana serra le bras de Benedict et ajouta :

— Daniel a raison. Il n'y a rien que vous puissiez faire pour le moment.

Benedict prit une ample inspiration, s'efforçant de se reprendre. Brixton l'avait empêché de faire une bêtise, même s'il lui en coûtait de le reconnaître. Il n'aurait fait qu'aggraver la situation en se précipitant tête baissée auprès de sa sœur et de son neveu.

— Dans ce cas, que suggérez-vous ? reprit-il. Il est hors de question que je laisse ce misérable enlever ma famille !

— Ils n'iront pas loin, assura Brixton. Nous allons les intercepter à la sortie de Londres.

Un sourire féroce passa sur ses lèvres.

— Il fait nuit, expliqua-t-il. Ce n'est pas prudent de voyager dans le noir. Il peut se passer n'importe quoi sur une route déserte et plongée dans les ténèbres. Pas vrai ?

Benedict avait du mal à en croire ses yeux. Il n'avait jamais vu Brixton sourire auparavant, et il aurait préféré ne jamais faire cette expérience tant ce sourire était dérangeant. Ce qu'il disait était cependant frappé au coin du bon sens. Mieux valait suivre la voiture noire à distance et frapper le moment venu, sans témoins. Il n'y avait que deux valets en plus du cocher pour accompagner le convoi, et ils ne s'attendraient pas à une attaque.

Même ainsi, il lui fallut faire un effort surhumain pour rester assis pendant que Jane et Freddy étaient fourrés manu militari dans l'habitacle. Les deux valets les y suivirent, et peu après, le cocher fouetta ses chevaux.

Après avoir quitté Londres par le sud-ouest, la voiture noire se dirigea plein sud en direction de Bromley. Les miles commencèrent à défiler.

L'équipage du duc devant eux ne semblait pas pressé et ne donnait aucun signe d'avoir conscience d'être suivi.

L'un des bénéfices qu'il y avait à être duc, songea Benedict avec colère, c'était qu'on pouvait agir en toute impunité. Il ne serait pas venu à l'esprit de Kenilworth qu'il n'avait pas le droit de faire exactement ce qu'il voulait, si détestable sa conduite puisse-t-elle être. De combien d'actes répréhensibles s'était-il rendu coupable par le passé, alors que Benedict lui-même ne se doutait de rien et que tout Londres chantait ses louanges ? Il avait la nausée rien que d'y penser.

— Il y a un grand virage très étroit un peu plus loin, déclara Brixton, ramenant Benedict à l'instant présent. Deux voitures ne peuvent y rouler côte à côte.

— Vous pensez à pousser leur voiture dans le fossé ? s'inquiéta Georgiana. Ces fossés ont l'air très profonds, leur voiture pourrait se retourner.

— Non, nous allons les doubler avant le virage. Nous ne pouvons prendre le risque de blesser la duchesse et son fils. Nous sommes plus légers qu'eux et nous les dépasserons sans problème, mais la manœuvre pourrait endommager votre voiture en cas de collision.

— Je me contrefiche de cette voiture, grogna Benedict.

Tout ce qui comptait à ses yeux, c'était de protéger Georgiana et d'extirper Jane et Freddy des mains du duc.

— Et Grigg ? objecta-t-elle. Ne risque-t-il pas d'être blessé ? Dès qu'il aura effectué la manœuvre, il faudra qu'il saute au bas de son banc pour se mettre à l'abri en cas de collision.

Benedict la considéra longuement, étonné de la voir envisager les répercussions d'un carambolage avec un tel sang-froid. Mais il était vrai qu'elle était l'une des protégées de lady Clifford et qu'elle avait dû vivre nombre d'épreuves au cours de sa jeune vie.

Ce mélange d'innocence dans certains domaines et de grande expérience dans d'autres la rendait unique. Benedict n'avait jamais rencontré de femme comme elle. Il doutait même qu'il puisse en exister une autre.

— Benedict ? s'étonna-t-elle, les sourcils froncés. Vous allez bien ?

Il s'obligea à revenir à la discussion en cours.

— Oui, je vais bien, et Grigg s'en sortira.

Son cocher l'avait déjà accompagné lors d'aventures périlleuses auparavant, et c'était un conducteur hors pair. Benedict avait toute confiance en lui.

— Dans combien de temps, ce virage ? demanda-t-il.

— Ce n'est plus très loin, répondit Brixton. Il faut prévenir votre homme.

Benedict fit coulisser le guichet de communication. Brixton expliqua précisément au cocher ce qui était attendu de lui et obtint son accord enthousiaste. Grigg n'avait jamais eu peur d'un peu d'action, au contraire.

— Une fois qu'il aura arrêté la voiture, poursuivit Brixton, on saute tous dehors, et vite. Georgiana, vous vous mettrez à l'abri sur le côté de la route. Haslemere et moi…

— Je ne serai d'aucune utilité sur le bord de la route, l'interrompit-elle. Je vous accompagnerai et je verrai si je peux aider la duchesse et…

— Non !

Benedict avait protesté plus fermement qu'il n'en avait eu l'intention, faisant sursauter Georgiana.

— Vous resterez à l'écart, poursuivit-il fermement.

Pour une fois, Brixton l'approuva.

— C'est mieux ainsi, *lass*…

Georgiana ne parut pas l'entendre. Les lèvres pincées, elle dévisageait Benedict d'un air indigné.

— Je vous demande pardon, milord, mais c'est votre sœur qui a fait appel à mes services, pas vous ! C'est à elle que va ma loyauté. Vous aimez peut-être donner des ordres, mais je n'ai jamais promis d'y obéir.

— Alors ne m'obéissez pas mais obéissez à Brixton, répliqua-t-il. Peu m'importe, du moment que vous restez à l'écart et évitez de vous faire piétiner par un cheval ou écraser par les roues d'une voiture.

— Cela vous surprendra peut-être, lord Haslemere, mais je suis parfaitement capable de…

— Peu m'importe ce dont vous êtes capable !

Benedict avait conscience de perdre son calme, mais chaque nouvelle objection sortie de la bouche de la jeune femme le mettait hors de lui. Il ne pouvait s'empêcher de l'imaginer piétinée et ensanglantée au bord de la route, ou étranglée par un des valets de Kenilworth.

Elle ne lui répondit pas, mais l'expression de son visage ne lui inspirait aucune confiance, et elle continuait à le défier du regard.

Leur voiture avait commencé à prendre de la vitesse, se rapprochant de la berline noire.

— Ils nous ont repérés, milord ! l'informa Grigg par le guichet resté ouvert. Je vais devoir accélérer encore avant le virage, et ensuite l'arrêt sera brutal.

— Faites ce que vous avez à faire pour les arrêter.

Benedict prit appui de ses deux pieds sur le sol, puis il se précipita sur Georgiana pour l'allonger sur la banquette et la protéger de son corps.

— Lord Haslemere ! s'écria-t-elle en se débattant.

— Silence ! ordonna-t-il. Brixton, ça va aller ?

L'intéressé émit un grognement.

— Ne vous en faites pas pour moi. Occupez-vous plutôt de la protéger.

Leur voiture roulait si vite à présent que le paysage nocturne par la fenêtre n'était plus qu'un vague fouillis. Benedict aperçut cependant les contours du véhicule noir quand ils le dépassèrent. Les chevaux de l'attelage du duc émirent un hennissement effrayé. Il y eut un cri – poussé par Grigg, apparemment –, auquel répondit un juron de l'autre côté, puis une brusque secousse lorsque leur voiture se déporta au centre de la chaussée.

Un autre cri se fit entendre, cette fois empreint d'une certaine panique. L'habitacle tremblait tout autour d'eux tandis que le véhicule basculait vers la droite. Il penchait tant que Benedict fut certain qu'ils allaient se renverser dans le fossé. Puis les roues retombèrent lourdement sur la chaussée, les projetant tous au sol.

Dès qu'ils commencèrent à sortir de la voiture, il n'y eut plus autour d'eux qu'un chaos indescriptible.

— Vous ne bougez pas d'ici, Georgiana ! ordonna Benedict après l'avoir conduite sur le bas-côté.

L'affrontement qui s'annonçait serait violent. Le cocher de Kenilworth avait déjà sauté à terre, et les deux valets émergeaient de l'habitacle en criant.

— Promettez-le-moi ! insista-t-il.

Georgiana s'enferma dans un silence hostile, mais Benedict ne pouvait plus reculer. Pour commencer, il devait s'occuper du cocher. Un cri d'enfant terrifié s'éleva dans la voiture du duc.

*Freddy !*

— Méfiez-vous du cocher ! lança Brixton. Il est armé !

Avant que Benedict ait pu réagir à cet avertissement, une détonation assourdissante se fit entendre, et une balle siffla à un pouce à peine de sa tempe.

— Benedict !

Le cri de Georgiana était assourdi par la nuit. Il se retourna, mais elle n'était plus à l'endroit où il lui avait ordonné de rester. Il pivota sur ses talons et étouffa un juron en la voyant contourner la voiture du duc pour atteindre l'une de ses portières.

— Georgiana !

Il courait vers elle lorsqu'un des valets du duc le chargea et le renversa à terre. Il se remit sur pied, prêt à en découdre, mais Grigg, souple et agile, avait déjà bondi sur le dos du cerbère et l'étranglait.

— Bien joué, Grigg.

Benedict s'essuya les yeux et prit l'homme à bras-le-corps en ordonnant à son cocher :

— Je me charge de lui, occupez-vous de Mlle Harley.

Pendant que Grigg s'exécutait, Benedict alla jeter le valet encore suffocant dans le fossé. Quand il se retourna, il vit Brixton régler son compte au deuxième larron qui se tenait le nez, d'où s'écoulait un flot de sang.

— Par ici, Brixton ! lança-t-il en désignant le fossé d'un coup de menton. Ils ne sortiront pas de là de sitôt.

Un sourire cruel s'afficha sur le visage de l'homme de confiance de lady Clifford, qui traîna sa victime jusqu'au fossé et l'y précipita.

— Vous êtes plus futé que vous n'en avez l'air, Haslemere, commenta-t-il, sarcastique.

— Content que nous soyons du même côté, commenta Benedict en se précipitant à sa suite vers la voiture.

Le seul homme de Kenilworth encore debout était le cocher, mais il était armé. Et Georgiana...

Georgiana semblait avoir disparu.

— Où est-elle ? cria Brixton. Où est...

Ils l'aperçurent en même temps. Elle contournait le véhicule noir, Freddy dans ses bras. Et juste de l'autre côté, sans qu'elle puisse le voir, le cocher l'attendait, son arme brandie devant lui.

Benedict poussa un cri d'alarme retentissant avant de s'élancer. Tandis que ses bottes faisaient voler le gravier, le temps parut suspendre son cours autour de lui. Plus rien n'existait à ses yeux que cette arme à feu qui s'apprêtait à cracher sa charge de mort.

L'instant d'après, il déviait d'un coup de poing le bras armé. Le coup partit et alla se perdre dans la nuit. Saisissant le cocher par le poignet, Benedict le plaqua contre le véhicule.

Brixton le rejoignit et lança à Georgiana, en désarmant le cocher :

— Dans la voiture, vite ! Allez vous mettre à l'abri !

Georgiana leur accorda à peine un regard en passant près d'eux. Mais, au lieu d'obéir aux ordres de Brixton, elle déposa Freddy dans les bras de Grigg, qui venait à sa rencontre, et fit demi-tour en direction de la voiture du duc.

— Georgiana ! hurla Benedict. Allez-vous enfin…

— Aidez-moi un peu, Haslemere.

Brixton, aux prises avec le cocher, le maintenait à terre tandis que l'homme se débattait tant et plus.

Benedict l'attrapa par le col et le remit debout.

— Du calme, ignoble fripouille. Ton compte est bon ! lança-t-il en l'entraînant vers le bord de la route, avant de le jeter d'une brusque poussée dans le fossé.

À sa grande surprise, Benedict vit Brixton se laisser glisser dans le fossé, l'arme du cocher toujours en main.

— Brixton ! protesta-t-il. Que diable faites-vous ?

— Ne vous inquiétez pas pour moi. Occupez-vous d'elle.

— Ne les tuez pas !

Georgiana émergea alors du nuage de poussière soulevé par l'escarmouche. Un bras passé autour des épaules de Jane, elle entraînait celle-ci vers leur voiture.

— Jane !

Sa sœur tourna vivement la tête et se précipita vers lui.

— Jane ! Dieu merci, tu n'as rien ! constata-t-il dans un souffle, en la prenant dans ses bras.

— N... non, mais tu dois m'écouter, Benedict.

Elle s'accrochait à lui, les doigts crispés sur son manteau, et s'efforçait de reprendre son souffle.

— Tu ne dois plus te mêler de tout ça, ajouta-t-elle d'un ton affolé. Promets-le-moi ! Jure-moi que tu ne fouilleras plus dans les secrets du duc.

— Cela m'est impossible, Jane.

Il avait le cœur brisé de la retrouver dans une telle détresse, mais aucun retour en arrière n'était possible à présent que Kenilworth avait tenté de les enlever.

— Dis-moi ce que Kenilworth a fait, Jane. Pourquoi as-tu si peur de lui ?

— Tu n'as pas idée de ce dont il est capable, Benedict. Il... il se vengera de toi, impitoyablement. Tout comme...

Jane laissa sa phrase en suspens et secoua la tête d'un air désespéré.

— Je vais m'occuper de Kenilworth, promit-il.

— Non ! Benedict, attends...

Jane lui prit les mains. Elle avait les doigts glacés.

— Tu dois savoir ce que tu risques. Le duc n'est pas le seul à avoir des secrets. Freddy n'est pas... son héritier.

— Pas son héritier ? répéta Benedict, incrédule. Jane...

— Il est temps de lever le camp, Haslemere ! lança Brixton en sortant du fossé.

Il avait glissé le pistolet dans sa ceinture et tenait dans ses mains trois paires de bottes.

— Je les ai laissés pieds nus, expliqua-t-il en venant le rejoindre. Cela va les ralentir, mais ils trouveront le moyen de sortir de là tôt ou tard. Mieux vaut qu'on soit loin quand ils donneront l'alarme.

Jane s'écria :

— Non ! Que comptes-tu faire ?

Les yeux écarquillés par la terreur, sa sœur s'agrippait désespérément à lui.

— Tout ira bien, Jane.

Prenant la tête de sa sœur entre ses mains, il la posa sur sa poitrine, avant d'expliquer à Brixton :

— Emmenez Freddy et Jane dans ma voiture. Pourrez-vous prendre soin d'eux, lady Clifford et vous ?

— Oui. Ne vous en faites pas. Ils seront en sécurité.

Benedict acquiesça d'un hochement de tête, mais il avait la gorge serrée en accompagnant Jane à sa voiture.

— M. Brixton va vous conduire chez lady Clifford, lui expliqua-t-il en la faisant monter dans l'habitacle. Tout va bien, Freddy ?

Il adressa à son neveu un sourire forcé, qui s'évanouit dès qu'il aperçut son visage.

Freddy avait un œil au beurre noir, complètement fermé, et la joue marquée d'hématomes qui prenaient de vilaines teintes de noir et de bleu. En voyant ces blessures, Benedict sentit une rage folle l'étouffer et grimpa dans le véhicule.

Il tendit les bras, et Freddy s'y jeta en sanglotant. Benedict le serra fort contre lui, lui caressa les cheveux, murmura des mots de consolation à son oreille jusqu'à ce qu'il sente l'enfant s'apaiser et cesser de trembler.

— Nous nous reverrons très bientôt, assura-t-il en s'écartant. Tu prendras soin de ta maman en attendant.

— Oui, mon oncle, glissa l'enfant dans un souffle.

— Tu es un brave garçon.

Après l'avoir serré une dernière fois contre lui, Benedict descendit du véhicule. Sans lui laisser le temps de refermer la portière, Jane lui attrapa le bras et lança d'un ton pressant :

— Benedict, je te supplie de ne rien faire. Si quelque chose devait t'arriver... Je ne veux pas te perdre.

— Cela n'arrivera pas, Jane.

Il déposa un baiser sur son front et ajouta :

— Je te le promets.

— Haslemere, vous la fermez, cette portière ? lança Brixton, sur le banc du cocher. Et vous, *lass*, vous venez ?

Benedict tourna la tête et vit que Georgiana se tenait à côté de lui. Sa robe de soie rouge était maculée de boue, de même que son visage. Elle était pâle comme un linge. Elle garda le silence tandis qu'il fermait la portière.

— Non, répondit-elle enfin. Je reste avec lord Haslemere. Vous préviendrez lady Clifford, Daniel ?

— Entendu, *lass*. Je lui dirai.

Sur ce, il agita sèchement les rênes, donnant le signal du départ aux chevaux.

Quelques instants plus tard, le véhicule avait disparu à leurs yeux, avalé par la nuit.

# 15

Georgiana ignorait où les emmenait Grigg à si vive allure. Il faisait nuit noire, et regarder par la fenêtre ne lui aurait rien appris. Elle restait assise sur la banquette, un peu étourdie, sans dire un mot, l'esprit occupé par… rien de particulier. Il ne lui était jamais rien arrivé de tel auparavant, mais c'était comme s'il n'y avait qu'un épais brouillard sous son crâne.

Fallait-il y voir l'effet de ce qui venait de se passer ? Oui, sans doute. Elle était encore choquée. Son cerveau, submergé par les impressions trop nombreuses pour être traitées, avait choisi de ne rien traiter du tout.

Elle aurait pu rester dans cet état béni d'hébétude si Benedict n'avait fini par s'éclaircir la voix.

— Je n'ai jamais rien eu contre le fait qu'une femme se taise, dit-il enfin, mais votre silence finit par devenir gênant. S'il vous plaît, dites quelque chose.

Georgiana tourna la tête et découvrit une paire d'yeux sombres et scrutateurs rivés sur elle. Elle ouvrit la bouche pour parler, mais rien n'en sortit.

Dire quelque chose, mais… par où commencer ? Par les hommes de Kenilworth qu'ils venaient d'abandonner sans bottes dans un fossé ? Par la voiture qu'ils avaient volée ? Par la duchesse qu'ils avaient enlevée au nez et à la barbe de son puissant époux ? Par la balle de pistolet que Benedict avait failli prendre en plein visage ?

À présent qu'elle s'autorisait de nouveau à penser, une image plus terrifiante que toutes les autres la hantait.

— Avez-vous... avez-vous vu le visage de Freddy ?

Benedict ne répondit pas immédiatement. Il semblait lutter avec ses émotions.

— Oui, répondit-il enfin.

Georgiana frissonna. Jamais elle ne pourrait oublier le spectacle qui s'était offert à elle quand elle avait ouvert la portière de la voiture de location. Elle avait tendu les bras vers l'enfant, qui s'y était précipité, blanc comme un spectre, la bouche tordue par la peur, une paupière gonflée et fermée, complètement noire, soulignée de mauve, la joue marbrée d'hématomes. La blessure avait la forme et la taille...

*D'une main d'homme.*

Le duc n'était pas un homme bon. Georgiana le savait déjà, mais elle ignorait encore qu'il était un monstre. Un sanglot la secoua au souvenir de la confiance avec laquelle ce petit être martyrisé s'était accroché sans hésitation à elle. Elle refoula vaillamment ses larmes. Elle ne pleurait pas. Jamais.

— Leur calvaire se termine ce soir, assura Benedict d'une voix atone. Je ferai tout ce qui est en mon pouvoir pour que le duc ne revoie plus jamais ni Freddy ni Jane.

Sans réfléchir à ce qu'elle faisait, Georgiana posa la main sur la sienne en un geste de réconfort.

— Que pouvons-nous faire ? interrogea-t-elle.

Le duc était puissant, titré, et doté d'une réputation irréprochable – bien que mensongère. Jane était son épouse. C'était injuste, mais il pouvait faire d'elle ce qu'il voulait.

— Nous pouvons révéler la vérité, répondit Benedict. Dévoiler le secret qui lie Kenilworth au comte de Draven.

Les sourcils froncés, Georgiana s'étonna :

— Quel secret ? Pour autant que nous le sachions, le secret est partagé par Jane et Draven, pas par le duc et le comte.

— Pas selon lady Archer.

Benedict était à moitié masqué par la pénombre, mais la lune révélait en partie l'expression de son visage. Ce qu'elle en découvrait alarmait Georgiana.

— Que voulez-vous dire ? Que vous a-t-elle révélé ?

— Il semble que Draven et Kenilworth n'aient rien des meilleurs amis du monde que Mme Bury nous a dépeints.

Benedict passa une main nerveuse dans ses cheveux.

— Ils se sont même battus en duel, ajouta-t-il. À leur retour à Londres, après cette fameuse partie de campagne.

Georgiana poussa un petit cri étranglé.

— Un duel ! répéta-t-elle. À cause de Jane ?

— Lady Archer le pense. Elle pense également que c'est Kenilworth qui a commandité l'attaque contre Draven. Ils sont ennemis jurés, Georgiana, et ce n'est pas le pire.

Serrant ses doigts entre les siens, elle demanda :

— Que voulez-vous dire ?

Il prit sa main entre ses doigts glacés.

— Freddy n'est pas le fils du duc, révéla-t-il d'une voix éteinte. Jane me l'a confié ce soir.

— Pas son fils ? Cela veut-il dire que lord Draven…

Georgiana ne put conclure sa phrase.

— Je ne suis pas sûr de ce que cela veut dire, avoua-t-il. Mais, quoi qu'il se soit passé entre Kenilworth et Draven, ce doit être de nature à révéler le monstre qu'est en réalité le duc. Lord Draven et Jane ont une longue histoire secrète, qui implique ou non une tout aussi longue histoire d'amour. Ils se sont lancés à la recherche de Clara Beauchamp. Cela a valu à Draven d'être pratiquement battu à mort, et à Jane et à son fils d'être emmenés hors de Londres en pleine nuit.

Cela ressemblait à l'un des puzzles de Freddy, à la différence près que la moitié des pièces avait été égarée six ans plus tôt, et l'autre moitié éparpillée à travers l'Angleterre.

Que venait faire Clara Beauchamp dans cette histoire ? Était-elle la seule à connaître la vérité à propos de Freddy ? Si celui-ci n'était effectivement pas le fils du duc et que Clara le savait, était-ce une raison suffisante pour que Jane et Draven remuent ciel et terre afin de la retrouver ?

— Clara est au cœur de cette affaire, constata-t-elle. Si nous la retrouvons, nous découvrirons la vérité, mais par où commencer ? Votre sœur affirme l'avoir vue à Londres il y a une semaine de cela, mais personne ne semble l'avoir aperçue à part elle, même pas lady Tilbury.

— Nous ne trouverons pas ce que nous cherchons à Londres, mais peut-être dans la propriété de Draven, à High Wycombe. Clara Beauchamp a disparu la nuit de cette fête de Noël. Quelqu'un, là-bas, doit savoir quelque chose – les domestiques du comte, ou peut-être ses voisins. Il y a autant de commérages à la campagne qu'à Londres. Vous pouvez être sûre que quelqu'un ne sera que trop heureux de nous les rapporter.

Georgiana hocha lentement la tête. C'était leur meilleure chance, mais cela n'allait pas sans risques.

— Le duc va lancer ses hommes à notre recherche.

— Oui, admit Benedict. Ce sera plus compliqué que de nous présenter chez Draven et d'interroger sa gouvernante. Ce pourrait même être dangereux, Georgiana.

Benedict fit une pause et ajouta d'une voix plus douce :

— Vous avez dit à Brixton que vous vouliez me suivre, mais il n'est pas trop tard pour...

— Non.

La réponse lui avait échappé avant qu'elle ait pris le temps d'y réfléchir.

— La duchesse m'a embauchée pour retrouver Clara Beauchamp, reprit-elle d'une voix ferme. Je lui ai donné ma parole et je n'ai pas l'intention de trahir ma promesse. Nous dirigeons-nous vers l'Oxfordshire dès ce soir ?

— Non. Nous devons d'abord nous débarrasser de cette voiture. Les sbires du duc vont la chercher, et nous aurons besoin de chevaux frais. Je connais un endroit près de Londres où l'on ne nous retrouvera pas. C'est là que Grigg nous conduit.

Il n'avait pas annoncé qu'ils allaient passer la nuit ensemble. Le cœur de Georgiana n'avait donc aucune raison de bondir ainsi dans sa poitrine, de manière ridicule et pathétique. Elle retira sa main de celle de Benedict et demeura ensuite silencieuse, le nez pressé contre la vitre, à regarder la nuit s'écouler.

Le trajet lui sembla durer une éternité.

— Nous y sommes, murmura Benedict lorsque la voiture s'arrêta enfin.

Grigg vint leur ouvrir la portière, et son maître, après être descendu, lui murmura quelques mots à l'oreille avant d'aider Georgiana à mettre pied à terre.

— Quel est cet endroit ? s'enquit-elle.

Elle saisit la main qu'il lui tendait et descendit en lançant des regards curieux autour d'elle. Si c'était une auberge, elle était particulièrement grande et luxueuse, avec une imposante façade de pierre couleur crème et nombre de balcons et de bow-windows.

— On dirait une résidence privée, constata-t-elle.

— Euh... pas vraiment.

Sans rien ajouter, Benedict lui offrit son bras et l'entraîna vers une imposante double porte en chêne sculpté éclairée par une lanterne au gaz. Alors qu'il tendait la main vers le heurtoir, un solennel majordome en livrée leur ouvrit. Après s'être incliné devant eux, il les fit entrer dans un grand vestibule aux murs tapissés d'un papier vert et or.

— Lord Haslemere, pour Mme Célestine, annonça Benedict au domestique.

— Très bien, milord.

Le majordome s'inclina de nouveau et s'engagea dans un couloir. En le regardant s'éloigner, Georgiana s'étonna :

— Mme Célestine ? Ce nom sonne un peu...

Elle laissa sa phrase inachevée en découvrant la toile pendue au mur derrière Benedict, à hauteur d'épaules.

— Est-ce un...

Les yeux écarquillés, elle s'approcha pour examiner l'œuvre de plus près. Ce ne pouvait pas être...

— Rien d'important, assura négligemment Benedict.

Il s'était déplacé pour venir se placer devant elle et lui bloquer la vue.

— Il y a un canapé derrière vous, reprit-il. Vous ne voulez pas vous asseoir ?

— Seigneur, c'est bien ce que je pensais !

Un bruit étranglé monta à ses lèvres. Elle n'aurait su dire si c'était un rire ou une manifestation d'incrédulité, mais elle préféra l'étouffer sous ses doigts.

Benedict posa les mains sur ses épaules et tenta de l'entraîner à l'écart de la toile, mais elle en avait déjà assez vu. Qui plus est, une demi-douzaine d'autres peintures de la même inspiration ornaient les murs du hall d'entrée.

Elle le laissa néanmoins la guider jusqu'au canapé et s'y assit. Mais, dès qu'il l'eut lâchée, elle fila à l'autre bout de la pièce, où une autre œuvre lui arracha un cri.

— Dieu du Ciel !

Une paire d'yeux bordés de longs cils épais étaient braqués sur elle depuis la toile. Qui que puisse être cette jeune lady, elle était magnifique et dotée d'une masse de cheveux noirs qui cascadaient sur ses épaules. Un sourire un peu étrange flottait sur ses lèvres d'un rouge carmin.

Mais ce n'étaient ni ses cheveux, ni son sourire, ni son regard que Georgiana contemplait avec des yeux ronds, c'étaient ses seins. Non parce qu'elle était particulièrement attirée par les poitrines féminines, mais parce que celle de la jeune dame du tableau était… pas tout à fait nue, mais presque. Son corset défait pendait au bout de ses doigts délicats, ce qui la laissait habillée en tout et pour tout d'une chemise transparente. Et s'il fallait en croire son regard coquin, celle-ci était sur le point d'être arrachée et jetée sans cérémonie sur le sol.

Les dames représentées sur les autres peintures adoptaient toutes des poses aussi provocantes. Qu'elles soient rousses, brunes ou blondes, avec des yeux bleus, verts ou bruns, elles arboraient sans exception le même sourire aguichant. L'une était en culotte, les bras croisés sur sa poitrine nue. Une autre, encore vêtue de sa chemise, se regardait dans un grand miroir en pied, une de ses jambes repliées sur une chaise. Que faisait-elle ? Ôtait-elle ses bas ?

— Comme c'est curieux…, murmura Georgiana en jetant un coup d'œil intrigué à Benedict par-dessus son épaule. Je retire mes chaussures et mes bas avant d'enlever ma chemise, et je n'ai jamais eu besoin d'une chaise pour cela. Me serais-je fourvoyée durant toutes ces années ?

Il semblait peiner à trouver une réponse, mais alors qu'il ouvrait la bouche, un bruit de pas et un froufrou soyeux se firent entendre. Une dame aux cheveux blonds les rejoignit dans l'entrée, un grand sourire aux lèvres.

— Lord Haslemere ! s'exclama-t-elle.

Elle prit ses mains dans les siennes et se hissa sur la pointe des pieds pour lui embrasser une joue, puis l'autre.

— Honte à vous, milord, reprit-elle, de n'être pas venu me voir depuis si longtemps.

Georgiana observait ces effusions, les sourcils haussés.

Benedict, mal à l'aise, lui lança un regard en biais, mais il s'inclina gracieusement sur la main de la blonde en répondant :

— Madame Célestine… Cela fait effectivement très longtemps, mais vous êtes plus ravissante que jamais.

Rejetant la tête en arrière, la femme lança un rire joyeux.

— Vous êtes un flatteur ! Et vous n'avez pas changé non plus, *monsieur*. Puis-je espérer que vous êtes venu me voir, ou l'une de mes pensionnaires aura-t-elle le plaisir d'avoir vos faveurs cette nuit ?

Georgiana en resta bouche bée, et un autre bruit lui échappa. Sans doute pas un grognement sarcastique… mais quelque chose qui y ressemblait.

Mme Célestine se retourna alors et parut découvrir qu'elle se trouvait derrière elle. Elle écarquilla les yeux, puis elle eut un sourire malicieux et demanda :

— Mais peut-être êtes-vous venu avec votre propre… amusement, milord ?

Le regard de Benedict passa d'une femme à l'autre. Il paraissait avoir envie de se trouver n'importe où, sauf là.

— J'ai amené...

— Lord Haslemere ! protesta Georgiana en le foudroyant du regard, les joues en feu.

— J'ai amené une amie, se hâta-t-il de préciser. Je veux dire... pas vraiment une amie au sens très *amical* du terme, mais... une jeune lady. Une pure, innocente et parfaite jeune lady.

Mme Célestine haussa les sourcils, un demi-sourire aux lèvres. La confusion de Benedict semblait l'amuser.

— Vous voulez dire que vous avez amené une pure, innocente et parfaite jeune lady dans une maison close, milord ? résuma-t-elle.

— C'est donc bien une maison close ! intervint Georgiana en lui lançant un regard accusateur. J'ignore pourquoi cela me surprend, milord, mais c'est aller un peu loin, même de votre part...

— Tout à fait, *mon cher*[1]... Votre amie a parfaitement raison. Mon établissement est respectable et de grande qualité, comme vous le savez, mais ce n'est pas un endroit où amener une innocente...

— Si vous voulez bien toutes les deux cesser votre infernal bavardage l'espace d'un instant, l'interrompit Benedict, agacé, j'aimerais pouvoir m'expliquer.

— Mais naturellement, milord.

Mme Célestine lui adressait un doux sourire, mais elle gratifia Georgiana d'un discret clin d'œil complice.

S'adressant à cette dernière, Benedict expliqua :

— Je vous aurais emmenée ailleurs si j'avais eu le choix. Mais Mme Célestine est une... vieille amie, et son... euh... établissement est isolé, et connu d'un

1. En français dans le texte (*N.d.T.*).

nombre limité de gentlemen à Londres. Nous pouvons compter sur elle pour que notre visite demeure totalement privée. N'est-ce pas, madame ?

Mme Célestine inclina la tête et répondit :

— Naturellement, milord. La discrétion est la règle d'or de la maison.

— Nous avons besoin d'une chambre, juste pour cette nuit, poursuivit Benedict. De préférence avec vue sur la route d'accès, afin que je puisse garder à l'œil les hommes qui entrent et sortent. Est-ce possible ?

De nouveau, la belle blonde acquiesça et précisa :

— Je peux satisfaire tous vos désirs, milord.

Il n'y avait aucun doute à ce sujet, et cette fois, le bruit qui s'échappa des lèvres de Georgiana était bien, hélas, un grognement sarcastique.

— Merci, madame.

Benedict la gratifia d'une nouvelle inclinaison du buste, puis se tourna vers Georgiana pour lui reprocher d'un ton moins amène :

— Vous pouviez retourner à Londres avec Brixton, mais vous avez préféré me suivre. J'ai présumé que vous me faisiez confiance pour assurer votre sécurité. Si vous avez changé d'avis, je peux faire parvenir tout de suite un billet à lady Clifford pour qu'elle vous envoie une voiture.

Avait-elle changé d'avis ? Moins d'une semaine plus tôt, elle était encore l'être sain et rationnel qui aurait tourné les talons à la minute où un lord arrogant lui aurait fait franchir les portes d'un bordel. Mais Benedict Harcourt avait réussi à lui embrouiller l'esprit. Car, à la vérité, elle n'avait pas changé d'avis.

Elle tenta de se convaincre que c'était à cause de l'immeuble tant convoité, sur Mill Street. Qu'elle le faisait pour ses protégées et pour lady Clifford. Qu'il n'était pas question de renoncer après être allée si loin. Mais, au fond d'elle-même, elle savait bien que toutes ces raisons ressemblaient furieusement à des mensonges.

— Non, inutile de déranger lady Clifford, répondit-elle. Cela ne m'ennuie pas de passer la nuit... dans un établissement de si grande qualité.

*En compagnie d'un comte irrésistiblement séduisant.*

Qu'est-ce qui pouvait mal tourner ?

— Parfait, approuva Mme Célestine. Si vous voulez bien me suivre, je vais vous montrer votre chambre pour la nuit.

Ils la suivirent dans un salon à la décoration tapageuse et aux murs ornés d'autres peintures grivoises. Georgiana se promit de venir les observer ultérieurement.

Après avoir gravi deux volées d'escalier, la tenancière les précéda dans une chambre spacieuse.

— Nous y voici, annonça-t-elle. Je vais demander qu'on vous apporte de l'eau chaude.

Sans s'attarder davantage, elle sortit et referma la porte derrière elle.

La chambre était agréable et bien chauffée, avec une courtepointe de soie dorée et des tentures de lit assorties. L'immense lit était situé au centre exact de la pièce, comme s'il en était l'élément principal, ce qui bien sûr était le cas dans un bordel. Une profusion de coussins bleu roi y étaient empilés.

Georgiana avait d'abord eu l'intention de bannir Benedict sur le tapis pour la nuit, mais un regard à son visage creusé par la fatigue suffit à l'en dissuader.

Changeant d'avis, elle gagna le lit, où elle commença à bâtir consciencieusement au milieu du matelas un mur de coussins bleus. Benedict la regarda faire, l'air interloqué.

— Qu'est-ce que vous..., commença-t-il.

— Voilà votre côté, expliqua-t-elle en désignant la moitié du lit la plus éloignée d'elle. Et voici la mienne. Vous vous engagez à ne pas passer ne serait-ce qu'un orteil au-delà de cette frontière. C'est compris ?

Un sourire équivoque fleurit sur les lèvres de son compagnon.

— Seuls mes orteils sont interdits de séjour ? fit-il mine de s'étonner. Cela signifie-t-il que d'autres éléments de mon anatomie seraient les bienvenus ?

Sans lui répondre, Georgiana lui adressa un regard noir. Elle ne pouvait être certaine qu'il plaisantait, aussi ajouta-t-elle une dernière rangée de coussins à son échafaudage.

Il la regarda faire en haussant les sourcils.

— Vous vous rendez bien compte, commenta-t-il, que si une envie incontrôlable de passer la frontière me saisit, ce ne sont pas quelques coussins qui m'arrêteront ?

Georgiana préféra l'ignorer. Après avoir achevé son œuvre, elle s'écarta pour admirer le résultat. Ce n'était pas le plus solide des remparts, mais il faudrait que cela suffise.

— Gardez vos envies incontrôlables pour vous, lord Haslemere !

À sa grande surprise, cela le fit éclater de rire.

— Ce ne sera pas la première fois que j'aurai à le faire avec vous, mademoiselle Harley.

Elle le dévisagea d'un air peu amène et protesta :

— Je ne vois pas ce que cela a de si drôle. Mais j'ai votre parole, lord Haslemere ?

Benedict reprit son sérieux et lui adressa une parodie de salut militaire.

— C'est entendu. Pas un orteil.

# 16

Le lendemain, Benedict s'éveilla en sentant quelque chose de doux lui effleurer le menton.

Il entrouvrit un œil, et un sourire paresseux se dessina sur ses lèvres. Il n'aurait su dire ce qui l'avait tiré du sommeil, mais cela sentait terriblement bon. À la réflexion, la chose en question se prolongeait en une masse allongée qui pesait agréablement contre lui. On aurait dit… *une femme.*

Benedict fronça les sourcils. Même si sa réputation de séducteur impénitent n'était plus à faire, il avait passé un long hiver solitaire dans le Surrey, sans la moindre compagne pour réchauffer son lit.

Un rêve, donc ? Non. La présence était trop chaude, trop douce, trop réelle contre lui pour être une illusion.

Il entrouvrit l'autre œil et laissa son regard partir en exploration autour de lui. Une cheminée en marbre dans laquelle rougeoyaient encore quelques braises. Un épais tapis sur le sol. Des tentures de lit en soie dorée et…

*En soie dorée ?* Sa chambre, dans le Surrey, n'était décorée que dans des nuances de bleu. Il n'était donc ni dans sa résidence de campagne ni dans celle de Berkeley Square. Où diable avait-il donc dormi cette nuit ? Plus important encore : avec qui ?

Lady Wylde ? Non. Dans un rare accès de bon sens, il avait renoncé à cette liaison. Qui, alors ? Car il y avait de toute évidence une femme allongée contre lui. L'une de ses mains était posée sur son ventre, et ses longues jambes se mêlaient aux siennes.

Son corps se lovait divinement contre le sien. Il en résultait une sensation si délicieuse qu'il fut tenté de ne plus se poser de questions et de sombrer de nouveau dans le sommeil. Au lieu de cela, il redressa la tête pour avoir un meilleur aperçu de la délectable créature serrée contre lui.

Tout ce qu'il put distinguer, ce fut une masse de mèches châtains piquetées d'épingles à cheveux devenues inutiles. En les étudiant plus attentivement, il plissa les yeux. Ces cheveux avaient quelque chose de familier, mais il était sûr de ne les avoir jamais vus jusque-là répandus sur lui dans un tel abandon. Délicatement, il caressa du bout d'un doigt l'une de ces mèches soyeuses. Il ne connaissait qu'une femme avec de tels cheveux…

Benedict se figea, les derniers vestiges du sommeil le désertant brusquement.

*Georgiana Harley !*

Il replia un bras sur ses yeux, réprimant un grognement de consternation tandis que les événements de la veille lui revenaient en masse. La poursuite de la voiture noire, le sauvetage de Jane et de Freddy, emmenés par Brixton chez lady Clifford à Londres, sa fuite avec Georgiana dans la berline volée au duc, leur arrivée nocturne chez Mme Célestine…

Mais rien de tout cela n'expliquait la présence de Georgiana Harley dans ses bras. Ne s'était-elle pas barricadée derrière un mur de coussins afin de prévenir une telle éventualité ? Si elle avait eu une armure à disposition, elle l'aurait enfilée avant de se mettre au lit…

Comment, alors, avait-elle fini la tête appuyée sur sa poitrine, ses cheveux lui caressant le menton, la main enfouie sous sa chemise et nichée contre son ventre ?

Un autre gémissement consterné lui vint tandis que l'excitation surgissait en lui au contact de sa peau nue contre la sienne. Son sexe réagit à sa manière habituelle dans ce genre de situation : en se dressant impérieusement. Il se força à ne pas bouger, de peur de la réveiller. Georgiana deviendrait folle si elle sortait du sommeil dans ses bras et apercevait l'imposante bosse de son membre sous sa braguette.

Dieu merci, il était habillé, et elle aussi.

Mais comment en étaient-ils arrivés là ? S'était-il débarrassé du mur de coussins dans son sommeil, telle une brute pressée de ravir une vierge innocente ? Avait-il roulé du mauvais côté du lit, jusqu'à ce qu'elle n'ait plus d'autre choix que de se lover contre lui sous peine de tomber ?

Il en venait presque à redouter de le vérifier, mais le moment était mal choisi pour manquer de courage. Se dressant doucement sur un coude, il examina le lit.

La barrière érigée par Georgiana entre eux avait disparu, mais à part cela, il occupait la place qui lui avait été assignée. Il n'avait pas migré durant la nuit du côté du lit qu'elle occupait. C'était elle qui l'avait fait…

Voilà qui était assez inattendu, mais cela aggravait-il son cas ou, au contraire, cela l'innocentait-il ? se demanda-t-il en se laissant retomber sur l'oreiller. D'un côté, il n'avait rien fait de mal, hormis lui ouvrir les bras. Mais, d'un autre côté, elle était une vierge innocente, et lui un séducteur et un débauché notoire. Ce qui le rendait automatiquement coupable, quelles que soient les circonstances.

En conséquence, la seule décision rationnelle consistait à savourer le moment présent sans se soucier d'un avenir qu'il ne pourrait changer. Aussi Benedict resserra-t-il l'étreinte de ses bras autour de Georgiana et ferma-t-il les yeux en poussant un léger soupir de contentement.

Il ne replongea pas dans le sommeil mais demeura tranquillement allongé, caressant du bout des doigts le dos de Georgiana, grisé par l'odeur de ses cheveux. Ils étaient pour le moment en sécurité, cachés comme ils l'étaient, mais il ne pourrait la laisser dormir beaucoup plus. Il leur fallait se mettre en route pour l'Oxfordshire avant que les hommes du duc se lancent à leur recherche.

Mais si cette menace n'avait pas existé, s'il avait eu le luxe de pouvoir la serrer dans ses bras aussi longtemps qu'il le souhaitait, à quoi cela aurait-il ressemblé ?

Benedict baissa un peu plus la tête, laissant les cheveux de Georgiana lui caresser le menton et les joues. Elle émit un léger bruit de gorge, puis il la sentit s'étirer contre lui et s'éveiller, comprendre où elle se trouvait, et qui la tenait ainsi.

Elle s'immobilisa complètement et retint son souffle. Benedict attendit, osant à peine respirer, redoutant déjà l'explosion qui n'allait pas manquer de suivre.

Et qui ne vint pas.

Au lieu de cela, il la sentit s'écarter de lui et prendre une ample inspiration, puis relever la tête et le regarder. Ses yeux noisette étaient ensommeillés. Elle avait sur les lèvres la plus adorable esquisse de sourire.

— Je... euh... Veuillez me pardonner, lord Haslemere. Il semble que... je me sois... endormie sur vous.

Benedict réprima le gémissement qui menaçait de lui échapper, mais il ne put retenir un frisson de désir quand leurs regards se croisèrent. Ils ne dirent rien ni l'un ni l'autre. Il s'attendait à la voir à tout moment bondir du lit et aller se réfugier à l'autre bout de la pièce, aussi loin de lui que possible.

*Seigneur ! Surtout, ne la touche pas !*

Mais il était déjà trop tard. Ses doigts s'élevèrent vers sa joue, dont il caressa l'affolante douceur.

Georgiana ne tenta pas de se soustraire à cette caresse. Elle ne cria pas, ne lui donna pas davantage de tape sur la main et ne l'attaqua pas à coups d'oreiller. Il incurva ses doigts sous son menton et étudia son expression, guettant un signe de détresse ou d'hésitation, mais ne découvrit rien de tel dans ses yeux dorés encore embrumés de sommeil.

Du bout du pouce, il caressa son menton et susurra :

— Venez plus près de moi, princesse…

Ses yeux s'assombrirent tandis qu'elle s'exécutait, s'allongeant au-dessus de lui jusqu'à ce que le rideau de ses cheveux retombe autour du visage de Benedict.

— Comme ça ? demanda-t-elle, la voix un peu rauque.

Son souffle caressait le visage de Benedict, lui donnant la chair de poule.

— Plus près.

Il jouait avec une mèche de ses cheveux, qu'il enroulait autour d'un doigt. Il ne put retenir un sourire en la voyant écarquiller les yeux. Ce n'était pas son habituel sourire de séducteur, mais un véritable sourire spontané.

— Plus près encore, Georgiana.

Il posa la main sur sa nuque et attira sa tête à lui, jusqu'à ce que leurs lèvres soient proches à se toucher.

— Je ne peux m'approcher davantage, milord.

Benedict mourait d'envie de lui prouver le contraire.

— Je vous assure que si, princesse.

Il l'embrassa, d'abord légèrement, retenant son souffle tant la douceur qu'il découvrait le stupéfiait. Puis leurs lèvres s'épousèrent de façon plus appuyée. La chaleur humide qu'il goûtait lui arracha un grognement. *Seigneur !* Sa bouche était si savoureuse qu'il ne put s'empêcher de pousser plus loin l'exploration. Il titilla ses lèvres du bout de la langue et grogna de plus belle lorsqu'elle ouvrit la bouche sans résister.

Il céda d'autant plus facilement au désir qu'ils se trouvaient dans une chambre plongée dans la pénombre, dans un confortable lit où personne ne pouvait les déranger. Rien ne l'empêchait d'aller plus loin – trop loin – avec elle. Leurs corps affamés se pressaient avec urgence l'un contre l'autre. Les mains de Georgiana se nouèrent derrière sa nuque tandis qu'il approfondissait leur baiser.

Toutes les raisons qu'il aurait eues de ne pas amener cette étreinte à son terme naturel lui échappaient au fur et à mesure que le baiser se prolongeait. Il était si facile et si naturel, en cet instant, d'oublier tout le reste et de ne penser qu'au goût qu'elle laissait sur sa langue, à l'odeur délicieuse qui assaillait ses narines, à ses gémissements.

Elle était ensorcelante, mais d'une façon qu'il n'avait encore jamais connue. Elle ne ressemblait en rien à lady Wylde, ni à Mme Célestine, ni à aucune des maîtresses qu'il avait eues. L'embrasser était une expérience entièrement différente et nouvelle, plus profonde. Il la désirait, certes – la hampe rigide de son sexe le prouvait suffisamment –, mais ce qu'il éprouvait n'était pas que concupiscence.

Si cela avait été le cas, la sentir ainsi contre lui, offerte, n'aurait pas provoqué cette étrange sensation de lourdeur dans sa poitrine, cette émotion qui le submergeait et lui faisait battre le cœur plus vite. Le désir seul n'aurait pas suffi à expliquer ce besoin qu'il avait de la serrer plus fort encore, de ne pas la laisser s'éloigner de lui, de la... protéger ?

Dès que cette pensée s'ancra en lui, il en perçut la justesse et, avec elle, la peur le domina tout entier.

*Jane et Freddy...* Il n'était pas parvenu à les protéger. Il n'avait pas réussi à discerner la véritable nature de Kenilworth. Il avait confié le destin de sa sœur et de son neveu à un homme aux yeux de qui ils n'étaient que de simples possessions dont il pouvait disposer à sa guise, guère plus importants que ses voitures de luxe vert bouteille ou que son mobilier princier.

À cause de lui, sa sœur et son neveu étaient à la merci d'un monstre. Kenilworth avait frappé Freddy ; il lui avait poché l'œil, meurtri la joue. Un tel homme, qui n'hésitait pas à martyriser un enfant, hésiterait-il à faire subir le même sort à sa femme ?

La réponse s'imposait d'elle-même. Jane n'avait pas d'œil au beurre noir parce que son mari la tenait à sa merci en menaçant de s'en prendre à son fils. Elle devait être prête à tout pour protéger ceux qu'elle aimait... au nombre desquels son frère figurait.

Et Benedict avait mêlé Georgiana à tout cela. Sans le vouloir, il avait attiré sur elle l'attention de Kenilworth. Qu'avait-il fait en l'autorisant à venir dans l'Oxfordshire, à la recherche de Clara Beauchamp, qui semblait s'être évanouie de la surface de la Terre comme si elle n'avait jamais existé ?

Benedict avait depuis longtemps pris l'habitude que tout se passe comme il le désirait. Il avait été dorloté par des parents aimants, qui lui avaient légué une fortune considérable, et parce qu'il était riche, la bonne société avait fermé les yeux sur ses frasques. On lui passait ses caprices depuis si longtemps qu'il était devenu arrogant avec autrui, et faible avec lui-même.

Fallait-il pour autant céder à la facilité ? Non ! Il avait failli à ses devoirs envers Jane et Freddy, mais il pouvait encore assumer ses responsabilités envers Georgiana. Qu'elle le veuille ou non, il devait absolument la renvoyer chez lady Clifford, où elle serait en sécurité.

Il ne comprit que tout son corps s'était noué au point de devenir rigide comme une bûche que lorsque Georgiana se redressa au-dessus de lui.

— Benedict ? s'étonna-t-elle.

Il admira ses lèvres encore humides de leurs baisers, puis ses yeux voilés par le plaisir. Il demeurait sous l'emprise du désir qu'elle exerçait sur lui. La menace représentée par Kenilworth, l'inquiétude qu'il se faisait pour elle, tout cela menaçait de se disperser comme graines au vent tant qu'il la touchait et demeurait grisé par son odeur.

Alors, Benedict fit la seule chose qu'il lui restait à faire. Il bondit hors du lit et alla se réfugier, loin d'elle et des pièges de la tentation qu'elle lui tendait, devant l'une des fenêtres de la chambre.

— Ce n'est pas... Nous ne pouvons... Nous avons un problème.

Georgiana roula sur le côté et se redressa sur un coude en contemplant Benedict, stupéfaite. Les bras croisés, il lui tournait le dos et regardait par la fenêtre devant laquelle il avait battu en retraite.

— Un problème ? répéta-t-elle faiblement.

Le souvenir du baiser qu'il venait de lui donner s'attardait sur ses lèvres. Elle avait encore le goût de sa langue sur la sienne. Mais s'il était aussi troublé qu'elle par leur étreinte, il le cachait bien.

Évidemment, ce qui venait de se passer entre eux n'avait rien de nouveau pour lui. Des femmes, il en avait embrassé des dizaines. Comment imaginer que le séducteur le plus célèbre de la bonne société accorderait plus d'importance à ce baiser qu'à tous les autres ? Il était ridicule de supposer qu'il ait pu signifier quoi que ce soit pour lui.

Décidée à faire fi des sensations qui l'assaillaient encore, elle redressa fièrement le menton et répliqua :

— Des problèmes, nous en avons un paquet, lord Haslemere. Duquel parlez-vous, au juste ?

Benedict pivota sur ses talons pour lui faire face.

— Lord Haslemere ? répéta-t-il, incrédule. Nous en sommes donc revenus là, *mademoiselle Harley* ?

Georgiana se rembrunit et le dévisagea. La commissure de ses lèvres s'infléchissait vers le haut, mais cela n'avait rien d'un sourire. En fait, c'était bien plus un rictus de colère… Elle ouvrit la bouche pour riposter, mais il l'en empêcha en décrétant :

— Aucune importance, puisque je vous renvoie chez lady Clifford ce matin même.

À son tour, elle se leva d'un bond, toute langueur consécutive au baiser désormais oubliée.

— Certainement pas ! Je vous l'ai déjà dit, milord : ce n'est pas à vous que je dois obéir. Ma loyauté est avant tout acquise à votre sœur.

— Ah, mais ma sœur n'est pas ici, mademoiselle Harley, contrairement à moi. Et je viens de vous informer de ma décision. Vous partirez pour Londres dans l'heure qui vient, que cela vous plaise ou non.

— Cela ne me plaît pas.

Elle le vit hausser les épaules – à l'évidence, ce qu'elle désirait ou pas lui importait peu.

— J'ai pris ma décision, déclara-t-il.

Quelques minutes plus tôt, ils étaient dans les bras l'un de l'autre, et à présent, il la considérait comme si elle n'était rien pour lui. Comment expliquer ce revirement ? C'était incompréhensible, et...

*Mon Dieu ! Est-ce que ma lèvre se met à trembler ?*

— Mais..., reprit-il, consterné. Vous pleurez ?

Il fit un pas vers elle et la supplia :

— Georgiana, s'il vous plaît, ne pleurez...

— Ne soyez pas absurde ! l'interrompit-elle vivement. Je ne pleure *jamais* !

Il s'était mal conduit envers elle, certes, mais elle refusait de se transformer en fontaine de larmes pour ça. Elle avait beau manquer d'expérience avec les hommes, elle avait sa fierté. Imitant Benedict – ou, plus exactement, *lord Haslemere* –, elle haussa les épaules et le regarda dans les yeux avant de déclarer :

— Très bien, milord. Si vous voulez que je retourne chez lady Clifford, qu'il en soit ainsi.

Il plissa les yeux d'un air soupçonneux.

— Si je le veux ? répéta-t-il. Vous êtes d'accord, donc ?

— Eh bien... ce sera un peu moins commode pour moi de partir pour l'Oxfordshire de Londres, mais puisque vous me l'ordonnez, je suppose que je n'ai pas le choix.

Il la dévisagea un instant d'un air glacial. Puis, sans rien dire, il traversa la pièce et vint l'attraper par les épaules.

— Que voulez-vous dire au juste par là, Georgiana ?

— « Mademoiselle Harley », je vous prie, milord. Je pense qu'il vaut mieux garder nos distances, à partir de maintenant.

— Si vous croyez pouvoir vous rendre toute seule dans l'Oxfordshire et vous jeter droit dans les griffes de Kenilworth, vous...

— Ne dites pas de bêtises, le coupa-t-elle. Je ne serai pas seule, Daniel m'accompagnera.

— Non. Kenilworth a sûrement lancé des hommes à la recherche de Jane et de Freddy. Brixton doit rester près d'eux.

Georgiana se tapota un instant les lèvres du bout de l'index, l'air songeur, et rétorqua :

— Lady Clifford viendra avec moi, dans ce cas. Bien sûr, les hommes de Kenilworth surveillent sûrement déjà l'école. Il y a donc de grandes chances que le duc devine notre plan avant que nous ayons quitté Londres...

— Bon sang, Georgiana ! Comment une femme aussi intelligente que vous peut-elle avoir aussi peu de jugeote ? Kenilworth est dangereux. Il a blessé Freddy, il a essayé de kidnapper Jane, et il a failli tuer lord Draven. Que pensez-vous qu'il vous fera s'il met la main sur vous ?

Georgiana écarquilla les yeux. Il n'était plus l'homme qu'elle avait rencontré des mois plus tôt sur Maiden Lane, le dévoyé qui ne prenait rien au sérieux.

— Je n'ai pas l'intention de le découvrir, assura-t-elle.

Benedict lui lâcha les épaules et s'écarta en poussant un grognement agacé.

— Je doute que Draven ait eu l'intention de finir battu à mort, rétorqua-t-il. Vous n'avez pas idée de la duplicité du duc, de sa dangerosité.

Que le duc soit rusé et déterminé ne faisait aucun doute aux yeux de Georgiana. S'il ne l'avait pas été, il n'aurait pu garder ses secrets si longtemps. Elle ne mettait pas non plus en doute le fait qu'il soit dangereux. Mais elle était intelligente, elle aussi. En observant Benedict, elle demanda, pesant soigneusement ses mots :

— Le domaine de lord Draven dans l'Oxfordshire est-il grand, lord Haslemere ?

Il cligna des yeux et répondit :

— Je ne vois pas en quoi cela importe, mais oui, c'est un domaine de bonne taille.

— Vous voulez dire que c'est un de ces domaines gigantesques un peu laissés à l'abandon, avec des dizaines de bâtiments éparpillés partout ?

— En effet.

— Il n'est donc pas aisé d'y mener une surveillance.

Il émit un claquement de langue agacé.

— À moins de disposer d'un régiment, non, reconnut-il. Où voulez-vous en venir ?

— Oh, rien de bien important, sans doute. Mais il se trouve que lord Gray... Le connaissez-vous, milord ? Il a épousé ma chère amie Sophia. Mais peu importe que vous le connaissiez ou non. L'important, c'est qu'il possède un pavillon de chasse à Burnham, dans le Buckinghamshire.

Benedict se figea.

— Burnham ? répéta-t-il. C'est à moins de...

— À moins d'une heure à cheval de la résidence de lord Draven, oui. On peut aisément passer de l'un à l'autre. Et le duc n'a aucune raison d'aller mettre son nez dans le pavillon de chasse de lord Gray, n'est-ce pas ?

— Certes, reconnut Benedict. Mais je doute que lord Gray voie d'un bon œil que vous y mettiez votre nez vous-même.

Georgiana balaya l'argument d'un revers de main.

— Nous n'aurons pas besoin de nous en approcher. La maison du garde-chasse suffira bien à nos besoins.

— Il y a généralement un garde-chasse dans ce genre d'endroit... Qu'avez-vous l'intention d'en faire ? Le mettre à la porte ?

— Ne soyez pas ridicule. Lord Gray n'utilise plus ce pavillon de chasse que très rarement. Il y a longtemps que le garde-chasse a été renvoyé.

Haussant les sourcils, il demanda :

— Et comment se fait-il que vous le sachiez ?

— C'est lady Gray qui me l'a dit, naturellement.

Georgiana le toisa d'un air supérieur et ajouta :

— Cela vous surprendra peut-être, lord Haslemere, mais il arrive que des femmes parlent d'autre chose que de chiffons et de commérages.

Il poussa un grognement sarcastique et s'étonna :

— Vous discutez *pavillons de chasse* ?

— Entre autres choses, mais là n'est pas le sujet, qui se résume à ceci : soit vous m'accompagnez à Burnham, soit vous me renvoyez chez lady Clifford, et je m'y rendrai avec elle. C'est comme il vous plaira.

Benedict eut un rire sans joie.

— On dirait que vous avez pensé à tout, conclut-il. Ce sera donc Burnham avec vous.

Il était toujours en colère contre elle – cela s'entendait au ton de sa voix –, mais il avait renoncé à argumenter, et elle en était soulagée.

— Fort bien, lord Haslemere ! se réjouit-elle. Je serai prête à partir quand vous le serez.

Voilà. Si elle pouvait être cordiale, lui le serait aussi. La cordialité entre eux éliminerait les disputes… ainsi que les baisers, qui dépassaient les bornes de la cordialité.

— Je vais vous laisser vous…, commença-t-il.

Il lui jeta un regard avant de conclure :

— … vous préparer pendant que je vais demander à Mme Célestine de nous fournir une voiture. Attendez-moi ici jusqu'à mon retour, s'il vous plaît, mademoiselle Harley.

Il sortit sans laisser à Georgiana l'occasion de lui signifier son indignation. L'arrogance de cet homme n'avait décidément aucune limite ! Elle venait de résoudre leur plus pressant problème, et il continuait à lui donner des ordres comme s'il était naturel qu'elle y obéisse !

Georgiana marcha du lit jusqu'à la fenêtre et observa les alentours. Il était encore tôt. L'allée en contrebas était déserte, et les chambres tout autour, qui avaient résonné de rires et de bruits de conversation la nuit précédente, étaient redevenues silencieuses. Nul doute que Mme Célestine et ses pensionnaires devaient prendre un repos bien mérité, épuisées par leurs efforts nocturnes.

Cette pensée en amena une autre, plus inconfortable. Benedict était-il allé rendre visite à la tenancière de cette maison close dans sa chambre ? Georgiana balaya cette idée d'un haussement d'épaules pour l'empêcher de prendre racine en elle. Peu lui importait, en fait. Lord Haslemere était libre d'agir à sa guise, et n'avait-il pas précisé que Mme Célestine était une « vieille amie » ?

Georgiana se surprit à pousser un grognement railleur. Sans doute ces deux amis-là avaient-ils un sens de l'amitié très poussé. Mme Célestine n'était pas le genre de femme qu'un homme choisit comme amie. Il était beaucoup plus probable qu'elle avait été sa maîtresse et qu'ils étaient en train de renouer cette relation intime.

Si la seule émotion qui l'animait avait été la colère, Georgiana aurait pu la dominer facilement. Mais cette douleur sourde, cette pointe lancinante du côté du cœur se laissait difficilement ignorer. Elle s'affaissa en position assise sur l'appui de fenêtre, plongée dans ses pensées.

Il l'avait rejetée. Il l'avait embrassée passionnément, lui avait caressé tendrement le visage, l'avait suppliée de se rapprocher davantage de lui... puis il avait fui le lit comme s'il avait le diable à ses trousses, et il était allé fricoter avec sa *vieille amie*.

C'était… non pas humiliant, mais… blessant. Non, à la réflexion, ce n'était pas blessant non plus. Cela aurait pu l'être si elle avait accordé de l'importance au fait que lord Haslemere la désire ou non, mais ce n'était pas le cas. Et elle avait déjà perdu trop de temps à y penser.

Elle se redressa et alla jusqu'à la table de toilette se laver et tenter tant bien que mal de se rendre présentable en nettoyant les taches de boue sur sa robe. Ses efforts ne furent guère couronnés de succès, car elle avait dormi tout habillée, ce qui avait fripé le vêtement. Lorsqu'elle eut passé ses bas et ses chaussures, il ne lui resta plus qu'à s'asseoir au bord du lit pour attendre le retour de lord Haslemere. Et attendre, attendre, attendre encore.

Il était près de 9 heures, à en croire l'horloge posée sur la cheminée, et il n'était toujours pas revenu. Georgiana essaya de s'occuper, d'abord en refaisant le lit, puis en rangeant la multitude de coussins dessus. Qu'est-ce qu'une courtisane pouvait bien faire de tous ces coussins ?

Cinq minutes de plus s'écoulèrent. Puis dix. Puis une demi-heure.

Quand il fut 10 heures, elle avait l'impression que les murs de la chambre commençaient à se resserrer autour d'elle. Elle fit les cent pas d'un bout à l'autre de la pièce, tel un animal en cage, avant de finalement s'arrêter devant la fenêtre, où elle s'efforça de calmer sa respiration.

Pour l'amour du Ciel, où pouvait-il être passé ? C'était un miracle que le duc ne les ait pas encore retrouvés ! À l'heure qu'il était, il devait avoir fouillé tout Londres, pendant qu'elle était ici à attendre, écartée comme un vulgaire mouchoir, pendant que lord Haslemere faisait… ce qu'il avait à faire avec son *amie*.

Elle se remit à arpenter la pièce. Quinze minutes supplémentaires passèrent ainsi. Ensuite, il lui fallut se rendre à l'évidence. Benedict lui avait demandé de l'attendre dans cette chambre, mais elle ne supporterait pas d'y rester enfermée une minute de plus. Pour qui se prenait-il, à la commander ainsi ? Elle n'avait obéi à aucun de ses ordres, elle n'allait pas commencer maintenant.

Georgiana se glissa dans le couloir et gagna l'escalier. Elle allait peut-être y croiser Benedict, sinon elle irait voir au rez-de-chaussée.

Mais elle eut beau chercher, il ne s'y trouvait pas non plus. Aucun signe non plus du majordome qui les avait reçus, pas plus que de Mme Célestine ou de ses pensionnaires.

Intriguée, elle s'apprêtait à remonter quand elle tomba en arrêt devant l'un des tableaux qui avaient attiré son attention la veille.

Elle jeta un coup d'œil autour d'elle, mais nul ne pouvait la voir. La maison était aussi silencieuse qu'un tombeau. Elle s'approcha donc, saisissant sa chance de pouvoir satisfaire sa curiosité sans Benedict sur ses talons pour la surveiller. Elle n'aurait su dire pourquoi ces images l'intriguaient autant. Peut-être simplement parce qu'elles différaient tant de tout ce qu'elle connaissait et qu'elle était curieuse par nature.

Georgiana alla donc se camper devant le premier des tableaux, se hissant sur la pointe des pieds afin de mieux l'observer. Croyant avoir mal vu, elle s'approcha encore.

— Oh, mon Dieu…, murmura-t-elle.

Une belle dame aux cheveux blonds était renversée sur un divan, ses jupons retroussés jusqu'à la taille. Un gentleman, à genoux devant elle, avait le visage posé contre sa cuisse, et sa langue…

Georgiana plaqua la main sur sa bouche pour étouffer un cri de surprise. Le visage en feu, elle pivota sur ses talons pour tourner le dos à l'image licencieuse mais, aussitôt après, elle se retourna et y jeta un autre coup d'œil.

Elle inclina la tête pour mieux voir, les sourcils froncés. Comment cette jeune dame faisait-elle pour placer sa jambe dans cette position inhabituelle ? Et l'homme ? Lui manquait-il une main ?

*Non ! Elle est là ! Sur son… Dieu tout-puissant !*

Peut-être aurait-elle mieux fait d'attendre Benedict dans la chambre, après tout.

Elle ne remonta pourtant pas à l'étage. Elle passa à la peinture suivante, puis à la suivante encore, le cœur battant, les yeux ronds, la main pressée sur ses lèvres.

# 17

— Mlle Harley est une étonnante créature, *mon ami*[1]. Pas du tout votre style habituel. Où l'avez-vous trouvée ?

Benedict haussa les épaules. Pourquoi ne cessait-on de lui demander cela ?

— Dans mon dressing, naturellement ! répondit-il d'un ton acerbe. Pendue à côté de mes costumes. Mon valet ne s'en est pas remis…

Une réponse un peu rude, à n'en pas douter, surtout pour une amie telle que Célestine, mais Georgiana n'était pas une chose que l'on trouve. C'était une femme. Une femme irritante, ébouriffante, incompréhensible, dotée des lèvres les plus ensorcelantes qu'il ait jamais vues.

Célestine, nullement offensée, se mit à rire gaiement.

— Quelle langue acérée, *mon cher* ! Cela ne vous ressemble guère. Mais l'amour nous fait perdre la tête, *n'est-ce pas* ?

— L'amour ?

Benedict lui lança un regard incrédule et répliqua :

— C'est vous qui perdez la tête, Célestine. C'est la femme la plus insupportable que j'aie jamais

1. En français dans le texte (*N.d.T.*).

rencontrée. Je préférerais encore tomber amoureux d'un chat enragé !

À son grand agacement, son amie fit entendre un autre rire cristallin et commenta :

— Elle se montre donc sévère avec vous. Peut-être a-t-elle ses raisons ? Qu'avez-vous fait pour mériter ça ?

— Rien du tout ! s'exclama-t-il.

*À part casser le pot de confiture qu'elle se faisait une joie de déguster. Et jeter des cailloux contre sa fenêtre la nuit. Et lui voler un baiser.* Ce qui faisait beaucoup, finalement... Il n'avait pourtant pas pensé à mal. Il avait juste...

Célestine, en posant la main sur son bras, le tira de ses réflexions moroses.

— Vous avez l'habitude que rien ne vous résiste, dit-elle. Tout ce que vous désirez, vous l'obtenez. À l'exception, semble-t-il, de Mlle Harley. *N'est-ce pas*[1] ?

Visiblement, cela mettait Célestine en joie.

— Faut-il vraiment que cela vous rende si joyeuse ?

— Je suis joyeuse, *mon cher*, parce que vous avez besoin d'une main ferme, si j'ose dire. Mlle Harley fera de vous un autre homme, si vous le lui permettez.

Benedict réprima un rire caustique. Le processus était déjà en cours. Il n'était plus le même depuis l'instant où Georgiana avait croisé sa route, sur Maiden Lane, des mois plus tôt. A posteriori, sa capitulation avait été inévitable dès l'origine.

Mais ce n'était pas ce qui l'inquiétait.

Le visage martyrisé de Freddy revint à sa mémoire, lui faisant serrer les poings et les dents.

— *Mon ami ?* s'inquiéta Célestine, soudain plus grave. Que se passe-t-il ? Vous avez l'air *désolé*.

---

1. En français dans le texte (*N.d.T.*).

Benedict secoua la tête et baissa les yeux.

— Allons, milord...

Célestine prit son menton entre ses doigts et le força à la regarder en ajoutant :

— Nous ne sommes plus *amoureux*[1], mais vous êtes toujours cher à mon cœur. Vous pouvez vous confier à moi.

— Georgiana Harley est...

Il ne parvint pas à achever sa phrase. Elle était brillante, intelligente, courageuse, magnifique. Lui n'était qu'un dandy séducteur de plus de la bonne société londonienne. Il n'était pas un mauvais homme, non, mais il était vain, superficiel et égoïste. Une femme comme Georgiana n'avait rien à faire avec lui.

— Elle devrait se préserver pour un homme digne d'elle, reprit-il d'un ton morose. Il serait stupide de sa part de mettre ses espoirs en moi, et Georgiana Harley est loin d'être stupide.

— Mais, mon cher ami, votre Mlle Harley n'est pas de cet avis, car elle a déjà placé ses espoirs en vous. Si ce n'était pas le cas, elle ne serait pas ici, avec vous. Qui plus est, vous êtes trop sévère avec vous-même. Vous valez bien mieux que vous ne l'imaginez. Conduisez-vous en gentleman avec votre Mlle Harley, et tout ira bien.

— En gentleman ?

Cela devait être à sa portée.

— *Oui.*

Célestine lui caressa tendrement la joue, puis le poussa gentiment vers la porte en concluant :

— À présent, allez chercher votre jolie *mademoiselle* pendant que je fais préparer votre voiture.

— Merci.

---

1. En français dans le texte (*N.d.T.*).

Benedict déposa sur la joue de Célestine un baiser empreint de reconnaissance et la laissa seule dans son salon.

En regagnant le hall pour rejoindre les étages par le grand escalier, Benedict se figea. Georgiana se tenait immobile devant l'une des peintures licencieuses du bordel, la main sur la bouche, les yeux comme des soucoupes.

Il connaissait bien ces tableaux. Ils étaient excitants, mais le plaisir qu'il avait à observer Georgiana en train de les admirer faisait pâlir celui qu'ils auraient pu lui procurer.

— Quelque chose vous intrigue, princesse ?

— Oh ! s'écria-t-elle en se tournant vers lui d'un bond. Vous m'avez fait peur !

Prenant appui de l'épaule contre le chambranle, il croisa les bras sur sa poitrine et commenta :

— Peut-être parce que vous n'aviez pas la conscience tranquille ?

— Ridicule ! Je m'intéressais juste à...

Georgiana se redressa et acheva d'un ton de défi :

— ... à ces œuvres d'art.

— Ah, oui... ces œuvres d'art. Pardonnez-moi, mademoiselle Harley. J'ignorais que vous étiez une telle esthète.

Quittant son poste d'observation, il la rejoignit et détailla du regard le tableau qu'elle observait avant de lui demander :

— Lequel est votre préféré ?

— Je n'ai pas de préféré, dit-elle d'une voix sourde.

Ses joues étaient en feu.

— Non ? fit-il avec un étonnement feint. Celui-ci semblait vous intriguer. Impressionnant, n'est-ce pas ? Les lignes, les couleurs, la pose des... euh... sujets.

— Je n'ai… Je n'étais pas… Je n'ai aucune opinion sur ces œuvres, lord Haslemere.

Benedict ne put s'empêcher de commenter en souriant :

— Vous rougissez beaucoup, pour une lady sans opinion.

Elle baissa les yeux en se mordant la lèvre d'un air coupable.

— Non, cela ne va pas du tout, murmura-t-il.

Benedict lui saisit le menton, lui faisant redresser la tête.

— Regardez-moi. L'excitation sexuelle n'est pas honteuse, Georgiana. Et l'érotisme pas davantage.

Elle jeta un coup d'œil au tableau, puis reporta son attention sur lui, manifestement partagée. Elle paraissait hésiter à lui faire confiance, et Benedict se maudit de l'avoir amenée à se méfier de lui.

— Puis-je vous montrer mon préféré ?

Il la prit par la main et la conduisit, à l'autre bout de la pièce, devant un tableau représentant un homme allongé sur un divan. Sa partenaire le chevauchait, ses jupons retroussés de part et d'autre de ses jambes, la tête rejetée en arrière sur un cri silencieux.

— Regardez bien son expression, conseilla-t-il, à un souffle de l'oreille de Georgiana. Elle prend son plaisir.

Elle ne répondit pas, mais il la sentit frissonner de tout son corps et il ajouta :

— Savez-vous ce que cela veut dire, Georgiana ?

Tournant légèrement la tête, elle lui lança un regard timide sous ses cils baissés.

— Je… je crois.

— Savez-vous pourquoi c'est mon préféré ?

Elle secoua la tête.

— Parce que le plaisir de cette femme en est le sujet.

Cette fois, elle le regarda droit dans les yeux. Les siens étaient d'un vert sombre et profond. Jamais il ne les avait vus ainsi. Ils brillaient telles des émeraudes.

— Un gentleman doit s'assurer que sa partenaire prend la première son plaisir. Il tire autant de joie de la jouissance de sa partenaire que de la sienne.

— Êtes-vous... un gentleman, lord Haslemere ?

Georgiana s'était exprimée d'une voix douce et hésitante, mais elle soutenait bravement son regard, les lèvres entrouvertes.

Était-il un gentleman ? Benedict n'était plus sûr de rien. Tout ce qui lui semblait certain, c'était qu'il la désirait avec une intensité qui lui coupait le souffle. Posant les mains sur ses hanches, il l'attira à lui et lui donna un baiser pour toute réponse.

— Je vous ai dit de vous comporter en gentleman, lord Haslemere. Est-ce ainsi que vous suivez mes conseils ?

Georgiana et Benedict se séparèrent précipitamment, comme pris en faute. En se retournant, ils découvrirent Mme Célestine dans l'encadrement de la porte. Elle s'approcha d'eux en secouant la tête, amusée, et reprit :

— Allons, milord... Vous et Mlle Harley devez partir à présent. Prenez mon cabriolet, vous ne serez pas reconnus.

Après avoir retrouvé difficilement ses esprits, Georgiana secoua la tête et protesta :

— Nous ne pouvons vous priver de votre cabriolet...

— Bien sûr que si !

Mme Célestine prit les mains de Georgiana dans les siennes et poursuivit :

— Ne vous inquiétez pas, mademoiselle Harley. Votre *cher ami*[1] est un vieil ami à moi. On s'aide, entre amis.

Dans ses yeux bleus, Georgiana ne voyait que sollicitude et bonté.

— Vous êtes très aimable.

Mme Célestine lui adressa un clin d'œil.

— En échange, dit-elle, vous prendrez bien soin de mon vieil ami, d'accord ?

Georgiana observa lord Haslemere. Ses cheveux auburn étaient décoiffés, ses vêtements froissés et tachés de boue, et il gardait une contusion au front de son combat avec les sbires de Kenilworth la veille. Pourtant, elle n'avait jamais vu homme plus séduisant.

Elle dut avaler sa salive avant de répondre à Mme Célestine :

— Je ferai de mon mieux.

— Ah, mademoiselle... C'est ce que nous sommes tous condamnés à faire.

Georgiana la vit, à sa grande surprise, s'incliner vers elle et déposer un baiser affectueux sur sa joue.

— Et vous, reprit-elle en s'adressant à lord Haslemere, n'oubliez pas de vous conduire en gentleman. D'accord ?

Benedict s'éclaircit la voix et dit à son tour :

— Je ferai de mon mieux, madame.

Un petit sourire satisfait passa sur les lèvres de Mme Célestine, qui conclut :

— Dans ce cas, je suis sûre que votre voyage sera des plus excitants. *Au revoir*[2] !

Sur ce, elle rebroussa chemin et disparut par où elle était venue. Georgiana attendit que le bruit

---

1. En français dans le texte (*N.d.T.*).
2. En français dans le texte (*N.d.T.*).

de ses pas se soit éteint avant de se tourner vers Benedict.

— Elle est assez remarquable, non ?

Il lui répondit d'un hochement de tête, sans la quitter de son regard sombre.

— Elle l'est. J'ai un faible pour les femmes remarquables.

Georgiana sentit ses joues s'enflammer et ne trouva rien à lui répondre. En silence, ils gagnèrent l'allée et y attendirent qu'un valet de Mme Célestine leur amène la voiture. La capote avait été rabattue, afin qu'on ne puisse pas les reconnaître.

— Y allons-nous, mademoiselle Harley ?

Benedict lui offrit sa main pour l'aider à grimper dans le cabriolet. Un instant plus tard, il la rejoignit et prit les rênes. Tandis que leur attelage s'ébranlait, elle jeta un dernier coup d'œil à la maison de Mme Célestine, jusqu'à ce qu'un rideau d'arbres la masque à ses yeux.

Georgiana n'avait pas eu l'intention de somnoler, mais, sous le poids conjugué des événements de la veille et du choc de sa dispute avec Benedict au réveil, elle commença à dodeliner de la tête moins d'une heure après leur départ et ne put empêcher ses paupières lourdes de se fermer.

Elle s'éveilla en sursaut lorsque le cabriolet passa dans un nid-de-poule.

— Ça va ? s'inquiéta Benedict en baissant les yeux sur elle. Il m'était impossible de l'éviter, désolé.

Georgiana cligna des yeux. Il semblait très proche d'elle, au-dessus de sa tête, et...

*Oh, mon Dieu ! Je dormais sur lui... Encore une fois !*

Sa tête reposait sur l'épaule solide et chaude de Benedict. À en juger par la position du soleil, elle avait dû s'assoupir durant une bonne heure et rester dans cette position tout ce temps.

En se redressant, elle se frotta les yeux.

— Veuillez m'excuser, lord Haslemere. Je n'aurais pas dû... Pourquoi ne pas m'avoir réveillée ou repoussée de mon côté ?

Avec un haussement d'épaules, il répondit :

— Vous ne me gêniez pas.

Georgiana préféra prudemment s'abstenir de lui répondre. Il se montrait extrêmement fair-play, alors qu'il aurait pu en profiter pour la taquiner sans merci. Mais, mis à part le petit sourire satisfait qu'il affichait, il ne fit aucun commentaire. Peut-être avait-il décidé de suivre le conseil de Mme Célestine et de se conduire avec elle en véritable gentleman...

Il n'y avait aucune raison pour que cette perspective lui déplaise, pourtant elle ne pouvait s'empêcher de ressentir une certaine forme de... déception ?

— Sur votre droite, vous allez avoir un aperçu de Cliveden House à travers les arbres, indiqua-t-il au bout d'un moment. Le duc de Buckingham a fait construire cette résidence pour sa maîtresse, la comtesse de Shrewsbury.

Georgiana tourna la tête, curieuse d'apercevoir la demeure, mais aussi soulagée d'avoir une excuse pour ne pas regarder lord Haslemere, bien trop charmant à son goût. Ils roulaient le long d'une route de campagne bordée de haies qui leur bouchaient la vue, mais au bout d'un moment, elle vit se profiler entre les feuillages un manoir en pierre.

— Oui, je crois que...

Elle s'interrompit et poussa un petit cri de ravissement lorsqu'une longue brèche dans la haie lui offrit une vue inégalable sur Cliveden House.

— Seigneur..., murmura-t-elle en se repaissant de ce spectacle impressionnant. C'est magnifique.

De fait, elle avait du mal à quitter des yeux le spectacle qui s'offrait à eux. La maison était immense et semblait s'étendre d'un flanc de coteau à l'autre, enchâssée dans un écrin de verdure et de jardins d'agrément.

— Votre résidence ressemble-t-elle à celle-ci ?

Elle savait naturellement que tout aristocrate anglais possédait à la campagne ce type de demeure familiale, mais elle ne s'était jamais interrogée sur celle de Benedict.

— Haslemere House est un monstrueux tas de pierres, expliqua-t-il en riant. Une vieille bicoque assez humide dont les toits fuient régulièrement. La moitié des cheminées refoulent la fumée et il y a sans cesse des vitres à réparer, mais j'y suis assez attaché, je l'avoue. J'y ai passé plus de temps qu'à Londres, dernièrement. J'imagine que je finirai par renoncer un jour à ma résidence londonienne et par rester dans le Surrey, à jouer les gentlemen-farmers.

— Vous délaisseriez les plaisirs londoniens pour les joies frustes de la campagne ? s'étonna-t-elle. Vous me surprenez, milord. Que ferait Londres sans vous ?

Georgiana lui adressa un sourire pour atténuer l'impact de ses paroles, mais cette confession la surprenait vraiment.

Il se mit à rire et répondit :

— Il n'y a pas de plaisirs en ce monde dont un homme ne finisse par se lasser, Georgiana.

— Mais vous êtes...

Ne sachant comment exprimer son point de vue, Georgiana se tut. Benedict lui adressa un regard étonné.

— Oui ? Je suis ? l'encouragea-t-il.

— Vous êtes... lord Haslemere.

Elle se sentit aussitôt ridicule d'avoir souligné cette évidence. Ce qu'elle voulait dire, c'est qu'il était un rouage essentiel de la bonne société londonienne. Le favori des dames et des gazettes, admiré par certains, flatté par tous. Elle résuma sa pensée en une phrase :

— Je me disais que ce devait être satisfaisant d'être vous.

Elle n'y avait pas prêté grande attention jusque-là, mais l'étendue du pouvoir dont disposait un homme tel que lord Haslemere commençait à lui apparaître clairement. Elle avait pris l'habitude de considérer les aristocrates désœuvrés tels que lui comme des inutiles, mais...

Georgiana jeta un dernier coup d'œil à Cliveden House et songea que des centaines de personnes devaient vivre sur un tel domaine, chacune d'elles dépendant du maître des lieux pour assurer leur subsistance. Une telle responsabilité avait de quoi faire frémir.

— Je pense que Haslemere House doit être un endroit merveilleux, milord.

En lui jetant un regard hésitant, elle ajouta :

— Mais peut-être un peu isolé.

Quittant Cliveden House des yeux, il reporta son attention sur elle pour lui confier :

— J'avoue qu'il peut arriver que l'isolement de la vie à la campagne me pèse un peu. Mais peut-être un jour parviendrai-je à convaincre quelqu'un d'y vivre avec moi.

Un long moment encore, il soutint son regard sans rien dire, avant de s'éclaircir la voix pour annoncer :

— Burnham n'est plus très loin, maintenant. Nous aurons bientôt un lit et un feu pour nous réchauffer.

Il fixa ensuite de nouveau son attention sur la route, laissant Georgiana rougir en silence en réfléchissant à la formulation troublante qu'il avait choisie.

Elle n'était jamais allée au pavillon de chasse de lord Gray, pas plus que dans la maison attenante du garde-chasse, mais Sophia lui avait expliqué qu'ils se trouvaient à l'ouest de la propriété. Une fois sur place, il leur fallut chercher pour trouver la maison du garde-chasse au milieu des arbres, mais ils finirent par y arriver.

— Nous serons à l'abri des hommes du duc, c'est certain, commenta Benedict en sautant à terre. Personne ne pensera à venir nous chercher ici.

Georgiana le laissa l'aider à descendre et observa le cottage, les mains sur les hanches. C'était une bâtisse carrée pas très grande, en pierre sombre et au toit de chaume.

— Ce n'est pas le genre d'endroit sur lequel on peut tomber par accident, dit-elle.

— Non, approuva-t-il. Il faut le chercher pour le trouver.

Benedict s'approcha d'une fenêtre et jeta un coup d'œil à l'intérieur, puis se retourna vers elle pour demander :

— J'espère que la vie rustique vous convient. Cela a l'air correct, mais pas d'un confort extravagant.

— Je n'ai pas besoin d'extravagances.

— Heureux de l'entendre, mademoiselle Harley, parce que vous n'aurez ici que le strict minimum.

D'un air espiègle, il ajouta :

— Il faut aussi aimer la compagnie. J'ai vu là-dedans une araignée grosse comme mon poing.

Georgiana marcha d'un pas décidé vers la porte.

— Je n'ai pas peur des araignées, annonça-t-elle.

— Tant mieux. Vous pourrez me protéger. Je déteste ces bestioles.

Georgiana ne put réprimer un sourire en le voyant feindre un frisson théâtral. Il était réellement l'homme le plus amusant qu'elle ait jamais rencontré. Il était aussi tout à fait charmant, avec son sourire juvénile.

— Comment allons-nous entrer ? demanda-t-elle.

Il la rejoignit et donna un bon coup d'épaule à la porte, qui s'ouvrit dans un grincement. Puis, se tournant vers elle, il se fendit d'une courbette et lança :

— Après vous, madame…

Georgiana s'avança sur le seuil et jeta un coup d'œil à l'intérieur. Cela sentait le renfermé et la poussière, et il pendait effectivement du plafond un nombre impressionnant de toiles d'araignées, mais l'endroit était au sec, et la cheminée permettrait de le chauffer. Le sol était dallé et recouvert d'un tapis élimé. Il restait quelques bûches dans l'âtre. Des chaises entouraient une table près d'une fenêtre, et il y avait un lit couvert d'un édredon en patchwork contre le mur du fond.

*Un seul lit.*

Benedict, qui l'avait vue y porter le regard, commenta :

— Il n'y a qu'un lit. Je dormirai sur le tapis.

Elle ouvrit la bouche pour protester qu'ils avaient tous les deux besoin de sommeil et qu'ils en prendraient chacun la moitié, mais au souvenir de ce qui s'était passé ce matin-là, elle se ravisa. Il avait failli se briser le cou et la jeter par terre dans sa hâte à s'éloigner d'elle…

— Oui, je pense que c'est une bonne idée, dit-elle.

Mieux valait qu'ils gardent leurs distances à présent.

# 18

Après une nuit passée sur le sol, Benedict se réveilla courbaturé. À ce détail près – et en faisant abstraction de ce maudit duc lancé à leurs trousses –, cela aurait pu être le plus agréable réveil de toute son existence.

Le souffle profond et régulier de Georgiana lui parvenait. Il se dressa sur un coude, espérant pouvoir l'admirer un peu avant son réveil. Il fut récompensé par une vision de son visage endormi sur l'oreiller, ses cheveux répandus autour d'elle.

Benedict se laissa retomber sur le dos en soupirant, comme tout imbécile fou d'amour aurait pu le faire. Ce n'était pas la première fois qu'il se réveillait avec une belle dame à ses côtés, mais la joie et l'espoir qui lui gonflaient le cœur étaient une nouveauté.

Il n'avait jamais rien ressenti de tel pour aucune femme. Georgiana Harley n'était pas pour lui une distraction, et l'attirance qu'il éprouvait pour elle n'était pas éphémère et destinée à disparaître avec le temps. En admirant avec elle Cliveden House la veille, il s'était imaginé l'emmener à Haslemere House, la conduire de pièce en pièce, lui montrer les recoins cachés qu'il avait pris tant de plaisir à explorer dans son enfance.

Jusque-là, jamais il ne lui serait venu à l'idée de convier une de ses maîtresses dans sa résidence de campagne, et voilà qu'il se surprenait à vouloir partager son refuge secret avec elle...

— Benedict ?

Il tourna la tête vers le lit, ému de l'entendre prononcer son prénom au réveil.

— Je suis là.

— Quelle heure est-il ? s'enquit-elle en se redressant. Trop tôt pour une visite ?

Il tira sa montre de gousset et l'ouvrit.

— Il est encore très tôt, annonça-t-il. Mais étant donné que nous sommes ici incognito pour rendre une discrète visite à Draven, inutile de respecter les convenances.

— Voyons voir..., murmura Georgiana en se tournant vers lui. Nous avons kidnappé une duchesse et son fils, volé la voiture d'un duc ; vous avez jeté les hommes de celui-ci dans un fossé... Je suppose que nous sommes effectivement au-dessus de ces règles de bienséance.

— Surtout qu'il nous faudra peut-être forcer la porte de Draven pour pouvoir lui parler. S'il est conscient.

— Pauvre lord Draven...

Elle marqua une pause avant d'ajouter :

— Et s'il n'a pas repris conscience ou refuse de nous recevoir ? Il nous faudra faire parler les domestiques, mais j'imagine que cela ne nous mènera pas loin, étant donné qu'ils sont venus de Londres avec lui.

— En effet, admit Benedict. Souhaitons donc qu'il ait repris conscience et accepte de nous parler. Je suis persuadé qu'il connaît les secrets du duc. Si nous voulons les découvrir, il faut agir vite, avant que les hommes de Kenilworth aient le temps d'agir.

Benedict se mit debout en grimaçant.

— Avez-vous faim ? demanda-t-il.

Fort à propos, l'estomac de Georgiana fit entendre un gargouillement retentissant qui la fit rougir.

— Pourquoi ? s'étonna-t-elle. Vous proposez de préparer le petit déjeuner ?

— Je serais bien en peine de le faire. Mais j'ai demandé des provisions à Mme Célestine.

Il sortit quelques instants et revint chargé d'un panier.

— Et voilà ! lança-t-il triomphalement.

Georgiana le regarda poser son butin sur la table en clignant des yeux et s'exclama :

— Vous m'impressionnez, milord !

— Je n'avais pas l'intention de me laisser mourir de faim dans les bois.

Occupé à vider le panier, Benedict n'en guetta pas moins du coin de l'œil Georgiana qui se levait. Elle avait dormi dans sa robe, comme la nuit précédente, et ses cheveux retombaient en désordre sur ses épaules.

— Que puis-je vous servir ? demanda-t-il quand elle l'eut rejoint.

Elle fit mine d'y réfléchir un instant.

— Des fraises ? suggéra-t-elle. Des scones chauds et de la crème ? Avec un bon thé... ou plutôt un chocolat chaud !

Ses lèvres s'incurvèrent en un sourire moqueur avant qu'elle ajoute :

— Vous pouvez sûrement me préparer tout cela ?

Troublé par ses lèvres, Benedict reprit ses fouilles dans le panier pour éviter d'avoir à les regarder.

— Non, mais j'ai mieux que ça ! répondit-il. Figurez-vous que j'ai pensé à vous !

Du panier, il tira victorieusement un pot de confiture de coings. Mais, à sa grande déception, loin de se réjouir, Georgiana se figea, et son sourire s'évanouit.

— Je ne comprends pas..., avoua-t-il en posant le pot sur la table dans un bruit sourd. Ça ne vous fait pas plaisir ?

Elle baissa les yeux avant de lui répondre :

— Ce n'est pas ça... Bien sûr, ça me fait plaisir, mais... je n'aurais jamais imaginé que vous songeriez... à ça.

Benedict comprit avec consternation qu'elle l'avait imaginé incapable de penser à elle... alors qu'il n'avait fait que cela depuis son retour à Londres, et même depuis qu'il avait posé les yeux sur elle. En vérité, son obsession pour elle était née lorsqu'ils s'étaient rencontrés sur Maiden Lane et qu'elle avait surgi de la nuit tel un ange vengeur.

En dépit de son horrible manteau et de son chapeau ridicule, il n'avait vu qu'elle. Et, à présent, il ne voulait plus voir personne d'autre qu'elle. La douceur crémeuse de sa peau, qu'il lui tardait d'explorer, d'embrasser, de goûter. Ses courbes féminines, si parfaites qu'elles semblaient avoir été créées pour que ses mains les caressent. Les profondeurs noisette de ses yeux, si souvent parcourues d'une lueur de colère, mais qui, en cet instant, débordaient de douceur...

Se penchant lentement vers elle, il déposa sur son front un baiser aussi chaste que possible. Puis, la gorge serrée, il s'éclaircit la voix et lança :

— Eh bien, puisque j'y ai pensé, nous allons à présent y goûter.

Georgiana s'était imaginé qu'ils se rendraient au domaine de lord Draven aussitôt après le petit déjeuner, mais Benedict préféra attendre au cottage que la lumière commence à décliner, afin que leurs mouvements soient moins détectables dans la forêt.

Il n'y avait pas grand-chose à faire en patientant. Elle se sentait inexplicablement intimidée en présence de Benedict, et il n'avait pas l'air très à l'aise avec elle non plus. Elle avait remarqué qu'il la regardait souvent, mais chaque fois que leurs regards se croisaient, il détournait le sien, comme pris en faute.

Elle commençait à s'habituer à l'idée qu'ils étaient recherchés et ne redoutait plus autant que les hommes de Kenilworth ne finissent par les retrouver, mais elle se sentit soulagée lorsqu'ils se mirent enfin en route, à travers bois, sur les chevaux prêtés par Mme Célestine. Peut-être la prudence de Benedict s'avéra-t-elle payante, ou peut-être la chance fut-elle de leur côté, toujours est-il qu'ils parvinrent sans encombre en vue de la résidence de lord Draven.

Dès qu'elle eut la façade sous les yeux, Georgiana sentit tous ses espoirs s'envoler.

— On dirait que la maison est fermée, constata-t-elle.

Il n'y avait personne en vue, pas même un jardinier, et tous les volets étaient clos.

— Impossible, affirma Benedict. On devait emmener Draven ici quand nous avons parlé à sa gouvernante. Nous allons passer par l'arrière.

Georgiana sur ses talons, il emprunta un chemin qui contournait le manoir par l'ouest jusqu'à l'écurie. Celle-ci était tout aussi déserte que le reste du domaine, mais elle était propre et ne paraissait pas abandonnée. Benedict installa leurs montures dans des stalles vides, puis ils traversèrent une grande cour, jusqu'à une petite porte qui devait être celle de la cuisine. Il y frappa du poing fermement, et ils attendirent longuement sans que rien se produise.

Alors que les espoirs de Georgiana s'amenuisaient encore, il frappa de plus belle. Cette fois, un bruit de pas s'éleva de l'autre côté du battant. Quelques instants plus tard, une solide vieille dame aux cheveux gris, un trousseau de clés pendu à la ceinture, vint leur ouvrir.

— Mon Dieu ! s'exclama-t-elle en les découvrant sur le seuil. D'où venez-vous comme ça ?

— Je suis lord Haslemere, annonça Benedict avec toute la distinction nécessaire. Je voudrais voir lord Draven.

La domestique se radoucit immédiatement.

— Veuillez m'excuser, milord. Nous sommes ici depuis une semaine et n'avons pas vu âme qui vive. J'ai eu un peu peur en vous trouvant là.

Ses mains s'agitèrent contre son tablier, et elle ajouta :

— Mais lord Draven est souffrant, et je crains qu'il ne puisse recevoir personne.

Se redressant de toute sa taille, Benedict la toisa en haussant les sourcils et insista :

— Je suis lord Haslemere, une connaissance de votre maître. Je sais qu'il a eu… un malheureux accident. Je viens prendre de ses nouvelles et voir de quelle manière je peux lui être utile.

La vieille dame improvisa une rapide et maladroite révérence avant de répondre :

— C'est très aimable à vous, milord. Mais il n'y a hélas pas grand-chose à faire pour l'aider, le pauvre. Pas maintenant, tout du moins… et peut-être plus jamais.

La gorge serrée, Georgiana répéta :

— Peut-être plus jamais ? Est-il à craindre que… lord Draven ne recouvre pas la santé ?

La gouvernante secoua tristement la tête.

— C'est impossible à dire de manière certaine, lady Haslemere.

Georgiana lança un coup d'œil à Benedict et vit qu'il la regardait, une drôle d'expression sur le visage. Il ne prit pas la peine de corriger l'erreur de la domestique, et quand elle se ressaisit suffisamment pour le faire elle-même, il était trop tard.

— Lord Draven n'a pas repris conscience depuis qu'il a été amené ici de Londres, poursuivit la vieille dame. Il reste inerte dans son lit, aussi tranquille qu'un mort. Le docteur dit que ses blessures sont très sévères et qu'il pourrait ne jamais se réveiller.

Dans un élan de compassion, Georgiana prit sa main dans les siennes.

— Nous sommes vraiment désolés d'apprendre d'aussi tristes nouvelles, madame...

— Mme Ellery. Je suis la cuisinière de lord Draven et je fais ici office de gouvernante. Ce n'est pas un problème, vraiment. Chacun doit prendre sa part du fardeau, n'est-ce pas, milady ? Comme en plus nous ne sommes que quatre ici en plus de lord Draven...

Georgiana acquiesça d'un hochement de tête.

— Nous venons de chevaucher longuement pour venir ici, reprit-elle doucement. Peut-être auriez-vous une tasse de thé à nous offrir, madame Ellery ?

La gouvernante cligna des paupières, confuse.

— Veuillez m'excuser, lady Haslemere... Vous devez me prendre pour une sauvage. S'il vous plaît, donnez-vous la peine d'entrer.

— Merci.

Benedict offrit son bras à Georgiana, et tous deux suivirent Mme Ellery dans la cuisine.

— J'ai peur que le salon ne soit pas chauffé, dit cette dernière d'un ton d'excuse. Vous comprenez, comme il n'y a pas de visiteurs...

— Ne vous inquiétez pas, dit Georgiana. Nous serons bien ici. Lord Haslemere et moi vous sommes reconnaissants de nous recevoir dans votre cuisine.

Tirant une chaise pour prendre place à la longue table en bois au centre de la pièce, elle se tourna vers Benedict.

— N'est-ce pas, milord ? lui lança-t-elle.

— Mais naturellement, ma chère, fit-il en lui adressant un clin d'œil discret.

Mme Ellery versa de l'eau bouillante dans la théière et plaça quelques biscuits sur une assiette. Ayant achevé ses préparatifs, elle apporta le plateau à table et offrit une tasse à chacun d'eux. En acceptant celle qu'elle lui tendait, Georgiana demanda :

— Vous disiez être quatre ici, madame Ellery ?

— Oui, c'est exact. Il n'y a que moi et deux femmes de chambre pour cette grande maison. Autant vous dire que nous ne nous voyons pas souvent.

— On dirait aussi que quelqu'un s'occupe parfaitement de l'écurie, intervint Benedict. Nous y avons laissé nos chevaux, j'espère que vous ne nous en voudrez pas.

— Pas du tout, milord. Peter, le garçon d'écurie, va s'occuper d'eux. Il est encore jeune, mais c'est un brave garçon, et il travaille dur. Il a le coup, avec les chevaux.

Mme Ellery sirota une gorgée de thé et précisa :

— Il est de High Wycombe. Sa famille vit ici depuis des années.

Georgiana jeta un coup d'œil à Benedict et s'enquit :

— Vous n'êtes vous-même pas de l'Oxfordshire ?

— Oh, grands dieux, non, milady ! Je suis de Londres. Mme Bury, la gouvernante de lord Draven là-bas, nous a chargées de l'accompagner ici, moi et Martha – c'est l'une des femmes de chambre. High Wycombe est un bel endroit, lady Haslemere, mais trop tranquille à mon goût.

Georgiana approuva d'un vague hochement de tête. De nouveau, elle se sentait découragée. Mme Ellery et Martha n'étaient pas du pays et ne pourraient rien leur apprendre. Leurs espoirs ne reposaient plus que sur le palefrenier, et sur la quatrième domestique.

— L'autre femme de chambre est-elle originaire de High Wycombe ? s'enquit Benedict.

Il remuait son thé, l'air indifférent, comme s'il faisait juste la conversation et que la réponse lui importât peu.

Si Mme Ellery s'étonna de tant de curiosité, elle n'en montra rien et répondit :

— Rachel ? Eh bien... maintenant que vous me posez la question, milord, je m'aperçois que je l'ignore. Mais la voici, justement. C'est l'heure de tenter de nourrir lord Draven, Rachel ?

— Oui, madame.

Georgiana se tourna vers la porte, où venait de se présenter une jeune femme qui devait avoir quatre ou cinq ans de plus qu'elle. Elle était assez jolie, avec un doux visage pâle et des cheveux noirs retenus par sa coiffe.

En s'activant pour préparer un bol de bouillon, Mme Ellery expliqua :

— Lord et lady Haslemere demandaient justement d'où vous êtes, Rachel. Pas de l'Oxfordshire, n'est-ce pas ?

— Non, madame. Du Herefordshire.

Quand la gouvernante lui remit un plateau, elle la remercia et quitta la cuisine sans rien ajouter.

— Elle ne parle pas beaucoup, déclara Mme Ellery quand elle fut partie. Mais c'est une brave fille, et une très bonne infirmière pour lord Draven. Elle s'occupe tellement bien de lui que Martha et moi n'avons plus rien à faire pour lui.

Georgiana et Benedict discutèrent encore quelques instants avec elle en finissant leur thé, puis se levèrent pour prendre congé.

— Merci de votre hospitalité, madame Ellery. Nous allons vous laisser.

— Tous nos souhaits de rétablissement pour lord Draven, ajouta Benedict.

La brave femme se rembrunit à l'évocation de l'état de santé de son maître.

— Vous êtes très aimable, milord. Espérer et prier, c'est ce que nous pouvons faire de mieux pour lui.

Tandis que Georgiana et lui retraversaient la cour, Benedict lança d'une voix furieuse :

— Espérer, prier, et tout faire pour attraper les gredins qui l'ont massacré. Il n'y a que de méprisables déchets d'humanité pour infliger cela à un homme.

— Pas aussi méprisables que celui qui leur en a donné l'ordre, ajouta Georgiana.

Elle se remémora les yeux de glace de Kenilworth, et un frisson la traversa.

En pénétrant dans l'écurie, ils trouvèrent un garçon de treize ou quatorze ans occupé à brosser l'un des chevaux de Mme Célestine. L'autre avait déjà bénéficié de ses soins et se régalait d'une ration de foin dans une stalle propre.

— Peter, n'est-ce pas ? lui lança Benedict. Joli travail !

S'approchant de lui, il lui glissa une pièce. Peter écarquilla les yeux en découvrant une guinée au creux de sa paume et s'exclama :

— Oh, merci, milord !

— Mme Ellery nous a dit que tu étais de High Wycombe, Peter ? s'enquit Benedict en caressant le museau du cheval. Connaîtrais-tu la famille de lord Draven, par hasard ?

— Pas beaucoup, milord. Je ne me rappelle pas bien l'ancien lord, et le nouveau...

D'un coup de menton, il désigna le manoir.

— ... ne vient pas souvent ici.

— Tu devais être bien jeune, la dernière fois qu'il est venu..., reprit Benedict. N'as-tu jamais entendu parler dans le voisinage d'un duel auquel aurait été mêlé lord Draven ?

— Vous voulez parler du duel avec le duc ?

Les duels étaient rares. Si l'un d'eux avait impliqué un noble d'un petit village tel que High Wycombe, cela avait dû faire sensation ici. Peter répondit vivement :

— Oui, j'en ai entendu parler. Les gens disent que c'était à cause d'une jeune lady.

— Oui, je crois bien qu'il devait s'agir de cela. Sais-tu ce qui a provoqué ce duel ?

— Le duc et lord Draven étaient amoureux de la même femme. C'est à ça que servent les duels, non ? Les nobles se battent pour l'argent ou les femmes.

L'adolescent rougit violemment et baissa les yeux.

— Sauf votre respect, milord.

— Il n'y a pas de mal.

Georgiana s'avança pour demander à son tour :

— Que sais-tu de la famille Beauchamp, Peter ? Ils vivaient dans les environs, je crois.

— Oui, milady. Mais les Beauchamp sont tous morts ou partis, maintenant.

— Il y avait une fille, dans la famille, du nom de Clara. Tu te souviens d'elle ?

Peter secoua la tête.

— Non, répondit-il. Mais je sais qu'elle a disparu et qu'on ne l'a jamais retrouvée. La famille était désespérée. Ma grand-mère était gouvernante chez eux, à l'époque. Elle dit toujours que Mme Beauchamp en est morte de chagrin.

— Ta grand-mère vit-elle toujours à High Wycombe ?

Georgiana joignit rapidement les mains, adressant une prière au Ciel pour que l'aïeule de Peter soit toujours de ce monde et qu'elle ait une bonne mémoire.

— Oui, milady. Elle a un petit cottage sur Crescent Road.

Georgiana lança à Benedict un regard chargé d'espoir.

— Crois-tu que cela l'embêterait si nous lui rendions une petite visite ? reprit-elle.

Peter la considéra d'un air dubitatif, comme s'il ne voyait pas ce qu'un lord et sa dame pouvaient vouloir à sa grand-mère, puis il haussa les épaules avec un grand sourire.

— Je ne crois pas, dit-il. Je peux vous indiquer où elle habite, si ça peut vous faire plaisir.

— Cela nous ferait plaisir, Peter, assura Benedict en tirant une autre pièce de sa poche. Cela nous ferait même très plaisir…

# 19

Mme Payne, une petite vieille dame aux cheveux blancs de près de soixante-dix ans, habitait un cottage auquel on accédait par un chemin défoncé, un peu à l'extérieur de High Wycombe. Benedict songea qu'elle ne devait pas recevoir beaucoup de visites, mais elle les accueillit avec grâce, comme si des aristocrates venus de loin se présentaient chaque jour à sa porte.

Une fois qu'ils furent installés dans son petit salon avec des rafraîchissements, Benedict alla droit au but. Georgiana et lui avaient très peu de temps pour découvrir les secrets du duc, et Mme Payne constituait leur meilleur atout.

— Nous espérions que vous pourriez nous parler de la famille Beauchamp, madame Payne. Peter, votre petit-fils, nous a dit que vous aviez travaillé pour eux ?

— Tout à fait, milord. J'étais leur gouvernante. Ma maîtresse, Mme Beauchamp, était une véritable perle. Jamais un mot de travers envers personne. Je peux vous dire que j'en ai versé, des larmes, quand elle est morte.

Benedict eut un hochement de tête compatissant et ajouta :

— L'histoire de la famille Beauchamp est tragique. Étiez-vous à leur service quand leur fille a disparu ?

— Je l'étais, et je le suis restée ensuite, confirma-t-elle, jusqu'à la mort de Mme Beauchamp. Nous ne parlions plus de Mlle Clara, après sa disparition. Mme Beauchamp ne pouvait supporter d'entendre son nom sans fondre en larmes. Et puis elle est devenue de plus en plus faible. La pauvre dame est morte d'avoir eu le cœur brisé, lord Haslemere, vous pouvez me croire.

— J'en suis affreusement désolé, madame Payne. Cela doit avoir été terrible pour vous d'assister à une telle détresse. Clara a disparu la nuit où lord Draven donnait un bal de Noël, il me semble ?

— *Aye*. Elle était habillée tout en blanc, ce soir-là. Jolie comme un ange, et tellement heureuse de se rendre à cette fête ! Personne parmi nous ne pouvait se douter que nous ne la reverrions plus.

D'une main tremblante, Mme Payne porta sa tasse à ses lèvres.

— Je suis sûr que ç'a été un terrible choc.

Benedict choisit soigneusement ses paroles et ajouta :

— C'était une étrange soirée, non ? D'après ce que je sais, il s'est passé ce soir-là quelque chose qui a causé un duel entre lord Draven et le duc de Kenilworth.

— Il y a bien eu un duel, *aye*, et c'est une honte que deux nobles jeunes hommes se conduisent ainsi.

Mme Payne renifla brièvement et poursuivit :

— Mais voilà ce qui se produit quand deux gentlemen trop fiers et trop têtus s'amourachent de la même jeune fille. N'est-ce pas, milord ?

*La même jeune fille...*

Benedict avait présumé jusque-là, de même que le reste de la bonne société, que cette jeune fille devait être Jane. Se pouvait-il qu'ils se soient tous trompés et qu'une autre que sa sœur soit au centre de ce mystère ?

Et si, depuis tout ce temps, tout n'avait toujours tourné qu'autour de Clara Beauchamp ? Le cœur battant, il reporta son attention sur Mme Payne.

— J'ai cru comprendre que les Beauchamp étaient des amis proches de lord Draven et de sa famille. Clara et l'actuel lord Draven étaient-ils amis ?

— Amis ? répéta-t-elle. Bien évidemment, milord ! On ne pouvait trouver plus inséparables que ces deux-là. Cela réjouissait le cœur de les savoir si bons amis.

Georgiana s'immisça dans la conversation en scrutant le visage de leur hôtesse.

— Je n'avais pas conscience que lord Draven et Mlle Beauchamp étaient… si proches, dit-elle.

Hochant la tête avec conviction, Mme Payne assura :

— C'était une très bonne chose pour elle. Voyez-vous, Mademoiselle était une douce petite chose, lady Haslemere, mais innocente comme l'agneau. Lord Draven veillait sur elle, surtout quand elle est devenue jeune fille et que les gentlemen ont commencé à renifler sa fortune. Les Beauchamp avaient beaucoup d'argent, et il ne manquait pas de fripouilles pour vouloir mettre la main dessus.

Cette information surprit Benedict. Si Clara avait été la proie de coureurs de dot, alors les Beauchamp devaient être beaucoup plus riches qu'il ne l'avait imaginé.

Mme Payne poussa un soupir et enchaîna :

— C'est affreux, ce qui est arrivé à Clara. Ça nous a brisé le cœur à tous, mais pas autant qu'à lord Draven. Cela a failli le rendre fou. Il l'a cherchée partout, même après que tout le monde a abandonné les recherches. Il a fini par renoncer lui aussi, mais il ne s'est jamais remis de l'avoir perdue. C'est pour cela qu'il ne vient plus ici. Le pauvre homme ne peut supporter d'y être sans elle.

— Pardonnez-moi, madame Payne, reprit Georgiana, mais je voudrais être sûre de bien vous comprendre. Êtes-vous en train de nous dire que lord Draven était amoureux de Clara Beauchamp ?

Cette question parut surprendre Mme Payne.

— Mais bien évidemment, milady, répondit-elle. Depuis qu'il était enfant. À sa disparition, il est devenu fou de chagrin. Il est parti pour Londres et s'est mis dans les ennuis, à tel point que son père a dû le faire rentrer ici et l'expédier ensuite sur le continent. Il a ainsi sauvé la vie de son fils, si vous voulez mon avis. Il se serait détruit lui-même, autrement, tellement il avait le cœur brisé.

— Clara, lança Benedict en adressant à Georgiana un regard entendu. Depuis le début, il n'était pas question de Jane mais de Clara.

Mme Payne avait suivi leur échange avec étonnement.

— Jane ? répéta-t-elle. Je ne connais personne de ce nom, milord. Cela a toujours été Clara pour lord Draven. C'était une jeune fille charmante et très belle, avec ses cheveux d'un blond presque blanc et ses grands yeux bleus. Elle attirait l'attention de plus d'un gentleman. Mais la beauté peut se révéler une bénédiction comme un fléau, et cela s'est vérifié avec la pauvre Clara.

Benedict reposa lentement sa tasse dans sa soucoupe.

— Je ne suis pas certain de bien vous comprendre, madame Payne, avoua-t-il.

— Eh bien, je veux parler de cette affreuse histoire avec le duc de Kenilworth, milord. Les jeunes beautés comme Clara attirent les mauvais hommes aussi bien que les bons. Encore que j'aie toujours pensé que le duc était bien moins attiré par sa beauté que par son argent. Il n'en avait pas beaucoup à l'époque, voyez-vous. Il était encore vicomte quand il a jeté son dévolu sur elle.

Les sourcils froncés, Benedict protesta :

— Pardonnez-moi, madame Payne, mais Kenilworth était déjà duc quand il a assisté au bal de Noël des Draven. Il avait hérité du titre l'été précédent, il me semble.

— *Aye*, il était duc à Noël, mais il avait mis le grappin sur Clara avant cela, milord. Lui et lord Draven étaient amis. Kenilworth était venu à High Wycombe une demi-douzaine de fois avant cette fête. Il a commencé à courtiser Clara… laissez-moi réfléchir… alors qu'elle avait dix-sept ans, donc une année avant ce bal.

Benedict ne se rendit compte qu'il avait serré trop fort l'anse de sa tasse que quand celle-ci se brisa.

— Bon sang ! Je veux dire… Excusez-moi.

— Oh, ce n'est rien du tout, milord.

Mme Payne fit une tentative pour se lever afin de réparer les dégâts, mais Georgiana la devança.

— Donnez-moi ça.

Elle lui prit la soucoupe des mains et appuya une serviette de table sur la main de Benedict en ajoutant :

— Pressez ceci contre la coupure.

Benedict s'aperçut alors en baissant les yeux que l'un de ses doigts saignait.

— Selon vous, reprit Georgiana à l'adresse de leur hôtesse, le duc de Kenilworth aurait donc séduit Clara Beauchamp au cours d'une de ses premières visites à Draven House ?

Elle était restée debout près de Benedict, une main sur son épaule, comme abasourdie par cette révélation. D'une voix sourde, elle résuma :

— Il a séduit la femme dont lord Draven, son ami le plus proche, était amoureux ?

Un sourire amer joua sur les lèvres de Mme Payne.

— C'est tout à fait ça, lady Haslemere. Et c'était pitié de voir cela. Il a séduit Clara, a ruiné son avenir, avant de l'abandonner une fois devenu duc. Il devait penser pouvoir trouver mieux qu'une obscure jeune femme dépourvue de titre de noblesse, et il avait réussi à dilapider une bonne partie de sa fortune.

*Trouver mieux...*

Benedict s'était figé sur sa chaise. Kenilworth avait effectivement trouvé mieux. Il avait rencontré Jane à la partie de campagne des Draven et lui avait fait la cour dès la saison suivante. Jane était exactement le type de jeune lady qu'un duc pouvait vouloir pour duchesse : jolie, bien éduquée et issue d'une bonne famille. Pour ne rien gâcher, elle apportait dans la corbeille de mariage une confortable dot.

— Vous semblez choquée, lady Haslemere, nota Mme Payne. Il y a de quoi l'être. C'est méprisable, ce que Kenilworth a fait, à Clara comme à lord Draven. Il a trahi un ami et brisé le cœur d'une innocente jeune lady.

Benedict serra les poings si fort que ses phalanges blanchirent. Kenilworth avait fait bien pire que cela. Il avait menti sans vergogne et s'était livré à des manipulations pour parvenir à ses fins. Il avait emprisonné Jane dans une toile de mensonges, la mêlant, ainsi que Freddy, à sa trahison.

Mme Payne poussa un long soupir et reprit son récit en secouant tristement la tête.

— Lord Draven n'a d'abord rien su des malheurs de Clara, mais l'on ne peut cacher éternellement ce genre de chose, n'est-ce pas, milady ? Il a découvert la trahison de Kenilworth le soir du bal de Noël et l'a aussitôt provoqué en duel. Il ne fait aucun doute qu'il aurait tué le duc si son père ne l'avait pas empêché de se battre.

Sauf que, malgré les efforts du précédent lord Draven, le duel avait tout de même eu lieu après le retour à Londres des deux hommes.

— Clara s'imaginait amoureuse de Kenilworth, bien sûr. Je me doutais que cela la conduirait au désastre, mais Mme Beauchamp a laissé faire. C'était une dame assez simple, en admiration devant l'aristocratie. Je pense qu'elle était flattée que sa fille puisse devenir duchesse.

Mais c'était Jane que le duc avait épousée. Et Clara, qu'était-elle devenue ?

Benedict se leva d'un bond, soudain pressé de quitter ce petit salon afin de pouvoir parler en privé à Georgiana.

Mme Payne s'effraya de son geste et se leva.

— Tout va bien, lord Haslemere ? s'inquiéta-t-elle.

— Pardonnez-moi, madame Payne.

D'une main tremblante, il reposa la serviette et ajouta :

— Je ne pensais pas qu'il était déjà si tard. Vous nous avez été d'une aide précieuse. Lady Haslemere et moi vous en sommes reconnaissants.

Georgiana alla prendre une des mains de leur hôtesse dans les siennes et lui dit :

— Merci de votre hospitalité, madame Payne.

— Tout le plaisir était pour moi, milady. Je ne sais pas s'il y a quoi que ce soit que vous puissiez faire, vous et lord Haslemere, et je crains fort que Clara n'ait plus besoin de notre aide, mais cela mettrait un peu de paix dans mon cœur si le duc de Kenilworth pouvait payer pour toutes les souffrances qu'il a causées.

— Je vous promets que nous ferons tout ce qui est en notre pouvoir, madame Payne.

Benedict attendit de s'être éloigné du cottage avant de laisser libre cours, en un flot de paroles colériques, à la fureur et à l'angoisse qui n'avaient cessé de monter en lui.

— Cette ordure ! Il va finir au bout d'une corde ! Il va payer pour ce qu'il a fait à Jane et à Freddy, mais aussi à Draven et à Clara !

— Benedict, écoutez...

— L'honorable duc de Kenilworth, l'interrompit-il d'un ton chargé d'amertume. Un gentleman tellement irréprochable, si distingué, admiré de tous à Londres... C'est un *meurtrier*, Georgiana !

— Pour le moment, nous savons seulement qu'il s'est rendu coupable d'une tentative de meurtre, rectifia-t-elle. Lord Draven est toujours vivant, et Clara pourrait ne pas être aussi inatteignable que Mme Payne le suppose, puisque Jane jure l'avoir aperçue dans une voiture à Londres.

— Mais comment Clara aurait-elle pu se cacher pendant si longtemps ? Draven l'a cherchée à travers toute l'Angleterre. Comment a-t-elle pu disparaître au point que même celui qui l'aimait n'ait pas réussi à la retrouver ?

— Je l'ignore, mais j'ai déjà vu des choses plus étranges se produire. Lady Tilbury pourrait en savoir plus qu'elle ne le prétend. Quant à Jane et à lord Draven, ils doivent avoir de sérieuses raisons de penser qu'elle est toujours de ce monde, pour s'être lancés à sa recherche.

En proie à une culpabilité dévorante, Benedict se passa les mains sur le visage.

— J'aurais dû voir clair dans le jeu de Kenilworth dès le début, se reprocha-t-il. Au lieu de cela, j'ai permis à mon unique sœur d'épouser un salaud. J'ai manqué à tous mes devoirs envers elle, et envers Freddy.

— Non !

Georgiana lui prit la main et la serra fortement dans la sienne avant de poursuivre :

— Vous ne pouviez pas savoir, Benedict. Le duc est un menteur et un manipulateur accompli. Vous ne pouvez vous blâmer d'avoir cru ce que tous croyaient.

— Mais pourquoi Jane ne m'a-t-elle pas dit la vérité ?

Il était l'aîné, et sa sœur lui avait toujours témoigné une confiance aveugle.

— Comment a-t-elle pu manquer à ce point de confiance en moi ? ajouta-t-il. J'aurais pu les aider, elle et Freddy.

— La confiance n'a rien à voir là-dedans, assura Georgiana. Ne comprenez-vous pas ? Jane est terrifiée par le duc. Il a commandité cette agression contre lord Draven. Il a frappé Freddy, un enfant ! Tout homme qui frappe un enfant est un monstre. Croyez-vous un seul instant que Kenilworth hésiterait à s'en prendre à vous ? Jane vous a caché la vérité pour vous protéger.

Tête basse, Benedict laissa ces paroles se frayer un chemin en lui. Il ne pouvait s'absoudre aussi facilement qu'elle le faisait, mais cela le touchait qu'elle l'imagine au-delà de tout reproche, même si ce n'était pas le cas.

— Il y a autre chose, reprit-elle. Mme Payne a affirmé que Kenilworth était plus attiré par la fortune de Clara que par sa beauté. Or, il n'avait qu'un moyen à sa disposition pour mettre la main sur sa dot…

Benedict redressa la tête.

*Le mariage…*

Y avait-il une possibilité que Kenilworth ait *épousé* Clara Beauchamp ?

Cette éventualité lui donnait le tournis. À l'époque, Clara était une riche héritière, et Kenilworth un noble avec plus d'appétit que de moyens financiers.

Trois cousins le séparaient de la possibilité d'hériter du duché.

— Une vulnérable et naïve jeune fille richement dotée aurait pu ne pas intéresser un duc, résuma-t-il. Mais pour un vicomte sans le sou et prêt à tout, elle représentait une tentation irrésistible.

— Cela ne vous rappelle rien, Benedict ? insista Georgiana. Un vicomte…

Il comprit tout de suite à quoi elle faisait allusion. Lady Wylde lui avait expliqué que des rumeurs avaient couru sur le mariage de Clara Beauchamp avec un vicomte. Elle n'avait pas parlé de fiançailles, ni d'une liaison, mais bien d'un *mariage*.

Un détail que lui avait confié lady Archer lui revint alors en mémoire, qu'il avait négligé jusque-là.

— Kenilworth n'a pas hérité du duché avant l'été précédant le bal de Noël chez les Draven, mais il a acheté sa résidence sur Grosvenor Street en janvier. Soit *avant* d'avoir hérité de son titre.

Georgiana empoigna sa manche.

— C'est avec la dot de Clara qu'il l'a achetée, déclara-t-elle. Il l'avait épousée, et il dépensait son argent.

Benedict avait encore du mal à y croire, mais c'était parfaitement plausible.

— Kenilworth est un être parfaitement amoral. Un prédateur au cœur froid, capable de trahir sans vergogne un ami et de briser tous les espoirs d'une jeune lady. Jusqu'où irait-il, selon vous, pour préserver ses secrets ?

À peine eut-il posé cette question que la réponse lui vint.

*Il irait aussi loin qu'il le devait.*

La gorge serrée, il dévisagea Georgiana.

— Il a déjà essayé d'enlever Jane et Freddy, dit-il. De les envoyer dans quelque coin reculé, loin de leurs amis et de leur famille. Et il n'a pas hésité à payer une demi-douzaine de voyous pour qu'ils agressent sans pitié lord Draven.

Georgiana était soudain devenue très pâle.

— Mon Dieu, Benedict, lâcha-t-elle dans un souffle. Vous n'imaginez tout de même pas... Kenilworth serait-il assez dépravé pour s'en prendre à son épouse légitime une fois celle-ci devenue une gêne pour lui ?

— Il lui a fait quelque chose, en tout cas, cela semble certain. Quoi que cela puisse être, il a dû s'imaginer qu'elle ne réapparaîtrait jamais, sinon il n'aurait pas épousé Jane.

— Benedict, savez-vous ce que cela signifie ? Si Clara a épousé Kenilworth et est toujours en vie...

— ... cela fait de lui un bigame, acheva-t-il pour elle.

Et s'ils pouvaient prouver sa bigamie, son mariage avec Jane serait invalidé, ce qui la libérerait définitivement du duc. Cela ne résolvait pas le problème posé par Freddy, qui demeurait légalement son fils, mais savoir que Benedict avait le pouvoir de le détruire obligerait le duc à négocier.

L'espoir renaissait en lui, mais il préféra le tenir à distance. Tant qu'ils n'auraient pas la preuve de ce qu'ils avançaient, ils ne pourraient crier victoire.

— Quelles sont les chances que Clara soit encore en vie, Georgiana ?

— Je l'ignore, avoua-t-elle en haussant les épaules, mais Jane paraissait persuadée qu'elle était vivante. Lord Draven semble y avoir cru également, mais la bigamie ne reste qu'une hypothèse tant que nous n'aurons pas prouvé que Kenilworth et Clara se sont bel et bien mariés.

— Il nous faut retrouver le pasteur qui a procédé à la cérémonie, ou un témoin. Leurs deux noms sur un registre paroissial des mariages pourraient aussi faire l'affaire.

Même s'ils étaient suffisamment chanceux pour parvenir à prouver la réalité de cette union, il leur resterait à déterminer si Clara était encore vivante. Mais Benedict se sentait prêt à écumer toute l'Angleterre pour la retrouver s'il le fallait.

Il jeta un coup d'œil au ciel. Il était encore assez tôt dans l'après-midi, mais ils risquaient de ne pas trouver ce qu'ils cherchaient à la première tentative.

— Nous allons commencer par les paroisses les plus proches de High Wycombe, annonça-t-il en prenant Georgiana par la main pour l'entraîner vers leurs montures. Ils n'ont pas pu s'éloigner de plus d'une journée de cheval. Si Clara avait dû passer une nuit hors de chez ses parents, cela aurait attiré l'attention.

Il leur fallait agir vite, en priant pour que Kenilworth n'ait pas réussi à effacer toute trace de ses forfaits.

# 20

Ils ne trouvèrent rien d'intéressant dans les registres des deux paroisses de High Wycombe, mais ne se découragèrent pas pour autant. La liste des mariages célébrés dans deux autres paroisses voisines s'avéra tout aussi décevante.

Il était déjà tard dans l'après-midi lorsqu'ils se mirent en route pour Great Missenden, situé à neuf miles de l'endroit où ils se trouvaient. De là, il leur faudrait trois heures de route pour regagner la maison du garde-chasse.

Cette fois, de quelque manière qu'elle les considère, les chiffres n'étaient pas en faveur de Georgiana, qui n'avait rien d'une cavalière émérite. Elle s'efforçait de faire bonne figure, mais Benedict finit par lui demander :

— Êtes-vous fatiguée, Georgiana ?

Fatiguée ? C'était une façon de dire les choses. Une autre aurait été de préciser que son arrière-train l'élançait douloureusement à chaque nouveau pas du cheval. Il lui semblait avoir déjà chevauché à travers tout l'Oxfordshire, alors qu'ils n'en étaient qu'au début de leurs recherches. Hors de question, cependant, qu'elle se plaigne. Le temps pressait. Il était étonnant qu'ils n'aient pas encore croisé la route des hommes lancés à leur recherche, mais leur chance ne durerait pas éternellement.

Georgiana jeta un bref coup d'œil à Benedict avant de détourner le regard. Elle était fatiguée, en effet, et ne sentait plus ses bras ni ses jambes, mais elle ne l'aurait admis pour rien au monde. Lui, en revanche, semblait parfaitement à l'aise et détendu.

— Je vais bien, mentit-elle entre ses dents serrées.

Cette réplique lui valut un regard sceptique, mais Benedict ne dit rien jusqu'à ce qu'ils fassent une halte dans la cour du Cerf Doré, une auberge située au bord de la route.

Après avoir sauté souplement au bas de sa selle, il alla se camper à côté de la monture de Georgiana et décréta :

— À présent, c'en est assez !

— Assez ? répéta-t-elle en s'efforçant de rester calme. Sommes-nous déjà arrivés à Great Missenden ?

— Non, nous sommes à Dunsmore. Great Missenden est à cinq miles au sud.

— Cinq miles !

Georgiana songea qu'elle n'allait jamais y arriver. Il lui semblait déjà que son corps avait subi des dégâts irréparables et qu'elle ne pourrait plus jamais marcher.

Benedict la dévisagea d'un air sévère.

— Ce n'est qu'à une heure de route pour un cavalier expérimenté, expliqua-t-il. Deux pour vous. Voire trois.

Il avait raison, naturellement, mais cela n'empêcha pas Georgiana de s'empourprer violemment.

— Veuillez m'excuser si mes compétences de cavalière ne répondent pas à vos attentes, lord Haslemere.

Elle était consciente de se comporter comme une enfant mais elle avait l'impression d'être sur le point de se mettre à pleurer, chose aussi inconcevable qu'intolérable.

— Si j'avais grandi sur un grand domaine avec des chevaux à ma disposition, ajouta-t-elle avec amertume, peut-être serais-je meilleure cavalière. Mais il se trouve...

Sans doute à bout de patience, Benedict ne la laissa pas achever sa phrase. Tendant les bras, il la souleva sans effort et la déposa sur le sol.

— Assez, vous ai-je dit !

Georgiana lui était reconnaissante de ne l'avoir pas lâchée, car sans doute serait-elle tombée. En levant les yeux vers son visage, ce qu'elle y découvrit la surprit.

— Vous... vous avez l'air en colère.

Elle sentit l'emprise de ses mains se resserrer sur sa taille.

— Sans doute parce que je le suis, Georgiana.

— Parce que je ne suis pas bonne cavalière ?

Pourquoi posait-elle la question ? Ce devait forcément être à cause de cela. Il était habitué aux ladies de la bonne société, pour qui monter à cheval était aussi facile que de marcher. Cela devait être fastidieux pour lui de chevaucher en sa compagnie. D'une voix tremblante, elle reprit :

— Eh bien, je vous demande pardon si...

— Je me fiche comme de ma première chemise que vous soyez bonne cavalière ou pas ! s'exclama-t-il. Je suis en colère parce que vous m'avez caché que de longs trajets en selle vous seraient pénibles. Je pensais que nous n'en étions plus là, vous et moi.

Georgiana fixait ses chaussures pour éviter d'avoir à croiser son regard. Il n'était pas en colère parce qu'elle le décevait, mais parce qu'elle ne l'avait pas laissé prendre soin d'elle comme il l'aurait voulu.

Elle sentit qu'il allait la lâcher et s'écarter d'elle. Sans réfléchir, elle s'agrippa à ses bras et redressa la tête.

— Vous... vous avez raison, reconnut-elle. C'était ridicule de ma part. Je suis désolée, Benedict.

Elle lui offrit un sourire timide. Il ne le lui rendit pas, mais elle vit l'expression de son visage s'adoucir.

— Nous continuerons le voyage en voiture, expliqua-t-il. Les chevaux de Mme Célestine ont de toute façon mérité de se reposer. Nous les récupérerons au retour.

— Cela ne prendra-t-il pas trop de temps ?

S'ils n'arrivaient pas à Great Missenden bientôt, il ne leur serait pas possible d'avoir accès à l'église de la paroisse avant le lendemain.

— Plus d'objections ! ordonna-t-il en posant l'index sur ses lèvres. Entrez et commandez-nous quelque chose à manger pendant que je loue une voiture. Je n'ai pas plus envie de vous affamer que de vous épuiser.

Sans attendre de réponse, il tourna les talons et se dirigea vers l'écurie. Georgiana le regarda s'éloigner, et une étrange langueur s'empara d'elle. S'il avait été l'aristocrate jouisseur et frivole pour qui elle l'avait d'abord pris, tout aurait été beaucoup plus simple. Mais Benedict Harcourt n'était rien de ce qu'elle avait imaginé.

Détournant le regard, elle gagna l'entrée de l'auberge. Elle ne pouvait se défaire de l'impression que Jane et Freddy n'étaient plus les seuls à être en danger. Désormais, c'était également son cœur qui était en jeu. Et chaque minute passée près de Benedict aggravait le risque qu'elle courait de tomber désespérément amoureuse de lui.

Great Missenden était un village anglais typique, assez paisible en dépit de sa proximité avec la ville de Wendover. On accédait à son église, un bâtiment de pierre blanche joli mais sans rien de remarquable, par un étroit chemin bordé d'arbres.

— Assez isolé..., fit remarquer Benedict. Et difficile à trouver.

Le site était désert. Le seul bruit qui se faisait entendre était le gémissement du vent entre les pierres tombales qui entouraient l'édifice. Personne ne se montra quand Bènedict arrêta la voiture dans l'allée. Il y avait sur le côté de l'église une maisonnette qui devait être le presbytère.

La main en visière pour se protéger du soleil de la fin d'après-midi, Georgiana commenta :

— Oui. L'endroit idéal pour un mariage clandestin.

Tellement idéal, en fait, que le duc n'avait peut-être pas cherché à cacher ses traces. Ce lieu lui inspirait une sorte de pressentiment, même si elle n'avait jamais cru à ce genre de chose. Il semblait inconcevable que leur quête puisse être résolue aussi facilement, après les événements des derniers jours – un ignoble duc, l'enlèvement d'une duchesse, une partie de pharaon, un bal masqué, de scandaleux ragots... et le plus séduisant dandy sur lequel ses yeux se soient jamais posés.

Ils descendirent de voiture, puis Benedict lui offrit son bras.

— Y allons-nous ?

Elle se laissa conduire jusqu'à la porte de l'église, qui grinça quand elle l'ouvrit. Un courant d'air frais les accueillit. Il faisait sombre, à l'intérieur, mais ils purent constater que le bâtiment était aussi simple et sans prétention qu'à l'extérieur.

— Une petite église de campagne. Pas du tout le genre d'endroit que choisirait un duc ambitieux pour se marier.

Avec une certaine amertume, Benedict ajouta :

— Or, notre homme a toujours accordé beaucoup d'importance au décorum lié à son statut.

Il n'y avait rien de somptueux autour d'eux, ni imposant autel ni vitraux colorés. C'était le dernier endroit au monde où aurait pu se dérouler un mariage ducal.

Mais Kenilworth n'était pas duc, à l'époque, et ne s'attendait pas à le devenir. Il avait trouvé une riche héritière, l'avait séduite puis épousée pour prendre le contrôle de sa fortune. Et, une fois devenu duc, il l'avait écartée comme il l'aurait fait d'un meuble encombrant. Pour un tel forfait, une église en valait une autre.

Kenilworth semblait avoir été certain que Clara ne referait pas surface pour exposer sa perfidie. Il devait y avoir une raison à cela. Georgiana frissonnait rien que d'y penser. Les chances étaient minces que la jeune femme ait survécu, en dépit de la certitude qu'avait Jane de l'avoir aperçue à Londres.

— Que croyez-vous qu'il soit arrivé à Clara Beauchamp cette nuit-là ? demanda-t-elle.

— Je l'ignore, répondit Benedict. Mais une fois que j'aurai mis Jane et Freddy à l'abri, j'espère le découvrir.

Il avait les mâchoires serrées, et ce fut d'une voix empreinte d'une détermination sans faille qu'il conclut :

— Kenilworth ne s'en tirera pas à si bon compte, Georgiana, je vous le jure.

— Bonsoir ! lança une voix d'homme.

Georgiana et Benedict se retournèrent. Un petit homme habillé de noir émergeait d'une porte cintrée à l'arrière du bâtiment.

— Pardon de vous avoir fait attendre, reprit-il. Je suis Martin Henshawe, le pasteur. En quoi puis-je vous aider ?

— Bonsoir, pasteur Henshawe, répondit Benedict. Vous pouvez sans doute effectivement nous aider. Cette jeune dame et moi sommes venus vous demander si un mariage…

— Ah, je vois, l'interrompit le pasteur avec un sourire radieux. Vous ferez un très beau couple. Vous n'avez qu'à me laisser vos noms, et une fois que les bans auront été proclamés trois dimanches de suite...

— Les bans ?

Benedict s'éclaircit la voix et enchaîna :

— Non, ce n'est pas... pour cela que nous sommes venus vous voir.

— Une licence spéciale, alors ? Nous n'en faisons pas beaucoup ici, mais naturellement je serai ravi de vous aider. J'ai juste besoin de voir le...

— Euh... non, pasteur Henshawe. Nous... euh... Cette jeune dame et moi ne sommes pas fiancés. Nous sommes de simples connaissances... enfin, un peu plus... des amis. C'est à propos d'un autre mariage que nous sommes venus vous voir, pas du nôtre.

Benedict s'était empourpré en délivrant ces confuses explications, ce que Georgiana trouva étonnant. Un séducteur tel que lui, rougir ? Mais cela avait beau paraître étrange, elle ne pouvait s'empêcher de trouver cela adorable.

Le pasteur cligna des yeux et les dévisagea.

— Vraiment ? s'étonna-t-il. Je vous demande pardon. Vous paraissez tous les deux tellement... Enfin, en vous voyant, je me suis dit que... Bref, peu importe. Vous voulez m'interroger à propos d'un autre mariage, dites-vous ?

— Oui, pasteur Henshawe.

Georgiana assortit sa réponse de son plus gracieux sourire, avant de poursuivre :

— Une excellente amie à moi, Clara Beauchamp, s'est peut-être mariée ici, il y a à peu près sept ans. Ce nom vous est-il familier ?

Le pasteur secoua la tête.

— J'ai bien peur que non. Je suis arrivé ici il y a deux ans, à la suite du décès du pasteur précédent. Bien sûr, je connais mes paroissiens, mais ce nom ne me dit rien.

Georgiana lança un coup d'œil à Benedict et vit le désappointement qu'elle ressentait se refléter sur son visage. Le prédécesseur du pasteur Henshawe étant décédé, il ne restait que la possibilité de découvrir les noms du duc et de Clara dans le registre paroissial pour entretenir leur espoir.

— Peut-être pourrions-nous consulter le registre ? suggéra-t-elle. L'affaire est assez urgente, voyez-vous...

Georgiana ajouta sur le ton de la confidence :

— Une dispute familiale concernant la légalité d'un mariage, avec des répercussions possibles sur un héritage. Une affaire bien embarrassante, voyez-vous...

Cette précision parut scandaliser le pasteur.

— Hélas, hélas, j'imagine fort bien. Je vais chercher le registre pour que vous puissiez le consulter.

— C'est très aimable à vous. Merci beaucoup.

Georgiana attendit que le pasteur se soit éloigné avant de se tourner vers Benedict. À sa grande surprise, elle le découvrit occupé à la dévisager d'un air goguenard.

— Qu'est-ce qu'il y a ? s'étonna-t-elle.

— Mentir à un pasteur, répondit-il. Dans une église, qui plus est. J'ai noté que le mensonge vous venait facilement aux lèvres. Honte à vous, Georgiana !

Il plaisantait, et cela la fit sourire. Elle se prêta au jeu.

— Eh bien... il fallait bien lui raconter quelque chose. Si je vous avais laissé faire, il aurait publié les bans pour notre mariage.

Elle s'était attendue à le voir éclater de rire à cette idée ridicule, mais il n'en fit rien. Tout au contraire, le visage grave, il la dévisagea avec une telle intensité qu'elle se sentit rougir et qu'il lui fallut détourner le regard.

Fort heureusement, le bruit d'une porte qui se refermait vint mettre un terme à leur tête-à-tête. Le pasteur descendait l'allée centrale de son église et se dirigeait vers eux, chargé d'un épais volume relié.

— Le voici, annonça-t-il. J'ai à faire à l'arrière du bâtiment, je vous laisse donc le consulter ici. Mais n'hésitez pas à faire appel à moi si vous avez besoin d'aide.

Après avoir tendu le registre à Benedict, il repartit par où il était venu, les laissant seuls.

— Eh bien, ç'a été plus facile que je ne l'imaginais.

Benedict lui désigna un banc, sur lequel ils prirent place tous les deux. Elle ouvrit le volume par le milieu et le déposa entre eux, à cheval sur leurs deux jambes.

— Voyons un peu..., murmura-t-elle en se penchant sur le registre. Si Mme Payne a dit vrai, Clara et Kenilworth ont dû se marier entre 1788 et 1789.

— Commencez un an plus tôt, pour plus de sûreté, conseilla Benedict.

Il maintint le gros livre en place pendant qu'elle tournait les pages jusqu'à celles de janvier 1787.

— Nous y voici. Seigneur ! Soit le précédent pasteur avait une écriture de chat, soit il était très vieux à sa mort.

L'écriture était inégale et tremblante. Les lettres étaient mal formées et à demi tracées, comme si l'auteur de ces lignes avait eu du mal à tenir une plume.

— Partageons-nous le travail, suggéra Benedict en collant sa cuisse à la sienne. Je prends la page de gauche, et vous celle de droite. Cela ira plus vite ainsi.

Cela risquait au contraire de durer plus longtemps, tant Georgiana se sentait troublée par le contact ferme et chaud de sa jambe. Comme elle ne pouvait lui demander de s'écarter, elle prit son courage à deux mains et se mit à l'ouvrage.

La liste n'était pas longue, la paroisse étant petite, mais l'écriture était si mauvaise que la déchiffrer était une épreuve.

— Pas de Clara Beauchamp, annonça enfin Benedict.

— Rien de mon côté non plus, ajouta Georgiana. Voyons l'année suivante.

Elle tourna la page, et ils reprirent leur consultation en silence. *Octobre, novembre, décembre*...

Georgiana soupira en lisant les noms du dernier couple marié en décembre 1788.

— Rien non plus ici.

— Non.

Benedict soupira à son tour et se massa un instant le front avant d'ajouter :

— Continuons un peu.

Georgiana s'exécuta sans y croire. Le découragement s'était emparé d'elle. Il y avait des dizaines d'églises dans l'Oxfordshire, et des dizaines d'autres encore dans le Buckinghamshire et le Kent. Kenilworth pouvait avoir épousé Clara dans n'importe...

Elle se figea soudain, le doigt pointé au bas d'une colonne de noms.

— Benedict, regardez... C'est le mois de février 1790 qui commence en haut de cette page. Où est passée l'année précédente ?

Benedict prit le volume sur ses genoux et revint en arrière.

— Elle a été arrachée, indiqua-t-il. Les mariages célébrés entre décembre 1788 et février 1790 ont disparu. Il manque toute l'année 1789 !

Georgiana examina la reliure de plus près et remarqua alors les ébarbures de papier laissées par la déchirure. Quelqu'un était passé ici avant eux. Quelqu'un qui avait quelque chose à cacher. Il avait fait disparaître la preuve qui leur manquait.

# 21

Tous deux demeurèrent parfaitement silencieux. Pendant le trajet entre Great Missenden et Dunsmore. Ils récupérèrent les chevaux de Mme Célestine au Cerf Doré, mais Benedict insista pour qu'ils chevauchent la même monture et traînent l'autre au bout d'une longe.

— Je ne peux pas vous promettre que ce sera confortable, dit-il, mais au moins nous serons...

*Ensemble.*

— ... au chaud.

Il lui fit un baisemain sans la quitter des yeux et ajouta en désignant sa monture d'un geste :

— Votre trône, princesse...

Il s'attendait qu'elle proteste, mais elle lui répondit d'une révérence en lançant :

— Comme c'est aimable à vous, milord.

Benedict se mit à rire.

— C'est vous qui êtes trop aimable. Le trône est bien inconfortable, j'en ai peur. Pas le moindre coussin.

— Je prendrai donc appui sur vous. Il me semble que vous ferez un coussin des plus confortables.

Elle agrémenta sa remarque d'un sourire et d'un rougissement charmants.

Benedict la souleva pour la mettre en selle, avant de s'installer dans son dos.

— Appuyez-vous sur moi.

Il l'attira entre ses jambes écartées et se plaça de façon qu'elle puisse plaquer son dos contre sa poitrine. Ensuite, il jeta un coup d'œil aux premières étoiles qui piquetaient le ciel et cala son menton sur le sommet du crâne de Georgiana. Il n'aurait pas souhaité se trouver ailleurs que là en cet instant. Il aurait même bien voulu pouvoir y rester toujours.

Ils ne parlèrent pas davantage que précédemment. Aucun d'eux n'avait besoin de dire que leur enquête était terminée, que Kenilworth conserverait ses secrets. Le registre avait constitué leur dernier espoir, et même cette preuve d'un mariage entre le duc et Clara n'aurait pas suffi à sauver Jane et Freddy.

Ils avaient besoin de Clara Beauchamp, pas seulement d'un témoignage de quelqu'un l'ayant aperçue dans une voiture, mais de Clara en chair et en os. Aux yeux de la justice, Kenilworth ne serait condamné pour bigamie que si elle était encore en vie. Or, ils n'étaient pas plus près de la retrouver qu'ils ne l'avaient été au début de leur enquête.

Désormais, il ne leur restait qu'à rentrer à Londres. Et, de là, Benedict n'aurait d'autre choix que d'embarquer pour l'Amérique du Nord avec sa famille, afin d'offrir à Jane et à Freddy la chance d'une nouvelle vie.

Il aurait bien voulu une nouvelle vie, lui aussi, mais pas celle qu'il pourrait avoir outre-Atlantique. Pas celle que ne pourrait partager Georgiana Harley.

Il aurait voulu le lui expliquer, mais il y avait beaucoup trop de choses à dire, et bien peu de temps pour le faire. Ils n'avaient envie ni l'un ni l'autre de meubler leurs derniers instants ensemble par un flot de paroles. Au lieu de cela, elle s'abandonnait entre ses bras, et il la serrait contre lui.

Il chérirait le souvenir de ces moments précieux quand il serait au loin. Il se pencha afin d'inhaler son parfum si particulier, qui avait insufflé une nouvelle vie en lui, et qu'il n'oublierait jamais. Il était amoureux de Georgiana – il l'était depuis des mois maintenant –, mais cela ne changeait rien au sort qui les attendait.

— Dormez, Georgiana, murmura-t-il tout contre son oreille. Il se fait tard.

En dépit de l'heure tardive, ils avaient décidé de rentrer à la maison du garde-chasse plutôt que de passer la nuit au Cerf Doré. Si Benedict avait redouté que les hommes du duc ne leur tombent dessus sur la route, il ne s'y serait pas risqué. Mais Kenilworth n'avait envoyé personne à leur recherche. Il n'en avait pas eu besoin. Toute trace de son mariage avec Clara Beauchamp avait depuis longtemps été éliminée. Il avait trop bien fait le ménage pour redouter que l'on ne découvre quelque chose qui puisse l'incriminer.

Quelques mèches folles des cheveux de Georgiana lui effleuraient la joue. Il ferma les yeux un instant pour mieux savourer cette caresse.

— Vous pouvez vous reposer sans crainte contre moi, ajouta-t-il à mi-voix. Je veille sur vous.

Il s'attendait à l'entendre rétorquer qu'elle n'était pas fatiguée, mais aucune protestation ne vint. Elle s'endormit si rapidement et avec une telle confiance entre ses bras qu'il en eut la gorge serrée.

Le trajet du retour se révéla à la fois beaucoup trop long et infiniment trop court.

En arrivant au cottage, Benedict se laissa glisser au bas de sa monture, puis il souleva Georgiana dans ses bras en prenant garde de ne pas la réveiller. Il ouvrit la porte avec son pied, entra dans la maisonnette en la tenant serrée contre sa poitrine et alla la déposer sur le lit.

Elle s'agita quand il la lâcha et émit un grognement de frustration.

— Benedict… ne partez pas, protesta-t-elle en lui saisissant le poignet.

Il libéra doucement son bras et répondit tout bas :

— Vous avez besoin de dormir, Georgiana. Une longue route nous attend demain pour rentrer à Londres.

Les sourcils froncés, elle serra plus fort son bras.

— Vous avez autant que moi besoin de dormir. Allongez-vous à côté de moi.

Avec un sourire amusé, Benedict protesta :

— Vous invitez un séducteur patenté dans votre lit ? Ce n'est pas une bonne idée, princesse.

Elle ouvrit alors les yeux, et il retint son souffle. *Bon Dieu !* Jamais il n'avait vu de sourire d'invite plus explicite et plus irrésistible sur les lèvres d'une femme. Ce sourire innocent et sensuel à la fois fit durcir son sexe en un instant. Tout ce sang affluant d'un coup dans son membre le laissa étourdi de désir.

— J'insiste, reprit-elle dans un souffle. Je pense au contraire que c'est une merveilleuse idée.

Benedict contempla son visage, ses bonnes intentions et ses plus fermes résolutions le désertant peu à peu. Elle ne savait pas ce qu'elle faisait, ni ce qu'elle exigeait de lui. Elle ne comprenait pas ce qu'elle risquait à inviter un homme tel que lui à venir s'allonger près d'elle. Elle était inexpérimentée, innocente. C'était donc à lui d'être raisonnable pour eux deux.

— Juste un petit moment, le supplia-t-elle en le tirant vers elle. Le temps que je m'endorme.

Ce murmure lui échauffa les sens comme une caresse. Benedict se maudit d'y céder en dépit de toutes ses réticences. En s'allongeant sur le lit, il veilla à rester aussi loin de Georgiana que possible et s'ordonna de ne pas la toucher, quand bien même son sexe se dressait.

Au bout d'un moment, Georgiana se redressa sur un coude, posa sur lui un regard sévère et dit d'un ton de reproche :

— Vous n'êtes pas confortablement installé.

— Ridicule ! Je suis aussi confortablement installé qu'un chat dans son panier.

Un mensonge éhonté. Il aurait été plus à l'aise sur un lit de braises qu'allongé près d'elle sans pouvoir la toucher.

— Dormez, maintenant ! ordonna-t-il en fermant lui-même les yeux, résigné à passer une nuit de torture.

— Vous ne voulez pas enlever votre manteau ? Vous seriez mieux également sans votre gilet et votre cravate.

Benedict réprima difficilement un gémissement.

— Non, je préfère rester habillé. Dormez, princesse !

Il gardait les bras serrés contre lui, le corps aussi rigide qu'une bûche. Quand allait-elle se décider à fermer les yeux et à le laisser se morfondre dans son enfer personnel ?

Elle se tint tranquille un instant, puis se remit à bouger et ses doigts effleurèrent le menton de Benedict.

— Que faites-vous ? s'exclama-t-il en rouvrant les yeux.

— Je vous retire votre cravate. Je ne peux pas dormir si je sens que vous n'êtes pas à votre aise.

Benedict s'abîma dans une prière intérieure tandis que les doigts malhabiles de Georgiana s'activaient contre son cou.

— Voilà, se réjouit-elle enfin. Je suis venue à bout de ce nœud *à la Haslemere*. Votre manteau, à présent.

Benedict était d'ordinaire assez prompt à comprendre les avances d'une femme. Mais, ce soir, le cerveau engourdi par l'amour et le désir, il lui fallut un moment pour saisir ce que Georgiana avait entrepris de faire.

— Êtes-vous... êtes-vous en train de me déshabiller ?

Elle laissa fuser un petit rire complice.

— Oui. J'avoue que je ne pensais pas que ce serait si difficile. Peut-être m'aiderez-vous un peu ?

— Non ! Je veux dire...

Benedict secoua la tête, espérant s'éclaircir les idées.

— Vous comprenez ce qui risque de se produire ? reprit-il. Vous êtes consciente de ce qui pourrait se passer entre nous si vous me déshabillez ?

— J'en ai une petite idée, oui.

Alors qu'elle tirait sur l'une de ses manches, elle fit une pause et ajouta, soudain inquiète :

— Mais si vous ne voulez pas de moi...

Elle poussa un cri de surprise lorsqu'il se redressa d'un bond, la fit passer sur le dos et s'allongea sur elle.

— Je vous interdis de dire une chose pareille ! lança-t-il d'une voix qui vibrait de colère. Je vous veux depuis le premier instant où j'ai posé les yeux sur vous ! Et vous, me désirez-vous, Georgiana ?

Elle hocha la tête en détournant pudiquement les yeux. Ce n'était pas assez pour Benedict. Saisissant son menton entre le pouce et l'index, il l'obligea à le regarder.

— Quand un homme vous demande si vous le désirez, reprit-il tout bas, vous devez le lui dire en face.

Il vit l'ambre de ses prunelles s'embraser.

— Je... J'ai envie de vous, Benedict, avoua-t-elle tout bas. Je vous désire... depuis toujours.

Ces paroles s'insinuèrent en lui comme une onde fraîche qui lui emplit le cœur d'une joie sans mélange.

— Vous ne devriez pas, princesse, objecta-t-il. Seuls la désillusion et le chagrin vous attendent.

— S'il vous plaît, ne me dites pas que vous allez me briser le cœur parce que vous êtes un débauché sans foi ni loi. Ce n'est pas vrai. C'est d'abord ce que j'ai pensé de vous, je l'avoue, mais...

Elle avala sa salive et enchaîna :

— ... mais c'était avant de vous connaître. Vous êtes un frère et un oncle aimant. Vous êtes aussi un homme bon.

Benedict ferma les yeux un instant, ébranlé par ces paroles. Il l'aimait, et l'entendre dire cela le comblait de bonheur. Il n'en restait pas moins que...

— Écoutez-moi bien, dit-il d'un ton déterminé, en rouvrant les yeux. Je dois emmener Jane et Freddy loin d'ici. La seule manière pour moi de les mettre à l'abri de Kenilworth consiste à leur faire quitter l'Angleterre.

Benedict vit les yeux de Georgiana s'embuer. L'espace d'un instant, elle ferma les paupières puis les rouvrit pour demander :

— Où irez-vous ?

— En Amérique du Nord, je pense. Je ne sais pas si nous reviendrons un jour, Georgiana. Croyez-vous que je pourrais vous voler votre innocence et vous abandonner ?

Il voulut s'écarter d'elle et de la tentation irrésistible qu'elle représentait, mais elle noua les mains autour de sa nuque pour l'en empêcher et répondit tendrement :

— Vous ne pouvez voler ce que je vous offre.

Avec un claquement de langue agacé, il protesta :

— Vous dites cela maintenant, mais quand je serai parti, vous regretterez...

— Non, l'interrompit-elle. Mon seul regret serait de ne pas m'être offerte à l'homme que j'aime.

Elle fit remonter ses mains de sa nuque à ses joues, qu'elle serra entre ses paumes avant d'ajouter :
— Si ce n'est pas vous, Benedict, ce ne sera personne.

C'était la vérité, une vérité venue du plus profond d'elle-même. L'admettre enfin fit déferler en elle un flot d'émotions trop longtemps contenues. Elle les laissa la balayer, et ce fut aussi fort et effrayant de se trouver à leur merci qu'elle l'avait imaginé. Pourtant, simultanément, elle avait l'impression bienfaisante qu'une fleur s'épanouissait au centre de son être.

Benedict ne lui répondit pas, mais sans doute le visage de Georgiana dut-il trahir ce qu'elle ressentait. Il poussa un gémissement sourd, puis ses lèvres se posèrent avec urgence sur les siennes, tendres et exigeantes à la fois. Il l'embrassa passionnément, les mains dans ses cheveux.

Et, tout en l'embrassant, il entrecoupait ses baisers de mots doux, de murmures tendres, qui se déposaient en souffles chauds sur sa bouche et sur la peau sensible de son cou. Elle ne comprenait pas tout ce qu'il lui disait, mais cela n'avait pas d'importance, car l'intention se révélait en l'occurrence plus éloquente.

Il murmurait encore quand sa bouche migra des lèvres de Georgiana à son oreille, dont il mordilla le lobe.

— Oh, c'est..., gémit-elle en sursautant.

— Oui ? Qu'est-ce, princesse ? Dites-le-moi.

Ses lèvres reprirent leur ballet ensorcelant sur sa peau. Il explora un creux secret, derrière son oreille, avant de laisser une nouvelle fois ses dents se refermer sur son lobe. Elle fut secouée d'un autre frisson.

— Cela... cela me fait frissonner.

Cet aveu inspira à Benedict un rire satisfait. Georgiana empoigna son épaisse chevelure et tira d'un coup sec, lui arrachant un gémissement. Elle en conçut un sentiment de puissance purement féminine, mais il lui tardait d'abattre les obstacles qui les séparaient encore, de sentir sa peau contre la sienne.

— Enlevez ceci !

Elle tira sans le moindre effet sur son gilet, puis ses doigts s'activèrent sur les boutons de son manteau.

— C'est bien trop serré ! dit-elle avec agacement.

En se redressant au-dessus d'elle, il protesta :

— C'est un Weston parfaitement taillé !

Haussant les sourcils, elle interrompit ses efforts.

— Cela signifie-t-il que vous souhaitez le garder ?

— Seigneur, non !

Souriant, Benedict s'agenouilla entre les jambes de Georgiana. Sans la quitter des yeux, il enleva successivement manteau, gilet et chemise.

— Voilà, conclut-il après avoir jeté à terre le dernier de ces vêtements. Êtes-vous satisfaite, madame ?

Georgiana l'entendit à peine tant ce qu'elle découvrait la fascinait. Levant le bras, elle laissa ses doigts explorer l'émouvant petit creux au bas de sa gorge, puis une clavicule après l'autre.

Benedict, qui la regardait faire, semblait retenir son souffle. Elle s'enhardit à palper les muscles de ses épaules et de ses bras, puis effleura du bout des doigts les reliefs saisissants de ses abdominaux. Secoué par un long frisson, Benedict avoua d'une voix tremblante :

— Vous me rendez fou, Georgiana.

— Vraiment ? s'étonna-t-elle en marquant une pause. Des dizaines de femmes ont dû vous caresser ainsi.

— Aucune qui importe autant que vous.

— Oh !

Un sourire timide joua sur les lèvres de Georgiana.

— Alors, reprit-elle, j'aime vous rendre fou.

Benedict se rallongea sur elle et lui donna un baiser.

— Vous m'avez rendu fou dès le premier instant, sur Maiden Lane, confia-t-il en se redressant.

— Je n'ai pourtant pas été tendre avec vous...

L'évocation de ce souvenir le fit sourire.

— Aucune femme n'avait jamais osé me parler ainsi. C'était... bouleversant.

Benedict prit sa main dans la sienne et la déposa au centre de sa poitrine en lui demandant :

— Touchez-moi, Georgiana.

Elle fit courir ses doigts sur sa peau, caressant ses épaules, la colonne de son cou, ses pectoraux couverts d'un duvet de poils sombres. Il soutenait son regard, les lèvres entrouvertes. Elle le vit tressaillir quand, du bout de son pouce, elle effleura l'un de ses mamelons.

— Benedict ? s'inquiéta-t-elle en retirant sa main. Vous ai-je fait mal ?

— Non, au contraire, répondit-il.

Il la rassura d'un sourire et ramena ses doigts où ils se trouvaient précédemment. De nouveau, elle déposa une caresse hésitante sur son mamelon à la pointe dressée.

— Oui, comme ça, l'encouragea-t-il.

En le voyant réagir vivement à une nouvelle caresse, elle hésita de plus belle et se mordit la lèvre.

— Est-ce que... ça vous fait du bien ? demanda-t-elle.

Les yeux de Benedict étincelaient sous ses paupières lourdes, à demi baissées.

— Laissez-moi vous montrer, susurra-t-il.

Georgiana hocha timidement la tête et tressaillit en sentant ses fortes mains chaudes se poser sur ses flancs, tout près de ses seins.

— Quand on vous caresse de cette façon, expliqua-t-il, c'est comme si un fil se tendait brusquement ici...

Il posa la main à plat sur le ventre de Georgiana.

— Il se tend de plus en plus, poursuivit-il, jusqu'à ce que cette tension soit insupportable et délicieuse à la fois. Jusqu'à ce que vous n'aspiriez plus qu'à ce qu'elle cesse.

Il commença alors à la caresser. Il effleurait à peine ses seins, mais cela suffisait à lui couper le souffle. Puis ses pouces se rapprochèrent lentement de ses mamelons déjà dressés, et elle poussa un soupir de contentement quand ils atteignirent enfin leur cible. Elle s'arc-bouta lorsque leur caresse se fit plus affirmée.

Plus… Elle en voulait plus.

— Le sentez-vous, Georgiana, ce désir qui se noue au plus profond de vous ?

Tout en la caressant, Benedict épiait ses réactions, ses yeux sombres rivés aux siens.

— C'est affolant, n'est-ce pas ? C'est pour cela que vous avez besoin de moi. Pour dénouer cette tension.

Absorbée qu'elle était par ses caresses et ses paroles, Georgiana ne se rendit compte qu'il avait baissé sa robe et sa chemise jusqu'à ses hanches qu'en sentant un courant d'air frais sur sa peau. Il la contempla longuement et poursuivit d'une voix émue :

— J'ai si longtemps rêvé de pouvoir vous admirer ainsi.

De nouveau, il caressa ses seins, sans aucun vêtement pour faire obstacle à ses caresses, cette fois. La sensation était tellement plus intense qu'elle s'arc-bouta de plus belle.

— Oui, murmura-t-il. Ce n'est pas encore assez… Vous en voulez plus, n'est-ce pas ?

Cette question n'appelait pas de réponse. Sa bouche vint se poser au sommet d'un de ses seins, dont il titilla sans merci la pointe entre ses lèvres. Elle sentit également l'une de ses mains remonter le long de sa jambe, sous sa robe. Lorsque ses doigts entrèrent en contact avec sa toison intime, elle tressaillit en gémissant. Il la caressa longuement à cet endroit, faisant encore monter d'un cran la pression en elle. Bientôt, elle sentit une impatience la saisir, qui l'incita à écarter les jambes et à se presser contre sa main.

Elle retint son souffle quand il glissa un doigt entre les replis humides de sa chair. Et lorsqu'il commença à caresser le bourgeon qui se dressait là, elle laissa libre cours à ses gémissements de plaisir.

— Ici, princesse ? demanda Benedict. Est-ce ici que vous avez le plus besoin de moi ?

— Oui !

De peur qu'il ne la torture en cessant ses caresses, Georgiana saisit son poignet entre ses doigts et l'implora :

— Je... Oh ! S'il vous plaît, Benedict...

— Chut..., la tranquillisa-t-il. Laissez-moi faire.

Tout en poursuivant ses affolantes caresses entre ses jambes, il se pencha et reprit entre ses lèvres la pointe d'un de ses seins, puis l'autre. Avec une énergie renouvelée, il les titilla sans merci, faisant cascader en elle des ruisseaux de plaisir qui tous semblaient converger au creux de son ventre, en une marée sans cesse grandissante et sans cesse sur le point de déferler.

Il se montra infatigable et sans merci, l'amenant toujours plus haut, jusqu'à ce qu'elle sente enfin son plaisir culminer en une explosion de pure extase. Celle-ci dura encore et encore, avant de la laisser inerte et pantelante sur le matelas, tremblante et repue.

Lorsqu'elle rouvrit les yeux, elle découvrit Benedict agenouillé entre ses jambes. Il avait le souffle court, les lèvres rouges et gonflées, les cheveux défaits. Le regard qu'il posait sur elle était si intense qu'elle tendit une main vers lui en murmurant avec un sourire satisfait :

— Benedict...

Il prit sa main et la porta à ses lèvres.

— Je n'ai jamais rien vu de plus bouleversant que le spectacle de votre plaisir, confia-t-il. Georgiana... il n'y a rien de plus beau à mes yeux que vous.

Elle comprit, en voyant ses traits se figer, qu'il songeait à leur séparation à venir. Elle en eut le cœur serré, elle aussi, mais s'efforça de combattre sa tristesse. Ces quelques dernières heures avec lui, elle ne voulait pas les gâcher en regrettant ce qui ne pourrait jamais être à eux. Elle allait l'aimer autant que possible, et elle serait éternellement reconnaissante de leurs brefs instants de bonheur.

— À mon tour de vous faire souffrir, le taquina-t-elle.

Du bout des doigts, elle remonta le long de l'une des cuisses de Benedict, les yeux rivés sur la bosse imposante qui déformait son pantalon. Elle redressa la tête, et leurs regards se croisèrent quand elle entreprit de le déboutonner.

Benedict retenait son souffle, parfaitement immobile, et semblait observer ses réactions. En voyant son sexe, soudain libéré du vêtement, se dresser à l'air libre, Georgiana porta la main à ses lèvres et laissa fuser un petit cri.

— Oh !

Le premier instant de surprise passé, elle s'étonna qu'un membre aussi volumineux puisse s'insérer... eh bien, là où Sophia et Cecilia lui avaient affirmé qu'il devait aller. Mais Benedict avait réussi à accomplir des miracles en elle par la seule magie de ses caresses et de ses baisers. Peut-être la suite des opérations serait-elle tout aussi inexplicable que délectable.

Georgiana ne s'aperçut qu'elle contemplait ce sexe au garde-à-vous devant elle depuis trop longtemps qu'en voyant Benedict la dévisager d'un air inquiet.

*Il croit que j'ai peur…*

Ce n'était pas le cas, loin de là. Jamais elle ne pourrait avoir peur de lui, et elle ne voulait pas qu'il le pense.

Aussi, sans lui laisser le temps de réagir, elle tendit la main et la posa sur son sexe.

— Comme c'est chaud…, murmura-t-elle. Et votre peau est si douce, à cet endroit…

Mais cette douceur de velours recouvrait la dureté de l'acier.

Aussi curieuse que troublée, Georgiana laissa ses doigts descendre puis remonter le long de cette hampe de chair, avant de caresser sous son pouce l'extrémité renflée et cramoisie où perlait une goutte transparente.

Un long gémissement monta des lèvres de Benedict, qui tressaillit violemment. Affolée, elle retira sa main et reporta son attention sur son visage crispé. Souffrait-il ?

— Je… Désolée, balbutia-t-elle. Je ne voulais pas…

— Non ! Continuez…

Il lui attrapa la main et la reposa sur son membre, autour duquel elle la referma, lui arrachant un long soupir.

— On dirait que je vous torture, commenta-t-elle.

Benedict eut un rire rauque et reconnut :

— C'est un peu ça. Mais rassurez-vous : la seule chose pire que vos caresses serait que vous m'en priviez !

— Montrez-moi comment faire.

Il recouvrit sa main de la sienne et commença à la faire coulisser de haut en bas le long de son sexe, imprimant à ce geste plus de pression et d'énergie qu'elle n'aurait osé y mettre. Au bout d'un moment, il la laissa le caresser toute seule. Toute crainte qu'elle aurait pu avoir de lui faire mal s'envola quand elle le vit renverser la tête en arrière, les yeux fermés, en poussant un long soupir de plaisir.

— Oui, comme ça..., gémit-il. Un peu plus fort, maintenant... Oui ! Voilà...

Fascinée, Georgiana sentait son membre devenir plus rigide et plus volumineux encore entre ses doigts. Plus elle le caressait, plus Benedict devenait impatient, jouant des reins, émettant de petites plaintes. En contemplant son visage bouleversé, un sentiment de puissance l'envahit. C'était *elle* qui lui donnait ce plaisir, à cause d'*elle* que cet homme magnifique se tordait et gémissait de plaisir.

Il était enivrant de le toucher ainsi, si enivrant qu'elle ressentit bientôt le besoin de se rapprocher de lui. Sans cesser de lui prodiguer ses caresses, elle se mit à genoux devant lui et l'embrassa. Elle l'entendit gémir sourdement quand elle glissa sa langue dans sa bouche. Il l'entoura d'un bras puissant et mit un terme au baiser en lui demandant :

— Seriez-vous en train de me provoquer, princesse ?

— Peut-être un tout petit peu, reconnut-elle.

— Vous provoquez un séducteur patenté ? Pensez-vous que ce soit bien raisonnable, mademoiselle Harley ?

S'aventurant plus bas, la main de Benedict se posa de manière possessive sur les fesses de Georgiana.

— Jusque-là, ça ne m'a pas trop mal réussi, dit-elle.

Inclinant la tête, il déposa un baiser dans son cou, avant de lui mordiller l'oreille, la faisant frissonner.

— Oh, princesse, murmura-t-il. Nous n'avons même pas encore commencé.

— Vous voulez dire qu'il y a plus, lord Haslemere ?

Georgiana savait que c'était le cas. Cecilia et Sophia n'avaient pas fait mystère de leurs ébats avec leurs époux respectifs. Cependant, elle n'avait pas compris ce que cela signifiait véritablement jusque-là. Elle désirait Benedict de tout son être. Chaque parcelle de son corps aspirait à ses caresses, et une infinie tendresse lui emplissait le cœur. Ce désir ardent de ne plus faire qu'un avec lui, personne n'aurait pu le lui expliquer.

Benedict s'écarta d'elle un instant et demanda :

— Voulez-vous que je vous montre, mademoiselle Harley ?

— Je ne demande qu'à voir...

Ils se séparèrent, le temps de se débarrasser en hâte de ce qu'il leur restait de vêtements. Un instant plus tard, complètement nus, ils basculèrent sur le lit dans les bras l'un de l'autre.

Georgiana plongea les doigts dans les cheveux de Benedict et leva la tête afin de mieux le laisser déposer un chapelet de baisers le long de sa gorge.

— Me faites-vous confiance pour ce qui va arriver à présent, Georgiana ?

Fallait-il vraiment qu'il le lui demande ? Elle n'aurait pu rêver meilleur initiateur, ni meilleur amant.

Un sourire jouant sur ses lèvres, elle écarta les jambes et lui répondit par l'affirmative d'un signe de tête.

Un bras passé entre eux, il reprit ses caresses, agaçant et titillant le petit bourgeon entre ses cuisses jusqu'à la faire fondre de désir pour lui.

— Benedict..., gémit-elle en s'arc-boutant. Je... J'ai envie... J'ai besoin...

— Chut..., murmura-t-il en plaçant son sexe à l'orée du sien. Laissez-vous faire, princesse.

Il ne la pénétra pas immédiatement, mais poursuivit ses caresses tout en lui embrassant les seins.

Au bout d'un moment, il introduisit un doigt en elle et commença à le faire aller et venir doucement.

La sensation était délectable, mais bientôt cela ne suffit plus à Georgiana, qui se mit à s'agiter sous lui.

Comme en réponse à ses suppliques muettes, Benedict glissa un deuxième doigt en elle et commenta tout bas, en se redressant au-dessus d'elle :

— Seigneur ! Que vous êtes belle... Avez-vous envie de moi, Georgiana ?

— Oui !

Les poings serrés dans le drap, elle supplia :

— Benedict... s'il vous plaît !

Elle poussa un cri de protestation en sentant ses doigts se retirer et secoua la tête sur l'oreiller. Il lui saisit le menton et l'immobilisa en lui ordonnant d'une voix rauque :

— Regardez-moi, Georgiana ! J'ai besoin de voir votre visage quand j'entrerai en vous. Sentez-vous à quel point je vous désire ?

Tout en parlant, il la pénétra lentement. Il sembla d'abord à Georgiana que la cause était perdue d'avance et qu'il n'y parviendrait jamais tant son sexe était imposant.

Puis, d'un brusque coup de reins, il plongea complètement en elle, et une douleur intense lui poignarda le ventre. Elle se figea, le souffle coupé, mais déjà Benedict couvrait son visage de baisers, susurrant des mots tendres et s'excusant d'avoir dû lui faire mal. La douleur reflua jusqu'à devenir supportable. Ce ne fut bientôt plus qu'un élancement sourd, et tout son corps put se détendre.

Benedict commença alors à aller et venir en elle en l'embrassant. Ivre de ses baisers, de ses caresses, Georgiana ne s'aperçut même pas qu'elle avait noué les jambes autour de ses hanches. Le rythme de leur union s'accéléra progressivement. Elle joua des reins pour mieux s'y prêter. En elle montait une pression insoutenable qui l'incita à supplier de plus belle :

— Benedict... s'il vous plaît !

Il renversa la tête en arrière lorsqu'elle lui planta ses ongles dans le dos.

— Jouissez pour moi, princesse... J'ai besoin de vous sentir jouir pour...

Georgiana ne comprenait pas ce qu'il lui demandait, mais son corps se montra plus coopératif que son cerveau. D'instinct, il l'amenait toujours plus près de ce gouffre de plaisir où elle menaçait de tomber d'un instant à l'autre, et qui finit par l'avaler complètement. Se laissant emporter par une vague de jouissance, agrippée à lui de tous ses membres, elle cria son nom.

Terrassée par l'orgasme, elle resta collée à lui tandis qu'à son tour, raidi, essoufflé et gémissant, il prenait son plaisir. Elle ne le lâcha pas non plus lorsque les derniers spasmes l'eurent secoué, et elle l'accueillit avec reconnaissance quand il s'abattit sur elle, comme foudroyé.

Une douce torpeur l'enveloppa. Elle eut vaguement conscience que Benedict lui murmurait des mots doux à l'oreille, qu'il lui embrassait tendrement les cheveux. Puis, lovée contre lui, l'oreille posée sur son cœur, elle se laissa glisser dans un endroit sombre et chaud qui n'appartenait qu'à eux, où ils pourraient rester ensemble à jamais.

# 22

Benedict dormait encore lorsque Georgiana émergea du sommeil. Elle sentait son torse et son ventre contre son dos, son souffle chaud sur sa nuque. Ses bras étaient refermés autour d'elle. Elle referma les yeux pour mieux savourer la douceur de l'instant.

Si elle avait pu rester ainsi avec lui pour toujours, sa vie aurait été parfaite. Mais il avait fallu que quelque chose la réveille – peut-être le chant d'un coq dans le lointain. Ainsi la réalité se rappelait-elle à elle. En dépit de l'obscurité qui régnait encore, la vie reprenait son cours et s'insinuait dans le cocon intime qu'ils avaient créé autour d'eux.

Le retour à Londres n'était plus qu'une question d'heures, mais elle préférait ne pas y penser. Pour l'instant, il n'y avait qu'eux, dans leur propre monde. Tout le reste devrait attendre.

Georgiana se glissa hors des bras de Benedict et se redressa sur un coude afin d'admirer son visage endormi. Ses lèvres sensuelles étaient entrouvertes, ses cheveux emmêlés, une délicate rougeur ornait ses joues. Débarrassé des habits qui gisaient épars sur le sol, il était un homme différent, plus solide, moins sophistiqué.

Elle céda à l'envie d'écarter une mèche de cheveux auburn de son front. Benedict frémit et ouvrit les yeux. Ses lèvres s'incurvèrent en un sourire radieux dès qu'ils se posèrent sur son visage.

— Bonjour, mademoiselle Harley.

— Bonjour, lord Haslemere.

Elle lui rendit son sourire et le regarda s'asseoir dans le lit et s'étirer. Après avoir déposé un baiser sur ses lèvres, il demanda :

— As-tu faim, princesse ? Moi, je suis affamé.

Sans attendre de réponse, il se leva et Georgiana le regarda, nu comme Adam, marcher le plus naturellement du monde jusqu'à la cheminée.

Pendant qu'il s'activait à rallumer le feu, elle ne put s'empêcher d'emplir ses yeux du spectacle éblouissant qu'il lui offrait. Ainsi était-il au réveil, archétype de la beauté masculine, tranquillement impudique et irrésistiblement attirant. Pas étonnant que toutes les ladies de Londres veuillent de lui dans leur lit...

Mais il n'était pour l'heure avec aucune de ces dames du monde. Il était avec elle, et elle avait l'intention de tirer parti du peu de temps qu'il leur restait à passer ensemble.

— Y a-t-il encore de la confiture de coings ? s'enquit-elle.

— Nous l'avons terminée hier.

Se dirigeant vers la table, il alla fourrager dans le panier et énuméra :

— Il nous reste du pain, du beurre, du jambon fumé, des œufs durs et...

Brandissant victorieusement un pot en verre, il ajouta :

— De la confiture... mais de fraises cette fois.

Georgiana feignit une moue désabusée.

— Je suppose qu'il faudra s'en contenter. Puis-je avoir une tartine avec du beurre et de la confiture, s'il te plaît ?

Benedict redressa la tête et lui sourit.

— Vos désirs sont des ordres, mademoiselle Harley. Vous pouvez avoir tout ce qu'il vous plaira.

« Non, pas tout », rectifia-t-elle mentalement.

Elle ravala néanmoins cette réplique pour ne pas briser la magie de l'instant.

— Vraiment tout, lord Haslemere ? répondit-elle plutôt, d'un air d'en douter.

Georgiana le vit baisser les yeux et déglutir difficilement. Elle se rendit alors compte que, assise dans le lit comme elle l'était, elle lui offrait elle-même une vue qui ne pouvait le laisser indifférent. Ses yeux revinrent se river aux siens, et il répondit d'une voix altérée par le désir :

— Tout, Georgiana. Absolument tout.

— Il y a bien une chose qui me tenterait…

De l'index, elle lui fit signe d'approcher. Il la rejoignit et s'assit au bord du lit.

— Rallonge-toi, lui ordonna-t-il.

Il avait la voix tendue, et ce fut avec une certaine urgence qu'il s'installa près d'elle tandis qu'elle s'exécutait et rabattait les couvertures sur eux.

— Je pensais que tu étais affamé, dit-elle.

Il inclina la tête et déposa un baiser dans son cou.

— Je le suis, répondit-il.

L'une de ses mains alla se poser sur sa poitrine, qu'il caressa rêveusement avant de demander :

— Me laisseras-tu t'embrasser, Georgiana ?

Elle redressa la tête et le considéra d'un air intrigué.

— Tu ne t'es pas privé de le faire jusque-là, fit-elle remarquer en riant. Pas la peine de demander l'autorisation…

— Le baiser que j'ai en tête… est un peu différent.

Tout en parlant, Benedict laissa sa main descendre le long du ventre de Georgiana et aller se poser sur son entrejambe.

— Te souviens-tu de ce tableau, dans le hall de Mme Célestine ? reprit-il. Celui que je t'ai surprise à admirer ?

Entre ses cuisses, ses doigts se firent plus inquisiteurs. Georgiana se laissa retomber sur l'oreiller avec un gémissement de plaisir.

Comment aurait-elle pu oublier l'homme à genoux devant le canapé, sa tête reposant sur la cuisse de la femme pâmée aux jambes écartées, sa langue pointée vers...

— C'est ainsi que je veux t'embrasser, conclut-il tranquillement. Ce baiser ne ressemblera à aucun de ceux que je t'ai déjà donnés, mais je crois qu'il te plaira.

Sans qu'elle ait eu le temps de réagir, il plongea sous les couvertures et...

— Oh !

L'espace d'un instant, le ballet sensuel de la langue et des lèvres de Benedict autour de son clitoris la laissa muette de saisissement.

Mais, bientôt, ses soupirs et ses gémissements de plaisir emplirent le silence tandis qu'il léchait, embrassait, titillait sa chair la plus intime, en tirant toutes les nuances d'un plaisir extrême.

Alors qu'il redoublait de ferveur, elle enfouit les doigts dans ses cheveux et cria d'une voix étranglée :

— Benedict !

Il redressa la tête un instant pour lui répondre :

— Je suis là, princesse... Mais je n'ai pas terminé.

Il ne cessa ses efforts qu'après lui avoir arraché le dernier frisson. Alors, il déposa un baiser sur sa cuisse, émergea des couvertures et l'embrassa sur le front.

— Tu sembles avoir apprécié, constata-t-il.

Georgiana ouvrit les yeux et le dévisagea. Lui non plus ne paraissait pas mécontent. Il avait les joues rouges, les lèvres gonflées et humides, les cheveux ébouriffés, et un fier sourire de vainqueur. Elle ne pouvait concevoir spectacle plus réjouissant.

— Presque autant que toi, répondit-elle avec une tape joueuse sur son menton.

Il lui adressa un autre de ses sourires juvéniles qu'elle avait appris à tant aimer.

— Si je le pouvais, dit-il, j'entamerais chaque journée avec toi ainsi, à te donner du plaisir et à te faire crier mon nom.

Hélas, pas plus qu'elle, il ne pourrait à l'avenir débuter ses journées de cette façon, même s'ils en mouraient tous les deux d'envie. Cette pensée suffisait à assombrir ce début de matinée, mais Georgiana la chassa résolument.

En se mordillant la lèvre, elle laissa sa main descendre sous les couvertures jusqu'aux fesses de Benedict.

— Moi aussi, je pourrais te donner du plaisir et te faire crier mon nom, insinua-t-elle.

— Oh ? fit-il avec un sourire mutin. Vraiment, mademoiselle Harley ?

— Vraiment.

Georgiana lui pinça les fesses, le faisant tressaillir.

— Je vous demande pardon, madame, mais venez-vous vraiment de vous conduire de manière si inappropriée ?

Un rire joyeux monta des lèvres de Georgiana, qui se prêta au jeu.

— Vous n'avez pas rêvé, monsieur. Et c'est entièrement votre faute.

— *Ma* faute ? se récria-t-il, choqué.

— Votre faute. Si vous ne vous exhibiez pas devant une femme honnête de manière si éhontée, cela n'arriverait pas.

Cette réplique le laissa pantois un instant. Aussitôt après, il éclata de rire et demanda :

— Es-tu en train de me dire que tu as lorgné mon arrière-train ?

— Pas seulement ça...

Benedict écarquilla les yeux. S'il feignait d'être scandalisé, il était doué...

— C'est très inconvenant de votre part, mademoiselle Harley.

— Est-ce pour vous déplaire, milord ?

La main de Georgiana venait de se poser sur son sexe, qu'elle ne fut nullement surprise de trouver en érection.

— Non, assura-t-il d'une voix étranglée.

— C'est bien ce qu'il me semblait, dit-elle en commençant à le caresser.

Georgiana n'en savait peut-être pas énormément au sujet des hommes, mais elle était déjà beaucoup moins innocente que la veille, et un peu plus expérimentée.

— Voilà qui est déjà mieux, commenta-t-elle.

— Mieux pour quoi ? demanda-t-il avec un étonnement feint. Auriez-vous l'intention d'abuser de moi, mademoiselle Harley ?

— J'avoue que cela m'a traversé l'esprit.

Un sourire réjoui passa sur les lèvres de Benedict.

— J'espérais que tu dirais ça.

Sans transition, il l'attrapa par les hanches et roula sur le dos en l'entraînant avec lui. Surprise, Georgiana se retrouva à califourchon sur lui. Les yeux écarquillés, elle sentit son sexe se presser avec urgence contre le sien.

— Benedict, que...

Elle ne put en dire davantage. Il lui rendait la monnaie de sa pièce en caressant son clitoris. Ses yeux sombres braqués sur elle, il susurra :

— Dieu que tu es belle ! Tes cheveux ainsi dénoués... tes lèvres rouges et gonflées... tes joues empourprées... Je voudrais pouvoir te regarder ainsi...

*À jamais...*

Il ne le dit pas, et Georgiana fit de son mieux pour ignorer que cela lui avait traversé l'esprit et qu'elle aurait tant aimé que son souhait se réalise.

Posant les mains sur ses épaules, elle les fit lentement descendre jusqu'à ses pectoraux et caressa ses mamelons, satisfaite de le voir tressaillir sous elle.

— Prends mon sexe dans ta main, Georgiana.

Lorsqu'elle lui donna satisfaction, il ajouta :

— Fais-le entrer en toi.

Surprise, elle présenta son gland turgescent et lubrifié devant sa vulve et bredouilla :

— Je ne sais pas comment...

— Introduis-le et laisse-toi simplement descendre au-dessus de moi.

Benedict se cambra sous elle quand elle suivit ses instructions.

— Plus lentement, mon amour, supplia-t-il d'une voix altérée. Voilà, comme cela...

Georgiana écarquilla les yeux, surprise par le plaisir intense qui l'assaillait déjà.

— Benedict..., gémit-elle. Je crois que je...

— Tu veux prendre ton plaisir, princesse ? Doucement, ménage ta monture... Seigneur, tu es si humide ! Je peux sentir à quel point tu me désires.

Il avait le souffle court. Il s'efforçait de ne pas bouger, de la laisser s'habituer progressivement à sa présence en elle, mais elle sentait combien cela lui coûtait. Elle le désirait effectivement tellement que ses genoux tremblaient. Peu à peu, son corps s'abaissait à la rencontre du sien, se détendant au fur et à mesure que Benedict remplissait ce vide qui n'aspirait qu'à lui.

Enfin, son sexe fut tout entier en elle, et il poussa un long gémissement auquel elle fit écho.

— Tu es tellement parfaite, Georgiana...

Soulevant le bassin, il l'encouragea :

— Chevauche ta monture, à présent.

Georgiana se plia d'autant plus volontiers à ses désirs qu'elle ne pouvait rien lui refuser et que cette position l'excitait. Et pendant qu'elle s'exécutait, il titillait sans merci entre eux le petit bourgeon de chair dressé de son clitoris. Elle fit de son mieux pour se contenir, mais elle dut bientôt laisser le plaisir intense qui déferlait en elle l'emporter. La tête rejetée en arrière, les fortes mains de Benedict agrippant ses hanches, elle l'entendit jouir en même temps qu'elle.

Pantelants et gémissants, ils s'abandonnèrent à l'extase ensemble, avant de s'effondrer dans les bras l'un de l'autre, terrassés.

Tout était tranquille dans la pièce qu'éclairaient les premières lueurs du petit matin. Seuls se faisaient entendre de temps à autre les craquements et sifflements de la bûche qui se consumait dans la cheminée.

Il leur faudrait bientôt partir. Londres les attendait.

Georgiana s'était lovée contre Benedict. Il l'avait attirée dans ses bras tandis qu'ils reprenaient leurs esprits et elle s'était assoupie contre lui, ses cheveux répandus sur son épaule.

Tendrement, il déposa un baiser sur sa tempe et enroula une de ses mèches autour d'un doigt. Il avait ouvert la bouche une demi-douzaine de fois pour la supplier de le suivre en Amérique du Nord, avant de se raviser.

Elle avait une vie ici, un foyer, des amis, un but qui donnait du sens à sa vie. Qu'avait-il à lui offrir de mieux ? Un voyage qui n'était pas sans périls et un avenir incertain ? Il n'avait même pas le temps de l'épouser avant de devoir s'exiler.

Il ne pouvait lui demander de tout risquer pour lui sans être certain de la rendre heureuse. Sans doute y avait-il une bonne part d'égoïsme en lui, mais pas au point de lui demander de renoncer à tout pour lui.

Il restait pourtant une chose qu'il pouvait lui offrir avant de partir. Lorsqu'un océan les séparerait, il pourrait ainsi se réjouir d'avoir fait le nécessaire pour qu'elle s'épanouisse dans une entreprise qui lui tenait à cœur.

— Dis-moi quels sont tes projets pour l'immeuble de Mill Street, dit-il en lui caressant la joue. Qu'attendez-vous de cet agrandissement de l'école Clifford ?

Cela faisait des années qu'elle en rêvait, qu'elle mettait toute son énergie à tenter de réaliser ce rêve. Il ne pouvait imaginer un meilleur usage du peu de temps qu'il leur restait que d'en parler.

S'éveillant en sursaut, Georgiana soupira. Il la sentit secouer la tête sur sa poitrine.

— Je n'ai pas retrouvé Clara Beauchamp, Benedict. Je n'ai pas rempli la mission que m'avait confiée Jane. Je ne peux pas accepter.

— Ne fais pas ça, Georgiana ! protesta-t-il en la serrant plus fort contre lui. Tu *peux* accepter, et tu vas le faire. À quoi cela servirait-il que cet immeuble reste vide ? Je sais que tu en feras le meilleur usage possible. Ne me prive pas de la chance de participer à une bonne action.

Elle se tint immobile contre lui durant de longues secondes, traçant du bout du doigt des dessins invisibles sur son torse.

— Puisque c'est ta volonté, finit-elle par déclarer, je ferai comme tu le demandes.

Benedict déposa un nouveau baiser sur sa tempe.

— C'est ma volonté, assura-t-il.

Le silence retomba brièvement entre eux, avant que Georgiana lui demande :

— Et toi, Benedict ? Ta résidence à Londres, tes domestiques, tout ce que tu possèdes ici... Vas-tu tout laisser derrière toi sans remords ?

— Oui. Darlington veillera sur mes intérêts, et j'ai des employés de toute confiance. Ils prendront soin de mes biens ici jusqu'à ce que...

Il avait failli dire « jusqu'à ce que je revienne » mais s'était retenu juste à temps. Il ne pouvait lui laisser cet espoir alors qu'il ne reviendrait sans doute jamais. Avec Jane et Freddy, il devrait se bâtir une nouvelle existence en Amérique, et il ne pourrait y parvenir s'il se languissait sans cesse de l'Angleterre.

Et de Georgiana.

— J'imagine que tous ces biens n'ont pas d'importance pour toi, reprit-elle. Je pensais le contraire quand nous nous sommes rencontrés, mais je me trompais.

— Georgiana Harley, se tromper ? plaisanta-t-il. Comment est-ce possible ?

Il s'était efforcé de prendre un ton léger, sans grand succès. Pour faire diversion, il ajouta :

— Alors quelles sont les choses qui sont importantes pour moi, selon toi ?

— Pas les choses : les gens, répondit-elle sans hésiter. Ta sœur, ton neveu, tes amis. Ils représentent tout à tes yeux, beaucoup plus que n'importe quelle possession.

*C'est toi qui comptes plus que tout à mes yeux, mon amour. Uniquement toi.*

Il aurait voulu le lui dire à haute voix, lui confier que cela lui brisait le cœur de devoir la quitter, lui révéler l'étendue de son amour pour elle. Ne pas le faire lui coûtait, mais il ne pouvait s'y résoudre alors que, dès le lendemain, ils ne se reverraient plus. Le moment était mal choisi pour parler d'amour.

Aussi se contenta-t-il de garder le silence et de savourer la présence tout aussi silencieuse de Georgiana contre lui. Elle paraissait songeuse, et il s'alarma de l'entendre décréter au bout d'un moment :

— Je n'en resterai pas là.

La détermination avec laquelle elle avait parlé ne lui disait rien qui vaille.

— Que veux-tu dire ?

Elle leva les yeux vers lui, surprise, et ajouta :

— Tu n'imagines tout de même pas que lady Clifford et moi laisserons Kenilworth s'en tirer à si bon compte après tout ce qu'il a fait ?

C'était précisément ce qu'il avait imaginé, fou qu'il était. Mais c'était bien mal la connaître...

— Georgiana..., protesta-t-il. Je...

Elle ne le laissa pas achever sa phrase et énuméra en se redressant sur un coude :

— Il a failli tuer lord Draven, Benedict ! Il a blessé Freddy, et Jane, et Clara Beauchamp...

Il la prit de nouveau dans ses bras et la serra contre lui avant de demander :

— Tu ne comprends donc pas qu'il n'hésitera pas à s'en prendre à toi aussi si tu le gênes ?

— Et il risque également de s'en prendre à quelqu'un d'autre si je ne fais rien ! J'aurai lady Clifford et Daniel pour m'aider à...

— Non !

Il lui saisit le menton et l'obligea à le regarder avant d'ajouter d'un ton catégorique :

— Je te l'interdis, Georgiana !

Elle se libéra et protesta dignement :

— Je vous demande pardon, lord Haslemere, mais vous n'êtes pas en mesure de m'interdire quoi que ce soit ! Tant qu'il reste un espoir de retrouver Clara Beauchamp vivante...

— Justement ! l'interrompit-il vivement. Il n'y a plus aucune chance ! Bon sang, Georgiana… voilà six ans qu'elle a disparu. Personne ne l'a revue depuis.

— Ce n'est pas vrai. Jane…

— … a eu un aperçu d'une femme qui lui ressemblait dans une voiture. Lady Tilbury a confirmé qu'elle n'avait pas revu Clara Beauchamp depuis sa disparition, argumenta Benedict, partagé entre la colère et la panique. Même lady Clifford et toi pensiez que Jane avait pu se tromper.

— Lady Tilbury a parfaitement pu me mentir, fit valoir Georgiana. Elle l'a déjà fait à un autre sujet.

— Que veux-tu dire ?

— Jamais elle ne m'a parlé de la relation entre le duc et Clara. Étant donné qu'elle était une intime de la mère de celle-ci, j'ai du mal à croire qu'elle n'ait pas été au courant. Cela rend son témoignage plus que douteux.

Benedict se sentait pris d'un soudain vertige. Était-il possible que Clara Beauchamp soit toujours de ce monde et se cache à Londres ?

Songeur, il demanda :

— Qu'est-ce que Jane vous a dit à propos de lady Tilbury, le soir où elle est venue vous voir à l'école Clifford ?

Les sourcils froncés, Georgiana s'abîma dans ses souvenirs.

— Pas grand-chose, répondit-elle enfin. Juste qu'elle ne quittait jamais sa résidence du Herefordshire, mais qu'elle était exceptionnellement venue à Londres faire soigner son petit-fils.

Son petit-fils ? C'était la première fois que Benedict en entendait parler. Lord Tilbury, qui avait été un ami de son père, était mort dans un accident de chasse plus de trente ans auparavant, et sa femme ne s'était jamais remariée.

Mais peut-être Georgiana avait-elle mal compris. Peut-être cet enfant était-il un filleul, ou…

Benedict se figea.

— Quel âge a ce petit-fils ? s'enquit-il.

— Je l'ignore. Jane ne l'a pas précisé, mais il doit être jeune, je pense. Elle a dit que le garçon était malade et que lady Tilbury avait dû venir consulter le Dr Cadogan.

Benedict engrangea cette information, le cœur battant.

— La résidence de lady Tilbury se trouve dans le Herefordshire, disais-tu ? La gouvernante de lord Draven ne nous a-t-elle pas expliqué que l'infirmière qu'elle avait embauchée pour s'occuper de lui en était originaire ?

— Il me semble bien, oui.

Cela pouvait être une coïncidence, étant donné qu'il n'était pas rare que les gens viennent du Herefordshire chercher du travail à Londres, mais tous ces éléments mis bout à bout…

— Lady Tilbury n'a jamais eu d'enfants, Georgiana. Le garçon en question ne peut être son petit-fils. Lorsque Jane m'a confié que Freddy n'était pas l'héritier du duc, j'en ai tout naturellement conclu que lord Draven devait être son père, mais…

— … mais il n'y a jamais rien eu entre lord Draven et Jane, acheva Georgiana en écarquillant les yeux. Peut-être voulait-elle dire…

— … que Freddy n'était pas *le fils aîné* de Kenilworth.

Si Clara avait épousé le duc et si elle avait donné naissance à un fils, alors c'était lui, et non le fils de Jane, qui était l'héritier naturel du duché.

Georgiana serra sa main dans la sienne et résuma :

— Lady Tilbury, qui ne quitte jamais son domaine du Herefordshire, apparaît soudain à Londres avec un jeune garçon qui ne peut pas être son petit-fils.

Puis Clara Beauchamp, que personne n'a vue depuis six ans, est aperçue dans une voiture garée devant chez elle. Si Clara est vivante, l'inquiétude pour son fils malade aurait bien pu la convaincre de prendre le risque de se rendre à Londres...

— Lord Draven a été agressé cette semaine-là, poursuivit Benedict. Et Mme Bury nous a confié avoir embauché à la dernière minute une infirmière venue du Herefordshire...

— ... tombée du ciel juste à temps pour accompagner lord Draven dans l'Oxfordshire. Si réellement Clara était à Londres, elle a dû apprendre la nouvelle de l'agression et craindre pour la vie de son ami d'enfance. Aurait-elle pris le risque de se faire passer pour une infirmière afin de le suivre à High Wycombe et veiller sur lui ? Jane dit qu'elle a des cheveux blonds si pâles qu'ils tirent sur le blanc. Rachel a les cheveux noirs, mais...

— Ce pourrait être un déguisement.

— Mon Dieu, Benedict...

Georgiana se couvrit la bouche de sa main et conclut :

— Je pense qu'il y a de fortes chances pour que la nouvelle infirmière de lord Draven soit Clara Beauchamp.

# 23

Draven House paraissait encore plus lugubre et désertée que la veille. Georgiana frissonna en observant la demeure et lança en s'agitant nerveusement sur sa selle :

— C'est un peu sinistre, non ? Pas étonnant que lord Draven n'aime pas venir ici.

— Ce devait être un beau domaine, en son temps.

Benedict cligna des yeux dans le soleil levant et ajouta :

— Il pourrait le redevenir, avec une famille pour y amener un peu de vie.

Georgiana leva les yeux vers la dizaine de fenêtres de la façade, qui semblaient observer leur approche. Lord Draven se trouvait derrière l'une d'elles, allongé dans un lit, inconscient. Lui et Clara Beauchamp pourraient-ils un jour vivre heureux ici, après ce que Kenilworth leur avait fait ?

Elle enfonça les talons dans les flancs de son cheval pour le faire repartir. Ils n'arriveraient à rien en restant là.

— Allons confier nos montures aux bons soins de Peter, suggéra-t-elle.

Benedict la suivit à l'écurie, mais le jeune lad n'était nulle part en vue. Tout était aussi net et rangé que la veille, mais les bêtes s'agitaient et hennissaient en secouant la tête.

— Je n'aime pas ça, commenta-t-il à mi-voix. Les chevaux sont nerveux.

Il sauta au bas de sa selle et se dirigea avec sa monture vers une stalle. Mais lorsqu'il essaya d'en rabattre la porte, celle-ci refusa de bouger.

— Elle est coincée, constata-t-il.

— Y aurait-il quelque chose derrière ?

Georgiana, à son tour, se laissa glisser à terre et s'empressa de le rejoindre.

En un instant, Benedict se hissa au-dessus de la porte. Il s'apprêtait à se laisser tomber de l'autre côté lorsqu'il se figea en s'exclamant :

— Seigneur ! C'est Peter... Vite, Georgiana.

Un instant plus tard, quand il eut tiré l'adolescent à l'écart, il put ouvrir à Georgiana. Elle poussa un cri en découvrant Peter inconscient, allongé sur le sol, du sang plein le visage et la chemise.

— Oh non ! Peter..., gémit-elle en s'agenouillant près de lui. Peter ? Tu m'entends ?

Benedict saisit le garçon sous les aisselles et le redressa en calant son dos contre la paroi. Il lui tapota ensuite les joues jusqu'à ce qu'il ouvre les yeux.

— Voilà... Réveille-toi, Peter.

Celui-ci les dévisagea à tour de rôle, le regard vague, avant de grimacer et de porter la main à sa nuque.

— Ma tête..., gémit-il. J'ai mal...

— N'y touche pas, mon garçon, intervint Benedict en retenant sa main. Laisse-moi regarder.

Peter s'inclina docilement, et Benedict écarta doucement ses cheveux ensanglantés pour examiner la plaie.

— Ce n'est pas aussi grave qu'il y paraît, assura-t-il en croisant le regard inquiet de Georgiana. Mais c'est sérieux tout de même.

Peter redressa la tête et expliqua :

— Quelque chose m'a frappé par-derrière.

— Pas quelque chose, corrigea Benedict. Quelqu'un.

Avec son pied, il écarta la paille qui recouvrait le sol, laissant apparaître une pelle.

— Elle est ensanglantée, constata-t-il.

— Ce doit être Kenilworth, déclara Georgiana en se redressant. Clara, Mme Ellery, Martha... Il faut tout de suite aller voir, Benedict.

— Je viens avec vous, milord.

En prenant appui sur la paroi, Peter parvint à se mettre debout, mais dès qu'il risqua un pas, il s'effondra à terre.

— Non, Peter. Tu n'es pas en état.

Benedict dénoua sa cravate et la tendit à Georgiana.

— Prends ceci pour lui faire un bandage, dit-il.

— Non ! protesta-t-elle, la gorge serrée. Pas question que tu y ailles seul !

Benedict la saisit par les épaules et insista :

— Nous n'avons pas le choix, Georgiana. Rien de ce que tu pourras dire ne me fera changer d'avis. Reste ici avec Peter. Je serai vite de retour.

Elle comprit en scrutant ses yeux sombres qu'il était inutile d'insister, aussi prit-elle la cravate sans dire un mot.

Benedict, qui la connaissait suffisamment à présent pour se méfier d'une telle obéissance, la dévisagea depuis la porte de la stalle, les yeux plissés.

— Je suis sérieux, Georgiana. Promets-le-moi.

Elle hocha brièvement la tête sans prononcer un mot. Si Benedict était de retour quand elle aurait achevé de soigner Peter, elle ferait précisément ce qu'il lui demandait. Mais s'il ne l'était pas...

Moins elle en disait sur ses intentions, mieux ce serait pour eux deux.

Quand Benedict eut quitté l'écurie, Georgiana se tourna vers Peter avec ce qu'elle espérait être un sourire rassurant aux lèvres. Retournant s'accroupir près de lui, elle plia la cravate en trois, avant d'appliquer cette compresse improvisée à l'arrière du crâne du garçon en expliquant :

— Tiens ça en place. Je vais chercher de l'eau.

Elle laissa Peter dans la stalle et eut tôt fait de trouver dans l'écurie un seau d'eau propre. Elle s'ingénia ensuite à nettoyer la blessure du mieux qu'elle le put. Benedict avait vu juste : la plaie n'était pas jolie mais ne mettait pas la vie de l'adolescent en danger. Quand elle eut terminé, Peter avait déjà retrouvé un peu de couleur et respirait calmement.

Mais Benedict n'était pas revenu.

— Tu vas avoir une belle cicatrice et, pendant quelques jours, une bosse de la taille de ton poing, expliqua-t-elle. Mis à part cela, tu ne risques rien.

Elle se redressa et brossa la paille déposée sur sa jupe avant d'ajouter :

— Garde la compresse en place. Je serai de retour dans quelques instants.

— Non, mademoiselle ! protesta Peter en secouant la tête. Lord Haslemere a dit que vous deviez rester ici.

Elle lui sourit et répliqua :

— Mais lord Haslemere n'est pas là, Peter. Reste ici et repose-toi. Je ne serai pas loin.

*Pas plus loin que le bâtiment principal, en tout cas…*

Elle quitta l'écurie en hâte et s'engagea dans la cour qui menait à la cuisine. De nouveau, ses yeux se posèrent sur les fenêtres, qui donnaient toujours l'impression d'observer ce qui se passait autour de la maison. Sauf que, cette fois, Benedict pouvait être derrière l'une d'entre elles et qu'il ne serait pas ravi de la voir…

Elle se figea soudain en arrêtant son regard sur une fenêtre du deuxième étage. Elle avait cru voir quelque chose bouger derrière la vitre. Un rideau agité par un courant d'air, ou une ombre, peut-être ? Avant qu'elle ait pu déterminer de quoi il s'agissait, cela avait disparu. Elle attendit, mais soit son imagination lui avait joué des tours, soit cela avait cessé.

Georgiana s'élança vers la maison, mais elle n'avait pas fait plus de deux pas que le phénomène se reproduisit à l'étage, à la même fenêtre. La main en visière, elle plissa les yeux et vit le cadre de l'huisserie secoué par un tremblement, comme s'il était...

— Dieu tout-puissant !

L'exclamation avait à peine jailli de ses lèvres que la fenêtre vola en éclats dans un fracas étourdissant, faisant pleuvoir dans la cour une averse de débris de bois, de morceaux de verre brisé et de gravats. Tétanisée par l'effroi, Georgiana contempla le trou béant où s'était trouvée auparavant une solide croisée.

L'espace d'un instant, elle resta figée sur place, incapable d'interpréter ce que ses yeux voyaient. Puis elle comprit que deux hommes se battaient devant l'ouverture, s'empoignant avec violence. Elle avait déjà vu des hommes se battre, mais jamais avec une telle férocité. L'un d'eux serrait les mains autour de la gorge de l'autre, celui-ci essayant de jeter son adversaire dans le vide.

Benedict et Kenilworth se battaient, chacun des deux décidé à tuer l'autre.

Georgiana poussa un cri, dont elle n'aurait su dire s'il était de rage ou de terreur. Elle s'était mise à courir, et elle poussa un soupir de soulagement en constatant que la porte de la cuisine n'était pas verrouillée. En traversant la pièce en trombe, elle vit que le fourneau n'était pas allumé et que Mme Ellery n'était nulle part en vue.

Au bout d'un grand couloir, elle découvrit un escalier monumental et s'y engagea, le cœur battant à tout rompre. Le bruit de sa respiration lui emplissait les oreilles. S'y mêla bientôt un vacarme – verre brisé, coups de poing frappant la chair, grognements et meubles renversés – qui alla s'accentuant à mesure qu'elle approchait du deuxième étage. À quelques pas de la porte derrière laquelle se déchaînait ce pandémonium, elle reconnut la voix de Benedict, qui s'exprimait d'un ton rageur. Celle du duc s'éleva également, plus forte et railleuse. Une voix féminine, paniquée et haut perchée, intervenait de temps à autre, au milieu des bruits de verre écrasé sous des pas.

Georgiana tenta de se préparer à ce qui l'attendrait une fois qu'elle aurait franchi le seuil de cette pièce, mais en ouvrant la porte, elle ne put s'empêcher de se figer, un cri de terreur bloqué dans la gorge.

Il y avait des débris de verre et du sang partout. Les mains de Benedict en étaient couvertes. Une coupure à son bras saignait abondamment, ainsi qu'une autre au front. Georgiana le regarda avec horreur, muette de stupeur.

Si Benedict la vit entrer, il n'en laissa rien paraître. Son attention était entièrement focalisée sur Kenilworth. Celui-ci lui faisait face, brandissant un débris de verre ensanglanté et pointu. Les deux hommes se tournaient autour, à quelques pas du trou laissé par la fenêtre brisée, l'un et l'autre guettant l'occasion de frapper.

— Tu ne reverras jamais Jane et Freddy, Kenilworth !

Par une habile manœuvre, Benedict parvint à rapprocher son adversaire du trou béant. Un faux pas, une poussée brusque, et l'un ou l'autre pouvait à tout moment tomber dans le vide. L'issue du combat serait nécessairement tragique.

*Mon Dieu, par pitié, faites que ce ne soit pas Benedict...*

— Comment as-tu l'intention de m'arrêter, Haslemere ?

Kenilworth se mit à rire, mais ce rire était grinçant et ressemblait à celui d'un dément.

— Jane est *ma* femme, reprit-il d'un ton triomphant. Et Freddy *mon* fils. Ils m'appartiennent, et il n'y a rien que tu puisses faire pour changer ça !

— Ah non ? répliqua Benedict avec un sourire féroce. Les cours anglaises ne sont pas tendres avec les bigames, Kenilworth, même quand ils sont ducs. Ton mariage avec Jane est illégal et sera dissous dès que ton crime sera découvert. Je me demande ce que penseront tous tes admirateurs londoniens de voir leur idole tomber si bas.

Kenilworth émit un claquement de langue agacé.

— Penses-tu réellement qu'un vaurien dans ton genre sera de taille à dévoiler mes secrets ? Voilà six ans que je les tiens sous le boisseau, Haslemere. Il faudrait un homme plus habile que toi pour me nuire.

Kenilworth fit un brusque bond en avant, brandissant son arme improvisée. Georgiana ravala un cri en voyant la pointe acérée frôler le poignet de Benedict. Il s'était reculé juste à temps pour se mettre hors de portée. D'un revers de manche, il s'essuya le front pour empêcher le sang de l'aveugler. La manche de sa chemise avait viré au rouge.

— Une demi-douzaine de personnes sont au courant, objecta-t-il. As-tu l'intention de tous nous tuer ?

— Non, juste toi, Haslemere. Et Draven, bien sûr. Il ne semble pas en état de m'opposer une grande résistance...

D'un coup de menton, Kenilworth désigna le lit. Georgiana tourna la tête et remarqua pour la première fois depuis son entrée dans la pièce la servante aux cheveux noirs – Rachel, ou Clara –, protégeant de son corps un lord Draven allongé, pâle et hagard, mais bien conscient.

— Oh ! Je pense que Clara et Jane rentreront bien vite dans le rang si je les menace de leur enlever leurs fils.

Tout en parlant, le duc s'avançait imperceptiblement, contournant Benedict pour tenter de le rapprocher de la fenêtre.

— Vois-tu, Haslemere, bigame ou pas, je suis le père de ces deux garçons, qui sont donc entièrement soumis à ma volonté...

— Tu ne sortiras pas de cette pièce, Kenilworth, à moins que ce ne soit par la fenêtre.

D'un brusque bond en avant, Benedict parvint à lui décocher un coup de poing dans l'estomac. Kenilworth grogna de douleur et vacilla mais parvint à rester debout.

— Voilà qui manque de punch, Haslemere, commenta-t-il d'un ton narquois. Tes saignements t'affaibliraient-ils, mon ami ? Quel dommage... J'ai bien l'impression que c'est toi qui vas passer par la fenêtre...

Un rictus démoniaque déforma ses traits, avant qu'il parvienne à assener un vigoureux coup de pied dans le genou de Benedict, qui s'écroula lourdement sur le sol.

Clara hurla, mais le cri de panique de Georgiana couvrit sa voix.

— Benedict !

— Non, recule, Georgiana ! lança-t-il, la main tendue devant lui pour l'arrêter. N'approche pas plus !

— Ta catin est très loyale envers toi, Haslemere.

Kenilworth s'approchait de Benedict sans se presser. Arrivé devant lui, il lui décocha un autre vicieux coup de pied, dans la poitrine cette fois.

— Elle n'est pas d'une beauté conventionnelle, reprit-il, mais elle me plaît bien tout de même. Peut-être en ferai-je ma maîtresse, quand tu seras mort.

Le visage de Benedict n'était plus qu'un masque de fureur lorsqu'il répliqua :

— Assure-toi de ne pas rater ton coup. Si tu touches à un seul de ses cheveux, c'est moi qui te tue.

— Tu ne me sembles pas en position de me menacer.

Le duc s'apprêtait à décocher un nouveau coup de pied à Benedict, mais celui-ci parvint à rouler sur lui-même pour lui échapper et se remit debout.

— Tu ne fais que retarder l'inévitable, commenta le duc. Tout le monde peut voir que tu es déjà presque mort.

Le regard de Georgiana passait désespérément de l'un à l'autre des deux hommes. Kenilworth avait raison : Benedict, affaibli, ne tenait plus qu'à peine debout. Le duc allait le frapper jusqu'à ce qu'il perde conscience. Ensuite, il ne lui resterait plus qu'à le pousser dans le vide.

Personne ne pouvait survivre à une telle chute. Elle devait absolument faire quelque chose.

*Réfléchis, réfléchis…*

Une arme. Si elle parvenait à en trouver une suffisamment lourde pour frapper Kenilworth, le coup pourrait l'étourdir assez longtemps pour qu'elle ait le temps de le pousser par la fenêtre. Il était bien plus grand et plus fort qu'elle, mais elle était rapide, et il ne faisait pas attention à elle.

Georgiana parcourut la pièce du regard jusqu'à ce que ses yeux se posent sur le tisonnier de l'âtre, appuyé contre le mur à côté du lit de lord Draven.

Il était bien plus proche d'elle que de Kenilworth, mais dès qu'elle foncerait s'en saisir, il devinerait son intention et s'en prendrait de plus belle à Benedict.

En proie à une terrible indécision, elle se mordilla la lèvre. C'était la vie de Benedict qui était en jeu ; elle n'avait d'autre choix que de prendre ce risque. Sans quitter le duc des yeux, elle fit discrètement un pas vers le tisonnier. Mais avant qu'elle ait pu en faire un autre, elle perçut du coin de l'œil un mouvement près du lit.

C'était Clara Beauchamp.

Quand leurs regards se croisèrent, l'infirmière désigna d'un coup d'œil le tisonnier. Elle se tenait près de l'âtre. Le duc avait renoncé à voir en elle une menace et ne lui prêtait aucune attention. Soutenant le regard que Clara lui lançait, Georgiana lui donna son assentiment d'un signe de tête. Il y eut entre elles un instant de totale compréhension… puis tout se passa très vite.

Clara s'empara du tisonnier. D'une puissante poussée, elle le fit glisser jusqu'à Georgiana sur le parquet. Dès que l'arme improvisée s'arrêta à ses pieds, elle s'en saisit et la brandit en faisant volte-face, le cœur battant à tout rompre, toute la rage qu'il y avait en elle concentrée sur Kenilworth.

Elle entendit un cri mais ne se laissa pas distraire. Avec toute la force dont elle était capable, elle frappa le duc dans le dos.

Kenilworth émit un drôle de son, condensé de douleur et de surprise, avant d'aller s'abattre à terre dans un bruit retentissant. Si Georgiana avait pu lui donner un deuxième coup, sans doute l'aurait-elle achevé, mais ses bras tremblaient trop pour cela.

Se laissant glisser sur le sol à côté de sa victime, elle entreprit, à la force de ses jambes, en prenant appui de ses deux bras posés derrière elle sur le parquet, de pousser le duc vers la fenêtre brisée.

Elle crut d'abord qu'elle n'y parviendrait pas, tant il était lourd. Pourtant, petit à petit, le corps inerte de Kenilworth glissa vers le vide. Il semblait évanoui et n'offrait aucune résistance. Du moins dans un premier temps.

Déterminée qu'elle était à mettre un terme à l'existence de ce misérable, elle ne remarqua pas tout de suite qu'il s'était agrippé au passage à la cheville de Benedict. Celui-ci commença à glisser lui aussi en direction du trou béant ouvert dans le mur, prisonnier de la poigne de fer de son adversaire.

— Benedict !

Le cri jaillit trop tard de la gorge de Georgiana.

Elle eut le temps de lui saisir la main, mais le poids de Benedict, ajouté à celui de Kenilworth, l'empêcha de le retenir. Benedict quant à lui tentait en vain de se libérer. Le duc le tenait avec le désespoir de l'homme se sachant condamné et décidé à entraîner son ennemi dans la mort avec lui.

Georgiana entendit un grand remue-ménage et un bruit de pas précipités dans son dos, mais elle ne voyait plus que l'homme qu'elle aimait. Agrippée à sa main de toutes ses forces, elle gardait ses yeux rivés aux siens. Et, à son tour, elle se sentit glisser inexorablement.

Elle comprit son intention avant même qu'il passe à l'action. La seule chose qu'il lui était possible de faire pour la sauver.

— Non, Benedict, non !

D'une brusque traction, il dégagea son bras de la main de Georgiana.

— Non ! hurla-t-elle de plus belle.

Elle bondit pour le rattraper, mais il était déjà trop tard. Le bas du corps de Kenilworth avait glissé hors du trou. À quelques secondes du trépas, il s'accrochait à la jambe de son adversaire en faisant appel à ses dernières forces. En cet instant ultime, Georgiana découvrit dans les yeux sombres de Benedict la profondeur de l'amour qu'il avait pour elle.

Il y eut un cri – la voix de Clara – et un regain d'activité dans le dos de Georgiana, puis Kenilworth disparut à sa vue dans un cri de terreur. Le sien, de protestation contre les décrets du destin, monta de ses lèvres alors qu'elle fermait les yeux, incapable de regarder sans pouvoir rien faire Benedict tomber.

Sauf que, de manière miraculeuse, elle sentit les bras de Benedict se refermer autour d'elle quelques secondes plus tard. Inexplicablement, il était à ses côtés, entortillé dans les tentures du lit à baldaquin de lord Draven. Un flot de sang coulait de ses plaies, mais il était vivant. D'une voix rauque et tremblante, il lui murmurait à l'oreille des mots pressants.

— Tout va bien… Je suis là… Nous sommes sains et saufs… Je t'aime, Georgiana…

Il le lui répéta, encore et encore, ses mains caressant ses cheveux, ses lèvres déposant des baisers sur sa tempe, ses lèvres, sa joue. Peu à peu, la terrible angoisse qu'avait éprouvée Georgiana à l'idée de le perdre reflua et, éperdue d'amour et de gratitude, elle s'effondra en larmes contre sa poitrine.

Clara Beauchamp était bien une infirmière aussi accomplie que l'avait affirmé Mme Ellery.

Certes, en dépit des soins qu'elle lui avait prodigués, la blessure au bras de Benedict l'élançait toujours, sa coupure au front restait douloureuse et son genou lui faisait un mal de chien, mais il s'en moquait.

Il se moquait de tout, en fait, sauf de Georgiana, qui ne le quittait plus et demeurait confortablement serrée contre lui. Elle avait passé un bras possessif autour de sa taille, et lui entourait les épaules de l'un des siens. Tout ce dont il avait envie, c'était de l'emmener au cottage du garde-chasse pour qu'ils puissent y retrouver un peu d'intimité, mais il y avait… quelques détails à régler avant cela.

Par exemple, la présence d'un duc écrasé au sol dans la cour intérieure de Draven House.

Le magistrat était en chemin. Il exigerait à n'en pas douter une explication circonstanciée de la mort du duc de Kenilworth. Benedict, quant à lui, n'éprouvait pas le moindre remords à ce sujet. L'homme avait été un véritable monstre, et il ne ressentait que du soulagement de savoir Jane et Freddy libérés de son emprise à jamais.

— Un peu plus de thé, lord Haslemere ?

Mme Ellery n'avait cessé de papillonner autour d'eux au cours de l'heure qui venait de s'écouler, les abreuvant de thé et faisant tout son possible pour les gaver de scones et de cake. « Le meilleur remède en cas de choc, professait-elle doctement, est d'avoir le ventre bien plein. »

— Volontiers, madame Ellery… Merci.

Benedict aurait préféré quelques doigts de brandy, mais la cuisinière avait vécu de rudes moments, elle aussi, et il ne pouvait rien lui refuser.

En compagnie de Martha, l'autre domestique, elle avait été retrouvée entravée et bâillonnée dans un placard où Kenilworth les avait enfermées après avoir attaqué Peter à l'écurie. Un enfant assommé dans le dos et deux femmes sans défense prises par surprise n'avaient pu lui opposer de résistance.

Benedict frissonnait à l'idée de ce qui aurait pu leur arriver, ainsi qu'à Clara et à Draven, s'il n'était pas arrivé à temps en compagnie de Georgiana.

À l'heure qu'il était, Peter avait été reconduit chez lui pour s'y soigner et s'y reposer, et Martha avait décrété qu'elle ne voulait pas rester un jour de plus « dans ce pays de sauvages », souhait que lord Draven avait exaucé sans difficulté.

Quant au maître des lieux, il avait été cantonné d'une main ferme dans son lit par son infirmière aux cheveux blonds, qui avait définitivement remisé sa perruque noire. Il s'était plié à ses ordres avec l'air d'un homme ravi à la perspective d'avoir à lui obéir pour le restant de sa vie. Clara était restée depuis enfermée dans sa chambre avec lui, mais elle finit par réapparaître dans la cuisine, juste à temps pour épargner à Benedict une nouvelle tasse de thé.

— Je vous demande pardon, madame Ellery, annonça-t-elle, mais lord Draven souhaiterait parler à lord Haslemere et à Mlle Harley.

— Oui, oui, allez-y ! approuva la cuisinière. Ne craignez rien, lord Haslemere, je garde du thé au chaud pour vous.

— Euh… c'est très aimable à vous, madame Ellery.

Benedict la gratifia d'un sourire, puis gravit l'escalier derrière Clara, en compagnie de Georgiana. Le comte avait été installé dans une autre chambre. Assis dans un fauteuil près d'un bon feu, une couverture sur les genoux, il les attendait. Il leur apparut pâle, épuisé et amaigri, mais ses lèvres s'ourlèrent d'un beau sourire dès qu'il aperçut Clara.

— Haslemere… Mademoiselle Harley, les salua-t-il.

Il attendit qu'ils se soient installés sur un canapé et que Clara, assise près de lui, ait pris ses mains dans les siennes, avant d'ajouter :

— J'ignore comment vous avez fait, tous les deux, pour vous retrouver mêlés à cette sombre affaire, mais je suis diablement heureux que vous l'ayez fait.

Benedict lança un coup d'œil à Georgiana, avant de reporter son attention sur lord Draven.

— C'est une longue histoire, répondit-il. Je serai heureux de vous la raconter en détail ultérieurement,

Draven. Pour l'instant, peut-être puis-je simplement la résumer en disant que nous voulions aider ma sœur Jane, sans avoir la moindre idée de ce qui nous attendait.

Lord Draven laissa fuser un rire sans joie.

— C'est une toile comportant de nombreux fils, tous horriblement emmêlés, déclara-t-il. J'ignore comment vous avez réussi à y voir clair, mais sachez que nous vous en serons éternellement reconnaissants, Clara et moi.

— Nous avions de nombreux soupçons, milord, intervint Georgiana. Mais c'est le duc lui-même qui a dénoué l'écheveau final.

S'adressant à Clara, elle demanda ensuite :

— Vous étiez mariée au duc de Kenilworth, mademoiselle Beauchamp, et vous avez eu un fils ensemble, n'est-ce pas ?

— Oui. Mon fils s'appelle Augustus. Il aura sept ans au mois de septembre.

En regardant Benedict d'un air incertain, elle reprit :

— Je suis consciente que vous avez un neveu qui…

— Vous n'avez rien à craindre, l'interrompit Benedict. Je reconnais que Freddy n'est plus l'héritier du duché. Tout ce qui m'importe, c'est que ma sœur et son fils soient en sécurité, sains et saufs. Le titre et la fortune iront à Augustus, comme il se doit. Notre famille ne vous créera aucun ennui.

Manifestement soulagée, Clara lui adressa un pâle sourire.

— Je vous en remercie, milord. Quand vous et Mlle Harley êtes passés hier, j'ai pensé… En fait, j'ai eu peur que le duc ne vous ait envoyés, et je… je ne savais que faire. J'étais terrifiée, mais je ne pouvais me résoudre à partir.

— Vous aviez entendu parler de… l'infortuné accident de lord Draven lors de votre séjour à Londres chez lady Tilbury, mademoiselle Beauchamp ?

— Cela n'avait rien d'un accident, mademoiselle Harley, expliqua l'intéressé. J'ai été assailli par une demi-douzaine de voyous envoyés par Kenilworth. Je n'ai aucun doute sur le fait qu'ils voulaient me tuer. Kenilworth est venu aujourd'hui pour finir le travail et pour m'arracher de nouveau Clara.

Le visage sombre, il serra fortement la main de Clara dans la sienne et conclut dans un souffle :

— Je frémis à l'idée du sort qu'il lui aurait réservé.

Georgiana poussa un long soupir et constata :

— Le duc de Kenilworth n'était pas du tout ce qu'il semblait être, n'est-ce pas ?

— C'est le moins qu'on puisse dire, approuva Clara. Mais pour répondre à votre question, mademoiselle Harley, j'étais effectivement à Londres, chez lady Tilbury, lorsque lord Draven a été attaqué. Je n'avais pas quitté le Herefordshire depuis six ans, mais Augustus était malade, et je ne pouvais me résoudre à l'idée de ne pas être à ses côtés. De mauvaise grâce, lady Tilbury a fini par accepter que je l'accompagne, à condition que je reste confinée dans sa résidence.

Lord Draven porta la main à ses lèvres.

— C'est un miracle que Jane l'ait aperçue, déclara-t-il. Elle est directement venue me voir cette nuit-là pour me dire qu'elle pensait que Clara était toujours vivante. Elle ignorait tout du lien qui existait entre elle et Kenilworth. Elle est venue me prévenir uniquement parce qu'elle me savait dévasté par sa disparition. Votre sœur a été pour moi une excellente amie, Haslemere…

Un sourire amer passa sur les lèvres de Benedict.

— Si Jane avait pu se douter que Kenilworth n'était qu'un gredin, jamais elle ne l'aurait épousé.

Mais je n'ai aucune excuse quant à moi de ne pas l'avoir découvert. C'était à moi de la protéger.

Ses clairs yeux bleus arrondis par la surprise, Clara secoua la tête.

— Comprenez bien, lord Haslemere, que c'était là un secret bien gardé. Seuls ma mère, Kenilworth et moi étions au courant du mariage. Et ni ma mère ni moi n'en aurions soufflé mot, car Kenilworth nous avait dit que son oncle, le duc, le déshériterait s'il était mis au courant.

Lord Draven approuva d'un hochement de tête.

— C'est exact, Haslemere. Je n'ai moi-même découvert ce mariage que bien plus tard, après la disparition de Clara. Je la croyais morte, à l'époque. Je ne pouvais donc soupçonner Kenilworth de bigamie.

Voyant Benedict se raidir à cette évocation, Georgiana lui prit la main.

— Quelle coïncidence étrange, commenta-t-il, que Jane soit passée devant la résidence de lady Tilbury à l'instant où Mlle Beauchamp se trouvait dans la voiture...

— Oui, approuva lord Draven en souriant. Une telle coïncidence me réconcilie avec le destin. Comme vous l'avez probablement deviné, Clara n'est pas retournée dans le Herefordshire après avoir quitté la résidence de lady Tilbury. Elle est parvenue à convaincre Mme Bury de l'embaucher, et elle m'a accompagné ici, à Draven House. Peut-être ne suis-je qu'un égoïste, mais je suis diablement heureux qu'elle l'ait fait.

— Vous êtes donc restée cachée dans le Herefordshire pendant six ans ? s'enquit Benedict, incrédule. Cela a dû être affreux, de vivre pendant tout ce temps en redoutant chaque jour que Kenilworth ne vous retrouve...

— Cela n'avait rien de facile, c'est vrai, reconnut Clara. Mais j'étais bien plus inquiète pour Augustus que pour moi-même, et lady Tilbury a pris grand soin de nous. C'est une amie très chère.

— Suffisamment pour vous couvrir en me mentant de manière éhontée...

Georgiana atténua l'amertume de ces paroles par un sourire amusé et ajouta :

— Mais je suppose qu'elle n'avait pas le choix.

— La situation était inextricable, approuva lord Draven d'un ton lugubre. Comme je regrette de n'avoir pu mettre un terme à la vie de ce misérable il y a six ans, la nuit où Clara a disparu ! Quand je pense au mal qu'il a fait, à la souffrance qu'il a engendrée, non seulement pour moi, mais pour Clara et Jane...

— Vous voulez parler du duel ? intervint Benedict.

— Mon père m'a empêché de me battre le soir de la fête de Noël, mais j'ai suivi Kenilworth à Londres et l'ai de nouveau provoqué. Je vous assure que je ne plaisantais pas, Haslemere. Si j'avais pu arriver à mes fins, Kenilworth serait mort cette nuit-là.

— Je n'en doute pas un seul instant. Vous pensiez que Kenilworth avait déshonoré Mlle Beauchamp ?

— Oui. Le soir de Noël, je l'ai vu entraîner Clara hors de la salle de bal. J'avais le pressentiment qu'il se passait quelque chose et je les ai suivis dans la bibliothèque. De ce que j'ai pu surprendre de leur conversation, j'ai conclu que le duc l'avait séduite et déshonorée. Je n'ai découvert que bien plus tard, comme je vous l'ai expliqué, qu'il l'avait épousée un an plus tôt, avant de filer à Londres dépenser sa fortune.

— Je me suis totalement trompée sur lui, reconnut Clara en baissant les yeux. Je me suis imaginée amoureuse de lui, mais ce fut une illusion de courte durée. À son retour à Draven House pour la partie de campagne, il avait hérité du duché et ne voulait plus d'une roturière pour épouse. Il avait déjà jeté son dévolu sur votre sœur, lord Haslemere. Il m'a abandonnée ruinée et...

Elle hésita un instant avant de conclure, les joues empourprées :

— ... et enceinte.

— Comme cela a dû être horrible ! dit Georgiana d'un ton compatissant.

— J'étais anéantie. Kenilworth redoutait que l'enfant ne soit un garçon. Un fils n'ayant pas de sang bleu dans les veines ne pouvait satisfaire le duc de Kenilworth. Aussi m'a-t-il jetée dans une voiture, avec un maigre bagage et un tout aussi maigre pécule. Il m'a emmenée à Southampton, où il voulait me faire embarquer pour l'Amérique du Nord, avec l'espoir, j'imagine, que je trouverais la mort pendant le voyage.

— Mais vous avez réussi à déjouer ses plans ! résuma Georgiana. Vous avez survécu, et vous voici...

— Oui. Grâce à lady Tilbury.

Mlle Beauchamp essuya une larme sur sa joue avant de poursuivre :

— Après le départ de Kenilworth, j'ai réussi à me glisser hors du bateau et à rejoindre le Herefordshire avec le peu d'argent qu'il m'avait laissé. C'est uniquement grâce à lady Tilbury que j'ai pu survivre.

Clara tourna la tête et lança un regard débordant d'amour à Draven avant de conclure :

— Et à présent, je vais recevoir ma récompense, si imméritée soit-elle.

— Entièrement méritée, mon amour, rectifia-t-il.

Georgiana reporta son attention sur Benedict, un pâle sourire aux lèvres.

— Sans compter que vous avez sauvé l'homme que j'aime, mademoiselle Beauchamp. De mon point de vue, votre récompense n'en est que plus méritée.

La gorge serrée à l'idée de ce qu'il avait failli perdre, Benedict déposa un fervent baiser sur sa main et ajouta :

— Le destin, effectivement, a choisi de nous sourire. Et en ce qui me concerne, Draven, j'ai bien l'intention d'en tirer le meilleur parti...

# 24

*Dix jours plus tard, Mill Street, Londres*

— Tu veux dire, Georgiana, que Mlle Beauchamp a sauvé lord Haslemere en lui lançant une tenture de lit ?

— C'est rapidement résumé, en effet, mais c'est exact.

C'était la quatrième fois qu'Emma revenait sur le sujet et que Georgiana tentait en vain de lui narrer toute l'histoire. Par où commencer ? Par le sinistre duc de Kenilworth ? Par l'histoire tragique de Clara Beauchamp et de lord Draven ? Ou par Benedict Harcourt, le plus charmant des séducteurs, qui était en fait bien plus et bien mieux que cela : l'homme merveilleux et adorable qui avait conquis son cœur et auquel elle ne pouvait s'empêcher de penser ?

Tout cela était si compliqué, si touchant et encore si à vif dans sa mémoire qu'elle était sûre de finir en pleurs dans les bras d'Emma. Aussi, parce qu'elle détestait les scènes mélodramatiques et les effusions, Georgiana préféra-t-elle désigner le jardin qui s'offrait à leurs yeux, derrière la fenêtre, en expliquant à Emma :

— Je vais commencer par demander aux filles les plus âgées de le débroussailler avec moi. L'endroit sera idéal pour s'y promener au printemps et en été, n'est-ce pas ?

— Mmm... Idéal, oui.

Comme son amie ne réagissait pas davantage, Georgiana enchaîna :

— Ces bow-windows équipés de bancs sont astucieux, pas vrai ?

— Mmm... Astucieux, oui.

— Et il y a tant de place, ici ! Cinq grandes chambres au premier et au deuxième étage, sans compter les pièces de vie au rez-de-chaussée. Qui plus est, le grenier est spacieux... On pourra facilement y aménager les salles de classe.

— Mmm...

— Pour l'amour de Dieu ! s'exclama Georgiana, exaspérée par l'attitude d'Emma. C'est tout ce que tu as à dire ?

Assise à ses côtés, son amie se tourna d'un bond vers elle et répliqua :

— Tu veux que je te dise autre chose, Georgiana ? Très bien, alors voici : je suis très fâchée contre toi !

— Contre moi ? Mais... qu'est-ce que j'ai fait ?

Georgiana s'était efforcée de paraître offusquée, mais sa voix manquait de conviction. Elle savait parfaitement ce qu'elle avait fait et pour quelle raison elle l'avait fait. Et elle savait aussi qu'Emma ne la lâcherait pas avant d'avoir obtenu une confession complète.

— Je suis absente de Londres depuis une éternité ! reprit celle-ci avec véhémence. Avec pour seule compagnie lady Crosby, qui, malgré toute sa gentillesse, fait bien ses soixante ans ! J'ai discuté dentelles pour toute une vie et...

— Je ne vois pas ce qu'il y a de mal à discuter dentelles, et ça ne fait pas une éternité que tu es partie, seulement...

Emma la fit taire d'un geste impérieux de la main.

— Pendant ce temps, reprit-elle, tu as triomphé d'un duc diabolique, sauvé sa duchesse, réuni un comte éploré à son amour de jeunesse, et pour couronner le tout, tu es tombée sous le charme de lord Haslemere ! Et tout ce que tu trouves à faire pour nos retrouvailles, c'est me parler de jardinage, de salles de classe et de bow-windows ?

— Je ne vois pas ce qu'il y a de si terrible à parler de jardinage et de...

— Pas un mot de plus, Georgiana Harley ! J'en ai soupé de tes manœuvres d'évitement ! Je n'ai qu'une journée à passer avec toi, et tu l'as déjà en grande partie gaspillée avec ton bavardage insipide. J'exige d'entendre toute l'histoire *maintenant* ! Commence par lord Haslemere.

Georgiana considéra son amie, muette de surprise. Emma ne se mettait pas souvent en colère, et mieux valait éviter de s'opposer à elle quand cela se produisait. En outre, elle avait raison : sous peu, elle serait repartie chez lady Crosby, afin de boucler l'affaire dont l'avait chargée lady Clifford. Si Georgiana ne se confiait pas à elle maintenant, elle n'aurait plus l'occasion de le faire.

Emma lui prit la main et inclina la tête pour la regarder dans les yeux, avant d'ajouter d'un ton radouci :

— Allons, ma belle... Je vois bien que tu es triste. Je le lis dans tes yeux. Tu sais bien que je ne supporte pas de te voir comme ça.

*Je ne suis pas triste. Je ne le suis pas. Et je ne pleure jamais. Non, je ne...*

Georgiana s'efforçait de lui répondre, mais son menton se mit à trembler, ses yeux s'embuèrent, et...

— Bon sang ! s'exclama-t-elle en écrasant rageusement une larme sous son pouce. Tout est la faute de Benedict !

Quand une femme commençait à pleurer pour un homme, elle était sûre de ne plus s'arrêter, surtout quand il s'agissait de Benedict Harcourt.

Haussant les sourcils, Emma demanda :

— Qu'a-t-il osé faire pour te mettre dans cet état ?

— Il m'a piégée ! gémit Georgiana. Il est si intelligent, et si drôle, et si prévenant, et si adorable, et si... Il a de si beaux yeux, et un si adorable sourire, et... et avant même que j'aie pu comprendre ce qui se passait...

Doucement, Emma écarta les mains que Georgiana pressait sur son visage et conclut :

— Il t'a séduite et tu es tombée amoureuse de lui.

— Je savais pourtant qu'il n'était qu'un séducteur. On me l'avait dit, et il l'était effectivement, mais... il ne l'est plus désormais, et... Oh, Emma ! J'ai été *obligée* de tomber amoureuse de lui.

Emma leva les yeux au plafond.

— Personne ne pourra jamais t'accuser d'être fleur bleue, commenta-t-elle. Mais je ne vois pas ce qu'il y a de si terrible à tomber amoureuse, à moins que... T'aime-t-il, lui aussi ?

Georgiana essuya ses larmes d'un revers de manche.

— Il a dit qu'il m'aimait, mais c'était alors que... c'était dans un moment d'une grande intensité.

— Tu veux dire que lui et toi étiez en train de...

— Non ! se récria-t-elle. Mon Dieu, Emma...

Consciente d'avoir rougi jusqu'à la racine des cheveux, Georgiana s'efforça d'expliquer :

— Il l'a dit après avoir échappé de peu à la mort. Dans ces circonstances, comment ne pas imaginer qu'il aurait pu le dire à n'importe qui ?

— T'a-t-il paru sincère, sur le moment ?

— Je... Oui.

En fait, que savait-elle des déclarations d'amour passionnées ? Rien du tout. Mais elle avait un certain bon sens, et elle ne pouvait exclure l'hypothèse qu'une telle déclaration ait pu être faite uniquement sous le coup de l'émotion.

— Sauf qu'à présent, tu n'es plus du tout sûre de ses sentiments, résuma Emma.

Georgiana poussa un profond soupir et répondit :

— Disons que c'était plus facile d'y croire quand il…

Quand il la tenait serrée contre lui, qu'il couvrait son visage de baisers, qu'il lui murmurait des mots doux à l'oreille. Mais cela faisait plus d'une semaine, à présent. Elle était rentrée à Londres avec lui, ce soir-là. Il l'avait déposée à l'école Clifford, l'avait embrassée avec passion puis l'avait quittée… sans renouveler sa déclaration.

Georgiana ne l'avait pas revu depuis.

Benedict était aussitôt retourné dans l'Oxfordshire avec Jane, Freddy, lady Tilbury et Augustus, pour une grande réunion de retrouvailles avec Clara et lord Draven. Jane et Clara avaient décrété qu'elles feraient tout pour que leurs fils s'aiment comme des frères, et il tardait à lord Draven de pouvoir exprimer sa gratitude à lady Tilbury.

Ce devait être un événement joyeux et émouvant… mais réservé aux membres d'une famille dont Georgiana ne faisait pas partie. Elle n'était… Elle n'était rien, en fait. Et ce n'était même pas là le plus grave.

Comme cela lui arrivait souvent, Emma sembla lire dans ses pensées.

— Tu ne me dis pas tout.

D'un ton empreint d'une certaine inquiétude, elle ajouta :

— Dis-moi ce qui t'inquiète, Georgiana…

En baissant les yeux, celle-ci finit par avouer :

— Je ne… je ne sais pas comment tomber amoureuse.

— Ma chère, il me semble que c'est déjà fait.

— Très bien. Alors, disons que je ne sais pas comment *être* amoureuse.

Georgiana crut que son amie allait se mettre à rire, à hausser les épaules, à dire que c'était ridicule, que tout le monde savait cela, mais elle réagit tout autrement.

Au lieu de cela, une ombre passa sur son visage.

— Cela m'a étonnée, confia-t-elle d'un ton rêveur, de voir Cecilia et Sophia tomber si vite amoureuses. Comme si ce n'était rien. Comme s'il ne s'agissait que de plonger dans un étang par une chaude journée d'été. Je me demande quel effet cela peut faire.

Il y avait une nuance d'émerveillement dans le ton de sa voix. Elle dévisagea Georgiana un long moment, avant de détourner le visage pour conclure :

— L'amour demande d'avoir confiance en l'autre, assez confiance pour se montrer vulnérable. Ce n'est pas quelque chose qui nous est très naturel à toutes les deux, pas vrai ?

— Non.

Georgiana se mordit la lèvre afin de réprimer ces maudites larmes qui menaçaient de nouveau de couler. Elle faisait confiance à Benedict et lui était reconnaissante. Peut-être finirait-il par lui briser le cœur, mais il lui aurait permis d'avoir un aperçu de l'amour plus convaincant qu'elle ne l'aurait cru possible.

Sûrement était-ce déjà quelque chose d'avoir découvert que l'on a un cœur qui peut être brisé ?

Emma s'efforçait de sourire, mais elle paraissait mélancolique quand elle se leva en soupirant.

— Il faut que j'y aille à présent, dit-elle. J'ai promis à lady Crosby d'être de retour ce soir. Mais avant de partir, je veux te dire que tu sais comment tomber amoureuse, Georgiana. Tu l'as déjà fait. Alors, n'abandonne pas, s'il te plaît. Tu as fait la moitié du chemin.

Emma se pencha pour déposer un baiser sur sa joue. Un instant plus tard, elle était partie, laissant Georgiana à sa contemplation songeuse d'un jardin revenu à l'état sauvage.

Elle demeura très longtemps assise sur le banc du bow-window, à regarder tomber les ombres du soir sur la végétation.

Cet immeuble était parfait. Exactement ce qu'elle avait rêvé qu'il soit. Tout ce qu'elle avait désiré au début de cette aventure, c'était ce bâtiment. Et à présent qu'elle l'avait obtenu, elle n'arrivait plus à se rappeler à quel moment il avait cessé de suffire à son bonheur.

Mais il se faisait tard, et lady Clifford s'attendait à la voir rentrer bientôt. Peut-être allait-elle auparavant faire un tour à l'étage, pour se remonter le moral et vérifier certains détails.

Elle alluma une chandelle, monta l'escalier et longea le corridor qui desservait les chambres. Elle se rendit dans la dernière d'entre elles, au coin de l'immeuble. C'était une pièce spacieuse, dotée d'un salon attenant, qui avait dû servir d'appartement, dans le passé, à l'un ou l'autre des lords Haslemere.

Il restait quelques pièces éparses de mobilier. Elle put poser sa chandelle sur une petite table et commencer à arpenter le sol à grands pas pour le mesurer.

Un, deux, trois...

*Ping !*

... quatre, cinq...

*Ping !*

Georgiana se figea et redressa la tête, alertée par ce bruit, qu'elle était certaine d'avoir déjà entendu.

Le cœur battant, elle courut jusqu'à la fenêtre, écarta une paire de rideaux poussiéreux et...

Benedict était en bas, dans la rue, la tête levée vers elle. Dès qu'il l'aperçut, un éblouissant sourire éclaira son visage. En un geste suppliant, il joignit les mains devant lui, tel un soupirant enamouré dans un roman gothique. Puis, agitant l'index, il lui fit signe de descendre.

Georgiana courut dans le couloir et dévala l'escalier. Elle avait beau s'efforcer de se calmer en se disant qu'il était peut-être venu lui faire ses adieux, son cœur affolé ne voulait rien entendre.

Benedict l'attendait en bas des marches, les bras grands ouverts. Georgiana n'hésita pas un instant à s'y précipiter.

— Tu es revenu ! s'exclama-t-elle. Pourquoi n'as-tu pas prévenu que...

Ses lèvres, en se posant avec urgence sur les siennes, l'empêchèrent d'en dire plus. Leur baiser se prolongea, aussi doux que passionné. Benedict paraissait aussi peu désireux qu'elle de l'abréger.

— Dieu, ce que tu m'as manqué, princesse ! gémit-il lorsque leurs lèvres se séparèrent enfin. Cela fait des semaines et des semaines que...

— Cela ne fait pas des semaines, rectifia-t-elle en souriant. Un peu plus d'une, mais pas tout à fait deux.

Benedict eut un rire amusé et noua les bras autour de la taille de Georgiana, comme pour l'empêcher de s'échapper.

— Le moment est mal choisi pour les mathématiques, dit-il. Cela m'a paru durer des années. Je rêve de ce moment depuis que je suis parti de chez Draven, cet après-midi. Le trajet de retour a failli me rendre fou.

— Tu... euh... Je t'ai donc manqué ?

Benedict lui lança un regard incrédule.

— Tu me demandes si tu m'as *manqué* ? Dans l'Oxfordshire, Jane était plus heureuse que je ne l'avais jamais vue, Clara et Draven roucoulaient, Freddy et Augustus étaient déjà complices comme deux frères... et moi, je boudais et faisais la tête parce que je ne voulais rien d'autre que toi.

Soudain intimidée, Georgiana baissa les yeux.

— Vraiment ? s'étonna-t-elle.

— Oui, vraiment, femme de peu de foi ! Jane a fini par perdre patience et m'a ordonné de rentrer à Londres te retrouver. Je ne me le suis pas fait dire deux fois !

Georgiana jouait avec les boutons de son manteau, évitant ses yeux.

— Je me disais que peut-être... tu avais réfléchi et que... tu avais changé d'avis et...

Il lui saisit le menton et lui fit redresser la tête. Dans son regard sombre, elle découvrit tant d'amour qu'elle sentit ses yeux s'embuer.

— Écoute-moi bien, Georgiana Harley, déclara-t-il d'un ton soudain plus grave. Jamais je ne changerai d'avis à ton sujet. J'ai bien peur que tu ne doives me supporter au cours des décennies à venir, parce que je suis fou d'amour pour toi. Je t'aime tant que je ne parviens pas à penser à autre chose et... Mais tu pleures ? *Encore ?*

Georgiana se jeta à son cou et noua les bras autour de sa nuque.

— Je t'aime aussi, Benedict ! lança-t-elle d'une voix étranglée par les sanglots. Plus que je ne pourrai jamais te le dire.

— Alors, montre-le-moi.

Il déposa un nouveau baiser sur ses lèvres avant de poursuivre :

— Épouse-moi tout de suite, et mettons-nous à l'ouvrage pour donner à Freddy et à Augustus les cousines qu'ils réclament. Ils en veulent six, rien que des filles !

— Quoi ?

Georgiana le dévisagea, les joues en feu.

— Non, protesta-t-elle. Tu inventes. Ils sont trop jeunes pour avoir réclamé ça.

— Eh bien, je les ai peut-être aidés un peu, reconnut-il. Tiens, Jane m'a donné une lettre pour toi.

Il porta la main à la poche de son manteau et lui remit une enveloppe.

— Et Freddy m'a demandé de te donner ça, ajouta-t-il en déposant dans la paume de Georgiana une pièce de puzzle en bois.

— L'Italie ? s'étonna-t-elle en l'examinant.

— Ne lui as-tu pas dit que c'était ta préférée ? Tu lui as fait forte impression, tu sais. Mais cela n'a rien d'étonnant. Tous les hommes de la famille ont un faible pour les femmes exceptionnelles. Freddy a hâte de te revoir, mais il lui faudra attendre, parce que son oncle passe en premier, et je veux t'avoir pour moi tout seul.

— Ah oui ? fit-elle. Tu m'intrigues… Qu'est-ce que tu as en tête ?

— Oh, je pensais juste à un petit mariage – ou un grand, à ta convenance – suivi d'une demi-douzaine d'enfants et d'une école pleine de petites filles.

Il prit sa main dans la sienne et lui embrassa le bout des doigts avant de demander d'un air anxieux :

— Qu'en penses-tu, princesse ? Aimerais-tu devenir lady Haslemere ?

Georgiana encadra son beau visage de ses mains et appuya son front contre le sien.

— J'aimerais surtout être *à toi*.

Benedict ferma les yeux un instant et poussa un petit gémissement de bonheur. De nouveau, leurs bouches se mêlèrent pour un long baiser, qui les laissa tous deux pantelants.

— Si nous continuons ainsi, dit-il, Brixton va me faire la peau.

— Daniel ? s'étonna Georgiana. Que vient-il faire là ? J'espère que vous ne vous êtes pas encore querellés ?

— Nous ne cesserons jamais de nous quereller. En arrivant en ville, je suis allé droit à l'école Clifford pour t'y chercher. Après avoir lancé un nombre incalculable de menaces et mis gravement en cause mon intégrité morale, il a fini par me dire que tu étais ici, mais que s'il ne nous voyait pas revenir bientôt, il viendrait me chercher personnellement. Cet homme est une constante menace.

Georgiana s'efforçait de paraître sévère, mais un sourire retroussait ses lèvres.

— Je crois surtout que vous ne pouvez faire autrement que de vous chamailler, mais il sera heureux de me voir t'épouser. Avec qui pourras-tu te quereller, alors ?

— Mais... avec toi, bien sûr.

Il planta un baiser sur le bout de son nez et précisa :

— J'avoue cependant que j'ai d'autres confrontations en tête pour nous deux...

Georgiana posa la main sur sa poitrine et sentit sous ses doigts le battement puissant et régulier de son cœur.

— Il n'y a rien qui me fasse plus envie qu'une vie de confrontations avec toi. Mais toi, es-tu certain d'avoir envie d'épouser une femme à la langue acérée ?

Il plongea ses yeux sombres au fond des siens pour lui répondre.

— Je te veux telle que tu es, Georgiana, avec tout ce que tu es. Je veux ta langue acérée, tes yeux noisette et ton insatiable appétit pour les confitures. Je te veux, toi.

— Tu m'as déjà, murmura-t-elle. Tout ce que j'ai est à toi.

Elle aurait voulu lui en dire plus encore, mais des larmes de bonheur lui serraient la gorge. Alors, elle se hissa sur la pointe des pieds et lui donna un doux baiser. Ce qui était encore, tout compte fait, le plus éloquent des discours.

# Épilogue

*Deux mois plus tard, Mill Street, Londres*

— Plus vite, lord Benedict… plus vite !

Sarah laissa fuser un rire ravi, les bras refermés autour du cou de Benedict, alors qu'ils approchaient du cognassier nouvellement planté au fond du jardin.

— Par pitié, Sarah, vas-tu te taire ?

Benedict fit halte derrière l'arbre fruitier, hélas encore trop jeune pour dissimuler leurs bêtises aux yeux de Georgiana.

— Je te l'ai dit, reprit-il. Si lady Haslemere t'entend et jette un coup d'œil par la fenêtre, elle nous houspillera pour avoir fait la course dans le jardin jusqu'à ce que nos oreilles en tombent.

Le mariage n'avait en rien apprivoisé sa belle épouse, et Benedict préférait qu'il en soit ainsi. Quand elle s'emportait contre lui, ses yeux adoptaient une couleur vert mousse tout à fait exceptionnelle.

— On ne craint pas grand-chose, intervint Susannah en examinant d'un œil intéressé la montre de Benedict. Ces nouvelles sont tellement nulles qu'elle va mettre des années à leur apprendre à compter.

Benedict lui avait remis sa montre pour qu'elle chronomètre leur course, mais la gamine semblait surtout envisager de la lui subtiliser.

Sur son dos, Sarah commençait à s'impatienter de cette immobilité forcée.

— Hue dada ! s'exclama-t-elle. J'aimerais tant avoir une bride pour le conduire. Qu'en penses-tu, Susannah ?

— Une bride ? protesta-t-il. Tu te rends tout de même compte que je ne suis pas *vraiment* un cheval, Sarah ?

Georgiana l'avait pourtant bien prévenu de ne pas trop gâter ces deux-là. Peut-être aurait-il dû l'écouter.

— Évidemment ! se moqua la fillette. Vous êtes juste lord Benedict.

Ce n'était pas tout à fait ainsi qu'elle aurait dû l'appeler, mais il passait tant de temps à l'école que Sarah et Susannah avaient commencé à voir en lui une sorte d'oncle bienveillant. Elles s'étaient donc habituées à l'appeler ainsi, ce qui le faisait immanquablement sourire.

Elles étaient évidemment les petites filles les plus vives et les plus rusées qui puissent exister et tiraient avantage de lui sans vergogne, mais Benedict était incapable de leur résister. Il aurait voulu en avoir six de plus comme elles rien qu'à lui, ayant toutes les yeux de leur mère.

— Pas besoin d'une bride, décréta Susannah. Les cheveux suffisent.

En voyant Sarah s'arrimer solidement à ceux de sa monture, Susannah approuva d'un hochement de tête et déclara :

— Un tour de jardin au galop. Si vous êtes revenus ici en moins de trois minutes, on vous rend les guinées, lord Benedict. Si vous mettez plus de trois minutes...

— ... vous aurez perdu et les guinées resteront dans nos poches, acheva Sarah. En avant, lord Benedict !

Sarah enfonça ses talons dans les flancs de son cheval improvisé et se mit à rire comme une folle en le voyant partir au galop. Susannah les suivit en sautillant et en criant des encouragements sans cesser de consulter la montre. Ils parvenaient juste à la fontaine centrale, vers laquelle toutes les allées convergeaient, lorsque, de celle qui menait à la porte de service, arriva une grande silhouette.

Une grande silhouette contrariée qui les observait, les bras croisés et le visage sombre. Benedict réussit à s'arrêter juste à temps pour éviter d'entrer en collision avec elle, mais Susannah, qui arrivait derrière lui, lui rentra dedans. Déséquilibrée, elle tomba sur le dos en lâchant un juron bien peu enfantin et fut bientôt rejointe pas Sarah, désarçonnée par l'impact.

Georgiana les toisa sévèrement et leur lança :

— Si ce n'est pas une course interdite interrompue à temps par mon intrusion, dit-elle, je ne sais pas ce que c'est.

— On faisait rien de mal ! assura Susannah, qui s'était redressée d'un bond et brossait sa jupe du plat de la main. Pas vrai, Sarah ?

— Rien de mal, madem... je veux dire milady. Juste un peu de... sport, avec lord Benedict.

Sans lui répondre, Georgiana haussa les sourcils et tendit la main devant elle.

Susannah et Sarah échangèrent un regard coupable, puis la plus grande des deux glissa la main dans sa poche, en tira les deux guinées qu'elle y avait fourrées et alla les remettre à Georgiana.

Celle-ci referma les doigts sur les pièces et ajouta :

— Rends tout de suite sa montre à lord Haslemere, Susannah.

Avec une grimace de dépit, la fillette plongea la main dans son autre poche et s'exécuta.

— Merci. À présent, reprenez vos activités. N'êtes-vous pas censées vous trouver en cours de français ?

Les filles échangèrent un nouveau regard coupable et marmonnèrent :

— Si, milady.

— Alors je vous suggère de monter bien vite, avant que Madame vous attrape. Vous êtes déjà en retard.

Après leur départ, Georgiana reporta son attention sur Benedict, qui faisait de son mieux pour paraître innocent.

— Eh bien ? Qu'as-tu à dire pour ta défense ?

— Rien du tout ! assura-t-il en levant les mains devant lui. Sauf que les élèves de cette école doivent être les plus mal élevées de tout Londres. C'est un scandale, la façon dont elles arrivent toujours à avoir le dessus sur moi.

— Le dessus sur toi ? Comme c'est curieux ! J'imagine qu'elles ont pris ces deux guinées et cette montre dans ta poche ?

Benedict s'approcha d'elle et répondit :

— Pour ce qui est de cela, qui pourrait le dire ?

— J'imaginais que *tu* le pourrais…

Mais elle avait beau s'efforcer de paraître intraitable, l'esquisse d'un sourire retroussait ses lèvres.

— Vraiment, reprit-elle, depuis le temps que tu fréquentes ces enfants, tu aurais pourtant dû retenir la leçon.

Benedict se rapprocha encore. Il était à présent si proche de sa femme que ses jambes effleuraient sa robe.

— Ce n'est pas moi qui ai besoin d'une leçon, c'est toi.

— Moi ? répliqua-t-elle d'un ton indigné, la main posée sur sa poitrine. Et quelle leçon, je te prie ?

— Celle de ne jamais interrompre une course, bien sûr.

Sans autre avertissement, Benedict la souleva dans ses bras et se mit à courir en ajoutant :

— Une course commencée doit être achevée ! Fort heureusement, une cavalière en vaut une autre.

— Benedict, repose-moi !

Mais Benedict n'en avait nullement l'intention. Il alla jusqu'au bout du jardin, sans lâcher sa précieuse charge qui criait, riait et se démenait dans ses bras. Quand ils furent arrivés au cognassier, il la reposa délicatement à terre et lui fit prendre appui contre le tronc de l'arbre.

— Voilà une récompense digne d'une course rondement menée.

— Il y a là-haut une dizaine de petites filles qui attendent que débute leur leçon de calcul, lord Haslemere.

En dépit de sa protestation, elle avait déjà noué les bras autour de son cou.

— J'ai bien peur qu'elles ne doivent attendre, répondit-il. Je n'en ai pas encore fini avec toi.

— Tu n'en as jamais fini avec…

Georgiana n'eut pas le loisir d'achever sa phrase. Les lèvres de Benedict venaient de se poser sur les siennes. Il l'embrassa encore et encore, comme si ce baiser était le premier. Sans doute les choses auraient-elles pu dégénérer encore si une fenêtre ne s'était ouverte, laissant parvenir jusqu'à eux les cris de fillettes excitées.

Arrachant de mauvaise grâce ses lèvres à celles de son épouse, Benedict jeta un coup d'œil en direction du bâtiment principal et vit Sarah, Susannah et Abby, pouffant de rire, penchées à la fenêtre pour les espionner.

— Ces satanées gamines nous ont encore repérés, constata-t-il.

Il s'accorda un dernier baiser appuyé, avant de s'écarter de Georgiana en grommelant :

— Pas moyen d'avoir deux minutes d'intimité.

— Tu auras toute l'intimité que tu voudras quand nous serons à Haslemere House.

Il eut un rire caustique.

— Si tu penses pouvoir bénéficier d'un peu d'intimité avec Augustus et Freddy dans les parages, c'est que tu connais beaucoup moins les petits garçons que les petites filles !

Ils avaient prévu de passer les vacances scolaires dans sa résidence de campagne, mais Jane avait insisté pour se joindre à eux avec Freddy, afin que celui-ci puisse faire mieux connaissance avec Georgiana. De là, l'invitation avait tout naturellement été étendue à Clara, à Draven et à Augustus, et à présent, toute l'Angleterre semblait avoir prévu de passer un mois à Haslemere House.

— Oh, mon Dieu ! s'exclama Georgiana. Je crois avoir oublié de t'annoncer que Sophia et lord Gray seront là également.

Elle le dévisagea un instant d'un air coupable, avant de demander :

— Es-tu fâché contre moi ?

Benedict lui caressa la joue et s'abîma dans la contemplation de ses yeux aux couleurs changeantes.

— Comment pourrais-je l'être, princesse ? Tant que tu es heureuse, je le suis aussi.

Un sourire le récompensa de se montrer aussi compréhensif.

— Je *suis* heureuse, assura-t-elle. Bien plus que je n'aurais jamais imaginé pouvoir l'être un jour.

Benedict prit son visage entre ses mains, déposa sur ses lèvres un tendre baiser et conclut :

— Et si cela ne tient qu'à moi, mon amour, il en sera ainsi pour toujours.

# AVENTURES & PASSIONS

## 1er février

### Bethany Bennett

***Les indésirables de Mayfair — Un moment d'égarement***

*Inédit*

Emma Hardwick mène une vie paisible à la campagne avec son fils Alton qu'elle adore. Séduite puis abandonnée par lord Roxbury lors de sa première saison, le seul plaisir qu'elle s'autorise désormais est la tenue de son journal intime, où elle consigne ses rêves et ses désirs, comme le souvenir brûlant d'une nuit d'amour avec un homme au torse tatoué. Alors qu'elle se rend à Londres, elle croise son amant d'un soir qui se présente à elle : « Capitaine Malachi Harlow, duc de Trenton, pour la servir. » Troublés par cet heureux hasard, ils décident de se revoir une fois encore, sans imaginer que le destin vient de les précipiter dans l'inconnu…

✦

### Laura Lee Guhrke

***Abandonnées au pied de l'autel — Le mariage de la saison***

Le mariage de lady Beatrix et de William Mallory devait être le clou de la saison. Or, quinze jours avant la date prévue, la cérémonie a été annulée. Que s'est-il passé ? Le jeune homme voulait vivre des aventures archéologiques, Beatrix refusait de le suivre en Égypte. Et chacun a brisé le rêve de l'autre. Six ans plus tard, devenu duc de Sunderland, William rentre en Angleterre… où Beatrix est sur le point de se marier. Meurtrie, la jeune femme s'est promis de tirer un trait sur le passé, mais Will se rend compte que leur passion brûle toujours. Est-il trop tard ? Peut-être pas…

## Minerva Spencer

***Whitechapel — Un étrange destin***

*Inédit*

Marianne Simpson est orpheline. À vingt-quatre ans elle vit avec les membres du cirque de son oncle Barnabas et monte sur le ring pour gagner sa vie. Ses combats attirent les foules, et on y croise parfois le respectable duc de Staunton qui vient admirer la force et le courage de la jeune femme. Un jour, ce dernier lui apprend que son mari, le baron Strickland, n'est pas mort. D'ailleurs, il doit le retrouver en France pour une étrange affaire. Le baron exige aussi la présence de Marianne, munie d'une lettre et d'un certain médaillon. Perplexe, la jeune femme accepte d'aider lord Staunton, convaincue que son mari détient la clé du mystère de sa naissance.

✦

## Mimi Matthews

***Les belles de Londres — La belle de Belgravia Square***

*Inédit*

Julia Wychwood est une riche héritière qui déteste les soirées mondaines et leurs conventions. Cavalière émérite, elle aime aussi se réfugier dans les livres pour fuir ses parents bien trop envahissants. À plusieurs reprises, elle croise le capitaine Jasper Blunt, qui a la réputation d'être un homme cruel, et ne comprend pas très bien pourquoi il recherche sa compagnie. D'ailleurs, lorsqu'il se présente chez les parents de Julia pour leur demander la permission de la courtiser, il essuie un refus catégorique : une Wychwood ne fréquentera pas un coureur de dots qui cache ses bâtards dans un château en ruine ! Mais le capitaine Blunt n'est pas homme à s'avouer vaincu.

Virginia Henley

***L'enjeu de la passion***

Voler Belzebuth, son étalon noir, est le défi le plus stupide que l'on puisse lancer à Heath Kennedy. Ce diable d'Écossais irait jusqu'au bout du monde pour récupérer sa fière monture ! Ce ne sera pas nécessaire, car il lui suffit de traverser la frontière anglaise pour tomber sur son voleur : Christopher Dacre. Monté sur Belzebuth, il s'adonne à la chasse au faucon en galante compagnie. Pour Heath, faire prisonnier cette crapule est un jeu d'enfant ; il demandera à lord Dacre une forte rançon pour revoir son fils ! Mais que faire de la jeune femme, Cornelia Carleton ? Depuis qu'il a croisé son regard, Heath n'a qu'une idée en tête : conquérir le cœur de cette beauté à la chevelure de nuit…

## Regency

**1er février**

### Suzanne Enoch

***Au bord de la crise de nerfs***

*Inédit*

Emmeline Hervey a hérité du duc de Welshire la maison où elle est née, Winnover Hall, dans le Gloucestershire. Mariée depuis huit ans à William Pershing, ils filent le parfait amour. Seule ombre au tableau, Emmeline ne peut avoir d'enfant. Lorsque, pour ses soixante-dix ans, le duc exige que le couple et leur descendance assistent à une grande fête, c'est la panique ! Pourquoi ne pas faire appel aux charmants enfants de l'orphelinat le plus proche ? Débarquent deux galopins : George, huit ans, et Rose, cinq ans. Si les apparences sont sauves, c'est en fait une véritable tempête qui vient de s'abattre sur Winnover Hall…

✦

### Evie Dunmore

***Les rebelles d'Oxford — Le portrait d'un Écossais***

*Inédit*

Hattie Greenfield est une artiste peintre incomprise dans sa famille de banquiers richissimes. Comme toute l'aristocratie, elle est fascinée et effrayée par Lucian Blackstone, un riche Écossais d'origine modeste et grand collectionneur d'art. Pour servir ses ambitions politiques et approcher les cercles influents de Grande-Bretagne, Lucian a besoin d'une épouse issue de la haute société. Séduit par cette jeune femme intelligente et sensible, il l'invite dans une galerie d'art et lui donne un ardent baiser en public. Le scandale éclate ! Hattie qui rêvait d'un mariage d'amour se retrouve devant l'autel au bras d'un Écossais rustre et ambitieux… mais diablement séduisant.

13665

*Composition*
FACOMPO

*Achevé d'imprimer en Italie*
*par* GRAFICA VENETA
*le 4 décembre 2022*

Dépôt légal : janvier 2023
EAN 9782290372142
L21EPSN002458-404274

ÉDITIONS J'AI LU
82, rue Saint-Lazare, 75009 Paris

*Diffusion France et étranger : Flammarion*